# De quatro

De quatro

*Miranda July*

# De quatro

*Tradução de*
Bruna Beber

5ª edição

RIO DE JANEIRO | 2025

Copyright © Miranda July, 2024

Todos os direitos reservados.

Título original: *All Fours*

Todos os direitos reservados. É proibido reproduzir, armazenar ou transmitir partes deste livro, através de quaisquer meios, sem prévia autorização por escrito.

> CIP-BRASIL. CATALOGAÇÃO NA PUBLICAÇÃO
> SINDICATO NACIONAL DOS EDITORES DE LIVROS, RJ
>
> J91D
>
> July, Miranda
>   De quatro / Miranda July ; tradução Bruna Beber. - 5. ed. - Rio de Janeiro : Amarcord, 2025.
>
>   Tradução de: All fours
>   ISBN 978-65-85854-18-4
>
>   1. Ficção americana. I. Beber, Bruna. II. Título.
>
> 24-93221
>
> CDD: 813
> CDU: 82-3(73)
>
>
>
> Meri Gleice Rodrigues de Souza - Bibliotecária - CRB-7/6439

Este livro foi revisado segundo o Acordo Ortográfico da Língua Portuguesa de 1990.

Direitos desta edição adquiridos pela
AMARCORD
Um selo da
EDITORA RECORD LTDA.
Rua Argentina, 171 – Rio de Janeiro, RJ
20921-380, Tel.: (21) 2585-2000.

Seja um leitor preferencial Record.
Cadastre-se em www.record.com.br
e receba informações sobre nossos
lançamentos e nossas promoções.

Atendimento e venda direta ao leitor:
sac@record.com.br

Impresso no Brasil
2025

*Para Isabelle*

# PARTE UM

## CAPÍTULO 1

Desculpe incomodar você, assim começava o bilhete, o que é um começo grandioso. Me incomode, por favor! Me incomode! Esperei a vida inteira para ser incomodada por um bilhete como esse.

> *Desculpe incomodar você, mas tive a impressão de que alguém estava usando uma teleobjetiva para tirar fotos da sua casa pela janela. Se era alguém de seu conhecimento, perdão pelo mal-entendido, se não, tenho anotados marca/modelo/placa do veículo.*
> Brian (o vizinho)
> e seu número de telefone

Não que fosse necessário usar uma teleobjetiva, já que nossas janelas da frente são enormes e sem cortinas. Às vezes, antes de entrar em casa, paro para olhar Harris e Sam inocentemente entretidos. Harris dando alguma explicação silenciosa para Sam ou segurando Sam bem no alto. Sinto muita ternura por eles. *Tente memorizar esse sentimento*, digo a mim mesma. *De perto eles são exatamente as mesmas pessoas que você vê daqui.*

De cara, descobrimos que tipo de vizinho Brian era. O vizinho do FBI. Se há algo que aprendemos com Brian é que ser do FBI não é tão secreto quanto ser da CIA. Ele usa seu colete (à prova de balas?) com a insígnia do FBI muito mais do que o necessário. É como se alguém do Dodgers regasse a grama de uniforme. Toda a vizinhança diria algo tipo, Já entendemos, cara, você joga no Dodgers.

Então a primeira coisa que Harris fez depois que li o bilhete em voz alta foi zombar que é claro que o vizinho do FBI havia "flagrado" alguém com uma "teleobjetiva". Em seguida, não fez mais nada. Estava ocupado e achou que não devia se aprofundar.

— Mas é meio assustador, não acha?

— As pessoas tiram fotos de tudo hoje em dia – disse ele, saindo da sala.

— Você não acha que devo ligar pra ele?

Mas Harris não ouviu.

— Ligar pra quem? – perguntou Sam.

Fiquei ali segurando o bilhete com aquele sentimentozinho de abandono que a gente tem milhares de vezes por dia no convívio doméstico. Podia ter chorado, mas por qual motivo? Não que eu tivesse que fofocar com meu marido sobre qualquer coisinha; para isso servem os amigos. Harris e eu somos mais formais, como dois diplomatas que não podem afirmar se um envenenou a bebida do outro. Sempre sedentos mas desejando que o outro dê o primeiro gole.

*Você primeiro.*

*Não, você primeiro!*

*De forma alguma, só depois de você.*

Esse pisar em ovos pode soar estressante, mas eu tinha certeza de que nós dois riríamos por último. Quando todo mundo estivesse de saco cheio de nós, já estaríamos em outra, tendo uma lua de mel. Talvez aos sessenta anos.

Minha amiga Cassie diz Te amo! toda vez que termina uma ligação com o marido. Sempre que ouço morro de vergonha por ela.

Mas eu o amo, diz ela.

Você *só* estava dizendo o quão desolada e presa se sente.

Então ela dá uma risadinha que indica que não tem controle de nada. Eu não espero que ela seja honesta com o marido mas que no mínimo abra o jogo comigo! Os relacionamentos dos outros nunca fazem sentido. Uma vez consegui que Jordi, minha melhor amiga, gravasse uma conversa casual entre ela e sua esposa. Jordi é uma escultora brilhante que sabe teorizar de maneira convincente sobre qualquer assunto, mas nessa conversa mal conseguiu dizer uma só palavra enquanto sua esposa vociferava sobre a estupidez de um programa popular da TV. Vez ou outra Jordi murmurava uma pergunta; mas na maior parte do tempo ria das coisas que Mel dizia. Achei que podia estar envergonhada, mas não.

— Eu adoro que Mel é muito segura de si. Adoro pessoas teimosas. Você é assim.

Me senti tão lisonjeada que logo me habituei à dinâmica delas.

— Esse programa é tosco mesmo – respondi. – Mel tem razão.

Meus amigos estão sempre me presenteando com bobagens assim – capturas de tela de conversas sobre sacanagens, e-mails paras as mães – porque sempre quero saber como é ser outra pessoa. O que será que estávamos fazendo? Que diabos acontecia o tempo todo neste planeta? É claro que nenhum desses artefatos tinha qualquer significado; era como tentar segurar a fumaça pelo punho. Que punho?

Coloquei o bilhete do vizinho em cima da minha mesa. Também estava ocupada, mas sempre tenho tempo para me preocupar. A bem da verdade, é provável que já estivesse preocupada com alguém usando uma teleobjetiva para fotografar através das nossas janelas quando o bilhete chegou. Preocupar não é o verbo certo – *esperar*, talvez. Eu já esperava esse acontecimento e ele estava acontecendo desde o meu nascimento, ou algo por aí. Se não fosse esse homem do outro lado da janela, seria Deus, ou meus pais, ou meus verdadeiros pais, que na verdade são só os meus pais, ou meu verdadeiro eu, que há tempos esperava o momento certo para assumir o controle de tudo e me tirar da jogada. Tudo que peço é que seja alguém que realmente queira cuidar de mim. Demorei dois dias para ligar para meu vizinho Brian porque estava ocupada saboreando minha situação, aquele momento em que alguém de quem estou a fim finalmente responde à mensagem e você quer dominar a jogada por mais tempo.

— É engraçado ligar pra alguém que mora do lado – comentei. – Bastava eu abrir a janela.

— Não estou em casa agora.

— Beleza.

Ele disse que o homem havia estacionado perto da esquina e que não tinha fotografado outras casas.

— Talvez estivesse só admirando sua casa – sugeriu Brian.

Não gostei. Quer dizer, é uma casa bonita, mas perpalá. Não passei esses dois dias ensaiando essa ligação à toa, só porque minha casa é bonita.

— Sou uma figura quase pública – respondi, exagerando um pouquinho na falsa modéstia. Falsa modéstia é uma coisa bem difícil de dosar, é como saber medir bem a quantidade de chantilly que a gente quer usar da lata. Ele disse que estava preocupado justamente por isso, por causa da minha notoriedade. Respondi humilde, "Ah, obrigada, que bom que você está de olho".

— Meu trabalho *é* esse – respondeu Brian.

— *Certo* – respondi, caindo na real.

Eu não sou um nome conhecido. Não vou me aprofundar nos detalhes chatos das coisas que faço, mas imagine uma mulher que teve sucesso por muitos meios desde a juventude e seguiu assim com muita constância, sempre orbitando suas preocupações centrais numa espécie de estado de fuga extático, certa de que não havia outro caminho a seguir – sua vida toda seria essa única conversa com Deus. Deus talvez seja a palavra errada. O Universo. O Subjacente. Eu trabalho numa garagem adaptada. Uma das pernas da minha mesa é menor que as outras e todos os dias dos últimos quinze anos eu ensaiei colocar um calço, mas meu trabalho é cheio de urgências diárias – estou sempre num momento decisivo; tudo está sempre prestes a acontecer. Às cinco da tarde, antes de entrar em casa, tenho que começar a desacelerar a mente, como o astronauta Buzz Aldrin se preparando para esvaziar a máquina de lavar louça logo depois de voltar da Lua. Não fale sobre a Lua, digo para meus botões. Pergunte a todos *como foi seu dia*.

Brian, o vizinho, perguntou se eu conhecia alguém que queria comprar uma picape.

— É um F-150 modelo 2013. Estou de mudança e preciso me livrar de muitas coisas.

— Ah! Onde vai morar?

— Não posso divulgar meu novo endereço – disse Brian, e me desculpei pela pergunta.

— Imagino que muitos detalhes da sua vida sejam ultrassecretos.

— Pois é – respondeu, numa voz suave. – Mas adorei esse bairro. Todas as árvores e o jeito que os coiotes uivam à noite.

— Eu também adoro. São muitos coiotes! Dezenas, parece.

— Mais.

— Pois é.

Não falamos mais nada e eu não quis romper o silêncio – parecia que ele, sendo um agente do FBI, saberia a hora certa de fazer isso. Mas continuamos assim até que comecei a sorrir para mim mesma, fazendo uma careta sutil de constrangimento, e mesmo assim o silêncio permaneceu, mas o nervosismo foi embora e comecei a pensar no silêncio como algo que estávamos praticando juntos, como uma jam session, mas aí a sensação passou e fiquei completa e inexplicavelmente triste. Meus olhos se encheram de lágrimas e enfim o silêncio foi rompido porque funguei e ele disse *Pois é* mais uma vez, resignado. E aí, como se nada tivesse acontecido (e de fato nada tinha acontecido), ele voltou a falar do cara com a teleobjetiva.

— Por segurança, anotei a placa dele. Posso te mandar por mensagem quando chegar em casa.

— Com certeza – respondi. – Perfeito.

Eu sabia que não devia contar essa conversa para o Harris. Ele ia levantar as sobrancelhas e sorrir de cansaço. O quê?, *Você* fazendo a íntima com um estranho? Como assim?

Sempre tento ser a pessoa mais reservada possível. Em casa, tento fazer a roda da vida doméstica girar para que possamos levar uma vida tranquila e saudável, sem desastres e doenças. Isso exige um planejamento contínuo. Por exemplo, faço sete waffles para Sam todo fim de semana, recheio com ovos tipo extra, para que mantenha uma dieta rica em proteína a semana inteira. Mas planejar isso tudo dá trabalho, não é divertido – então tento equilibrar as coisas com espontaneidade, quiçá inventando uma brincadeira para o café da manhã ou uma cobertura nova para o waffle. Segundo Harris, eu só quero ter o controle de tudo. Quem tem razão? Nós dois temos, mas admiro o estoicismo velho-mundista de Harris. Ele inclusive se veste à moda antiga, como um pedreiro ou comerciante. *Sal da terra* é algo que se poderia dizer dele, mas ninguém jamais diria que eu sou o sal da terra. Não que eu seja uma pessoa ruim, mas entre nós dois eu com certeza sou pior. Estou o tempo todo mordendo a língua – literalmente pressionando gentilmente a língua entre os dentes – e contando até cinquenta. E aí a vontade de dizer algo desnecessário passa.

\*

Eu estava na cama quando Brian me mandou uma mensagem sobre o carro telefotográfico.

| Era um Subaru hatch preto, placa 6GPX752.

Obrigada!, respondi.

| Imagina. Depois me diz se você quer verificar a placa. Eu não consigo fazer isso, mas posso te colocar em contato com alguém que consiga. Só pra você saber: um homem branco ou amarelo, altura acima da média, meio barrigudo e com barba. Foi por volta das quatro da tarde de sábado.

Sábado. Levantei da cama e olhei o calendário no computador. (É o tipo de coisa simples de fazer se você não divide a cama com seu marido. Ele ronca, eu tenho sono leve.) No sábado, às três da tarde, Harris levou Sam para brincar com um amiguinho, então às quatro eu estava sozinha. Foi isso – havia feito aquele telefonema de praxe para meus pais, mas eles não estavam em casa, então comecei a mandar mensagem para alguns amigos de Nova York sobre a visita que faria em breve; tinha acabado de fazer quarenta e cinco anos e essa viagem foi um presente para mim mesma. Ia assistir a peças de teatro e exposições e me hospedaria num bom hotel ao invés de dormir na casa de amigos, o que normalmente pareceria um desperdício de dinheiro, mas havia recebido uma graninha surpresa – um fabricante de uísque havia licenciado uma frase que escrevi há anos, para uma peça impressa de uma nova campanha global. Era uma frase sobre trabalhos manuais, mas fora de contexto também tinha a ver com uísque. Vinte mil.

Jordi achou importante que eu gastasse esse dinheiro com imprudência. Uísque vem, uísque vai.

— Você teria feito isso?

— Não, usaria esse dinheiro para pedir demissão da FTC e dedicaria todo o tempo à minha arte.

FTC é uma agência de publicidade. Ofereci o dinheiro para Jordi – é um prêmio!, eu disse. Mas ela pôs as mãos nos meus ombros e olhou bem nos meus olhos.

— Pensa bem. O que você mais quer? – perguntou ela, me sacudindo tanto que comecei a rir.

— Hmm... uma ideia boa pro meu próximo projeto?
— Então faz o oposto do que você sempre faz. Gasta com beleza!
Escultores acham que a beleza é o grande tema, não uma indulgência frívola. Que sortuda eu sou, não? De ter uma melhor amiga assim?

Eu havia reservado um quarto no Carlyle, então às quatro da tarde de sábado mandei nudes para todos os meus amigos de Nova York. Temos esse hábito, e junto das nudes mandamos fotos de nossos filhos e animais de estimação – é assim que se mantém contato hoje em dia. Lembro que foi difícil achar um bom ângulo e fiquei um pouco irritada. Já foi mais fácil tirar uma nude decente. Talvez a qualidade da luz tivesse mudado; é o aquecimento global.

Voltei para a cama e mandei uma mensagem para Brian, o vizinho.

> Se eu quiser, o que deveria fazer para verificar a placa?

Me masturbei enquanto esperava a resposta, imaginando o fotógrafo barbudo e pançudo batendo uma no Subaru hatch preto, meu corpo nu reluzindo na telinha de sua câmera. Gozei duas vezes, na segunda houve um barulho de palmas, a pança dele batendo na minha barriga. Limpei os dedos na camiseta e peguei o telefone.

> Ligue para Tim Yoon (323) 555-5151. Ele é um detetive/policial aposentado. É provável que ele faça esse serviço pra você, por um valor a combinar.

Era tarde para ligar, então mandei uma mensagem e adormeci imaginando Tim Yoon verificando placas.

Yoon, meio-dia e um. Fez zum-zum para o sol da tarde. Yoon, bocejo de jejum. Fez zum-zum para o Sol, bocejou de jejum na crosta da Terra. Depois voltou com uma travessa branca em cada mão.

— Continuo verificando as placas? – gritou Yoon, ao se aproximar.
— Sim, não pare. Pode fazer isso pra sempre?
— Vou tentar – ele disse, ofegante, enquanto passava correndo por mim. Observei-o afundar no horizonte, então virei o rosto para o outro lado, esperando que desse a volta no globo e ressurgisse.

Meses se passaram até que Tim Yoon me retornou e eu já havia descoberto quem era o tal telefotógrafo.

## CAPÍTULO 2

De início, eu havia planejado chegar a Nova York do jeito normal, de avião, até que Harris e eu tivemos uma conversa estranha com outro casal numa festa. Nossa amiga Sonja disse que adorava dirigir; lamentava não ter tempo para cruzar o país de carro. Harris respondeu: Faz sentido.

Como assim?, perguntamos em uníssono. Harris deu de ombros, deu um gole no drinque. Ele não conversa muito em festas. Sempre fica na retaguarda, a despeito de tudo e todos, e isso naturalmente faz as pessoas se aproximarem dele. Já o observei inúmeras vezes percorrendo todos os cômodos, correndo em câmera lenta da multidão que o perseguia inconscientemente.

— Por que faz sentido? – perguntou Sonja, sorrindo. Ela não deixaria por menos. E talvez por ser como era, tão charmosa com seu sotaque de Auckland e seus peitões, Harris de repente expôs uma teoria bastante embasada.

— Olha, a vida se divide entre Manobristas e Motoristas – disse ele. - Os Motoristas conseguem manter a consciência e o envolvimento até mesmo quando a vida está chata. Não precisam de reconhecimento por qualquer coisinha; conseguem se divertir acariciando um cão ou passeando com os filhos, e isso basta. Essa pessoa consegue atravessar o país dirigindo.

Deu outro gole no drinque. O assunto cachorros era polêmico para nós. Harris e Sam queriam um; já eu titubeava muito com relação a animais de estimação em geral. Estamos todos de acordo sobre a domesticação de animais? Nem cogitaremos que se trata de uma espécie de escravização? Como sair dessa agora que o mundo está tão povoado por cães e gatos que não sabem mais viver sozinhos? É inclusive desumano libertá-los. Teria que ser uma decisão de grupo: agora chega de bichinhos. Essa é a última leva deles. Mas isso nunca aconteceria, nem se todo mundo concordasse comigo, e obviamente ninguém concordava. Ser antibichos de estimação (pró-animais!) é uma qualidade minha que nunca emplacou.

— Os Manobristas, por outro lado – ele olhou para mim – precisam executar uma tarefinha que parece impossível, algo que demande muito foco e pela qual conquistem aplausos. "Bravo", alguém vai dizer quando eles conseguirem estacionar o carro numa vaga muito apertada. "Incrível". No resto do tempo, morrem de tédio e, em geral... – ele olhou para o teto, tentando achar a palavra certa – *se frustram*. Um Manobrista não consegue atravessar o país de carro. Mas são ótimos em emergências – complementou. – Gostam de bancar os heróis.

— Eu com certeza sou um Manobrista – disse o marido de Sonja. – Adoro salvar o dia.

— Calma, *manobrar* é gostoso? – perguntou Sonja. – Parece contraintuitivo. Será que dirigir...

— Pensa só, querida, tem que achar o ângulo certo...

— Tá, mas os Motoristas não são chatos? Eu não quero ser aquela pessoa chata e de confiança.

— De forma alguma – disse Harris. – Os Motoristas se divertem mais. Não tem nada de chato.

— Eu quero ser Manobrista – disse Sonja, de bico.

— Tarde demais – respondeu Harris. – Não dá pra mudar.

Nessa hora, me afastei da roda. Mensagem recebida. Harris e Sonja eram maleáveis e pés no chão, pessoas que gostavam de fazer carinho em cachorros e transar sempre que possível. Eu era Manobrista. O que ele chamou de frustração, na verdade, era depressão. Eu andava borocoxô, sem muito brilho em casa. Diferente de Sonja. Observei os dois conversando – o peito largo de Harris, seus cachos grisalhos tinham uma aura jovial e seu nível de animação não me era familiar, acho que ela havia despertado isso nele. Não era ciúme, precisamente; segurar vela era o meu papel desde sempre. Vez ou outra, Harris se engraça com uma garçonete ou caixa e eu logo abro espaço para o casal – me afasto internamente e cedo meu lugar para outra mulher, só por alguns instantes, até que a transação termine.

    Havia um grupinho dançando na sala. A princípio, me balancei discretamente, atenta aos gestos, mas logo a batida tomou conta e deixei que minha visão nublasse. Trepei com o ar. Todos os meus membros estavam em movimento, criando formas que pareciam totalmente novas. Minha saia era justa, a blusa transparente, salto alto. As pessoas ao redor assentiam e sorriam; não sabia dizer se estavam envergonhadas ou de fato impressionadas. O pai do dono da casa me olhou de cima a baixo e piscou – ele estava na casa dos oitenta. Uma pessoa tem que ter essa idade para me achar gostosa hoje em dia? Me entreguei à multidão, fechei os olhos e deslizei de um lado para o outro, ombros primeiro, como se protegesse algo roubado. Em seguida, cerrei o punho, como um valentão, socando algo. Fiz quadradinhos de oito com a bunda numa velocidade inimaginável, segurando as mãos no alto como se tivesse acabado de fazer um gol. Quando enfim abri os olhos, avistei Harris do outro lado da sala, observando. Estava na cara que me via como "desnecessariamente provocante". Ou talvez estivesse projetando nele algo dos meus pais – é o tipo de coisa que minha mãe diria –, mas ele sempre foi meio careta. No nosso segundo encontro, demonstrei um número do meu peep show, eu sempre fazia isso, era tipo um striptease verbal, até que notei que ele fechou a cara. Nessa hora, mudei completamente o rumo da história, *botando as roupas de volta*, digamos assim, para minimizar a coisa toda – enganos da juventude! Histórias da antiguidade!

    Então ele passou dois dedos na testa e eu fiz o mesmo, aliviada. Nós criamos essa saudação na primeira vez que nos vimos e tem sido nosso sinal em muitos lugares lotados desde então. *Aí está você.* Ele não desviou o olhar. As pessoas continuavam dançando entre nós, mas ele sustentou o olhar um pouco mais, nós dois sustentamos. Dei um sorrisinho, mas não tinha nada a ver com felicidade; era menos que um sentimento fugaz. Depois de um breve afastamento, toda nossa formalidade evapora e dá lugar a uma devoção mútua e inabalável, uma ternura tão grande que me faria chorar ali na pista de dança. Claro que ele é um gato, implacável, perspicaz, mas isso pouco importaria se não houvesse essa lealdade estranha, quase piedosa, entre nós. Agora sabíamos que era a hora de dar as costas. Outros casais cruzariam a sala para o encontro, para o beijo, mas sabíamos que aquele sentimento desapareceria se nos aproximássemos. Nós somos isso, uma espécie de tragédia grega, mas ainda não revelada.

Deixei a pista de dança e entrei no banheiro principal, lavei as mãos com o sabonete de limpeza facial do dono da casa. Claro que não era tarde demais para passar de Manobrista a Motorista – qualquer pessoa com carteira pode cruzar o país de carro. Já me vi chegando na garagem com os pneus empoeirados, Sam correndo na minha direção e Harris parado na porta de casa. Ele faria a saudação, eu o saudaria de volta, mas dessa vez correria para os braços deles, consciente de que estava enfim em casa, de um jeito que nunca estive antes.

Na manhã seguinte, a ideia havia assentado. Para que pegar um voo para Nova York se eu podia ir dirigindo e virar enfim aquela mulher cabeça fria e pé no chão que sempre quis ser? Podia ser meu ponto de virada. Se vivesse até os noventa, já estava na metade do caminho. Ou, se dividíssemos a vida em duas, era o começo da minha segunda vida. Imaginei um desafio envolvendo uma caverna, um penhasco, um cristal, talvez um labirinto e um anel de ouro.

— Eu já cruzei o país de carro – disse Jordi. – Não é muito bom.

— Não devia ser! Como um retiro de meditação podia ser "muito bom"? As pessoas fazem trilha no Pacific Crest porque é "muito bom"? E o risco é ainda maior, afinal se minha mente divagar muito posso bater e morrer.

— Meu Deus, bate nessa boca.

— Mas minha mente não vai divagar! Estarei presente durante todo o caminho até lá e durante todo o caminho de volta. E pelo resto da vida poderei contar às pessoas sobre essa viagem de carro que fiz aos quarenta e cinco anos. De quando enfim aprendi a ser eu mesma.

É claro que sempre fui eu mesma com Jordi; ela sabia que me referia a ser eu mesma *à vontade*. O tempo todo.

Harris tinha acabado de achar um mapa dobrável dos Estados Unidos e estava traçando rotas com os dedos.

— Se você pegar a rota sul, vai passar pelo Novo México e dormir uma noite em Las Cruces.

Eu estava segurando uma escova plástica de cabelo e tentava prestar atenção em todos os tracinhos vermelhos e azuis, mas meus olhos repicavam.

— Não é melhor só colocar Nova York no Google Maps?

— Mas há muitos jeitos de chegar. Rotas diferentes.

Aconselhou que eu tirasse uma semana a mais para que a viagem não comesse meus dias em Nova York.

— Sério? Aí serão mais do que duas semanas sem vocês.

Eu nunca tinha passado tanto tempo longe de Sam. Toda vez que elu passava correndo por nós eu tentava lhe entregar a escova de cabelo; mas é claro que aos sete anos qualquer pessoa poderia ser a comandante de seus cabelos emaranhados.

— Mas imagina dirigir por uma semana e aí dar meia-volta pra casa. É melhor você tirar três semanas pra fazer valer o esforço.

— *Três* semanas? Não, é muito tempo longe.

Ele estava sendo generoso porque eu havia passado muito tempo com Sam enquanto ele trabalhava com sua protegida-de-vinte-e-sete-anos, Caro. Protegida é a palavra certa? Aprendiz, sei lá. Ele é produtor musical, o que na verdade é ótimo – não há competição entre nós e ele sabe as necessidades da alma do artista. Antes eu a chamava de Caroline; Caro parecia íntimo demais, um apelido carinhoso.

("Só a imprensa a chamava de Caroline", Harris havia me dito.)

("Tudo bem. Não me incomoda agir como a imprensa.")

Mas não era só porque ele me devia horas de creche; Harris não tem muitos sentimentos conflitantes em relação ao ambiente doméstico. Eu também não tinha, até termos uma criança. Harris e eu éramos dois workaholics, na mesma medida. Sem criança, eu conseguia sapatear no sexismo da minha época, mas virar mãe esfregou minha cara nesse vespeiro. Um preconceito latente, internalizado por nós dois, veio à tona com a parentalidade. Ficou claro que Harris era claramente recompensado por tudo que fazia, já eu sentia uma vergonha silenciosa pelas mesmas coisas. Não tinha como lutar contra isso, nem ninguém para responsabilizar, pois vinha de toda parte. Até andar pela minha própria casa me deixava assombrada, repleta de culpa por qualquer coisinha que eu fazia ou deixava de fazer. Harris não conseguia ver a assombração e essa era a pior parte: viver com alguém que, em essência, não acreditava em mim e que ficava muito, muito indisposto para fingir empatia – ou então virar o vilão! De sua própria casa! Tão irritante para ele. E tão irritante ser a esposa, e não outra mulher que pudesse aproveitar o quão incrível ele era. Tão doloroso para nós dois, sobretudo porque éramos pessoas modernas e criativas, acostumadas a viver nossos sonhos de futuro. Mas um bebê só existe no presente, o presente histórico, geográfico e econômico. Com um bebê, não se podia mais ser tímido ou gracioso em relação ao capitalismo – dinheiro significava tempo, tempo significava tudo. Podíamos ter pulado essa parte, mas viramos pais; nem precisaria ter chegado a um ponto crítico. Por outro lado, é bom quando as coisas chegam num ponto crítico. E aí um dia, de repente: bum.

Harris riscava o mapa com um marca-texto e dizia que ainda dava tempo de decidir se eu ficaria mais alguns dias.

— Essa é a grande coisa de dirigir; você pode improvisar.

Ele poderia ser generoso assim pelas razões que acabei de explicar. Eu não! Eu sempre quis que ele voltasse logo – viagens prolongadas, feriados escolares, uma criança muito doente para ir à escola, essas coisas dão um frio na espinha das mães que trabalham e cuja liberdade, para começo de conversa, é muito precária. Mas eu adorava isso no Harris, o quanto ele me encorajava a ficar mais e me divertir. Lembrei que tinha que voltar até o dia quinze. Claro, respondeu ele; sem dúvidas.

Todo mundo sabia que meu encontro com Arkanda era no dia quinze. Arkanda não é seu nome verdadeiro. Ela é uma pop star mundialmente famosa de quem você com certeza já ouviu falar. Não só famosa, mas muito amada. Um tempo atrás, Liza, minha agente, recebeu uma ligação da equipe dela. Arkanda queria me encontrar em Malibu no fim de abril para conversar sobre um projeto em potencial e eles passariam os detalhes até o dia vinte de abril. Todos os meus amigos ficaram atônitos com essa reviravolta, atônitos até demais. Por que, por que, por que *Arkanda* gostaria de trabalhar com *você*, se perguntavam em voz alta. Quando insinuei que talvez tivesse a ver com a minha produção artística, eles disseram coisas como *Claro, tem razão, quem sabe, pode ser sim*. O nível de fama de Arkanda alterava tanto o cenário que, em geral, meu trabalho não era mais notável que o de Cassie, que era designer gráfica de uma empresa de molho picante, ou o de Destiny, que gerenciava um complexo de apartamentos herdados. Mas, escolhendo a mim, por tabela, Arkanda havia escolhido todos os meus amigos; todo mundo estava esperando o fim de abril. *Projeto em potencial.* É claro que podia não ser nada de mais, algo como escrever um ensaio ou entrevistá-la. Até mesmo dirigir um vídeo não mudaria minha vida, mas ainda assim aceitaria com prazer fazer qualquer uma dessas coisas, que farra! Mas se fosse para realmente *colaborar*, passar um tempo juntas, partilhar um novo mundo – um disco, letras, vídeos, a direção de arte –, uma fusão de mentes criativas que em seguida faria parte da cultura em um nível que eu nunca alcançaria sozinha... Eu esbanjaria uma blusa nova no dia vinte: seda em decote V bem cavado. No dia dezenove, a equipe dela me ligou para remarcar o encontro para o começo de junho, depois adiou para o outono, e aí para mais perto do Ano-Novo, e essa mudança de datas prosseguiu indefinidamente. Quando meus amigos e eu já estávamos começando a perder as esperanças, uma nova data chegou, o dia quinze, mais uma vez em Malibu, num restaurante chamado Geoffrey's, e algo que nunca tinha acontecido antes: um *horário*. Três da tarde.

— E se meu carro quebrar ou algo assim?

— De um jeito ou de outro você chega em Malibu dia quinze às três da tarde – disse Harris.

Nem é preciso dizer que se Arkanda quisesse minha colaboração nós apenas adaptaríamos nossas vidas para tornar isso possível. Até Harris é fã de Arkanda, e não ironicamente. Ele daria tudo para produzir uma de suas músicas (o que tornava tudo ainda mais saboroso ela ter *me* escolhido). Talvez nós dois estivéssemos blefando com relação a essa cruzada pelo país de carro, cientes de que eu acabaria recuando e pegando um avião.

— Você não se preocupa com a minha segurança? – perguntei.

— É por isso que estou ajudando você a traçar a rota – respondeu Harris, com os olhos no computador. – Porque há lugares bons e ruins para fazer as paradas.

Ele estava lendo um tópico do Reddit sobre cidades e hotéis queer-friendly, supondo que seriam mais seguros para uma mulher viajando sozinha. Mas ele estava confiante de que eu ia aproveitar a viagem, que aplacaria minha tristeza, e acreditava que eu ficaria bem. Sempre que saio de casa, ele diz "Divirta-se!". No começo, achava que ele não estava nem aí pra mim, se esse fosse todo o temor que tinha pela minha segurança.

Meu pai sempre se despedia de minha mãe com uma arenga de advertências, frisando o quanto ela era essencialmente incapaz de tudo que estava prestes a fazer. Fazia isso para protegê-la, para que ficasse em alerta e assim fornecia-lhe uma chance de sobreviver, afinal tudo podia acontecer a qualquer momento, até mesmo em casa. Por exemplo, a mãe dele, minha avó Esther, havia se jogado da janela de seu apartamento em Nova York quando tinha cinquenta e cinco anos. Não deixou pistas, com exceção de que havia lamentado pelos tantos cabelos brancos.

— Ela não suportou ver sua beleza esvanecer – diz meu pai com o mesmo tom incrédulo. Quem se mataria por uma bobagem dessas? – E seu cabelo era castanho, nem sombra de um fio grisalho!

*Ela provavelmente pintava o cabelo*, é o que eu sempre penso, mas não digo porque não quero que meu pai desconfie que eu pinto o cabelo e por isso sou parecida com ela. Harris estava imprimindo o mapa de sua rota sugerida.

— Pra que isso se posso usar o celular? – perguntei, olhando para a linha que cortava a parte superior dos Estados Unidos.

— E se acabar a bateria?

Pendurei o mapa em cima da mesa na garagem de casa, ao lado do bilhete do vizinho. Se o telefotógrafo voltasse quando eu estivesse cruzando o país, ele não conseguiria me achar com suas lentes de longa distância; teria que se contentar com as fotos antigas.

## CAPÍTULO 3

— Credo – disse Jordi quando contei sobre o bilhete do vizinho. – Quer dizer... você gostou, né?
— Gostei. Já usei e abusei desse bilhete.
Estávamos tomando milkshake; o meu de morango e o dela de chocolate. Uma vez por semana nos encontramos em seu estúdio para comer porcaria. Geralmente sobremesas que comíamos na infância, mas que abandonamos desde a descoberta do poder curativo dos grãos, dos alimentos fermentados e de que o açúcar nada mais é do que heroína. Esse hábito era parte de um acordo maior para evitar a rigidez, para manter a fluidez alimentar. Em casa, eu fazia guloseimas ricas em proteína e adoçadas com tâmara. Ninguém sabia das nossas porcarias medicinais, que palhaçada é essa? Harris e Sam ficariam com inveja, cada qual a seu modo. Também nunca contei para Harris sobre o que me masturbava.
— E se vocês fizessem um teatrinho? – perguntou Jordi.
— Vocês fazem?
— Nunca.
— Nós também não.
Então combinamos de contar como era exatamente uma foda típica de nossos casamentos. Era inacreditável que nunca tivéssemos feito isso antes. Se havia um bom motivo nisso, nenhuma de nós podia imaginar qual era.
— Quem começa? Você, né? – eu sabia que ela era aquele tipo de amante com excesso de presença, enraizada em seu próprio corpo, que achava que o sexo era uma necessidade básica.

— Tá – suspirou –, sempre eu.
— Na verdade, eu também sou a precursora, mas só porque quero evitar a pressão.
— Com que frequência?
— Uma vez por semana.
— Uau – exclamou ela. – *Quisera* eu fazer sexo uma vez por semana! Ri. Éramos tão diferentes.
— Vejo o sexo como um exercício – respondi. – Ninguém se pergunta se você *quer* fazer exercícios, é uma pergunta errada.
— Você não faz exercícios.
— Eu sei, mas se eu fizesse acho que seria parecido. Também não gosto de piscina. Noites de domingo! Fazer as malas pra viajar! Transições, em geral. Se não for pedir muito, qualquer que seja meu estado de ânimo, eu não quero que ele mude.

Para uma pessoa casada, era pedir muito. Às vezes ouvia o pau do Harris assobiando, impaciente como uma chaleira, progressivamente subindo de tom, até que eu não aguentava mais e começava a coisa.

Contei detalhe por detalhe, fazendo demonstrações de movimentos, dizendo quem colocava o quê e onde, quantas vezes eu gozava, como terminava.

— Nossa – disse Jordi. – Quanta coisa.
— É, ele gosta assim. Eu entro no filme que está na minha cabeça. É como se tivesse uma tela presa na frente do meu rosto.
— E o que passa nessa tela?
— Ah, sei lá, que sou um padrasto nojento recebendo um boquete da minha enteada de dezenove anos, ou que *eu sou* a enteada recebendo colo. Ou então oscilo entre os dois papéis. Muita meteção, muita ereção.
— Uma *padrasto* e ela tem mais de dezoito anos – zombou Jordi. – Tudo dentro da lei.
— É consensual! Eles são obcecados um pelo outro; o lance todo é esse. Você com certeza só pensa na Mel.
— Você não pensa no Harris?
— Penso, claro. Mesma dinâmica, mas com uma estagiária ou assistente. Em geral, sou Harris seduzido por ela. Ela me garante que minha esposa *nunca saberá* e só aí eu deixo ela chupar meu pau.
— Eita, não tenho tanta imaginação – disse Jordi. – Pra mim basta o "tá gostoso, vamo lá".

— Você tem presença... é muito melhor! Fodedora enraizada no corpo.
— Mas existe outro tipo?
— Enraizada na mente – respondi, apontando para mim mesma. – Mas espero voltar da minha viagem parecida com você. Agora é *sua* vez.
— Ah, comparando com você não tem a menor graça.
Fiquei satisfeita com a reação dela.
— Vai, conta.
Ela deu um gole no milkshake e prendeu sua montanha de cachos pretos no elástico de cabelo que sempre usava no pulso.
— Às vezes, começa quando estamos dormindo, a gente começa a transar sem nem se dar conta. Então estamos meio acordadas, meio largadas e aí começa a esquentar... Deus meu, não parece tão... sexy como é com vocês.
— Continua – respondi. Comecei a ter um mau pressentimento.
— Ah, em geral ficamos numa posição feia, com as pernas enroladas uma na outra, formando uma bola apertada, e gosto que minha boca se enche tanto de saliva que a mão dela cabe inteira na minha boca e a baba começa a escorrer pelo meu rosto e aí nós começamos a foder como animais. Eu já pensei que deve ser feio de ver, nós desesperadas como duas mulheres das cavernas. É comum estarmos com muito sono e com preguiça de nos chupar ou usar um pau e aí ficamos nas dedadas, ou nem isso, só na ralação. Às vezes bato na bunda dela até eu gozar, mesmo sem estar totalmente acordada. Às vezes adormeço com os dedos na buceta dela e quando acordo eles estão enrugados.
Fiquei em silêncio, surrada por essa visão de intimidade. Não que estivesse perdida na conversa; estava perdida na vida.
Era quase meia-noite. A luz da Lua e a luz do poste entraram pela janela e suas esculturas reluziam ao nosso redor. Elas eram o corpo de Jordi, metamorfoseado, macabramente dado à forma de animais, carros, monstros, sempre sem cabeça, em madeira ou pedra, ou gesso. Não nos veríamos de novo antes da minha viagem.
— Você pode pegar um avião, se quiser – disse ela.
— Está dizendo que vou bater o carro?
— Não, não, claro que não. É que se você *não* mudar... ah, tudo bem também.
Olhei para ela na penumbra e ela me olhou de volta.

— Estou dificultando minha vida, não acha?
— Talvez.

Entrei em casa como de costume, feito uma ladra. Girei a fechadura lentamente e fechei a porta deixando a maçaneta toda para a esquerda, para evitar o barulho da fechadura. Tirei os sapatos. Andei na ponta dos pés, que é como os ninjas fazem, silenciosos. Costumava chegar duas ou três horas atrasada porque não queria admitir que planejava conversar com Jordi durante umas cinco horas. Mas como poderia durar menos se era o único momento da semana em que podia ser eu mesma? Meu coração batia acelerado enquanto eu atravessava a sala na ponta dos pés. Também sei o jeito mais silencioso de lavar o rosto: pegar o copo, largar o copo, lavar o rosto com essa técnica de fingir que cada coisa é mais pesada do que é. Imaginar que o copo é feito de tijolo e, assim que você o coloca na pia já o levanta, resistindo ao peso – o oposto a isso seria simplesmente soltá-lo, deixando a gravidade operar. Quando passo pelo quarto do Harris, mentalizo que estou *planando, planando, planando*.

Quando Harris chega tarde, bate a porta sem cerimônia. Tenta ser silencioso, mas não se esforça muito. A cabeça está pensando em outras coisas, como não? Essa é a casa dele. Por que se comportar como um ladrão? Ele não entende como cada momento pode se tornar horrível, basta você se esforçar. A cada segundo pode surgir um problema e por isso a vida pode ser uma tortura de baixo nível. E aí, quando você se sente livre, assim como me sinto quando como porcaria com a Jordi, a sensação é muito, muito boa, como uma onda de droga. Portanto: *moer, moer, moer*, e aí: *libertação*. Contentamento. Isso costuma funcionar perfeitamente em vidas fundamentadas na autodisciplina exaustiva, culminando em estreias e premières luminosas. *Moer, moer, moer*, e aí: *tchã-rã*! O que conecta esses dois estados é a fantasia. Quando menina, eu fantasiava a casa de bonecas perfeita, agora fantasio o momento em que enfim vou revelar o que venho fazendo na garagem e de repente serei reconhecida, compreendida, adorada – ou pelo menos me hospedaria num bom hotel. Essas recompensas de fato aliviavam a vida, me conduziam na travessia interminável de limpar, cozinhar, cuidar e fazer meu trabalho. Quando criança, eu sabia que eram mais que fantasias. Um dia vou embora dessa casa, abandonar essa família, essa cidade e viver uma vida completamente diferente.

## CAPÍTULO 4

Em seis dias eu estaria na estrada, dirigindo oito horas por dia. Pegaria a 210 para a I-15 e seguiria pela I-70 até o fim, de Utah à Pensilvânia Turnpike, depois em direção à I-76, de lá pegaria a I-276 para chegar na I-95 e em seguida a I-278 até Nova York. Depois das quatro primeiras horas de estrada, faria uma parada em Las Vegas; me disseram que lá havia um restaurante macrobiótico muito bom chamado Bendita. Dirigiria até o Zion National Park, onde havia um túnel com janelas para ver a paisagem. Passaria a primeira noite em Salina, Utah. De Salina seguiria para Denver, de Denver para o Kansas, e já seria a metade do caminho. Não é incrível, disse Harris, que o meio do caminho fique exatamente no meio do país. Concordei, mas acharia melhor que outra pessoa estivesse dirigindo. Eu me imaginava olhando pela janela, cochilando, desembrulhando um sanduíche com as duas mãos – coisas que provocariam minha morte. Harris me ensinou a acionar o controle de cruzeiro no volante para deslizar estrada afora.

— Eu não me vejo usando isso – respondi. Parecia tão seguro quanto um carro que anda sozinho.

— Tá, mas você vai cansar de ficar com o pé no acelerador oito horas por dia.

Instantaneamente meu pé ficou exausto.

De café da manhã, levaria barras de proteína para começar cedo. Dizem que você pode perder muito tempo esperando os restaurantes abrirem. Do Kansas para Indianápolis, parando em Casey, Illinois, para visitar a maior coleção do mundo de objetos gigantes. De Indianápolis para Pittsburgh, onde terminava a I-70 e eu tinha um ex simpático. De

Pittsburgh para Nova York, onde eu passaria seis noites caríssimas no Carlyle, tempo de sobra para ver todos os meus amigos e todos os museus e galerias e peças de teatro e fazer reuniões de trabalho. E aí mais seis dias de estrada para voltar para casa, que todo mundo disse que seria muito mais rápido, porque a volta pra casa sempre parece mais rápida. Separei doze audiolivros e muitas playlists que as pessoas tinham feito especialmente para que eu as ouvisse em determinada parte do caminho, por exemplo uma robusta compilação de folk e blues para o Delta do Mississippi, caso eu decidisse seguir para o sul. Minha lista de tarefas só foi aumentando de tamanho – inspeção veicular, terapia lombar, sacar dinheiro, roupas com proteção solar, gel para rosácea, mais Benadryl etc. etc. –, mas deixei por isso mesmo e, aos poucos, a lista foi ficando cada vez menor. O Benadryl era para dormir, não para alergia. Eu andava acordando toda noite às duas da manhã. Mas a coisa só ficava séria caso eu não tivesse Benadryl, porque aí entrava num estado de fuga angustiante que só terminava quando o sol nascia sobre um frágil e chorão resto de ser humano incapaz de pensar ou trabalhar, quanto mais de dirigir com segurança. É por isso que eu precisava de mais Benadryl.

Era uma viagem de duas semanas e meia. O tempo mais longo que fiquei separada de Sam ou Harris havia sido duas semanas, agora esse tempo era o mínimo para a viagem ser confortável. Eu disse a mim mesma que se sentisse muita falta de Sam ou se Sam sentisse muito a minha falta eu poderia pegar um voo de volta a qualquer momento e pagar alguém da Craigslist para trazer o carro de volta. Mas era improvável que Sam sentisse minha falta, afinal o que os olhos não veem o coração não sente. Isso também se aplicava a mim. O grande medo era de que nos esquecêssemos. Esse sempre foi o meu medo inerente: de que alguém que eu amava passasse a me ver como uma estranha. Ou que eu pegasse um caminho tão tortuoso que não fosse capaz de voltar. Antes mesmo de sofrer com comprometimento cognitivo leve, minha mãe sempre se apresentava quando eu atendia o telefone. *É sua mãe quem fala: Elaine*, dizia ela, prevendo que eu não reconhecesse sua voz ou tivesse esquecido seu nome. Depois de duas semanas e meia, era provável que eu tivesse que me apresentar de novo para minha filha, e esse era o tipo de risco mais doloroso que alguém pode correr na vida.

★

Um dia antes da minha partida, Sam e eu tomamos o banho derradeiro juntos. Era nosso ritual semanal, iniciado antes de elu aprender a sentar, quando eu ainda tinha que escorar elu, caso contrário tombaria. Agora elu se encaixa languidamente entre as minhas pernas, feito um chinelo dentro de um chinelo, e usa meu peito como travesseiro. Nós deixamos tudo escuro e acendemos uma vela almiscarada, o vapor serpenteando a chama. Comemos fatias de maçã com mel, o barulho da nossa mastigação molhada imperava até que um de nós comentasse sobre a água ou o tempo ou nossos corpos – nesse ambiente místico tínhamos só grandes pensamentos, como dois maconheiros. Em geral, meditávamos sobre nosso amor e sobre o fato de que sempre tomaríamos banhos juntos dessa forma. Eu sabia que não, mas que sempre poderíamos nos lembrar desse sentimento. Às vezes eu chorava, de amor simplesmente, e Sam dizia, "Ó, *mamãe*".

Naquela noite, Sam perguntou se podíamos ter um cachorro quando eu voltasse de viagem.

— A ideia é essa – respondi.
— É um sim?
— Vamos ver o que acontece.
— As crianças não são boas nisso, mãe.

Sam sempre explicava essas coisas para mim, como se elu fosse criança há mais tempo do que eu era mãe.

— Você é diferente das outras mães – elu havia dito poucas semanas antes.
— Sou? E como são as outras mães?
— Ah, tipo, você mostra alguma coisa que fez e elas dizem coisas como "UAAAU, AMEI!".

Não era a resposta que eu esperava; e não foi tão ruim ouvi-la. Minha mãe nunca soube muito bem como agir, o que fazer numa determinada situação, então em geral ela perdia o rumo, prometia a lua, e aí do nada mudava de ideia e recuava, irritada.

— Eu adoro as coisas que você faz – respondi, ajeitando sua franja molhada.
— Eu sei, é que você fala como se estivesse conversando com um adulto.
— UAAAU! – exclamei, tentando consertar.

Elu revirou os olhos, algo que tinha acabado de aprender.

— *Eu* não gosto disso. Mas as outras crianças gostam.

— Okay.
— Você tem que se comportar assim na minha próxima festa de aniversário.
— Mas falta um ano ainda.
— Eu espero.
— Combinado. Vou me esforçar.

Enquanto eu secava seu corpo, conversamos sobre as lembrancinhas que eu traria de cada estado.
— Um brinquedo.
— Brinquedo não. Vou pegar algo da natureza.
— Um chaveiro já está bom.
— Pode ser uma pedra ou um cacho de sementes. Ou um guardanapo engraçado de algum jantar.
— Guardanapo? Eu não quero um guardanapo! Traz então uma coisa só, bem maneira.

Depois que Sam adormeceu, me forcei a entrar no quarto do Harris usando nada menos que um salto alto. O salto me encoraja *a tudo*, é tipo arrancar um band-aid. Depois da minha transformação (de intrínseca e eternamente solitária a chupadora de corpo de outra pessoa), nosso sexo semanal foi ótimo e quando Harris já estava me proporcionando o quarto orgasmo, me tornei a maior fã de sexo, uma convertida – sexo é essencial para um relacionamento saudável! Mas, depois do esplendor, me retirei para meu estado natural e comecei a temer a vez seguinte – que só aconteceria dali a duas semanas e meia.

De manhã, o céu estava acinzentado e tive a sensação de que aquele seria meu último dia sobre a Terra. O que, para todos os efeitos, sabíamos que seria. Era diferente de pegar um avião, afinal todo mundo sabe que pegar estrada é cem vezes mais perigoso; dirigir era isso. Vesti minha roupa branca antirraios solares e passei um bom tempo arrumando o porta-malas e sentada no banco do motorista ensaiando pegar as coisas sem olhar para elas. A irmã de uma conhecida havia causado um engavetamento de seis carros numa estrada interestadual só porque baixou os olhos para colocar uma fita do Oingo Boingo. Então beijei o rosto inteiro de Sam, mas elu estava ansiose para se refastelar em seu prometido tempo de tela. Harris tirou uma foto.

— Liga pra gente de Utah hoje à noite – disse ele, me abraçando. Olhei para ele como quem diz: *Se eu sobreviver, se eu voltar pra casa, vamos acabar de uma vez com essa farsa e virar uma pessoa só.* Ele me olhou como quem diz: *Se você quisesse, poderíamos começar agora mesmo.* Em resposta, meus olhos nada disseram.

## CAPÍTULO 5

Era uma afronta curiosa dirigir pelas partes conhecidas da cidade como se eu estivesse indo fazer compras. Mesmo depois que entrei na rodovia, ainda sentia que podia estar só indo visitar minha amiga Priya, que morava em Altadena e criava galinhas e fazia um trajeto longo para o trabalho. Me ajeitei no banco, dei um tapinha nos meus petiscos sem olhar para eles e considerei a possibilidade de ouvir um audiolivro. Mas nem dez minutos haviam se passado; a bem da verdade, ainda estava na zona metropolitana de Los Angeles. Comecei a ouvir uma das playlists, mas desliguei na metade de uma música do Portishead. Eu ia ter muito tempo para pensar. Tempo de mais, talvez. Pensei em ligar para Jordi, mas nessa hora o telefone tocou, número desconhecido. Talvez alguém querendo fazer uma extensa pesquisa de saúde pública – quiçá um procurador querendo jogar conversa fora.

Era meu pai. Ligava de um "telefone emprestado" porque o dele estava no conserto. Como de costume, comecei a me desculpar por só ter um minuto para conversar, depois fiquei em silêncio. Ele podia passar *dias* falando. Era possível que eu cruzasse o país inteiro só ouvindo o monólogo do meu pai.

— Que bom que agora você está dirigindo – disse ele – mais seguro. – Então deu a notícia: desde a última conversa, sua alma havia sido substituída por uma nova.

Sei, respondi, os olhos pregados na estrada.

A memória estava intacta, explicou ele, mas nada em sua vida tinha qualquer significado para a alma nova.

— Então estou conversando com a alma nova? É você?

— Quer dizer, é e não é. Eu não me identifico mais comigo mesmo.

Ele descreveu a sensação de olhar para a minha mãe e se lembrar dos cinquenta anos que viveram juntos, mas de não sentir nada especial por ela. Quando uma alma entra num corpo adulto, ela precisa economizar tempo, explicou ele. Ao invés de esperar décadas para se desenvolver, a alma já chega pondo a mão na massa.

Ele não chegou a dizer, mas se presume que a alma visitante também não sentia nada especial por mim. Notei uma mudança e tanto – em geral, ele me fazia uma pergunta e esperava que minha resposta não tomasse muito seu tempo. Dessa vez, ele pulou a pergunta. A visitante não fingiria interesse numa filha que tinha acabado de conhecer.

— Mas você ainda está no campo da morte?

— Lógico – respondeu ele, bruscamente.

Uma pergunta desnecessária, afinal ele sempre esteve no campo da morte. Eu achava que todo mundo sabia o que era o campo da morte, mas lá pela quarta série entendi que isso era coisa do meu pai, embora ele tivesse me garantido que eu, um dia, também entraria no campo da morte.

— Acontece quando você menos espera, quando tudo parece estar indo bem.

Até então não tinha acontecido e a essa altura eu já estava certa de que nunca aconteceria. Segundo ele, sua mãe estava no campo da morte quando pulou da janela; ela já havia desistido de sair. Meu pai nunca desistiu. Era obstinado para um cacete. Pelo que entendi até hoje, o campo da morte é o que a maioria das pessoas chama de depressão. Ou uma combinação de pânico com depressão.

— Eu medito de quatro a seis horas por dia – disse ele –, mas não tenho a ilusão do controle; a visitante vai embora quando chegar a hora.

— Certo.

Pelas respostas monossilábicas que dou, ninguém diria que no meu corpo vive um coração arrebatado. É horrível ser tão fria com ele, mas é difícil encontrar um meio-termo. Foi-se o tempo em que eu respondia com a complacência de um espelho – sua ansiedade era minha ansiedade. Uma vez, quando eu tinha seis ou sete anos, minha mãe viajou para visitar a irmã em Boise. Ele manteve o rádio da cozinha ligado durante todo o tempo de voo e nem precisou dizer o porquê – é claro que estávamos esperando a notícia sobre a queda do avião. Quando deu a hora que ela pousaria em Idaho, soltei o ar, crente que estava tudo bem, então ele disse: *defasagem*. Não precisei de maiores explicações. Um atraso entre a queda do avião e a reportagem do rádio. Continuamos atentos, em silêncio, juntos.

De repente, percebi que o tanque não estava completamente cheio.

— Três quartos do tanque? – perguntou ele. – É mais que suficiente por enquanto.

Quero começar direito, respondi. Segura de que posso seguir viagem por mais oitocentos quilômetros. Mas se cuida e manda um beijo pra mamãe.

Peguei a saída de Monróvia. Quando desci do carro para abastecer, os pneus me pareceram baixos – não gravemente baixos, mas quase lá. Dei marcha ré até a oficina do posto e enquanto um homem barbudo verificava o óleo e os pneus (ambos em dia), perguntei se ele conhecia bons restaurantes na área, de preferência algum de comida saudável. Afinal, eu estava fazendo tanta coisa ao mesmo tempo que o ideal era ter uma refeição de verdade e não precisar parar de novo para almoçar. O homem barbudo olhou para o telefone que eu segurava como se quisesse dizer, Por que você não pesquisa?

— Estou cruzando o país – expliquei. – Aproveitando as especialidades locais.

— Certo. Algumas pessoas gostam do Fontana's. Em Myrtle.

Sentei no carro enquanto ele enchia o tanque e um rapaz limpou meu para-brisa; não era necessário, mas presumi que fazia parte do pacote. Esse cara que segurava o rodo tinha a pinta do Huckleberry Finn/Gilbert Blythe que eu costumava curtir na adolescência, mas com o cabelo mais batidinho e um bigodinho de penugem que de certa forma estragou o encanto. Ele deslizava as quinas da borracha pelo vidro com movimentos longos, assertivos e constantes. Foi hipnótico, como tomar um banho. Entrei num transe indolente e por isso demorei a perceber que fizemos contato visual. Que vergonha. Mas desviar o olhar daria a impressão de que eu me importava com o que ele pensava – ele que desviasse o olhar. Ele não desviou, então ficamos presos um ao outro enquanto ele deslizava janela abaixo. Em alguns momentos, parecia que ele encarava nosso dilema com um sorrisinho, noutros ficava muito sério, como se esse lance entre nós não fosse brincadeira. E dava para sentir meu rosto espelhando o dele, exultante e depois sombrio, severo. Fiquei um pouco desorientada. No que havia me metido? Não ia ter fim? Ao mesmo tempo, ansiava cada vez mais pelo fim. Temi que pudesse ser abrupto ou que de certo modo não estaria preparada para tal. Demorou muito tempo até que percebi o fone de ouvido em suas orelhas. Ele estava escutando alguma coisa, por isso o rosto sério e sorridente. Talvez um podcast. Será que ele conseguia me enxergar pelo vidro? Não, a luz não possibilitava isso; eu era só uma sombra. Tanto faz. Eu já havia esquecido o rapaz quando peguei a rodovia.

Dirigi até o Fontana's escutando Portishead num volume bem alto. Esse foi o disco que mais ouvi em meados dos anos 90, quando minha ex-namorada e minha ex-melhor amiga estavam morando juntas no apartamento vizinho ao meu e consumavam aos gritos seu novo amor. O ato sexual abrangia uma espécie de pancada seguida por um *uh* rouco. Uma excitação que eu desconhecia – nunca tinha apanhado, nunca tinha feito *uh*. Quando elas transavam nesses termos, eu pegava o walkman e escutava Portishead e tentava imaginar uma época em que isso não seria nada além de uma história engraçada. A hora era agora. Minha agonia juvenil era a parte engraçada; foi o que me fez sorrir enquanto dirigia. Vinte anos atrás eu tinha vinte e poucos anos; daqui a vinte anos, estarei nos meus sessenta. Eu não estava mais próxima dos sessenta e cinco do que dos vinte e cinco, mas como o tempo andava para a frente e não para trás, sessenta e cinco era amanhã e vinte e cinco irrelevante. Nunca pensei muito sobre a morte, mas estava me preparando para ela. Compreendi que a morte se aproximava e que todas as minhas preocupações atuais eram ingênuas; eu ainda agia como se estivesse querendo alguma vitória. Não a vitória triunfante que esperava ter nas décadas anteriores, mas a última chance de me recompor antes da chegada do inverno, minha última temporada.

Esquecia que minha presença era fundamental. Parecia quase impossível *estar aqui agora* enquanto dirigia, mas talvez a situação mudasse de figura nos dias seguintes. Beleza. O único jeito de virar Motorista era dirigir. Senti uma falta súbita de Sam. Por que estava indo para tão longe delu quando no fundo o que eu mais queria era lhe dar um abraço?

Essa havia sido a surpresa triste da maternidade. Pais e mães com seus bebês sempre pareciam *possuir* seus filhos – aninhando-os nos braços ou segurando suas mãozinhas para atravessar a rua. Sem dúvida, uma refeição completa de amor e intimidade. Havendo disposição para pagar o preço, receberia em troca um amor total impossível de se realizar com qualquer outra pessoa.

Sim e não. O problema foi apresentado de cara, uma pessoa inteiramente dentro da outra, uma condição que *parecia* aproximar mas que fundamentalmente afastava. Eu nem conseguia encostar meu ouvido na barriga para ouvir elu, as outras pessoas conseguiam. E o bebê nascido era *tão* macio, doce e fofo que foi frustrante, e pequeno demais para ser de fato aconchegado. Eu sempre tentava colocar partes de seu corpinho na boca, elu também tentava fazer isso comigo, mas não há formas de consumar o amor pela criança que você pôs no mundo.

Com um companheiro, sempre há a história de como vocês se conheceram, como se escolheram a despeito de todas as outras pessoas no mundo, e os anos passados marcados por decisões conjuntas – ninguém poderia dizer que era tudo um sonho; ambos tinham suas responsabilidades. Com uma criança é diferente. Para a criança *foi* um sonho. E os dias desaguavam em anos que passavam a toda velocidade (para os pais), então só era possível se entregar de corpo e alma ao caos, fazendo sanduíches loucamente e lavando cabelos, à espera de que houvesse enfim algum ritual, algum momento de reflexão. Talvez na formatura do colégio a criança se virasse e dissesse "Ufa. Agora estou entendendo, posso falar sobre isso – que viagem, né? Uma quantidade insana de sanduíches que você teve que fazer, sendo que antes você quase nunca fazia sanduíches! E olha só o meu corpo! Vou tirar a roupa toda e mostrar meu corpo para você antes que eu o entregue à minha própria vida e você nunca mais o veja." E aí a criança tiraria tudo, como numa cerimônia, e eu admiraria e cheiraria cada parte de seu corpo, tocaria qualquer parte que elu me sugerisse – um músculo, um brilho no cabelo – e, com respeito, admiraria todo o resto, até as unhas dos pés, bizarramente compridas.

Ou se isso fosse muito invasivo (que adolescente iria querer isso), que aparecesse só um pergaminho que pudéssemos assinar, reconhecendo que tudo isso de fato aconteceu e que, embora um de nós não tivesse poder de decisão e o outro estivesse exausto o tempo todo, tudo aquilo realmente havia acontecido. Meus pais desejaram esse pergaminho. Eu era muito vaga em relação à minha infância – às vezes parecia quase negar que ela tivesse de fato acontecido ou que tivera pouquíssimo significado. Noutras, a queria toda para mim, reformulando suas cores a ponto de que beirasse a uma invenção completa. E isso na verdade era pior – melhor deixar tudo como está, uma alucinação da qual não conseguia me lembrar perfeitamente, um caso de amor consumado que significava para sempre muito ou pouco, recebendo só uma determinada quantidade em momentos fugazes, como quando Sam e eu tomamos banho no escuro, de novo e finalmente dividindo a quentura e a água de um mesmo útero. Meu Deus, que saudade.

Eu não classificaria o Fontana's como um lugar de comida saudável. Pedi um Shrimp Diablo. A garçonete jovem não foi muito cortês, ainda assim a tratei com gentileza; eu sempre me esforço para não agir como a minha mãe em situações como essa. Em geral, ela sentia que estavam caçoando dela – então zombava de volta. Ela ficava nervosa e zombava da garçonete, do taxista, do vizinho. Às vezes as pessoas nem percebiam, mas era normal que notassem e aí começava a briga e tudo terminava com ela aos prantos. Hoje em dia não ligo tanto, mas quando era adolescente e ela zombava de mim, tinha que me segurar para não arranhar seu rosto ou mordê-la. Fazendo um balanço, minha mãe era mais calorosa que meu pai, isso é incontestável. Eu adorava ficar aninhada em seus braços; o calor e o cheiro de seu corpo numa camisola de náilon azul-bebê. Seus peitões macios caindo de um lado para o outro. Uma vez, quando eu tinha uns quinze anos, tentei estrangulá-la num desses episódios de deboche. E foi aí que descobri que a violência não traz prazer algum; o efeito é contrário, você leva a pior.

Olhei para o telefone enquanto comia. Alguém fazia um pedido para viagem e brincava com a garçonete que queria o "*de sempre* sempre" e de repente percebi, por meio de um horror vagaroso, que era o rapaz que havia lavado meu para-brisa. Dei um gole na água e mordi um pedaço de gelo. Como não tínhamos de fato nos encarado, é claro que não havia motivo para constrangimento; não passava de uma coincidência surpreendente. Ele estava enfiando a aba do boné de beisebol no bolso de trás da calça jeans.

— Eu vi você no posto de gasolina – falei, iniciando a primeira de tantas conversas que teria com estranhos no país inteiro. Quando se está de passagem, é normal conversar com qualquer pessoa.

Ele piscou várias vezes. Cheguei a pensar que não teria resposta, e talvez eu estivesse muito distante de sua órbita para chegar a ser ouvida.

— Quê?

— Você limpou meu para-brisa e agora cá estamos. Coincidência engraçada.

— O lugar é só uns minutos de distância daqui.

Ele parecia genuinamente confuso com a minha surpresa, como se a ideia de uma coincidência fosse sutileza demais para ele. A vida é sempre assim. Ninguém tem a reação certa para coisa alguma.

— Eu levo os carros dos pátios da Hertz de Monróvia para Duarte, vou e volto o dia inteiro. Aqui é o ponto intermediário pra mim.

Fiz um aceno de mão na frente do rosto, sorrindo, Deixa pra lá.

Ele olhou para minha roupa toda branca e disse:

— Você não é daqui, né?

Minha refeição chegou e ele me contou coisas sobre a região enquanto esperava seu sanduíche de presunto e cheddar ficar pronto. Quando chegou, comeu em pé, respondendo às minhas perguntas como uma criança muito bem-educada, apta a conversar com adultos. Seu nome era Davey. Ofereci uma cadeira da mesa e ele se sentou de banda, mordendo com vontade o sanduíche e contando a história das franquias da Hertz de que seu tio era dono. Antes ele trabalhava como atendente, mas então transferir os carros era mais divertido, "ainda mais quando posso cronometrar com a minha hora de almoço!". Ele nem questionou se essas informações eram interessantes; supus que todos os jovens bonitos desfrutavam de um tratamento de subcelebridade do qual nem se davam conta. Ou vai ver era assim com todos os jovens hoje em dia, tão mimados na infância. Não me abalei. Eu também *era* uma espécie de subcelebridade então sabia o que era ter o interesse das pessoas nas coisas desinteressantes que eu dizia. É claro que ninguém ali poderia me reconhecer; foi até libertador me dar conta de que seria uma pessoa totalmente anônima, neutra, pelos próximos 4.300 quilômetros. A mãe era gerente de negócios. A esposa, Claire, recepcionista do Palaces, uma empresa de design de interiores. Era muito talentosa – todo mundo dizia que ela tinha mão para decoração. Irmãos? Uma irmã mais nova, Angela, competia no torneio estadual de ginástica, mas aí se machucou gravemente. Hoje em dia mora em Sacramento, dando aulas no Planet Gymnastics.

Ele não era tão jovem quanto aparentava, mas mais jovem do que pensava ser. Trinta e um é jovem, comentei. Ele se retraiu como se eu tivesse dito isso por educação. Sentiu-se um lixo, como se já pudesse ter feito muito mais coisas na vida. Havia perdido tempo com bobagem. Vinha fazendo muita hora-extra; precisava juntar vinte mil dólares, um "pé-de-meia", e isso demoraria anos e anos. Assenti, demonstrando compreensão. Nada em mim revelava que eu tinha acabado de receber vinte mil dólares por uma frase sobre trabalhos manuais.

— Mas e você – perguntou ele –, faz o quê da vida? – Será que sabia que era a primeira pergunta que me faria?

Contei o que fazia, por alto, e que estava indo para Nova York.

— Ah, faz sentido. Vou fazer alguma participação no seu trabalho?

Sorri.

— Não.

— Ah, faz acontecer. Alguém que você conheceu no seu caminho para Nova York.

Olhou resignado para o espaço do restaurante, como se fosse a campina que passaria toda sua vida cultivando. De repente, virou a cabeça e franziu os olhos para mim. Por um segundo, me perguntei se havia sido enganada – tudo isso não passava de atuação? Ele tinha consciência de tudo? Ainda tinha uma irmã? Então amassou a embalagem do sanduíche e arremessou do outro lado do salão, sem acertar a lixeira.

— Boa sorte – disse ele. – Não vá levar multa por excesso de velocidade.

— Pode deixar.

Paguei a conta e peguei a estrada, deslizando suavemente para a pista da esquerda, aumentando o volume do Portishead.

Enfim a ex-namorada e a ex-melhor amiga se mudaram, e porque o antigo apartamento delas era muito maior do que o meu, perguntei ao proprietário se poderia me mudar para lá. Minhas mãos tremiam na primeira vez que abri a porta, como se elas ainda pudessem morar ali, como se ainda estivessem transando. De certo modo estavam. Haviam deixado um potão de arroz e uma vara comprida de bambu. *Uh*. Elas se espancavam mesmo. Joguei a vara no lixo e comi o pote de arroz nos meses seguintes, mastigando devagar, olhando ao redor do apartamento, fazendo planos. Morei ali por seis anos. Foi onde me tornei quem sou – ou, ao menos, um eu que duraria muito tempo. Nunca permiti que amantes morassem comigo. Precisava comer sem disciplina enquanto lia e às vezes ficar pelada o dia todo. Trabalhar na cama. Acordar no meio da noite na fissura de fazer algo totalmente novo e pirar até o amanhecer e depois tomar um banho canforado feito um campeão depois de uma grande briga. E aí dormir e dormir e dormir sem ninguém encher o saco. Mensagem do Harris. Me concentrei na estrada e ele seguia mandando mensagens, que se multiplicavam. Três, quatro, cinco mensagens. E isso fez com que me sentisse *obrigada* a parar em Duarte, por segurança, caso não quisesse cometer o erro Oingo Boingo.

O pátio da Hertz ficava bem ali, na saída que peguei da rodovia, então parei em frente a ele. Não gosto de perseguir e encorajar coincidências, então nem olhei, mas teria sido engraçado se ele batesse no meu para-brisa enquanto eu estivesse olhando para o telefone. A primeira mensagem era minha foto com Sam, tirada há menos de uma hora. Então uma outra mensagem que dizia **Manda pra mim o contato da mãe da Astrid**. E depois: **Sam quer brincar com ela**. E: **Mas manda na sua próxima parada**. Mandei o contato da mãe da Astrid, desliguei o carro e comecei a andar pelo quarteirão na direção errada. A direção errada é oposta à direção que você instintivamente quer seguir. Talvez isso cause uma torçãozinha nas conexões do universo – estou aqui – ou talvez deixe você mais alerta, percebendo mais as coisas. Não que eu teria deixado de avistá-lo caminhando em direção ao carro. Ele me viu de longe e acenou.

— Você vai demorar muito tempo pra chegar em Nova York – gritou ao se aproximar – se parar em cada cidadezinha.

— Tive que parar... meu marido estava mandando mensagens.

Ele riu, mostrando que não era necessário explicar. Estava tirando as chaves do bolso.

— Voltando pra Monróvia? – perguntei.

— É, rota concluída. Hora de ir para os braços da patroa.
— Claire! A recepcionista do Palaces!
Ele sorriu para mim e me apontou um dedo como se fosse uma arma. Não achei necessário dizer tchau mais uma vez. Sorri com alegria e segui meu caminho.
Dirigi desnecessariamente rápido, margeando as quatro pistas. Estava dirigindo na direção errada, sentido Los Angeles, mas parecia não fazer a menor diferença. Tantos outros carros iam nessa direção, eu não era a única. Peguei a saída de Monróvia. Passei pelo Fontana's e parei em frente a uma loja de smoothies.
Quem pode explicar por que alguém faz determinada coisa?
Fiz um passeio. Dei uma olhada num pet shop e numa loja de antiguidades. Encostei na perna de uma boneca de celuloide e numa linda colcha rosa. Fiz as unhas. Fui em direção ao meu carro e passei como se fosse o carro de outra pessoa e eu morasse nessa cidade.
Quem criou as estrelas? Por que há vida na Terra?
Sentei na biblioteca. Andei pelo arboreto. Jantei num restaurante chamado Sesame Grill. O garçom comentou o desfile do ano anterior; achou que eu era moradora e eu não corrigi sua impressão.
Quando começou a escurecer, dirigi alguns quarteirões até chegar a um hotel que tinha chamado minha atenção, o Excelsior.
Ninguém sabe o que está acontecendo. Nossas vidas estão sendo arrastadas pelo vento que começou a ser soprado milhares de anos atrás.
Um aviso luminoso dizia Não há vagas, mas o "não" tinha um outro "não" escrito sobre ele. Não não há vagas. Era um hotel podre de beira de estrada como todos os outros, exceto por duas colunas imensas e encardidas flanqueando o estacionamento. O recepcionista disse Dois nãos fazem um sim, era um aviso temporário. Ele parecia um surfista velho. Me entregou a chave do quarto 321, que não ficava no terceiro andar, explicou ele, o hotel só tinha um andar. E que eu podia estacionar o carro em frente à porta principal se quisesses.
Sam teria corrido pelo quarto e, ao invés de se desapontar com a monotonia, arrancaria o plástico da caneca, abriria o sabonetinho, testaria a cama, ligaria a TV e entraria no armário. Eu fiz todas essas coisas também, lentamente. O quarto, que surpresa, era grande, mas não fazia a menor diferença – um ambiente menor seria mais aconchegante. O colchão era

fino demais. Uma vez, numa viagem de trabalho, me hospedaram no Le Bristol, em Paris. Enquanto eu andava pela suíte, comecei a chorar. O papel de parede com rosas cor-de-rosa e o carpete e as cortinas tinham rosas cor-de-rosa e a cama era como um seio belíssimo que ninguém gostaria de largar. Espelhos dourados, uma mesinha com tampo de mármore, um par de cadeiras Luís XIV reunidas num canto que estimulava a leitura de um poema. A papelaria, o robe, a loção – cada uma dessas coisas era mais densa e requintada do que eu imaginava existir. Comecei a ficar em pânico – como seria minha vida depois disso, de saber dessas existências? Aí fiquei com raiva. Não pela injustiça basal do luxo feito para uma parte menor da elite, não, mas porque só ia ficar duas noites. No fim das contas, foi ótimo. Saboreei cada refeição, tirei fotos como uma turista idiota, e quando chegou a hora de ir embora, aceitei meu retorno à vida civil em silêncio. Tampouco consegui armazenar as pinturas que vi no Louvre.

Liguei pro Harris. Contei que não tinha ido tão longe quanto esperava.
— Onde você está?
Semicerrei os olhos para o lustre de plástico no centro do teto e me perguntei se toda luz, independente da forma – vela, abajur, vagalume – vinha originalmente do Sol.
— Perto do Zion National Park.
— Ah, tá, você chegou a Utah, impressionante.
Eu estava a um passo de comentar sobre a paisagem que vi pela janela dentro do túnel quando me dei conta de que ele queria desligar a ligação.
— Tô resolvendo um lance aqui com a Caro.
Harris nunca quer saber mais do que o mínimo. Acho tranquilo. Chegaria a hora, depois dessas formalidades, em que nos entregaríamos a um jorro de emoção. E obviamente agora eu só teria mais "mentiras" para contar. Mentiras entre aspas porque as pessoas sempre usam as palavras com muita justeza, como se a verdade fosse um diamante puro. Mas beleza, chamemos de mentira. Cada pessoa mente o quanto lhe basta. É preciso se conhecer e executar a quantidade de inverdades que sua própria constituição exige. Conheço muitas mulheres (como minha amiga Jordi) que não conseguem suportar o sentimento que a mentira lhe desperta – não é a praia dela.

"O que você avista é o que você tem", dizem essas mulheres sobre si mesmas. Para mim, mentir criou uma quantidade segura de problemas e o que eu avistava era só uma das minhas quatro ou cinco faces – todas elas reais, todas elas com necessidades próprias. A única mentira perigosa era aquela que demandava que eu me comprimisse numa única entidade conveniente à compreensão das pessoas. Eu era um caleidoscópio, cada pedaço de vidro brilhante modificando-se com os giros.

— Dizem que um caleidoscópio não devia se casar, pelo menos não com uma pessoa tão convencional – disse Jordi quando contei a ela essa teoria.

— Mas eu tenho um lado convencional também – retruquei. – Pra casar eu tenho que ser só isso? Exigimos isso dos homens? Não, para eles seria humilhante, afinal constroem sua identidade por meio do trabalho e do poder e da majestade com que desfilam pelo mundo, como se fossem autossuficientes. É a mesma coisa.

Um dia, quando estivéssemos prontos, eu me revelaria inteiramente para o Harris; seria como mostrar um suéter tricotado em segredo.

*Deus meu, diria ele. Como você arranjou tempo para fazer isso?!*

*Uma hora aqui outra ali, quando dava. Às vezes você estava perto de mim.*

*Eu não sabia que você tricotava!*

*Você desconhece muitas coisas sobre mim; essa é a finalidade desta metáfora do suéter.*

É claro que, se você passa anos e anos tricotando uma hora, o suéter fica tão grande que passa a ser impossível escondê-lo.

## CAPÍTULO 6

Na manhã seguinte, fiquei duas horas imóvel na cama desarrumada. Me convenci de que estava tudo bem, era mais fácil ficar deitada ali do que pegar a estrada de novo; ainda estava em prol do meu objetivo principal. A súbita ausência de responsabilidade era como a antigravidade, flutuante, espumosa, quase alucinógena. Não ter que preparar café da manhã para ninguém, não precisar montar um bentô em cinco partes nem gritar Calça o sapato! Escova os dentes! (Gentilmente, mas com firmeza, por vezes seguidas, não para ser implicante tampouco indulgente, mas sempre tendo em mente a futura pessoa adulta que estava sendo moldada *ali*.) Por que você ainda não calçou os sapatos? Onde estão? Aqui. Esse é o pé errado.

Sem precisar dizer qualquer palavra dessas e não ter ninguém para levar à escola.

Uma batida na porta que logo se abriu com o grito *Limpeza de quarto!* Não me mexi.

— O checkout é às onze – disse a arrumadeira.

Olhei para o relógio. Onze e dezesseis.

— Você vai ter que pagar mais um diária se não sair em quinze minutos.

Ela tinha um sotaque estranho ou algum distúrbio na fala. Seu crachá dizia que seu nome era Helen.

— Vou pagar mais uma diária.

— Certo.

Olhou o quarto inteiro, nem disfarçou. Minhas coisas estavam espalhadas por toda parte.

— Quer que eu limpe o quarto?
— Não, tudo bem.
— Toalhas limpas?
— Não, obrigada.

Levantei da cama e comi uma PowerBar e voltei para a loja de antiguidades. Não fui direto naquela colcha bonita porque não queria que a atendente pensasse que eu a queria muito. Era macia e tinha estampa de estrela, acetinada mas sem ser espalhafatosa, cor de salmão. Era um item daqueles bastante femininos e decadentes que sempre quis ter; eu era muito boa em saber exatamente aquilo que queria e depois, no último segundo, escolher outra coisa.
— Quanto custa?
— Duzentos dólares.
Suspirei.
— Década de 20, está em perfeito estado.
— Pago cento e vinte.
— Ah, não tem negócio. É uma peça impecável. Nem devia estar à venda; tem padrão de museu.
Às vezes sentia um ódio pelas mulheres mais velhas que quase me derrubava, de tão abrupto. Esses "espíritos livres" que se achavam no direito de inventar o valor das coisas.
— De que museu? – perguntei.
— Como?
— De que museu? Do museu das colchas?
Ela olhou para mim com muita surpresa e me deu as costas com brusquidão. Então senti o oposto do ódio. Quem sabe mais o valor das coisas? Ela tinha uns quinze anos a mais que eu. Já viveu muito na vida, fez de um tudo, ninguém é bobo. Ela nem era feia, só não era jovem, um pouco rechonchuda. Até bem pouco tempo atrás, ela era mais bonita do que eu e tinha consciência disso.
— Vou levar. Duzentos dólares.
Em silêncio, ela tirou a colcha da prateleira e começou a embrulhá-la em papel de seda. Tirei o cartão de crédito e baixei os olhos.

— Cento e vinte foi uma indecência – disse ela. – Você tinha que ter oferecido cento e sessenta. Eu provavelmente teria vendido por cento e setenta e cinco.

Ela me cobrou os duzentos dólares e na minha cabeça ela me devia vinte e cinco de troco. Não que eu fosse pedir; jamais faria isso, a menos que tivesse perdido tudo e todos e não tivesse mais a quem recorrer.

Levei a colcha para a lavanderia, porque ninguém merece cruzar o país com uma colcha cheirando a mofo dentro do carro. Disseram que ficava pronta às três do dia seguinte. Olhei o calendário do celular; no dia seguinte, meu trajeto era só "Denver-Kansas". Recebi um canhoto de devolução. Se alguém se perguntasse o que eu estava fazendo ou quem eu representava, eu podia mostrar o canhoto: *Essas pessoas me esperam às três da tarde, não posso me atrasar.* Não tinha hora marcada, mas certamente era um compromisso. Todas as pessoas acham que estão decerto comprometidas com suas vidas. No fundo, fiz pouca coisa para vir parar aqui. Andei na direção errada do quarteirão e depois peguei o caminho errado na rodovia.

E como agora eu ia passar mais uma noite na cidade, desfiz a mala e guardei todas as minhas roupas na cômoda chinfrim que não passava de um objeto cênico. Pendurei os modelitos de Nova York no armário. Peguei o vaporizador portátil e passei minhas saias e blusas. Algumas roupas eram andróginas – roupa masculina aqui, modelitos urbanos e casuais ali. Deixei essas roupas na mala e priorizei figurinos mais femininos e justos. Salto alto e saias-lápis, suéteres curtos, vestidos acinturados com cintões que demarcavam minha cinturinha. Tudo que é antigo tem um contrapeso moderno; depois dos quarenta é preciso ter cuidado com o vintage. Eu não queria ser confundida com uma mulher mais velha que usa roupas de sua juventude dos anos sessenta. Sobretudo os jovens têm dificuldade em distinguir idades depois dos quarenta. Quando ganhei minha primeira fita da Patti Smith, do disco *Horses*, eu tinha vinte e dois, e ela tinha só quarenta e cinco. Mas eu não a via como minha contemporânea; nem tinha certeza se ela ainda estava viva, porque a capa do *Horses* era uma fotografia em preto e branco. Em vez de pensar que era uma escolha estética, como usar roupas vintage, inconscientemente associei o álbum ao passado remoto dos filmes em preto e branco. Caso alguém perguntasse, talvez eu conseguisse localizar o álbum na década certa, mas grande parte da vida nada mais é do que um nevoeiro de associações inconscientes nunca trazido à luz. Um bom jeito de aferir um modelito é passar correndo pelo espelho ou, melhor ainda, fazer um vídeo de si mesma correndo na frente do celular. Quantos anos tinha aquele borrão de mulher? Vinha do passado ou do presente? E aonde ia com tanta pressa?

Circulei por Monróvia com um vestido chemise vermelho e salto alto branco. As zonas comerciais não tinham sido construídas para passeios a pé, mas havia algumas áreas residenciais aconchegantes. Várias vezes cruzei com adolescentes de mochilas nas costas, seus peitos inflados pelos hormônios do leite de vaca que as camisetas mal conseguiam tapar. Toda vez que as via se aproximando, fingia ser de outro país, reproduzindo o ar de alguém tão estrangeiro que não podia ser compreendido nem reprovado com base nos parâmetros americanos. Andei metodicamente por toda parte, como se procurasse alguma coisa mas sem saber especificamente o quê. Perto da rodovia tinha lojas semelhantes à Michaels ou à Bed Bath & Beyond e foi aí que avistei ao longe uma Budget Rent-a-Car. Parei e dei uma olhada no outro lado da rua, certa do que encontraria: a concorrente, Hertz. Olhei para a locadora de veículos com uma sensação estranha, mas dei as costas e voltei pelos mesmos passos em direção ao Excelsior.

Jordi achou incrível que eu já estivesse atrasada.

— É isso aí! Siga a beleza das coisas!

Dei uma boa olhada naquele quarto imenso e sem graça.

— Estou me esforçando.

Comprei comida no Grocery Outlet. Assisti à televisão. Tomei um banho. Na manhã seguinte, repeti tudo seguindo a ordem exata, como se essa fosse minha rotina há anos. Tudo muito natural. À tarde, peguei a colcha na lavanderia e levei para o hotel, sentindo que chamava a atenção pelo tamanho do embrulho. Mas quem notaria minha presença? Afofei a colcha rosa sobre a cama de casal e dei um passo para trás, contemplando o cenário em sua totalidade. O carpete marrom tinha mais presença agora, realçado pela colcha; uma pena que era de tão baixa qualidade. Podia enxergar um vaso de flores sobre a mesa. Em cima da cama havia um quadro verde-acinzentado tão discretamente abstrato que não tinha qualquer significado. Tirei a pintura da parede e pus embaixo da cama, junto com a colcha original.

Me senti muito viva, mais ou menos vivaz.

Eu nunca tinha decorado interiores, ao menos não investindo dinheiro de verdade. Harris já era proprietário da nossa casa antes de nos conhecermos, então só precisei me mudar, bastaram vinte minutos para tal. A louça, os móveis e as roupas de cama eram melhores que os meus, então doei algumas coisas para a caridade, guardei meus livros e roupas e pendurei meu nécessaire roxo num gancho do banheiro. Quando os amigos vinham visitar, eu os puxava de canto e explicava que quase nada naquela casa era meu, nem tinha meu estilo. Na verdade, tudo era muito mais sofisticado; tinha uma mesona de madeira preta com oito cadeiras combinando. Onde se comprava uma coisa dessas? Com o tempo, deixei as pessoas acharem que era tudo meu ("nosso", sei lá). Me refiro a: nossas colheres, por exemplo. Não parávamos de perder as colheres, até que restaram apenas três em uso. Vou resolver isso, pensei. Consigo resolver esse problema sozinha. E resolvi. Comprei colheres da melhor qualidade – dez. Às vezes, quando estamos no meio de uma discussão séria, penso: vou pegar minhas colheres e ir embora.

As cortinas de náilon do hotel eram de fato beges ou estavam sujas? Mesmo sem fazer outras substituições, cortinas novas (mais a colcha) já dariam outra cara para o quarto; nem precisa ser uma designer de interiores para chegar a essa conclusão. Muito embora eu conhecesse uma designer de interiores em Monróvia – ou pelo menos a recepcionista que atuava nessa área. Fiz uma busca por "Palaces". Tinha um club de striptease, mas também várias ocorrências de *Palaces, de Stephanie Rosenbaum*. A mulher que atendeu o telefone disse Palacesdestephanierosenbaum com tanta veemência que precisei de um tempo para organizar meus pensamentos.

— Olá.

— Gostaria de falar com Stephanie?

Percebi que Stephanie estava do lado dela e que ambas estavam no local de convivência/trabalho de Stephanie.

— Não, não, não exatamente. Falo com Claire?

— Pois não.

Demorou um tempo para que eu a fizesse entender que eu queria ser atendida por *ela*, não por Stephanie. Quando enfim entendeu, sua voz ficou sussurrada e disse que me mandaria mensagem de um outro número. Uma mulher muito discreta. Liguei depois das cinco e passei o endereço do meu hotel.

Ela era baixa e bonita, cabelos longos em louro escuro e usava muitos anéis nos dedos delicados. Ao olhar para suas mãos de menina, tive a certeza de que ela e Davey trocavam muitos abraços e afagos, que talvez até brincassem de luta livre e que isso a fazia dar muitas risadinhas que às vezes os conduziam a uma foda. Sou muito atenta à intimidade; basta um olhar e sei dizer a aptidão que uma pessoa tem de se deixar levar por ela. Aqui em meu quarto, ela estava sendo educada e profissional, com um caderninho nas mãos, fingindo que eu não era sua primeira cliente. Andou de um lado pro outro, abriu o armário, espiou o banheiro. Falei sobre o Le Bristol, em Paris. Ela fez uma busca no celular e disse "Luís XIV, estilo interiorano", como se fosse pá-pum, um estilo que já havia reproduzido centenas de vezes. Ela se agachou e deu um puxão no rodapé para investigá-lo e, em seguida, o prendeu dando uma martelada com seu punho pequenino. Levantei as sobrancelhas; para o meu nível de propriedade, achei invasivo demais.

— Todos os quartos têm a mesma planta?

— Não, você só vai decorar esse. Estou hospedada aqui. Só preciso de umas melhorias.

Observei-a jogar a cabeça para o lado e prender a respiração. Estou ficando doida?, pensou ela. Não. Loucura é gastar milhares de dólares num quarto de hotel e sair de mãos abanando, como uma observadora passiva. Se eu cancelasse a reserva hoje ainda, poderia reaver o sinal que havia dado no Carlyle, Deus é mais.

— Só preciso substituir alguns itens.

— E você... pra você tudo bem...?

— Você não aluga objetos? – perguntei.

— Olha, nós... eu, eu alugo sim, mas só pra eu entender, você...

— Posso alugar por dia.

— E sua estadia é até quando?

— Aconteça o que acontecer, vou embora daqui a duas semanas e meia. Arkanda.

— Certo. Você acha que... vale a pena? Por tão pouco tempo?

— Acho que vale. Você concorda?

Notei que ela pensou no seu pé-de-meia.
— Vale sim, claro. Você já contratou serviços de decoração antes?
— Nunca.
No fundo, sempre julguei pessoas que contratavam decoradores. Mas agora eu estava em busca da beleza das coisas.
— Aliás, quanto você acha que custa decorar esse quarto?
— Vamos lá... – disse ela, avaliando o quarto.

O número já estava dado: eu sabia que ela precisava de vinte mil, ou o marido precisava, mas será que ela teria coragem de pedir tudo isso? Ela tirava umas medidas aleatoriamente com um aplicativo de celular. Semicerrou os olhos para o teto.
— Digamos que... tá pra base de uns... dezoito mil. Parece muito, eu sei, mas eu forneço todos os materiais e troco todos os móveis que você quiser.

Quase. Ela fez o que as mulheres fazem; imploram pelas coisas que queremos sem pedir.
— E, sim, eu precisaria que ficasse pronto daqui a no máximo três dias – acrescentei. – Para que eu consiga aproveitar. Você incluiu uma taxa de emergência?
— Não. Então, vamos fechar em vinte mil.

Boa, garota.


Por incrível que pareça, ela tinha bom gosto. No primeiro dia de serviço, apareceu com catálogos de papel de parede marcados com post-its em todas as estampas rosadas, também em belíssimos padrões botânicos cheios de papagaios em tons perolados sobre árvores tropicais do século XVIII. Ela sacou a particularidade que havia na combinação colcha rosa e carpete marrom de fábrica – na parte da tarde, cobriu o carpete com um marrom ainda mais bonito, um Grand Parterre Sarouk feito de lã neozelandesa. Enquanto media, já cortava, em seguida prendia cada parte com a diligência de suas unhas de pedra preciosa e eu só pensava quantos segundos até que alguém do hotel batesse na porta. Cinco? Sete? Oito segundos. Abri a porta na primeira batida e antes que o surfista velho dissesse um A, Claire disse "Olá, Skip" e pediu que ele tirasse os sapatos. Ele olhou para o carpete felpudo e tirou os chinelos, inquieto. Caminhou lentamente pelo quarto. Claire fez uma pausa, martelo nas mãos.

— Gostoso, né?
— Caro – respondeu ele. – Não vou pagar por isso.
— Ela pagou.
Ele não parava de massagear o carpete com os dedões do pé. Limpou a garganta.
— Para todos os efeitos, isso viola os termos de hospitalidade que você assinou. Quer dizer, acho que viola. Acho que é depredação de patrimônio alheio.
Claire fez um ruído de ofensa.
— Podemos resolver isso na minha saída? – perguntei. – Depois que você vir o resultado?
— Você planeja fazer mais mudanças?
— É preciso ver o todo – disse Claire, se levantando. – Estamos trabalhando com as seguintes palavras-chave: Brunelleschi, Borgonha, caquis, dálias, cumaru.
Eu não teria revelado as palavras-chave.
— Cumaru. Agora tudo é cumaru... o que é mesmo?
— Tem cheiro de mel e cereja – respondeu ela.
— Ah – disse ele, assentindo sem pressa. – Minha mãe tinha uma bola de porcelana, não chegava a ser uma bola, parecia um ovo, cheio de buraquinhos. Tinha esse cheiro.
— Um *pomander* – respondeu Claire.
— Acho que é – murmurou ele.
— É vitoriano.
— Pode crer.
— Precisamos voltar ao trabalho.
— Também vou nessa – disse ele, escafedendo-se. Claire fechou a porta em silêncio. Tinha um poder admirável, provavelmente a queridinha do papai.
No fim do dia, tirou aquele colchão deplorável da cama e nós o colocamos na mala de seu carro.
— Já volto com o colchão novo. É muito bom, espuma viscoelástica.
Ela atentou para minha reação para ver se eu sabia o que era. Por alguma razão, achava que conhecia mais palavras do que eu.
— Eu sei o que é espuma viscoelástica.
— Beleza. Então sabe que demora uma semana para o gás todo sair.

Eu não sabia disso, do prazo. Comentei que era muito sensível a cheiros.

— Imaginei – disse ela. – Esse que eu vou trazer o gás já saiu; daqui a uma semana troco pelo seu. Está pegando um ar no meu quintal neste exato momento.

Mas que plano complicado.

— Então esse que você vai trazer... por que não ficamos com ele?

— Ué, você vai querer o colchão novinho, pagou por ele.

— Tá bom. Obrigada.

E tudo ainda parecia complexo.

Ela foi embora com o colchão velho e, menos de vinte minutos depois, voltou com o de espuma viscoelástica. Era bem mais pesado. Com dificuldade, colocamos o colchão em cima da cama e a refizemos com os lençóis grossos que havia trazido pela manhã.

— Experimenta. Você vai gostar.

Sentei com cuidado. Muito bom; reagi com um sorriso. Ela retribuiu.

— É o colchão da minha cama.

Levantei de pronto.

— Puxa... achei que você não ia se incomodar – disse ela –, porque o do hotel estava imundo.

Olhei para a cama.

— Onde você e o...

O nome Davey já me era muito familiar, como se eu o conhecesse de fato.

— ... o seu marido vão dormir?

— A gente não tem frescura – disse ela. - Temos colchões infláveis... vai ser divertido! Tipo acampar.


O primeiro dia de reforma foi o quarto dia da viagem: da cidade do Kansas para Indianápolis. Como Harris comentou, eu havia recuperado o tempo perdido e estava em dia com o cronograma. Ele perguntou se meu pescoço estava doendo e respondi que não. Um dia eu contaria tudo sobre mim para ele, e essa viagem seria só uma das minhas histórias. No fim, nos abraçaríamos na cama, conversaríamos sobre tudo, rindo e chorando e maravilhados com todas as coisas que nem desconfiávamos um sobre o outro, a Grande Revelação. Talvez fosse doloroso, por exemplo, se ele me contasse das apalpadas que dava em sua assistente, mas nada disso seria assustador porque nosso então atual nível de intimidade seria tão alto que não haveria espaço ou desejo de sobra para nada nem ninguém. Quereríamos nos abraçar pelo resto de nossos dias (provavelmente não nos restariam tantos, a depender do dia em que isso acontecesse). Apesar da quantidade absurda de catarses, Harris sempre poderia se prender aos detalhes, então não podia sobrar muita invencionice pra ele esmiuçar; ele não precisaria perguntar coisas como "Mas e a luz sobre as plantações de trigo do Kansas? Você inventou que isso aconteceu?".

Não falei sobre as plantações nem sobre a dor nas costas, não comentei nada. Ele falou por alto que estava trabalhando muito. O provável é que ele também estivesse me poupando de tantos detalhes inventados para voltar a isso em outro momento, quando me revelasse que tipo de "trabalho" era esse.

— Sam quer falar com você – disse ele, e a criança entrou na linha. Elu queria saber se eu já tinha comprado o presente. Eu já tinha comprado um presentão para elu no museu das coisas grandes?

Pega no pulo, respondi que sim. Um erro que cometi, é claro. (Erro que nunca seria perdoado).

Posso ver?, perguntou elu, já mudando para o FaceTime, com aquela fluidez tecnológica irritante das crianças. De súbito, averiguei o estacionamento do hotel por onde eu caminhava. Podia ser um lugar qualquer.

Olha você, comentei. Que saudade desse rosto lindo. Meus olhos se encheram de lágrimas.

É um lápis gigante?

Não.

Deixa eu ver? Por que tá tão escuro aí?

Estou na rua.

Cadê o lápis?

Não, não é um lápis. Você vai ver quando eu chegar em casa, é uma surpresa.

Volta pra casa agora!, elu grunhiu.

Fiquei pensando. Que fique claro: no fim do quarto dia – o primeiro dia da reforma –, a dor era tão cortante que considerei brevemente voltar para casa e contar tudo como se fosse uma história curiosa. Se de fato eu estivesse dirigindo pelo país, a dor não seria tão forte; o que a tornava excruciante era a ingenuidade com que Sam e Harris estavam vivendo suas vidas, alheios à minha proximidade. Por que fazer uma coisa dessas? Que tipo de monstro faz um grande alarde na partida e se esconde tão perto?

Não era nada boa essa linha de pensamento. Era o pensamento típico que afastava toda mulher de sua grandeza. Não precisava haver resposta a esse porquê; tudo que é importante começou como um mistério e esse mistério é como um mar aberto que você tem que ter coragem para atravessar. Quantas vezes voltei atrás no primeiro sopro de dúvida? Era preciso suportar a primeira lufada do erro, do desvio para chegar a um lugar desconhecido. Até então, tudo que eu tinha feito em Monróvia tinha sido sob a orientação de um eu que ainda não tinha dado as caras. Uma pateta? Uma doida? Talvez. Bastava que meus lados com mais maturidade tivessem paciência, segurassem a língua – suas tantas línguas afiadas – e dessem uma chance a essa nova garota.


Claro que contei para Jordi.

— Então você está aí... esse tempo todo?

— Estou aceitando as coisas como são. Mas daqui a pouco não terei mais tempo para ir e voltar de Nova York.

— Tem um fabricante de fibra de vidro em Monróvia – disse ela. – Quando eu estava trabalhando com fibra de vidro, sempre ia praí.

— Então você sabe como é perto.

— Pertíssimo.

Contei a ela sobre a decoração do quarto, o papel de parede, o carpete.

Ela disse que eu parecia animada.

— É?

Mas agora sei o que ela queria dizer. Todo meu corpo parecia vibrar uma expectativa vaga. Eu queria explodir em lamúria estridente.

— Mas por que Monróvia? – perguntou ela – Por que não um lugar mais bonito?

Respondi que não sabia. Parei para abastecer, almoçar...

— Na verdade, aconteceu uma coisa engraçada.

Contei a ela sobre o rapaz que vi nas três paradas. A esposa dele estava decorando o quarto.

Jordi me contou a lenda de um ogro que aparece três vezes. Ela sempre compartilha curiosidades mitológicas e históricas. Se fosse qualquer outra pessoa, eu ficaria entediada, mas quando é ela quem conta até gosto. Na lenda, para todos os efeitos, não é o ogro que importa, mas o número três. Será que era o caso?

Eu disse que talvez fosse. Pensamos se ela devia vir me visitar; não devia, porque a tornaria cúmplice de uma mentira. Minha amiga: ela é demais. Meio freira, meio santa – não uma puritana, mas tem sua santidade. Agora me contava um sonho que teve em que esculpia em mármore verde.

Naquela noite, fiquei deitada na escuridão do quarto, na cama conjugal de Claire e Davey, debaixo da colcha estrelada. Tive a sensação de que estava no centro de um ritual de oferenda, sob o engendramento de um feitiço. Mais dois dias e o quarto ficaria pronto. Pronto para quê? Tentei explodir na lamúria estridente, mas saía muito pesaroso, como um lamento, o balido de uma cabra atarantada.

Claire fazia aquela coisa de bater *enquanto* abria a porta com a chave que dei a ela, então eu sempre saía correndo para me recompor, enxugar o rosto, vestir uma camiseta enquanto ela dizia Oi, oi, ooooi! Hoje ela desembestou para dentro do banheiro, onde deixou um vidro de sabonete líquido de cumaru e uma loção feita por freiras italianas. Substituiu as toalhas do hotel por outras novas e brancas como a neve que trouxe numa bolsa gigante de lona.

— Toca só – disse ela, apontando para as toalhas. Encostei com educação e depois as esfreguei com as duas mãos e encostei o rosto. A melhor toalha que já vi. Tão encorpada e absorvente que fazia todas as outras toalhas parecerem trapos. Havia uma toalha enorme de banho, uma toalha de mão, uma toalhinha e uma outra que Claire descreveu como "semitoalha" – para situações mais drásticas, como a boca suja de pasta de dente ou cabelo encharcado de condicionador.

— A "semitoalha" preserva as outras toalhas, que devem ser usadas no rosto e no corpo – disse ela, deixando-a ao lado da pia.

— Você inventou a "semitoalha"? – sussurrei.

— Você pode largar essas toalhas em qualquer lugar que a Helen vai substitui-las por um jogo novo a cada dia, é de praxe.

Notei que Claire ignorava a maioria das coisas que eu dizia e senti que estava conversando com a minha mãe, mas que agora ela tinha deficiência auditiva.

Enquanto Claire e um encanador substituíam a banheirinha por uma banheira diferente e melhor com um chuveiro "chuvisco", fui para o carro e fiz uns telefonemas. Pedi que minha agente, Liza, cancelasse a reserva no Carlyle, a reunião com a designer de sapatos feminista e que tentasse conseguir o reembolso dos ingressos de um espetáculo off-Broadway, muito embora, enfatizei, isso fosse menos importante que o cancelamento da reserva no Carlyle, que, sozinho, havia comido mais da metade do meu rico dinheirinho.

Liza não perguntou o motivo. Não era o tipo de pessoa para quem eu tinha que dar satisfações ou ficar envergonhada, afinal ela não tinha qualquer interesse pelo que eu fazia; ela era só uma colega da época do colégio. Durante uma crise financeira difícil, pós-divórcio, ela procurou a turma inteira e, embora nunca tivéssemos conversado na escola, disse a ela que poderia me ajudar por alguns meses até se restabelecer. No decorrer desses meses, finalizei o trabalho que me daria reconhecimento, e Liza, creio eu, cuidou das coisas direitinho. De todo modo, deu certo, e agora que ela era ponte entre todos os contatos, nunca me pareceu justo pedir que ela saísse da jogada, sobretudo depois que foi diagnosticada com fibromialgia. Harris adora conjecturar a quantidade de dinheiro que eu teria ganhado ao longo desses anos se eu tivesse uma agente de verdade, e não Liza.

Não consigo explicar como as circunstâncias do meu sucesso se baseiam num acordo de carregar essa pessoa nas costas pelo resto da minha vida. Sempre tem que haver um fardo para equilibrar as coisas. (Indispensável dizer que um homem jamais se atolaria nessa penitência financeira mirabolante). E Liza é amada por todo mundo. Em todos os lugares por onde passo, mundo afora, as pessoas perguntam *Como está Liza?* e ficam um pouco desapontadas por eu não ser tão sociável quanto ela. Depois de cada evento, quando é a hora de ir embora, acabo respondendo às perguntas sobre Liza e de certa forma elaborando nossa relação, insinuando que éramos namoradas no colégio e que, mesmo depois do meu casamento, seguimos firmes e fortes mas pagando os pecados de nossa atração fatal, sempre presas uma à outra. Não é verdade. Mas sempre tem uma machona ou uma pessoa não binária no corpo de anfitriões das faculdades que pestaneja quando conto essa história, dá um golinho em sua bebida sem álcool, olha para os sapatos e, quando volta a me encarar, retribuo com um *sim* picante. Mas isso para por aí. Preciso manter minha lesbianidade viva e em segurança, como uma pessoa que enterra trouxinhas de dinheiro ao redor do mundo – não sei de nada, mas sei de tudo.

— Onde você tá agora? – perguntou Liza antes de desligar.

— Quase em Pittsburgh.

— Ah, então amanhã chega em Nova York.

— Amanhã, Nova York – confirmei, observando uma mãe usar lencinhos para limpar alguma coisa no banco de trás do carro. Vômito de criança, provavelmente.

Mandei uma mensagem cancelando todos os compromissos que tinha com amigos explicando que havia tido uma revelação e que ia aproveitar meu tempo no Carlyle para viver um retiro de escrita, mas que entraria em contato na próxima vez que estivesse na cidade. Um amigo respondeu **Agarra essa onça/ mal posso esperar para conhecer o mundo que você está invocando!** Deixei o autodesgosto passar por mim como uma nuvem. Tinha só uma amiga, a Mary, de quem eu era próxima demais para falar esse tipo de coisa, então apenas disse que estava passando por uma crisezinha e que não tinha cabeça para fazer mais nada.

— Crise… de meia-idade?

Não, eu ri. Embora as crises de meia-idade fossem malfaladas, talvez cada uma seja única e profunda, e sua má-fama seja culpa de uns idiotas em conversíveis vermelhos. Me imaginei cumprimentando um cara desses com solenidade: Percebi que você chegou na fase dos grandes questionamentos. Que Deus te ajude, guerreiro.

— Você está tendo um caso?

— Não, não, nada a ver.

— É a menopausa?

Ri de novo. Mary era mais velha que eu e tinha obsessão com as ondas de calor. Ela aproveitou a oportunidade para me contar a história do dia em que enfiou a cabeça dentro do congelador no meio de uma festa, e eu ri mais uma vez. Eu gostava de viver alheia a esses acontecimentos. Minha ignorância me permitia ser a irmãzinha mais nova, praticamente uma criança.

— Aconteça o que acontecer, saímos pra almoçar, tá?
— Almoçamos e foi delicioso e adorei ver você – respondeu Mary.

Dei uma choradinha. Talvez eu devesse ter ido à Nova York.

— Te amo.
— Também te amo. Boa sorte, meu bem.

Depois do almoço, Claire, já sem fôlego, empurrou uma caixa pesada em um carrinho dobrável de bagagem.

— Peças únicas. Totalmente fora de linha, retrô de Portugal – ela arriou a bolsa e começou a montar peças hexagonais no chão do banheiro. – Primeiro fui ao International Stone and Tile, mas estavam pela hora da morte, e achei melhor ir até o Radwill's.

Radwill's. Eu passava pelo letreiro todo dia quando levava Sam à escola. Queria acreditar que estávamos mais longe de lá, mas é claro que não estávamos. Será que eu devia passar pela escola para espiar o recreio? Não, seria muito bizarro.

Me ajoelhei ao lado de Claire e comecei a juntar os hexágonos em volta da banheira.

— Usa esses daqui.

Ela apontou para uma pilha de meio-hexágonos. Não eram serrados ao meio, mas engenhosamente projetados para beiradas. Os ladrilhos eram um verde-claro com estrelas douradas que se formavam pela junção de outras duas. Cada hexágono continha a possibilidade de gerar três estrelas se fosse circundado por mais seis, uma galáxia matematicamente em expansão. Nos movíamos pelo chão com rapidez, as imagens se formavam ocasionalmente, como pessoas que montam juntas um quebra-cabeças gigante. Queríamos descobrir se haveria ladrilhos suficientes para cobrir todo o piso, e à medida que as pilhas diminuíam, parecia bem pouco provável... havia pressa em terminar, as duas já suadas. Passei para ela os últimos. Ela os encaixou em seus lugares.

— Quase lá. Mais uns três ou quatro – disse ela, sentando-se nos calcanhares e bafejando a própria franja. – Posso conseguir alguns verdes; aí escondo atrás da privada.

Levantei e observei o chão do banheiro, hipnotizada pela replicação do desenho. Uma sensação peculiar.

— Se tivéssemos o número exato – comentei –, se tivéssemos completado o desenho, não parece que alguma coisa poderia ter... *acontecido*?

— Vou começar os trabalhos, cimentar tudo no chão – disse ela. – Você vai precisar ser cuidadosa nas próximas quarenta e oito horas.

Eu estava perdida em ilusões, uma completude que se abria para outras dimensões. Tentei compreender se isso realmente estava acontecendo ou se era algo que eu desejava há tanto tempo que já parecia familiar. Uma batidinha certeira na porta nos assustou. Corri e espiei.

— Não preciso de toalhas, obrigada.

— Ela vai usar as toalhas dela, Helen.

A mulher olhou para Claire, que abriu a porta na maior desfaçatez.

— Desde quando? – perguntou Helen.

— Desde já. E você pode lavá-las junto com as outras.

— Não, porque elas não são brancas. Usamos alvejantes.

— São brancas – ela entregou a bolsa de lona para Helen. – Aqui tem três conjuntos, então você sempre pode trocar por outras limpas.

Helen pegou a bolsa e olhou com raiva para o carpete novo, para o papel de parede, para a colcha retrô.

— Não posso me responsabilizar por nada que acontecer com essa colcha.

— Não mesmo. Você não precisa limpá-la.

Fiquei vermelha. Ela estava maltratando Helen. Mas talvez essa fosse só a reação mais completa e honesta do meu elitismo.

— Helen era esposa do meu tio – disse Claire. – Mas corneou ele, aí ele pediu o divórcio.

Helen assentiu com a cabeça e abriu a boca para fazer um comentário.

— Faz muito tempo já – disse Claire, dando um corte.

— Não faz tanto – disse Helen, agora mais alegre e tranquila. – Vocês são jovens demais, um dia vão entender.

— Tenho quarenta e cinco – respondi.
— Ah, então você sabe do que estou falando.
Ela me lançou um olhar de alerta que simbolizava que não devíamos falar mais nada na presença daquela jovem. Não sei dizer se era para proteger Claire dos horrores que viriam ou porque de fato guardávamos um segredo entre nós. Eu tinha certeza de que sabia *muito pouco* sobre o tema.

No terceiro e último dia, Claire me pediu para passar a tarde inteira fora do quarto enquanto ela fazia o "CQ".
— Controle de qualidade – explicou.
— Eu saquei – respondi.
Fui dar uma volta e liguei para todos os amigos que me vieram à mente. Foram conversas arredias, porque eu não podia falar quase nada sobre a situação, então só perguntava da vida deles. Algumas pessoas são assim, sempre prontas para fazer a próxima pergunta, evitando que sejam questionadas. Que vida triste, mas talvez vivam bem assim. Fui ao Grocery Outlet e saí com comida suficiente para aquele dia. Eu não precisava evitar as compras de comida do dia seguinte porque eu não tinha mais nada para fazer. Enquanto caminhava, percebi que um carro andava lentamente ao meu lado.
Era o Davey. Ele não pareceu surpreso ao me avistar com uma sacola de compras no quadril.
— Mudança de planos? – disse ele, abaixando o vidro.
— É.
— Aqui é bom demais.
Uma piada. Nós rimos. Coloquei a sacola de compras no outro lado do quadril e olhei na direção do Excelsior.
— Não vou tomar seu tempo – disse ele –, só queria dar um alô.
Continuei a caminhada e ele dirigia lentamente ao meu lado. Eu não conseguia lembrar por que estava com tanta pressa. Quase tive vontade de correr.
— Se você ainda estiver aqui no Memorial Day, pode ver o desfile. Nada de mais mas vai que você gosta dessas coisas de cidade pequena. Ou eu posso fazer um passeio com você, mostrar a cidade.
— Não sei se ainda estarei aqui – respondi, ignorando o convite para o passeio.

— Não? – perguntou ele, e encolhi os ombros como uma órfã, uma andarilha. Tinha alguma coisa estranha nessa conversa e eu não conseguia definir o que era. Ele acenou e foi embora e eu continuei andando. Trotando. Não falamos sobre a reforma de sua esposa. A coisa estranha era essa. Nenhum de nós tocou no assunto.

Claire me fez entregar a sacola de compras para ela e esperar do lado de fora. O quarto estava pronto e, embora eu tivesse dormido ali todas as noites e acompanhado toda a reforma, ela queria fazer um tour completo comigo ao final, como se tudo fosse novidade para mim. Acho que aprendeu isso em programas de TV sobre reformas de casa, porque sempre terminam com uma revelação espetacular. Ela me fez entrar no carro e sair em seguida, como se tivesse acabado de estacionar; fez um vídeo da minha caminhada em direção àquele hotel decrépito de estuque em amarelo-claro. Me embananei com as chaves e ela deu um passo para trás, dando um zoom no meu rosto que estava prestes-a-se-transformar--em-júbilo. Abri a porta, mas nem precisei fingir nada. A trilha sonora era Chopin e, com todos aqueles toques finais – gravuras de Audubon emolduradas, mesa com tampo de mármore –, o quarto de hotel era de uma opulência impressionante. Não tão extrema como a do Le Bristol, mas fiquei emocionada. As cortinas transparentes ainda permitiam a entrada da luz como as antigas de poliéster, mas eram ornamentadas em tecidos floridos com peônias rosadas e dálias cor de damasco que se correspondiam com as mesmas dálias e peônias do papel de parede, entre os pássaros. Como pode? Haviam sido feitos pela mesma empresa? Encostei a mão na borla dourada e roliça que pendia na extremidade de uma das cordas.

— Puxa – disse Claire.

Puxei, e as cortinas se fecharam filtrando a luz do dia com um dourado roseado sobrenatural. Claire andava na ponta dos pés, acendendo luminariazinhas e arandelas de latão, mas era a luz rosada da cortina que dava a seu rosto um brilho angelical. Ela demonstrou como eu poderia conectar meu telefone a um sistema de som que era "um nível abaixo do Sonos". No armário, ao lado do cofre, um forninho preto e elegante.

— A parte de cima do forninho esquenta muito, hein?

Eu poderia passar a vida inteira olhando para ele, tão iluminado, mas ela não parava quieta. Havia duas cadeiras em veludo rosa que eu nunca tinha visto igual, intimamente alinhadas uma de frente para a outra. Sentei em uma delas e passei os dedos nos entalhes da madeira escura.

— São cadeiras muito especiais – disse Claire, alisando o veludo. – Eu guardo essas cadeiras há muito tempo, dentro do plástico, na garagem lá de casa.

— Ah, mas devia guardar pra sempre! – respondi, me levantando.

— De jeito nenhum, elas não combinam com nosso estilo... estava guardando para o cliente certo.

Nosso. O estilo de Claire e Davey. Imaginei as prateleiras da IKEA e aquela bagulhada divertida dos lares juvenis. Não que eu já tenha vivido assim, minha bagulhada sempre foi muito elaborada, mas entendo a repulsa a duas cadeiras impassíveis atulhando a sala feito um pai e uma mãe perscrutadores.

— São conhecidas como "cadeiras bisavós".

— Uma bisavó na cadeira seria tão bom.

— Não, bisavós mesmo...

— Eu sei. Foi uma piada.

Claire sorriu, quase um sorriso, preservando o verdadeiro para as coisas que de fato achava engraçadas. Nunca chegamos a nos dar bem, mas pouco importava. Peguei o telefone e ela me passou seu Pix e fiz uma transferência de vinte mil dólares antes de descobrirmos que o limite é de 4.999,99; então, fui atrás da minha bolsa e desenterrei meu talão de cheques. A folha de cima do canhoto dizia que eu tinha feito uma massagem há dois anos. Em que momento passaria um novo cheque? E o que sentiria quando Claire saísse pela porta e eu me visse de repente sozinha, não em Nova York com tantas possibilidades, mas em Monróvia, onde todas as ruas e lojas já me eram familiares? Eu já sentia a depressão se aproximando, o tsunami se armando. Claire foi embora e eu desabei no chão, e então ela voltou – tinha se esquecido de devolver a chave do quarto – e tentei rapidamente me levantar, mas nem valeria a pena o esforço. Desabei mais uma vez e ela se despediu mais uma vez, agora temerosa, afinal eu era doida, o que não fazia a menor diferença para ela, que já tinha sido paga.

## CAPÍTULO 7

Era difícil abandonar o quarto no estado em que estava, e não só porque estava tão bonito. Passei as duas noites seguintes lá, a maior parte do tempo debaixo da colcha, a maior parte do tempo assistindo à TV. Harris mandou uma mensagem e eu respondi dizendo que Nova York não estava lá essas coisas, que eu sentia falta de dirigir, o que provavelmente não era o que uma motorista que cruzava o país diria, mas estava tentando ser honesta. Ele disse que estava um pouco aliviado por eu ter chegado em segurança e eu me perguntei se estava mesmo em segurança ou se deveria ter me acidentado no caminho. À medida que o sol se punha, minha suposição se confirmava, de que eu estava presa numa espécie de purgatório, nem aqui nem ali, muito menos em casa, mas sobretudo em lugar algum. A beleza do ambiente só tornava a fuga mais grave, pior. Será que eu deveria trabalhar aqui? Enfim, tive uma ideia e mergulhei nessa ideia de cabeça pelo tempo que me restava, talvez inspirada pelo cenário? Imaginei que contava a história da reforma do quarto aos jornalistas. Uau, diriam eles, você tem muita fé no seu ofício. Nem tanto, eu responderia, e então começaria a descrever esse dia, o quanto me sentia perdida. Não conhecia ninguém nessa cidade. Quase toda minha comida já tinha acabado, à exceção de uns saquinhos de mistura de castanhas e frutas secas, então era o que comia em todas as refeições.

Planejava dormir o máximo possível no dia seguinte, mas no fim da manhã ouvi de repente uma barulheira danada, como se toda a cidade estivesse reunida na frente do meu quarto. Ouvia gritos e barulhos de cadeiras de metal e tocava uma música e depois parava e assim por diante. Espiei atrás da cortina. Estandes sendo montados, plataformas. Era como se a base do evento estivesse sendo montada na frente do hotel, e de fato estava. O desfile. Era o Memorial Day. Deitei na cama com o saquinho de castanhas e fiquei ouvindo tudo, sentindo uma dorzinha em todos os meus membros.

Às dez da manhã, Harris mandou: **Feliz 31 de maio**

Meu estômago embrulhou. A data esperada do nascimento de Sam. Um de nós sempre mandava mensagem nesse dia.

Há sete anos, oito semanas antes do dia 31 de maio, eu estava dormindo profundamente quando, antes do amanhecer, uma voz joveníssima gritou.

*Acorda acorda acorda*, disse a voz.

Mas eu estou exausta.

*Acorda acorda ACORDA! ACORDA!*

Sentei-me reta na cama, a mão sobre o barrigão e sacudi Harris até acordá-lo. Fizemos tudo com muita elegância, como dois astronautas que haviam passado anos treinando para essa emergência espacial e enfim lá estávamos nós, calçando os sapatos, entrando no carro. Dra. Mendoza, minha obstetra, começou uma frase assim "Eu sei que você queria um parto natural, mas…". Eu levantei e ensejei minha saída do consultório, de avental e descalça.

— Aonde você vai?

— Para a sala de cirurgia – respondi. – Onde é o quarto? Não tenho tempo para conversar.

Eu estava disposta a iniciar sozinha o parto, caso fosse necessário.

Um enfermeiro me disse para curvar as costas "como um gato assustado" enquanto ele fazia a punção na espinha para me anestesiar da cintura para baixo. Não sentia dor, mas sentia dra. Mendoza cortando a carne opaca do meu útero e movimentando as coisas; foi preciso alguma força muscular, pois era como cortar e esvaziar uma abóbora. Apertei a mão de Harris o tempo todo e, pelo silêncio na sala, entendi que as coisas não estavam indo bem. *Oh*, pensei, *esse é maior trauma da minha vida. Enfim chegou a hora.*

Virei a cabeça e avistei um bebezinho, todo perfeito, branco como papel, em uma bandeja. Estava morto? Ninguém parecia saber ou estava disposto a responder.

Minutos depois, estava sentada numa cama hospitalar mecânica, abruptamente vazia e grampeada com pontos. O bebezinho estava entubado na UTI neonatal, recebendo transfusões de sangue. Resultado a confirmar.

Enquanto colocava o catéter, a enfermeira descreveu o momento em que todo o sangue do bebê havia sido drenado pelo cordão umbilical, para dentro de mim. Hemorragia feto-materna.

— Às vezes acontece devido a um impacto repentino, como um acidente de carro. Mas nem sempre. Muitas vezes acontece sem motivo.

Sem motivo. Bem, essa resposta não seria suficiente para me manter viva até os meus últimos dias. Mesmo que esse bebê sobrevivesse, eu precisaria de muito mais motivos que motivo nenhum. A enfermeira apertou minha bolsa de líquidos e estava saindo do quarto.

— Espera.

Ela fez uma pausa cansada.

— A dra. Mendoza vai me explicar o que está acontecendo?

— Explicar...?

— Isso de feto-materna... o que acabou de acontecer.

— Eu já contei praticamente tudo para você. Tente lembrar se houve algum acidente.

— Nada – disse Harris.

— Você tem algum material sobre isso? – perguntei. – Qualquer papel que explique? – Nós colecionamos dezenas de panfletos nos últimos sete meses, sobre diabetes, pré-eclâmpsia. Harris confirmava tudo. Precisávamos de uma esmola, porque bebê não tínhamos.

— Não temos. Não temos material sobre isso – respondeu a enfermeira. – Porque é raro acontecer.

— Quão raro? Você sabe as probabilidades?

— Não sei, vocês precisam pesquisar.

Pesquisar, perfeitamente. Em algum momento eu reencontraria minha bolsa e meu telefone e faria essa pesquisa.

— Você sabe se existe um site... tipo um fórum de bate-papo para mulheres que também passaram por isso?

Ela parou na porta e olhou para mim como se eu não estivesse entendendo nada.

— Seria um fórum de bate-papo para mães com bebês natimortos.

A enfermeira saiu e nós nos entreolhamos a partir de lados opostos do quartinho, o rosto de Harris parecendo uma máscara cinza e consternada. Ficamos em silêncio por alguns minutos, a nova realidade descia como um eterno anoitecer. Em seguida, ele pôs dois dedos na testa, nossa saudação das antigas. Da cama mecânica, o cumprimentei de volta.

**Pra você também**, respondi, **Feliz 31 de maio**.

Nossa coreografia elegante, nosso dueto prosseguiu enquanto íamos e voltávamos do hospital nos dezessete dias posteriores, um pesadelo em comum e tão inconcebível que contamos a quase ninguém. Não queríamos intrusos sem tato tentando nos consolar. Nossa dor era extática! Viramos uma coisa só, que esperava e rezava em conjunto; nós contra o mundo surreal que víamos pela janela do carro. As pessoas na fila de espera do brunch e nós esperando para saber se nosso bebê viveria ou morreria. Toda música estúpida que tocava no rádio era para nós muito tocante, vívida – *nossas* músicas, cada uma delas. E mesmo depois que chegamos com o bebezinho em casa, essa união persistiu. Fazíamos sexo em horários esquisitos e um pouco antes do recomendado, porque não tínhamos tempo a perder; uma vez, transamos no pé da cama enquanto o bebê dormia na cabeceira. Era um romance de guerra: trepar na cara da morte, em meio aos escombros.

Não durou muito tempo. É. Por volta do dia 31 de maio, Sam alcançou um marco muito básico – encostar as mãozinhas perto da boca –, um grande motivo de comemoração. Nesse dia, começamos a achar que Sam estava se saindo bem e, sem reconhecimentos ou despedidas, voltamos aos nossos postos. Harris, aliviado, ficou mais calmo e se recompôs, já eu, embora também aliviada, segui com a mão no alarme de incêndio e sentia falta do meu amante de guerra.

Conhecíamos essa proximidade, então poderia voltar a acontecer, embora eu me arrepiasse só de pensar que tipo de cataclisma nos aproximaria de novo.

★

O desfile do Memorial Day não acabava nunca. Momentos de narração no megafone, aplausos, música – a marcha de instrumentos de sopro, às vezes um rock saindo da mesa de som. Parecia que já durava cinco ou seis horas. Eu estava doente? Meu rosto suava, meus olhos estavam úmidos. Segurei a cabeça na pia como se fosse vomitar, mas não vomitei.

E aí, aparentemente sem qualquer aviso, acabou. Todo mundo foi para casa. Me arrastei até a janela e espiei atrás da cortina. Um homem catava o lixo, tudo o mais voltava ao normal. Um fim de tarde perfeito. Endireitei a postura e me senti bem instantaneamente, mas estava com fome. Tomei um banho rápido, vesti uma saia-lápis e saí. Jantei num restaurante japonês: missô, agedashi tofu, bolinhos de arroz de atum picante. Continuei pedindo mais e mais comida e tomando chá e colocando arroz na tigela e tomando o caldo. Eu podia fazer qualquer coisa que eu quisesse. Voltei para o quarto para escovar os dentes e, em seguida, cruzei a cidade para chegar na área perto da rodovia onde ficavam as lojas. Um gongo marcou quatro horas da tarde. No estacionamento da Hertz, bandeiras vermelhas, brancas e azuis tremulavam, mas parecia estar vazio. Não havia ninguém no balcão. Toquei a campainha e um velho meio grogue apareceu. Feliz Memorial Day, coaxou. Em seu crachá, lia-se Glenn-Allen.

— O Davey está?

— Foi para o desfile.

— Mas já acabou.

— Ah, já? Então qualquer hora ele volta.

Sentei numa fileira de cadeiras interligadas. Será que foi má ideia? Melhor ir embora? Glenn-Allen levantou as sobrancelhas e apontou para a janela: Davey estava chegando. Eu não ia virar o rosto nem me levantar, mas o velho continuou apontando, não ia parar nunca, enfim virei o rosto para olhar, mas não disse oi nem exclamei nada, tampouco Davey. Ele foi direto para o balcão e pegou o telefone da loja.

— Posso meter o pé? – disse ele, num tom de voz baixo. Olhou para mim, sem qualquer reação, como todas as pessoas que estão ao telefone. – Não, tem ninguém na loja. Tá morto.

Ele disse ok algumas vezes e logo desligou.

— Vamo nessa.

Praonde?

— Quem disse que eu não estou aqui para alugar um carro? – perguntei, fazendo uma piada, mas ninguém sabia onde estava o humor. Minha mãe costumava flertar com qualquer jovem que encontrasse; era deprimente ser a testemunha. Tomara que Davey e Glenn-Allen não tenham pensado que eu estava flertando.

Fui atrás dele até a rua principal, a Foothill Boulevard, passando pela lavanderia e pela loja de antiguidades.

— Que tipo de passeio você gostaria de fazer? – perguntou ele. – Qual seria mais útil para o seu trabalho?

Um passeio, claro. Meu "trabalho".

— Hmm, acho que... conhecer o lugar...? Pela perspectiva de um local.

Ele começou a apontar coisas e me contar o que eram e qual a relação que ele tinha com elas.

— Sou da igreja, mas não sou carola.

Como assim?

— Minha mãe participa de uns eventos lá.

— Que tipo de eventos?

— Ah, coisa de mulher... artesanato? Ali é a piscina.

Como se eu não tivesse reparado que a piscina era a piscina. Apesar das limitações óbvias da área, estava claro para ele o sentimento de que tudo relacionado à sua vida era um pouco mais interessante e único, e depois de tanto tempo sozinha era um alívio ser conduzida por alguém. Subimos as colinas e chegamos num bairro chique chamado Hidden Valley, assim como o molho para salada, e ele disse ter uma vocação, que não era alugar carros, mas algo que me contaria em outro momento. Ele sentia que estava dez anos atrasado para seguir essa vocação. Eu tinha algum conselho para dar?

Então quer dizer que eu estava apta a dar a conselhos. Ele notou que eu não tinha sua idade, mas quantos anos ele achava que eu tinha? A idade de sua mãe? Se a mãe o tivesse tido aos vinte, é provável que tivesse cinquenta e um anos.

— Sua vocação é o tênis?

— Não.

— Música?

— Não. Pode parar de adivinhar?

— Desculpa.

Caminhamos em silêncio, observando corvos gigantescos pousando numa cerca.

— Tenho pra mim que qualquer vocação, seja qual for, é uma espécie de dor sem remédio – comentei, desistindo de saber mais do que ele. – É um problema sem solução, e o consolo é saber que você vai passar a vida toda tentando. Cada segundo vivido, de certa forma, deve-se à solução dessa dor.

Aparentemente, todas as pessoas podiam fugir de sua vocação e dar uma volta com um rapaz que trabalhava na Hertz.

Caminhamos mais. Ele ficou algum tempo sem dizer nada e me perguntei se aquele meu discursinho saiu naquele tom altivo, mas humilde, de falar que fazia mais sentido se a pessoa soubesse que eu era semifamosa, algo que ele parecia não saber. Quem sabe ele havia se informado sobre mim e acabou ficando impressionado ao perceber que eu era uma pessoa genuína – mas o escopo já havia se perdido. Talvez ele fosse igual ao meu dentista, que toda vez contava a história de que a filha dele tinha ouvido falar de mim. Agora você vê que coincidência!, ele sempre dizia, balançando a cabeça, espantado.

— Eu faço isso sempre que posso – disse Davey, quebrando o silêncio. – Sempre que posso escapar da loja ou quando não tenho que transferir os carros.

— Ou quando não está caminhando comigo.

Ele achou graça.

— Se você está treinando... *oboé*, então você não está atrasado – comentei. – Você quer ser um astro do oboé? Ou precisa fazer uma aula ou participar de um grupo para pegar o jeito?

— Não. Não preciso de um grupo. Mas adoraria que as pessoas me ouvissem tocar meu oboé.

— Peraí – sussurrei –, é oboé mesmo?

— Não, claro que não. Se você tivesse adivinhado, eu confirmaria.

— É, você teria gritado. Exclamado – e fiz um barulho de surpresa, um péssimo, aliás. Ele fez um também, ofegando.

— Esse parece mais um gemido – comentei.

Então, ele passou a encenar uma série de barulhos sexuais, como se fosse um adolescente idiota. Foi tão bobo, tão ridículo, que fiquei constrangida, como se as pessoas que eu conheço estivessem assistindo àquilo e não acreditassem que eu estava dando uma volta com essa pessoa. *Eu sei, eu sei* – disse para Jordi e Mary e Priya e Harris e até para Sam. *Não se preocupem – eu sei. Ele é ridículo.*

No dia seguinte, cheguei à Hertz no mesmo horário, quatro da tarde, na hora do gongo. Ele não parecia surpreso em me ver de novo, levantou o queixo e disse olá e que estaria pronto em instantes. Com discrição, estendi minha mão para tocar o chão, queria saber se ela estava firme. Não estava, eu tremia muito. Eu não sabia por que isso vinha acontecendo. Ultimamente eu tremia como se estivesse com frio, mas meu corpo estava quente. Era um acúmulo de energia, talvez eu precisasse fazer reiki ou uma massagem sacro-craniana. Nesse momento, eu só podia bater as costas das mãos nas coxas.

— Está pronta? – perguntou ele.

Caminhamos em silêncio por um bom tempo. Não era mais um passeio guiado. Parecia que ele estava juntando coragem para dizer algo. Pigarreou algumas vezes e cheguei a pensar que eu estava prestes a desmaiar – perdi totalmente o controle da tremedeira.

— Acho que você tem razão – disse ele, muito sério. – Eu não dediquei toda minha vida a tentar, de forma nenhuma.

Por algum motivo, fui massacrada pela decepção. O que achei que ele ia dizer? Que eu era a herdeira de uma grande fortuna? Foi um elogio saber que ele tinha levado meu conselho em consideração. Conversamos sobre nossa paixão em comum pelo artesanato e eu brinquei imaginando que ele fazia tigelas com troncos de árvore e que sentia muito prazer nisso, e fomos tão longe no assunto que ele acabou falando do sentimento que as tigelas de madeira despertavam nele. Cada vez mais eu me via a seu lado, em detrimento de todas as pessoas que faziam parte da minha vida. *Claro, ele é burro, mas ser burro é ruim? O que é ser burro?* Ele estava com Claire por quase o mesmo tempo que eu estava com Harris – namorico. Planejavam ter filhos? Sem dúvida alguma. Fizemos uma pausa para comprar garrafas de água. Pegamos as águas, entramos na fila, ele pagou com o cartão de débito – essas coisas simples, por algum motivo, eram prazerosas e se destacavam na minha longa trajetória em mercadinhos. Bebemos a água no estacionamento e parecia que ela havia saído da fenda mais profunda e pura do mundo. Bebi e bebi e quando não consegui mais beber só deixei a boca aberta e a água escorrer pelos meus lábios e queixo e vestido abaixo, o tempo todo sorrindo para ele e ele sorrindo para mim. Quando a garrafa ficou vazia, fechei-a delicadamente. Ele pegou minha garrafa e jogou no lixo reciclável. Uma outra pessoa teria comentado o que tinha acabado de acontecer, feito uma piada ou me oferecido guarda-napos. Por não ter feito nada disso, virou meu cúmplice na performance. Mas não era uma performance, era? Não, nada do que fiz a vida toda foi performance. Era a verdade do momento, que se revelava sem amarras em busca de compreensão, não para ser valorizada, para ser levada a sério como todo discurso honesto. Era uma idiotice, mas qualquer coisa mais inteligente não surtiria efeito. Eu estava me dirigindo a todos os meus amigos e familiares: *vocês nunca entenderam o que eu quis dizer*.

Eu tenho uma amiga, Dara, que está sempre procurando homens mais novos. Pensei nela várias vezes nessas caminhadas com Davey, imaginando que ela acharia que eu enfim havia encontrado a luz, que via o mundo de seu ponto de vista. Na minha cabeça, argumentaria com a mesma veemência de sempre. Adoraria ligar para ela e levantar a voz, mas não podia contar para mais uma pessoa que eu não estava em Nova York.

A maioria das mulheres que namorei tinha a minha idade, tudo nos conformes. Mas os homens sempre tinham que ser mais velhos, porque se fossem da mesma idade ficava muito evidente o quão mais poderosa eu era e isso era um balde de água fria para nós dois. Homens precisavam ter uma vantagem inicial, para equilibrar. Uma vez, por poucos meses, tive um namorado que era da minha idade. Ele era lindinho, mas não conhecia as bandas obscuras dos anos 80, só aquele Top 40 dos anos 80 que eu também conhecia, afinal havíamos sido crianças bitoladas nos anos 80. Qual era a serventia daquilo, cego guiando cego? Eu sentia vergonha por Dara. O que aqueles pirralhos tinham para oferecer a ela? Já eu não estava interessada em desfazer esse padrão duplo de gênero. E Davey? Dara perguntaria, se soubesse. Eu responderia, Que bom que você tocou nesse assunto. Você sabe quantas vezes por dia ele abre o Instagram? Fica com o telefone na mão e puxa pra baixo para atualizar da mesma maneira que uma pessoa acende um isqueiro sem perceber, e aí olha para conferir as novas postagens, e isso quando está no meio de uma frase! Nem parece imaginar o que está fazendo ou que isso é grosseiro. Não dá pra levar uma pessoa assim a sério.

Então Dara me pressionava: Por que então está saindo com ele? Como eu não estava conversando com Dara, não precisei responder. Eu não sabia por quê, só que não era bem *assim*. Me desconcertou imaginá-la dando em cima dele. Dara encostando o peito no balcão da Hertz, rindo. No dia seguinte, Davey e eu fizemos mais uma caminhada e durante a maior parte do tempo eu estava numa batalha mental contra minha amiga piranha Dara, e talvez tenha sido por isso que não percebi o que ia entrar no meu campo de visão.

Estávamos nas colinas mais uma vez, conversando o tempo todo sobre viagens de avião, programas de televisão e, por fim, funerais. Paramos para ver a vista e recuperar o fôlego, ele tirou o suéter e, assim que o puxou pela cabeça, a camiseta também levantou, e no meu campo de visão estava seu peitoral. Eu não quero descrevê-lo. Vou dizer só que tinha uns pelinhos em volta dos mamilos. É tudo que quero dizer neste momento. Magro, mas musculoso. Basta. A palavra *malhadão* vem à mente, Fim. Fiquei sozinha com essa imagem porque sua cabeça estava coberta pelo suéter levantado e ele estava ocupado tentando se desemaranhar dali. Não que estivesse muito ou bizarramente emaranhado, não se tratava de um gatinho enrolado em um novelo de lã – não, foi um instante comum de um rosto coberto. E, por alguns segundos, eu fiquei sozinha com o peitoral dele, seus mamilos, os pelos, um momento sagrado. A vontade de beijar seu peito era brutal. De todo modo, parecia compreensível, como se estivesse em situação semelhante com Jesus Cristo, caso Jesus estivesse com o suéter preso na cabeça e você de repente se visse de cara para o peito dele e aí é claro que você o beijaria. Ninguém perderia a chance de viver essa experiência e ser abençoada pelo resto da vida. Aí ele puxou a camiseta para baixo e eu rapidamente virei a cabeça para a vista e ele amarrou o suéter na cintura e deu um gole na água e voltamos a caminhar. Durante todo resto da caminhada, olhei para baixo ou para longe.

Naquela noite, sozinha no 321, olhei para Davey como se eu fosse recém-casada, nervosa, insegura, depois de anos sendo mentalmente abusada por tantos padrastos e CEOs e médicos, eu ainda conseguiria bater couro com esse rapaz, seu peito, seus mamilos, ou eles eram doces e sagrados demais?

Não eram. Deitei na cama e me masturbei enquanto imaginava nós dois tirando a roupa e ele enfiando o pau na minha buceta, que ficou tão molhada agora que gozei pela primeira vez, e depois ele me fodia por trás, e agora metia no meu cu (*Claire nunca deixa*), o que me fez gozar de novo, e aí estava chupando seu pau e gozei de novo, e ele lambia minha buceta como se estivesse morrendo de vontade e eu gozei de novo, pela quarta e última vez, e caí exausta em seus braços imaginários, nós dois suados e grudentos e esgotados. O tipo de sexo presente, totalmente animal que Jordi fazia. E não acabou por aí – tão logo senti a necessidade de recomeçar, me esfreguei e me contorci no mesmo colchão onde ele havia ejaculado tantas vezes. Foi uma foda insondável, insuportável como uma coceira impossível de coçar. Eu já tinha passado por isso, de ficar apaixonada e cair na fantasia, mas dessa vez tinha uma certa especificidade, era diferente de todas as coisas anteriores e havia dois motivos para tal.

1. Foi surpreendente. Fui pega no pulo, o corpo dele se aproximou do meu e a partir daí senti que não era a autora de minhas próprias fantasias. Parecia que estava se apossando *de* mim e isso deu a esse romance interno um senso de realidade muito pungente porque
2. (e isso foi como receber uma porrada na cabeça no meio da noite) Eu era velha demais para ele.

Era minha primeira vez sendo velha demais. Nem sempre eu tive o que quis – os homens não estavam dispostos a deixar suas esposas por minha causa ou fazer algo além de flertar – e mesmo nesses casos humilhantes eu não questionei meu direito ao desejo. De uma hora para outra, minha luxúria havia se tornado rude, inadequada. Eu era poderosa e interessante, talvez engraçada e única; levei-o a sério de um jeito que não estava acostumado – mas ele não estava se masturbando para mim. Poucos anos atrás, aos quarenta ou quarenta e dois, eu seria uma candidata, agora era tarde demais. E ele era só o primeiro. Daqui em diante, essa seria a norma. E não só com homens mais jovens que eu, com todos os homens. Nunca mais eu teria o que queria – no quesito homem.

Antes da minha avó Esther se suicidar, ela esvaziou todos os frascos de comprimido na janela, bem em cima da Park Avenue. O porteiro depois descreveu o episódio para nós como "chuva". Sempre tínhamos que voltar ao prédio porque a tia Ruthie, filha dela, herdou o apartamento, então foram muitas as oportunidades de repassar detalhes com o porteiro. Sra. Migdal lhe dera uma boa gorjeta naquele dia, segundo ele. Aí, depois de jogar os comprimidos, ela se enfiou dentro de um saco de lixo, um saco de lixo preto, para que não deixasse uma grande bagunça para a pessoa que tivesse que limpar. Eu não sei como ela conseguiu se jogar da janela estando dentro do saco de lixo, mas isso me lembra do jeito que as garotas dão, por exemplo, para tirar a camiseta ou trocar de roupa *por baixo* do casaco sem cometer indiscrições. Ela também conseguiu.

Vinte e três anos depois, Ruthie pulou da mesma janela. Ela persistiu mais tempo que sua mãe, mas não tanto. Isso aconteceu faz sete ou oito anos, foi antes de me ocorrer que eu seria a próxima nessa linhagem matriarcal.

Levantei e lavei o rosto, o ladrilho estrelado e frio sob meus pés. Quão louca e vaidosa uma pessoa tinha que ser para se matar depois de descobrir que sua grande motivação, o que realmente dava ânimo de viver, não existia mais? Talvez não seja tanta loucura. Se ao nascer as pessoas fossem arremessadas pelos ares, envelheceríamos conforme a subida. No auge da ascensão, estaríamos na meia-idade e aí cairíamos para o resto de nossos dias, ao longo de toda a segunda metade da vida. A queda podia ter a mesma duração, mas era bem diferente da ascensão. Durante todo o tempo de subida, ninguém poderia imaginar o que aconteceria a seguir em sua jornada particular e única; não haveria nada ao virar uma esquina. Ao passo que a queda sempre ocorre da mesma forma para todas as pessoas.

Caminhei pelo carpete novo me lembrando do dia em que o pai de oitenta anos do meu amigo havia piscado para mim enquanto eu dançava. Não foi uma anomalia engraçada, era o pão nosso de cada dia; no futuro, eu talvez me sentisse agradecida quando isso acontecesse, mesmo que o homem tivesse noventa, cem, cento *e vinte* anos. Um homem de qualquer idade. Homens e mulheres trans, pessoas com menos marcações de gênero eram outra história (sempre), mas se minha fábula heterossexual tinha alguma importância (e de repente parecia que sim), então essa conclusão foi muito abrupta. Eu não previ que isso aconteceria e por isso não norteei minha vida nesses parâmetros. Eu não me joguei para o mundo e fiz todas as coisas certas a se fazer enquanto ainda era possível. Fiquei sentada no meu ninho como uma galinha complacente, certa de que quando quisesse voltar a pavonear por aí tudo seria exatamente como antes.

Mas, para esclarecer os fatos, eu nunca tinha, em qualquer idade, desejado um corpo masculino em específico do jeito que desejava agora. Meus namorados e paixonites sempre tinham uma certa beleza, mas minha atração se concentrava em seus rostos, onde pairavam seus talentos e forças. Desejar sexualmente toda a extensão corporal de uma pessoa, da cabeça aos pés, era o que enraizados no corpo faziam, como Jordi e todos os homens. Agora, pela primeira vez, entendi todo o frisson em torno disso. O modo como a beleza pode assaltar seu coração, mobilizar você, deixar você de joelhos e aí, com alguma perversão, você quer foder aquela coisa pura e linda. O sexo era um jeito de conseguir isso, não só de olhar, mas de acompanhar isso. De repente, entendi toda a arte clássica. Aquele sem-número de nus esculpidos, Vênus em sua concha, Davi de Michelângelo. Entendi também as roupas sensuais. Eu usava essas roupas sem entender o porquê, via o estilo sensual como um entre tantos, sem perceber que era o único. É recomendável que, se possível, a pessoa sempre esteja saindo de sua concha. Alheia a esse dado, sem realmente entender sua importância, eu sempre tinha sido um corpo para outras pessoas, nunca um corpo para mim mesma. Eu não havia coadunado com o prazer furioso de desejar um corpo real e específico sobre a Terra.

Desejar um corpo é uma coisa séria. Quando alguém diz que talvez nunca se recuperasse, é verdade. Esse tipo de desejo abre uma ferida que a pessoa carregará pelo resto da vida. Mas ainda era melhor do que não ter conhecido. Ou esperava eu que fosse.

Essa percepção, afinal, foi um sonho ruim, um pesadelo. A vida não ficou melhor depois disso. Bastava que tivesse se distraído e pronto. A chance aconteceu e você perdeu o bonde. Fiquei pensando se levaria meu trabalho adiante e aí me dei conta de que meu trabalho era tudo que me restava. Mas eu havia entendido tudo errado – achava que estava trabalhando para ganhar um prêmio, mas o prêmio estava bem na minha frente, eu já tinha ganhado, e o trabalho sempre era uma coisa que eu podia deixar para depois, afinal eu não era mais jovem o suficiente para ser bonita e não poderia mais ser desejada por alguém bonito.

**Como está Nova York agora?** Harris perguntou na mensagem. **Melhorou?**
Eu estava em Nova York havia cinco dias. Ainda tinha um dia inteiro e aí mais uma semana para cruzar o país de volta para casa. Ainda havia

tempo para muitas caminhadas. Olhei para o relógio e somei três horas – duas da manhã era tarde demais para estar acordada em Nova York, mas não se eu estivesse me divertindo.

Respondi com o emoji de festa, o de olhos apaixonados e o da Estátua da Liberdade e perguntei como Sam estava.

Ele respondeu com um joinha e uma foto de Sam tomando banho.

Enviei três corações, ele sabia que significava nós três.

Às duas da manhã, horário do Pacífico, eu ainda estava de luto e me masturbando, mas as olheiras vindouras não me fariam interromper aquele momento.

Na tarde do dia seguinte, pouco antes das quatro, caminhei até a Hertz tremendo como uma pessoa a caminho de sua execução (que, apesar de aterrorizada, queria mais que tudo ser executada). Lá estava ele atrás do balcão; sorriu e fez um aceno de cabeça – ele era real e queria passear comigo e isso bastava. E mesmo que não bastasse, bem, seria assim pelo resto da minha vida. Eu estava sexualmente atormentada e de luto, *mas* (e me agarrei a isso como a uma boia) *no fundo* eu não estava nem aí para ele. Não queria dividir minha vida com o rapaz que trabalhava na Hertz de Monróvia.

— Eu tenho uma teoria de que estamos na Arcádia – disse ele naquela tarde. – É na fronteira, mas chamam de Arcádia para evitar invasões, sabe?

Saímos e tentamos encontrar a linha que ligava Monróvia a Arcádia. Concluímos que era uma linha invisível pairando num local específico – tracejamos com as mãos e começamos a senti-la com intensidade. Aqui, veja enquanto toco a linha, ele disse. Ele queria que eu olhasse com muita atenção e visse se notava algo se encostando nele brevemente enquanto passava por ela. Olhei com todas as minhas forças e ele disse, Você acabou de passar por ela, e olhou meu corpo para ver se o tecido do meu suéter fino estava se agarrando a mim. Enquanto ele olhava fixamente para o meu peito em plena luz do dia, meus olhos se encheram de lágrimas, afinal esse tipo de brincadeira só pode ser feita com uma criança ou com um corpo neutro, como o de uma mulher idosa.

Naquele dia, caminhamos a maior parte do tempo em silêncio. Ele estava entediado? Já tínhamos conversado sobre todos os assuntos possíveis? Seria esta a última caminhada? Ele me levou até uma cerca de madeira e se inclinou sobre ela, inspirando o ar. Dei uma cheiradinha na cerca. Um aroma quente e doce, quase vivo.

— Eu adoro essa cerca – disse ele.

Tentamos identificar a natureza daquele cheiro, algo a ver com a infância, com contentamento. Ah. Boceta. A cerca tinha cheiro de boceta. Fiquei corada, esperava que ele não pensasse a mesma coisa. Será que havia trazido Claire aqui? A reforma ainda não havia sido mencionada, mas toda hora ele tocava no nome dela, então comecei a achar que ele ainda não tinha ligado os pontos. Devia ser um desses maridos que não prestam muita atenção no que a esposa diz.

No dia seguinte, Jordi sugeriu que eu tocasse no assunto, talvez comentando o bom trabalho que Claire havia feito. Eu ainda não tinha falado do peito dele para ela, os pelos e os mamilos. Da minha crisezinha.

— Porque é estranho não falar, né? Você adorou ela! E está muito satisfeita com o quarto.

— Eu não *adorei* ela – cortei, e Jordi ficou quieta. Um silêncio longo e tenso. Pensei em dizer que tinha que desligar. Mas eu não tinha nada para fazer até as quatro.

— Lembra a lenda do ogro que aparece três vezes? – eu disse, enfim.

— Castelo de Sória Mória?

— O nome era esse?

— Sim, um conto de fadas norueguês.

— Tá, mas lembra que você disse que o ogro em si não era importante, o que importa é o número?

— Isso. Três significa corpo, alma e espírito. Céus, terras e mares.

— Não no meu caso.

— Como assim? – sua voz tremeu de leve.

— Isso mesmo. No meu caso o que importa *é* o ogro.

— O rapaz.

— Ele.

— Eu desconfiei.

— Sério?

E compreendi que ela tinha entendido. Fez de tudo para me abrir outras possibilidades, me levar a outras interpretações, mas é claro que só havia uma resposta. Contei a ela sobre o rumo sexual que as coisas haviam tomado na minha cabeça. Ela respondeu: Claro, né. Bofe gato, quem nunca? Jordi é muito saudável com relação ao sexo, parece uma sueca. O sexo é algo que se faz para que o sangue circule, como as saunas e os banhos frios. Perdi uns bons trinta minutos tentando conduzi-la às tortuosidades da minha paranoia, mas ela é escultora, então a beleza física não lhe causa qualquer confusão. Além do mais, ela estava acostumada com minhas paixonites. Quase me arrependi de ter falado sobre todas elas ao longo dos anos; agora parecia mais difícil convencê-la de que essa era diferente.

— Saquei. Parece que o jogo virou. Você é objetificadora! – ela insistia que eu tinha que mencionar Claire. – As pessoas gostam de ouvir coisas legais sobre os parceiros. Imagina se fosse o Harris, você ficaria orgulhosa. – Será que eu ficaria? – Encontrei ele, aliás – complementou ela, sombriamente.

— Ai, não.

— Pois é. Fiquei preocupada de ter que mentir. Eu não gosto de mentir. Sou diferente de você.

— Eu não gosto de mentir!

— Não, claro que não, eu não quis dizer isso. Digo, eu não sei compartimentar as coisas. Você que é boa nisso.

— Sei.

— Você é mais ousada. Gosta de arriscar.

Ri de nervoso.

— Não sou mentirosa, apenas mais incrível.

— Mas nem precisei mentir. Você não foi citada.

— Eita.

— Falamos sobre Lore Estes. Foi um papo ótimo, na verdade.

— Quem?

— Lore Estes. Está rolando uma grande exposição dela no MOCA e nós dois compramos o livro. É um livro incrível, você vai gostar. Pode ver quando voltar.

Olhei para as cadeiras bisavós e de repente as achei muito estranhas. Alienígenas. Em que tipo de confusão tola eu havia me metido e por que não estava em Nova York? Ou trabalhando num projeto novo? Ou em casa folheando esse livro maravilhoso com Jordi e Harris? Mas no fundo eu não tinha feito nada de errado; estava tudo bem comigo. Tudo acabaria bem. Esse probleminha da masturbação desapareceria assim que eu chegasse em casa. Na verdade, o que foi isso que acabei de falar, essa revelação sobre a beleza física? Foi só um estado de alucinação que ia passar. E graças a Deus! Porque eu não ia querer viver num mundo com a sensação de que tinha perdido a chance! Muito em breve estaria em casa e nada disso teria acontecido. Harris tem um gosto tão requintado. Eu queria muito ver esse livro. Passei o resto da tarde planejando o resto da minha vida. Fiz listas em muitas áreas e o que poderia fazer para realizar tudo aquilo. Listas como Família e Casamento e Trabalho, também uma lista chamada Servir. Eu fiz muito pouco trabalho comunitário na vida. Consegui me ver envolvida em todos os tipos de trabalho. A imagem que me veio à cabeça foi esfregar calhas com as mãos. Não precisava ser isso, talvez algo bem mais útil, mas que fosse tão exaustivo quanto. Depois de esfregar, bastava que eu tomasse um banho e descansasse.

E.

E eu podia voltar para casa *agora mesmo*. Antes que essa perspectiva desvanecesse. Podia voltar para casa e contar toda a verdade dos fatos e seria bizarro, porém divertido e cativante, afinal eu havia fracassado. Por anos a fio, Harris e eu contaríamos a nossos amigos a história do dia que eu tinha tanto medo de cruzar o país de carro que acabei me escondendo num quarto de hotel. Seria a cereja do bolo de outras histórias já conhecidas e comprovadas em que lá estou eu fazendo coisas malucas. Era aconchegante ser a esposa engraçadinha; um alento. Não demorei muito fazendo as malas. Liguei para a recepção e disse que ia fazer o check-out.

— Só um minuto – disse Skip. Ele desligou o telefone e em seguida ouvi uma batida na porta. Ele tirou o chinelo sem que eu pedisse. Seus olhos iam de um canto a outro, observando o quarto reformado. – Eu tenho uma proposta de negócio.

— Diga.

— Você deixa o quarto no estado em que está.

— Eu vou deixar.

— Ah, você já ia deixar.

— Qual é a proposta de negócio?

— Eu não vou te cobrar por crime contra o patrimônio. Você recebe de volta o depósito feito.

Pensei em contar para ele quanto havia custado essa brincadeira. Além do mais: que depósito?

— Você pode passar a cobrar mais caro por esse quarto – respondi.

— É, sabe que eu tinha pensado nisso, que bom que você falou. Posso chamar de *apartamento*.

— Teoricamente não é um apartamento – observei. – Porque é um cômodo só, assim como os outros.

— Acho que as pessoas não vão se apegar a isso. Elas vão entender do que se trata.

— Se um dia eu voltar aqui, com a minha família, por exemplo, eu gostaria de me hospedar aqui sem pagar nada.

— Certamente vou te dar um desconto generoso. Você paga o que pagou agora, não a nova taxa.

Nessa hora, o relógio da cidade marcava quatro da tarde, o gongo soou e eu gelei. As cobras podem engolir um rato e viver desse rato por dias, mas uma vez que o rato é digerido elas começam a morrer de fome instantaneamente. Se não comem dentro de uma hora, morrem.

— Skip. Tenho que ir.

— Mas já? Uso o cartão de crédito que está no cadastro?

— Não, não. Na verdade, suspende o check-out. Mudança de planos.

Desfiz as malas rapidamente, troquei de roupa e corri para a Hertz. Tinha acabado de sair, disse Glenn-Allen. Eu não tinha o telefone dele. Tinha o telefone da Claire, mas era melhor não. Saí da loja atordoada.

Alguém gritou meu nome.

Era ele; estava encostado no carro. Corri. Tive que correr, porque andar parecia muito lento.

— Vamos nessa?

— Adoraria – disse ele, levantando o telefone para se desculpar. – Claire precisa de mim em casa.

Acenei com a cabeça. Dessa vez, não faria as malas com cuidado. Ia jogar tudo lá dentro. O resto de minha vida seria de trabalho árduo e, em seguida, eu morreria. É o que acontece com a maioria das pessoas. Nada de mais.

— Ah, mas se você estiver livre mais tarde, podemos nos encontrar.

Atrás dele, nos fundos do estacionamento, uma mulher travava uma luta com seu filho.

— À noitinha?

— À noitinha – disse ele.

A criança se recusava a andar e a mulher ordenava que andasse, *agora*. A criança sentou no chão. O que a mãe ia fazer? Permanecer firme? Ou ceder, estragando a criança para sempre? Não era problema meu. Virei o corpo para não precisar assistir à resolução.

— Você conhece o Buccaneer? – perguntou ele.

— Já vi esse nome. É um bar.

— Isso. *É* um bar.

Ele caminhou de costas para o carro sem tirar os olhos de mim. E abriu a porta com a mão pelas costas.

— Oito?

Pela janela, ele pôs um chapéu invisível antes de ir embora. A criança estava deitada de costas na calçada. A mãe não sabia o que fazer. Estava a um passo de perder as estribeiras. Dei as costas e fui embora. Que roupa eu ia usar? Ou será que essa mesma? KIERAN, berrou ela, É A SUA ÚLTIMA CHANCE.

## CAPÍTULO 8

Cheguei um pouco antes da hora. Dei uma volta muito lenta no quarteirão para não suar ou incitar uma brisa que bagunçasse meu cabelo. Estava usando um jeans justo, casaquinho amarelo e salto alto marrom. Uma musa sutil. Ao dobrar a esquina, avistei Davey me esperando na entrada. Ele também estava diferente. Parecia ter acabado de sair do banho, camisa de botão para fora da calça mas abotoada sem necessidade até o queixo, tipo skatista. Pouco antes de nos encontrarmos, apareceu um casal, uma moça e um rapaz, e Davey deu-lhe um aperto de mão rápido e elaborado. Era tarde demais para recuar ou dar outra volta no quarteirão.

— Opa – disse ele. Me deu um tapinha nas costas e me apresentou aos amigos. – Ela está de passagem para Nova York.

— Olá – responderam.

O cabelo da jovem batia na bunda e ela usava um sutiã que também era uma blusa. Ela me olhou de cima a baixo, mas não compreendeu que a minha roupa também era sexy. Entramos no bar. Íamos passar a noite inteira com esse casal? Senti vontade de chorar. A moça jogou o cabelo por cima do ombro e fingiu que segurava um taco invisível de sinuca.

— Vou dar uma surra nele – disse ela, e o casal seguiu por um corredor à direita.

Pessoas maravilhosas, adorei. Davey nos levou à sala principal. Dei uma volta no bar. Estava tão limpo. Acho que a última vez que estive em bares, ainda não era proibido fumar em lugares fechados. Os jovens estavam em grupo ou em pares amigáveis, não parecia haver qualquer intriga entre eles.

— Cadê os bêbados? – perguntei. – Essas pessoas mais parecem colegas de trabalho num happy hour.

— É o que são – disse ele, estreitando os olhos. – Parece que você... não sai muito, né?

— Muito saidinha – respondi rapidamente, feito uma piada. – Saio muito.

É claro que eu não frequentava bares. Nos últimos quinze anos, estive na minha garagem reformada trabalhando na mesa que tem uma perna curta. E sempre que tinha que sair, era para participar de meus próprios eventos, ou ir a eventos, aberturas e estreias dos meus amigos e colegas de trabalho. Era uma noite de trívias no bar e as pessoas estavam muito animadas. Tinham tempo para isso. Eu não tinha planejado me tornar tão refinada; tinha apenas passado todos os momentos do dia tentando transmitir o que era a vida para mim, permitindo que coisas incontestáveis – criança, gripe atroz, fome e sede – me afastassem dessa tentativa. E aparentemente, enquanto isso, o tempo estava passando – grandes porções de tempo, décadas inteiras. Fumar em ambientes fechados era proibido e esse jovem estava me levando para uma mesa do lado de fora. O ar estava quente e agradável. Bebemos tequila e me perguntei se o triângulo invertido da parte superior de seu corpo – os ombros largos e ossudos estreitando-se em direção à cintura fina – se tratava de uma proporção clássica com ressonância antiga. Algo semelhante aos desenhos de Michelângelo ou Da Vinci ou essa turma. O código Da Vinci. Se houvesse uma medição dos ângulos da parte superior do corpo dele, essas mesmas medidas poderiam ser encontradas na Bíblia ou inscritas num vaso grego, e elas corresponderiam, numa escala maior, a uma medida cosmológica, talvez estelar? Música celestial – o que é isso mesmo? Se eu estivesse em casa, trabalhando, pararia para pesquisar. Porém, por incrível que pareça, eu não estava em casa trabalhando e não ia pesquisar nada e de fato nunca mais gostaria de pesquisar qualquer coisa. Estávamos bebendo nossos drinques e conversando; eu tentava explicar o que meu trabalho significava para mim. Como a vida, em geral tão dispersa, esquiva e frustrante, estava sob meu feitiço. Eu poderia nomear coisa a coisa, não importa quão obscura fosse, e essa coisa se abriria para mim como se me amasse. Trabalhar é como ter um romance com a vida, e como todos os romances sempre estão a um passo de acabar, eu nunca tinha controle de nada. Eu disse esse último trecho quase de pé, os braços presos ao ar como se quisesse capturar um pássaro. Entendi por que as pessoas bebem para relaxar depois do trabalho, que sensação maravilhosa. Tentei mais uma vez adivinhar a paixão secreta dele.

— Chef de cozinha?

Ele balançou a cabeça.

— Um esporte? Jogador de beisebol? Lutador de boxe? Cavalo de corrida... jóquei?

Ele nem piscou.

— Cantor? Rapper? Estrela do rock...

— Sou dançarino – disse ele, me cortando. – Não um bailarino, algo mais próximo do hip-hop. Dança de rua.

Ri e ele sorriu.

— Qual é a graça?

— Nenhuma. Só estou tentando imaginar... mas dançarino de break ou...?

— Não quero falar sobre isso.

— Tá certo.

— Acho que, do seu ponto de vista, eu sou meio bobo.

— De forma alguma.

Comecei a pensar naqueles garotos, grupos de garotos, que dançavam para ganhar um qualquer no calçadão de Venice Beach. Ele era um deles. É quase certo que tive uma reação suave e sem julgamentos. Acho que não devia ter rido. Mas peralá.

— O que você quer dizer com "do meu ponto de vista"? Qual é meu ponto de vista?

Ele olhou para mim como quem diz *Qual é*.

— Na minha idade, você já tinha feito o – e disse o nome de um trabalho meu que fez muito sucesso. – Eu tinha dezesseis anos nessa época.

Pirou minha cabeça.

Desviei os olhos, meu rosto uma máscara risonha.

Por que outro motivo esse jovem estaria saindo comigo? Porque eu era uma beldade? Tão magnética e espirituosa? Ele sabia bem quem eu era. Era um fã. Se eu tivesse noventa anos, ele daria tudo para sentar comigo numa mesa de bar. Foi só isso que a fama comprou para mim: um discípulo. Mas não do tipo que os homens famosos costumavam ter, não uma jovem doida para chupar toda minha sabedoria pelo pau. A fama havia me castrado. Ele sorria.

— Você me reconheceu – respondi, com firmeza.

— Claro, ué. Eu vi você conversando com aquele cara no posto de gasolina e achei que ia ter um ataque do coração. Aí rolou aquele lance entre nós quando limpei seu para-brisa.

— Mas você não conseguiu me ver, por causa da luz...

— Como assim? A gente se olhou no olho.

Senti como se me movesse em câmera lenta, debaixo d'água.

— Eu sabia aonde você ia. Ouvi quando pediu indicação de restaurante pro frentista.

Não só um fã, mas um stalker.

— Realmente parecia que você não se lembrava de ter me visto – retruquei. – Foi uma bela encenação.

— Mas pra mim, nós dois sabíamos. Tivemos aquele lance louco pelo para-brisa e aí começamos esse joguinho. Você me fez muitas perguntas. Eu desembuchei tudo quando comecei a dizer que trabalhava na Hertz.

Eu não achava que desembuchar era isso.

— Deus Pai – disse ele, tapando a boca. – Você é tão... Você acha que o trabalho das pessoas é limpar seu para-brisa.

Balancei a cabeça.

— Sei que não... você estava limpando outro carro também.

— Um carro da Hertz. Você sacou que eu não trabalho no posto de gasolina?

Corei. *Havia* aqui uma certa imprecisão em relação a trabalhos com carros.

— Nossa – disse ele, balançando a cabeça. – Essa informação passou batida por você.

— Desculpa.

— Deixa pra lá – disse ele, se recuperando. – Apesar dos pesares, você parou no Duarte. Fiquei louco e achei que era o fim. Uma história que contaria a mim mesmo pelo resto da vida.

Deveria ter sido o fim.

— Mas aí eu vi seu carro parado no hotel. Era real. Estava acontecendo.

— Acontecendo?

— Eu entendi errado?

Se essa idade, quarenta e cinco, revelou-se a metade da minha vida, então esse momento significava o ponto médio. Um corpo ascende, atinge o ápice e cai – mas no ápice, no topo, ele fica momentaneamente imóvel. Não sobe nem cai.

— Por que você voltou? O que está fazendo aqui? – disse ele, e esperou, seus olhos escuros e penetrantes nos meus. – Você voltou por minha causa. Você está aqui por mim.

— Por que eu faria isso? Que loucura. Até parece.

Ele deu um sorrisinho simpático.

— Ué, é isso que as pessoas fazem.

Ficamos em silêncio. Cogitei ter entendido mal. Ele estendeu o braço sobre a mesa e encostou as costas de sua mão na minha, com gentileza. Não havia outros modos de proceder nesse caso. No fundo, só um. Ele disse: Vamos pra outro lugar? Ele se levantou e entrou no bar. Estava pagando a conta. Cambaleei até o banheiro com a bolsa na mão. Passei um brilho labial colorido, apalpei o cabelo e lavei as mãos. Uma mulher pálida passava corretivo nos olhos.

— Você me emprestaria um pouquinho?

Levantei o dedo e ela salpicou o corretivo com a ponta esponjosa do pincel.

Esfreguei os dedos e dei tapinhas em volta do nariz. Cruzamos olhares no espelho e tenho certeza de que ela esperava que algo de bom acontecesse essa noite, mas era provável que não. Não que ela não fosse uma graça, e também todo mundo sempre tem alguém, mas quais eram as chances? Em geral, a gente passa corretivo, depois tira, e nada de transformador acontece nesse meio-tempo.

Já eu não posso dizer o mesmo.

Quando me dei conta, já estava há muito tempo no banheiro, saí quase correndo na direção dele. Ele pôs os braços no meu ombro e saímos pela noite.

Um minuto depois, sabiamente, ele soltou o braço e andamos lado a lado, próximos mas desastrados, nossas mãos e braços batendo o tempo todo. As colisões eram tão desgastantes que impossibilitavam o pensamento. É claro que estávamos nos encaminhando, sem combinar, para o Excelsior.

Minhas mãos tremiam quando abri a porta. Ele entrou no quarto caminhando lentamente e pude absorver toda aquela grandeza mais uma vez; as cores e texturas pareciam a natureza quando estamos chapados. Escolhi a melhor playlist. Ele encostou a mão num pássaro do papel de parede. Ele sabia que era escolha de sua esposa? Ele entrou no banheiro e olhou para os ladrilhos. Em seguida, disse:

— Queria ficar olhando isso pra sempre.

— Justo.

Apontei para os três ladrilhos verdes atrás do vaso sanitário e expliquei que, caso houvesse a quantidade exata, e se o desenho estivesse completo, outra dimensão se abriria, um portal. Ele mexeu um dos pés, calçado com meia, para encostar no meu.

— Não podemos passar muito disso, né – disse ele, pendurando o braço sobre o meu.

Fiquei tão perplexa com aquele pé, depois com o braço, e com o fato de ele ter dado um nome para isso, reconhecendo isso.

— Embora eu queira muito – complementou, com a voz meio rouca.

Ele deu uma olhadela em direção à sua calça, o suficiente para direcionar meu olhar. Oh. Ele tinha um pau enorme. Estava se esticando com força em direção à braguilha. Em termos gerais, eu nunca tinha ligado para um pau grande; ou virava piada ou incômodo. Tive um namorado cujo pau era tão grande que era muito difícil transar. Mas esse aqui preso dentro da calça... era muito grave. Eu me comovi. Queria ajoelhar e beijá-lo, ou cumprimentá-lo com um aperto de mão caloroso e sincero. Ele acabou de dizer uma coisa, o que era mesmo? Ah, sim, de não poder fazer mais que encostar o pé no meu. Já estávamos a anos-luz dos pés – embora os pés tivessem importância, os ladrilhos estelares tivessem importância. O ar cheirava a mel e nós voltamos para o cômodo principal e a luz do poste entrava pela cortina rosa e dourada como labaredas; aqui o sol sempre se punha.

Ele passou a mão na colcha de seda.

— Muito feminino – comentei.

— Adorei.

Olhamos para a cama como se ela estivesse fazendo algo de interessante.

— Talvez – disse ele – a gente não devesse se deitar. Vai ser uma tentação. Pra mim.

Não se pode esquecer que era o colchão dele, ali, embaixo da colcha: seu leito conjugal.

Nos sentamos nas cadeiras bisavós. Juntamos as cadeiras e demos as mãos e nos inclinamos um sobre o outro.

De minuto a minuto, mudávamos de posição, coloquei minha perna sobre a perna dele, e essa ação nos deixou mudos por um tempo. A proximidade da minha perna com seu pau. Isso nos fez imaginar que eu me sentava no colo dele, montava nele, olhando para seu rosto. Eu descrevi essa posição e ele disse que já tinha pensado nisso dias atrás.

— Quando pensou nisso, você... se masturbou?

— O que você acha?

Estava tocando uma música synth com uma batida muito lenta. Às vezes, trocávamos olhares e ficávamos surpresos com o acontecido, por termos sentido a mesma coisa. Nossos olhos se encontravam e faziam uma breve caminhada pelo rosto do outro; fiquei olhando para seus cílios escuros, as sardas sob o olho esquerdo, os lábios carnudos. As pessoas olham para os lábios umas das outras antes de se beijarem. Quando ele olhou para os meus, comecei a me inclinar para a frente, mas desviamos o olhar, entrou uma música nova, mudamos a posição das mãos, nos encontramos novamente. O tempo passava. Quase não conversávamos, mas de vez em quando eu lhe fazia uma pergunta – o dia em que compramos água, o dia em que ele me contou sobre o desfile, e ele respondia como se conversássemos sobre nosso namoro. Numa outra versão da vida, eu não vivia presa na minha própria cabeça; um parceiro de dança invisível esteve lá o tempo todo, refletindo todos os meus movimentos à distância.

Achei que íamos ficar nessa para sempre. Tinha esquecido completamente que tudo acaba, essa noite também acabaria. Quando, depois de umas quatro ou cinco horas, disse que precisava ir embora, foi um tapa na cara. Um balde de água fria. Em seguida, mostrou o telefone para mim – três e vinte e sete da manhã – e eu ri. Tardíssimo! Estaríamos fritos amanhã; ele teria que dar uma explicação para Claire e esses problemas eram muito confortáveis. Trocamos números de telefone e, depois de um longo e perigoso abraço de despedida, eu fechei a porta, esperei uns minutos e saí do quarto. Corri. Corri o mais rápido que pude pela tepidez da noite californiana.

\*

Eu sabia que não ia conseguir dormir, precisava dormir para acordar descansada no dia seguinte, então tomei mais um Benadryl. Que prazer não ter que lutar contra mim mesma; desmaiei sob a colcha de seda. Cinco horas depois, acordei do mesmo jeito que estava no dia anterior, sem ter combatido fantasmas, ainda em estado de perplexidade. Peguei o telefone e digitei: **Adoro você. Não me arrependo de nada. Quero colocar cada parte do seu corpo dentro da minha boca.** Escrevi exatamente o que eu sentia. Foi bobo e arriscado e nunca mais mandaria mensagens de texto com tanta liberdade. Mas foi exatamente isso que escrevi para ele na manhã posterior à nossa primeira noite.

Ele não respondeu.

Estraguei tudo.

Comecei a tremer. Não consegui tomar o café da manhã de sempre e meu corpo imediatamente começou a se esvaziar; eu cago tudo que pode vingar. A cada segundo eu olhava o celular e tudo que era retangular e brilhante eu achava que era meu telefone se iluminando – a parte traseira da escova de cabelo, o plástico da caixa de amêndoas –, eu me contraía, olhando de um lado a outro em busca de reflexos de luz.

Ele respondeu ao meio-dia.

**❙ Tô do mesmo jeito.**

Caí no chão de joelhos e apertei a testa contra o carpete. Comi meia torrada. Tentei demorar para responder. Depois de vinte minutos, escrevi:

**❙ Mas você com certeza dormiu mais do que eu.**

Ele respondeu imediatamente, uma palavra: **Improvável**.

Se eu tentasse sacar essa palavra, o caixa do banco responderia: Não há saldo suficiente. Não havia dinheiro suficiente no mundo para sacar aquela palavra, *Improvável*.

Passei o dia me preparando para vê-lo, limpando e acariciando meu corpo. Enfiei o dedo na buceta profundamente e provei, como se a língua dele em breve estivesse ali, e eu fosse capaz de calibrar o gosto. Mas o gosto era bom. Pensei que um jovem de pau duro acharia satisfatório. Vesti uma fio-dental nude e um vestido leve em Jersey cor de creme, muito apropriado para um safári na década de 1930, e aquele salto alto marrom. O vestido era casual, mas se ajustava à minha cintura e se agarrava levemente à curva da minha bunda, modelava as polpinhas. Me obriguei a comer um Gardenburger levemente torrado para não correr o risco de ter dor de cabeça. Eu não queria que nada nos atrapalhasse.

Harris ligou quando eu estava enrolando um cacho de cabelo.

Fiquei olhando para o nome na tela, paralisada. E se eu não conseguisse usar o tom correto?

Ele tinha umas coisas para contar sobre o telhado e o dia em que Sam foi brincar com uma menina que era de uma família que não víamos com bons olhos.

— Em vez de deixar a menina aqui, a mãe ficou *também*.

— Meu Deus, que pesadelo.

— No fim, foi legal. Aprendi muito sobre literatura russa do século xix. Ela é professora.

Como é de costume, logo imaginei que Harris e essa professora tinham um caso e silenciosamente os coloquei no fim da minha lista de prioridades. Ele perguntou se eu estava bem.

— Tô! Por quê?

— Você tá meio quieta.

— Ah, tô com saudade de você.

Um palpite apavorado sobre o que deveria ser mais apropriado agora. Aí, do nada, comecei a chorar.

— É estranho ficar tanto tempo sozinha.

— Você está se saindo bem – disse ele. – Parece estranho ou errado no início, você só precisa superar essa fase.

— É?

— É.

Por alguns segundos, cheguei a pensar que ele sabia e estava tentando me encorajar, como se esse romance fosse um fardo que eu carregava nos ombros em benefício de nós dois. Muitas vezes, eu tinha a tarefa de me expor emocionalmente por nós, ser a desequilibrada, a bagunceira – aquela que entrava em cena. Ou reencenava.

\*

Depois da nossa lua de mel pós UTIN – ali por volta do 31 de maio –, vi Harris se tornar um pai bobo e afetuoso. Não dividíamos mais a sétima esfera do inferno, então ele não tinha culpa por ter recuperado os ânimos; era melhor para todo mundo que o tivesse recuperado. Tentei fazer o mesmo.

O primeiro flashback aconteceu num banheiro público de Griffith Park. Eu tinha acabado de fazer uma manobra esquisita para fazer xixi com o bebê amarrado no meu colo e sacudia as mãos debaixo da torneira para tentar acionar o sensor de movimento. Depois de um tempo, reparei que havia um pedal para abrir a água. Eu já tinha visto isso em algum lugar, não?, me perguntei, mas eu já estava dentro do flashback – antes da queda, sempre há um momento mais neutro de desorientação. No hospital. E lá estava eu com Harris, de camisola branca, apertando o pedal com o pé para lavar as mãos, limpá-las, mas apressada, com muita pressa, não podia esperar mais um segundo para ver meu bebezinho – era horrível que elu estivesse tão só, sob o plástico da incubadora. Pior que isso: o temor que sentia pelo pior que poderia ter acontecido naquela manhã. As coisas ficaram ainda piores enquanto almoçávamos? Voltariam à zona de perigo? Nunca deveríamos ter saído de lá. *Andem logo!*

Tudo isso aconteceu na duração de no máximo dois segundos. Voltei ao banheiro, suava e chorava, Sam aninhade em meus braços. Encontrei meus olhos no espelho. Opa. Ainda não tinha acabado. O passado sempre pode retornar, da mesma forma, a qualquer momento, libertado por uma combinação aleatória de sons e movimentos. Tudo ainda estava em mim, até o cheiro do sabonete antisséptico. Olhei para Sam. Parecia despreocupade, roendo um elefantinho de borracha e me olhando assoar o nariz.

— Senti tanta coisa que chorei. Cansei de chorar, mas ainda sinto tristeza. Tudo bem se sentir triste.

Era o que podia ser feito naquela hora. Fomos para casa.

Pelo resto do dia, fiquei tão exausta que mal conseguia me mexer, como se toda minha energia tivesse se esgotado em um segundo. Acabei contando do flashback para Harris e foi como derramar um copo d'água no ralo, nenhum alento. A culpa não foi dele – imagina todas as pessoas que já tiveram que saudar um viajante do tempo em sua volta para casa. Não tem como fazer as perguntas certas estando tão crente no momento presente. *Qual era o cheiro dos cavalos?* Essa seria uma boa pergunta.

— O que você vai fazer hoje à noite? – perguntou Harris.
— Vou jantar com a Mary.
A resposta saiu pronta, sem premeditação. E com essa mentira, meu coração disparou. Quase quatro da tarde.


Cheguei à Hertz pontualmente e Davey se comportou como nos dias anteriores. O rosto impassível. Enquanto caminhávamos, esperei pelo sinal para continuarmos de onde havíamos parado, mas ele parecia aéreo.
— Quer tomar um smoothie? – perguntou, animado.
Eu não disse nada e ele complementou com "*Eu* quero", nos levando para um lugar chamado Nekter. Com o smoothie de manga nas mãos, começou a assobiar entre dentes enquanto se dirigia para o banheiro. Eu não sabia se devia segui-lo. Continuou assobiando ao passar pelo banheiro, passou pela despensa e saiu pela porta dos fundos. Corri atrás dele pela viela – que ele atravessou em direção a um prédio baixo de estuque amarelo-claro. Não sendo da cidade, levei um tempo para saber onde estava. Era o Excelsior, os fundos do hotel. Era a minha janela, alta demais para escalar. Mas havia uma espreguiçadeira de lona rosa e desbotada no outro extremo da viela – ele caminhava para pegá-la. Corri para o outro lado do prédio e entrei no meu quarto. Abri as cortinas e a janela. Já em cima da espreguiçadeira, ele se ergueu com facilidade e saltou com uma das mãos no parapeito. Ele fechou a janela e a cortina, pôs o smoothie em cima da mesinha de cabeceira e me puxou. Se estivéssemos num filme, ele me beijaria agora; mas ele me envolveu em seus braços e ficou imóvel, como se corrigisse algo que saíra errado ao longo do dia. Ficamos ali, respirando fundo, nos recuperando de todos os segundos em que não estivemos juntos.
— Não posso mais entrar pela frente – disse ele, se afastando.
— Você saiu daqui muito tarde ontem, acho que não vai dar nada.
Eu só queria que nos abraçássemos de novo. Ele examinou meu rosto.
— Me diz... qual é o acordo do seu casamento?
— Sou casada – respondi. – O acordo é esse.
— Mas parece que seu acordo é outro, tendo em vista que...
Ele acenou vagamente para mim. Olhei para meu vestido.
— Tendo em vista?

— Tendo em vista isso aqui. Eu, aqui. Mas tendo em vista, sei lá, seu trabalho?

Meu trabalho era repleto de um sem-número de casais improváveis, sexo proibido, surrealismo e lesbianidade livre. Ao que parece, ele levou tudo isso ao pé da letra. Tentei me imaginar do ponto de vista dele, mulher casada e mãe, com a vida fora dos trilhos. Literalmente colapsando sobre trilhos, pernas para o alto.

— Sou tão casada quanto você – respondi. – Mesmo barco.

— Fico até aliviado. Você se sente muito culpada?

Culpada? Minha cabeça até boiou ao tentar contar a quantidade de vezes em que me senti culpada, segundo a segundo, todos os dias da minha vida. Tanto que, agora, parecia que eu tinha uma justificativa. Eu me devia isso.

— A culpa me parece uma perda de tempo – respondi. – Prefiro me sentir culpada quando estou sozinha.

Ele assentiu, parecia ter entendido a dica, e começou a sincronizar seu telefone com o aparelho de som. Um R&B suave ecoava da caixa de som. Ele se deitou no carpete e indicou que eu me sentasse perto dele; deitei de bruços.

— Fiquei pensando se a gente...

E demonstrou o que queria dizer, virando de lado e estendendo a mão para mim. Me aproximei dele. Ele me abraçou, ficamos deitados como um casal em uma cama e a música dizia *Sabe, quer saber, tenho pensado muito em você*. Quando seu pau ficou muito duro, nos afastamos. Nossas mãos se encontraram; puxei um de seus dedos para minha boca e ele o enfiou. Durante minha vida inteira, os homens enfiaram seus dedões na minha boca e, embora eu autorizasse, sempre pensava *Tá maluco? O que vou botar na boca em seguida? Seu sapato? Não é melhor eu lamber a sarjeta?* Mas dessa vez foi totalmente diferente. Eu queria que o dedo estivesse mais sujo. Eu queria comer um dia inteiro da vida dele; tudo que havia feito no decorrer desse dia. Ele gemeu e tirou o dedo, mas eu não aceitei – busquei seu polegar com os lábios, segurei, agarrei e chupei como um bebê, mas ele tirou esse dedo também.

— Melhores segundos da minha vida – sussurrou ele, mas se sentou, se forçando a se afastar de mim. – Quando você vai embora?

— Daqui a uma semana.

Para mim, pareceu muito tempo. Olha quantas coisas aconteceram em apenas vinte e quatro horas.

— Você podia ter se aproximado antes – disse ele. – Você demorou uma semana pra chegar em mim.

Baixei os olhos. Eu não podia ter me adiantado, afinal estava reformando esse quarto com a esposa dele. Mas não disse nada. O R&B passou a hip-hop. De repente, ele se levantou e aumentou o volume. Ele ia começar a dançar? Me levantei discretamente, fui ao banheiro e fechei a porta. Passei protetor labial nos lábios e na bochecha, arrumei o cabelo. Ele estava dançando lá fora. Achei esquisito. O que eu ia fazer... ficar ali assistindo e depois bater palmas no final? Ou só fingir que estava tudo normal. Era a coisa a certa a se fazer.

Saí planando e sorrindo discretamente em direção ao frigobar. Pela visão periférica, observei sua dança enquanto preparava uns petiscos com torradinha, abacate e azeitona. Ele era bom, mas não era fenomenal. Às vezes, no calçadão de Venice, aparecia uma dançarina de deixar o queixo caído e cifrões passavam a girar nos olhos dos passantes. Cada pessoa sentia como se ela fosse uma descoberta sua e de vez em quando a dançarina aparecia num programa de entrevistas à noite. Mesmo de canto de olho, saquei que Davey não estava no mesmo nível. Até achei bom. Se fosse talentoso de fato eu teria me apaixonado por ele; sentiria que havia recebido uma graça divina.

Ele abaixou o volume e comemos os petiscos que eu tinha preparado. Por incrível que pareça, ficaram uma delícia e tive que fazer de tudo para convencê-lo de que eu não era uma boa cozinheira. Listamos todas as coisas que gostávamos de comer. Ele não estava nem aí para a saúde. Olhou o Instagram pela milésima vez e eu dei uma bronca nele.

— Você tá aqui. Eu te sigo – respondeu, se defendendo.

— Mas eu uso muito pouco.

— Você não é viciada em internet?

— Leio muita notícia. – Me senti velha ao dizer isso. – E frequento fóruns de mensagens.

— *Te peguei!* Cada um com seus problemas!

Levantei as mãos, como quem diz *Eu confesso*, e torci para que ele não me perguntasse para que servia um fórum de mensagens.

— Pra que serve um fórum de mensagens?

— É um fórum de sapatos.

Era um fórum de mães. Mães que tinham um só problema em comum. Mas eu não queria que ele me visse como uma mãe que tem um problema.
— Sapato?
— Um salto alto raríssimo.
Ele apertou meu pé sobre a meia branca e ficamos em silêncio.

Apesar do comentário da enfermeira, vasculhei a internet atrás de informações sobre a hemorragia feto-materna, buscava alguém que tivesse passado por isso. Aprendi a soletrar cada uma das três palavras, não só a mais fácil, *materna*. Ao contrário de outros tópicos, que pareciam não ter fim, havia um número muito limitado de sites que continham essas três palavras juntas. Alguns artigos científicos e a matéria de um tabloide sobre um "bebê fantasma" que havia sobrevivido, graças a Jesus. A mãe do bebê já estava grávida novamente, seguiu a vida e estava bem. Mas não era isso que eu estava procurando. Eu queria encontrar uma mãe que tivesse flashbacks que a deixavam sem chão em plena luz do dia.
    Meu erro (como sempre!) é *trabalhar* quando o contrário é o recomendado; demorei dois anos para enfim digitar "HFM". E achei: babytalk.com/hfm. Meu coração disparava à medida que lia a página. A enfermeira não estava errada: todas eram mães de natimortos. Algumas queriam saber se voltaria a acontecer caso engravidassem de novo. A maioria comentava só para dizer PQP. PQP, como isso foi acontecer? E como a ciência não sabia responder, não havia respostas – só o eco de outras mães que também postaram PQP em outra ocasião, muitas num outro ano. O diálogo não estava atualizado, só mulheres solitárias acendendo velas no mesmo altar. Um dos maridos falava em nome de sua esposa, que estava chumbada demais até para conseguir digitar HFM ou PQP. Ele queria uma solução, queria respostas. Não compreendia que nós mulheres nunca esperamos respostas nem que as coisas tenham solução. O máximo que esperamos é companheirismo. Mas é óbvio que não seria apropriado eu postar esse tipo de coisa. Minha história era tão diferente que calhou de ser o oposto – um milagre – e não havia nenhum debate para mães de natimortos sobreviventes. Então, toda vez que eu era açoitada por um flashback, eu voltava ao fórum e lia as conversas. Parecia bizarro espiar anonimamente, mas eu não tinha outro lugar para ir e era muito, muito melhor do que nada.

★

Davey enfiou o dedo na minha meiazinha branca e em seguida beijou as costas da minha mão; fiquei surpresa com a permissão desse gesto. Ele deu de ombros e disse: As pessoas fazem isso o tempo.
— Pois é – concordei. – Elas inclusive ainda beijam a mão da rainha.
— Que rainha?
— A rainha da Inglaterra.
— Beijam?
— Ô se beijam.
Ele deu outro beijo, devagar, e eu pensei: Nesse ritmo só vamos transar no final da semana.

Naquela noite, voltei ao mercadinho e comprei castanha-do-pará, uma lata de sardinha, uma barra de chocolate amargo e dois avocados. Beleza alimentar. Também muitos saquinhos de bicarbonato de sódio e um hidratante neutro que se encontra em toda esquina, Vanicream. Esfreguei o bicarbonato de sódio em cada centímetro molhado do meu corpo, enxaguei, me lambuzei com o creme branco e vesti o pijama de algodão. De manhã, o creme já tinha sido absorvido por completo e dois dias depois minha pele ficou macia e suave como a pele de uma criança. Era inacreditável que eu já pudesse ter uma pele dessas havia muito tempo caso tivesse me esforçado mais, mas não, era alguma ação química em curso, biológica. Me lembrei do fulgor da gravidez. Eu ia para um lado, minhas roupas iam para o outro, um movimento constante e escorregadio que me dava a sensação de estar o tempo todo despida.

E agora que eu sabia que ele estava se masturbando para mim, minhas fantasias se tornaram mais íntimas, específicas, como se ele também pudesse sentir que eu me masturbava. Várias vezes eu montava nele devagar, por muito tempo, como um corcunda monta um pônei exausto mas com passos firmes, e cavalgava e cavalgava até eu conseguir g-o--z-a-r. Eu tinha uma necessidade nova, a de penetração profunda; queria que ele, de alguma forma, chegasse ao centro de mim. Em casa, eu tinha um consolo preto. Sabia exatamente onde estava – na gaveta das vitaminas – e até pensei em passar em casa para pegá-lo, mas quando digitei "sex shop" no Google me dei conta de que elas estavam por toda parte, como farmácias discretas. O consolo que comprei em Monróvia era de um roxo brilhante e banal. Quando me fodi com ele, ondas de sensação irradiavam para a parte de cima do meu corpo, aquecendo meu pescoço e chegando ao queixo. A sensação foi tão aguda que suspeitei que estivesse acertando um pólipo que eu tinha no útero. Ou então era Davey ali; que me fazia florescer.

Não contei essas coisas para ele porque estava sempre preocupado em não atravessar certos limites, como a linha invisível que separa Monróvia de Arcádia. ("Dava pra você ter sacado naquele dia", disse ele, "pelo jeito como olhei pros seus peitos dentro do casaquinho rosa". E eu balancei a cabeça em negação, não, eu não fazia ideia, mas não disse mais nada porque não queria que ele me visse por um novo ângulo, a envelhecer de repente diante de seus olhos como num filme de terror em que o rostinho bonito da garota se craquela e a transforma numa bruxa enrugada, depois num esqueleto e, por fim, num montinho de poeira). Ele até confirmava que se masturbava, mas nunca especificava suas fantasias. Ele só podia passar quatro horas por dia comigo, das quatro às oito, mas quando tinha que ir embora nunca podia se atrasar.

— Onde ela acha que você está?

— Ensaiando com meu amigo Dev.

— Dev sabe de nós?

— Meu Deus, não. Ele não ia entender. Diria: "Não seja um babaca, D. Segura essa rola."

— Você está segurando! Está arrasando nisso.

Mas nossos códigos morais eram muito diferentes. Ele tombou no chão, como se estivesse tendo uma úlcera bem na minha frente. E provavelmente estava. Nunca tinha feito nada assim, nada nem perto disso.

— É porque é você. Se fosse outra pessoa, eu ia conseguir resistir.

Um grande elogio, mas me soou impessoal, como se ele fosse uma presa do meu trabalho, ao passo que meus sentimentos por ele eram totalmente puros, eu sentia muita atração por ele.

— Culpa desse meu rostinho lindo – disse ele, desalentado.

Temíamos que o outro adorasse em nós algo que não fosse exatamente o que éramos. Ele perguntou se eu tinha contado para alguém e respondi que sim. Ele também tinha contado. Saber disso foi ao mesmo tempo incrível (era algo que podia ser *falado*, que era real) e preocupante.

— A pessoa pra quem você contou... sabe quem eu sou?
— Não.
Ser só um pouco famosa era uma lição constante de humildade. Muitas vezes, eu me castigava dizendo *Não é que o ovo está ficando maior que a galinha*? Mas não importava o quanto eu me encolhesse, eu sempre era muito maior para eles. Para começo de conversa, que ovinho.
— A gente pode combinar que só uma pessoa pode saber – sugeri. – Eu não preciso contar pra mais ninguém, e você?
— É, essa pessoa fica como minha única confidente.
— E o que sua confidente acha?
— Ah... - disse, sorrindo com timidez –, minha confidente me conhece muito bem, então ficou muito feliz por mim.
— Eu gosto da sua confidente.
— O que a *sua* confidente acha?
Jordi estava fora de si. Disse que eu parecia completa e profundamente mudada.
— Pareço?
— Parece, até sua voz mudou, tá mais desabrochada.
— Desabrochada, desabrochada, desabrochada – repeti, tentando perceber as mudanças da minha voz. - Testando, testando.
Perguntei se ela me julgava por isso e ela respondeu: Julgar você? Pelo quê? É preciso muita coragem para sentir as coisas.
— Coragem? Como assim?
— Ah, porque sempre pode... acabar em sofrimento.
Eu não entendi o que ela quis dizer. Eu sabia que era mútuo, o sofrimento não era possível.


No domingo, ele não pôde ficar muito tempo.
— É que a gente tem esse ritual de assistir...
Levantei minha mão como que para me defender e ele parou de falar.
— Desculpa *mesmo* – disse ele. – Não posso deixar esse barco afundar.
Eu também tinha rituais dominicais. Lavar o cabelo, cortar as unhas pequeninas, contar histórias para a criança dormir; se eu conseguia guardar essas informações para mim, ele também podia me poupar do nome desse programa de televisão.

Aí, como quem deseja me confortar:
— Inventei uma dança pra você.
Ah, não. Ele nunca mais tinha dançado desde aquele dia e achei que tinha entendido que podíamos aproveitar nosso tempo de formas melhores.
— Sério? – perguntei.
— Tô te achando preocupada.
— Não, que isso! Zero preocupada! – e saltei da cadeira. – Ou assisto sentada?

Ele riu e se certificou de que as cortinas estavam fechadas. Tirou a camisa xadrez. Colocou uma música no telefone, me sentei e percebi que ele estava só se aquecendo, então levantei e aí ele trocou a música e pude jurar que estava prestes a começar e tive a sensação repentina de querer sair correndo daquele quarto, como se tivesse sido amarrada a um brinquedo no parque de diversões que traria muito mais emoções do que eu podia suportar. Ele começou a se mexer lentamente... mais devagar do que lentamente, fez um truque que dava a entender que era um movimento rápido em câmera lenta. Sorri e depois franzi a testa. Eu estava me sentindo trêmula, como se estivesse ficando doente ou houvesse algo estranho no ar. A pior hora para dar um problema no ar-condicionado ou na calefação do quarto. Não – alarme falso –, era um problema meu, estava prendendo a respiração e ficando tensa. Cerrada como um punho, me preparando para o que quer fosse acontecer ali. Então, ele começou a acelerar. Mais rápido e mais rápido. Eu não queria que ele ficasse constrangido na minha frente. Mas ele não estava com vergonha – estava pelos ares. Em devaneio, movendo-se pelo quarto com uma flutuabilidade impraticável, parecia que planava. Só tocava o chão de vez em quando, e cada batidinha de pé o impulsionava de modo a parecer mais leve que o ar. Me ocorreu a ideia de que era a primeira vez que o via dançar, na vez anterior estava muito preocupada em protegê-lo da humilhação; ou talvez até tenha visto, mas ficado com medo. Porque daqui a um milhão de anos ninguém nunca poderia chamar esse cara de banco de reserva. A dança era sua vocação. *Eu* era uma amadora que nem sabia dançar. A vontade de filmá-lo era grande, para guardar de alguma forma o que estava acontecendo, mas esse era só um pensamento besta. Não estávamos na internet, ela nunca tinha sido inventada, só existia o agora. Aceitei esse fato. Lá fiquei, uma das mãos sobre a cadeira, suportando a beleza daquele momento. No segundo em que sucumbi, lágrimas brotaram dos meus olhos como espinhos. Porque me dei conta de que aquilo era uma celebração a nós dois, ele havia descoberto um jeito de demonstrar o sentimento que existia entre nós. Enquanto ele saltava e rodopiava no ar daquele jeito, era extasiante e obcecante de se ver – ele repetia o movimento como se fosse uma espécie de arte de resistência que se tornava cada vez mais verdadeira à medida que ele a reproduzia. Ele pingava de suor. Eu fiquei absorta e pensei: *Esse é o momento mais feliz da minha vida.* E dessa frase decorreu uma tristeza enorme porque nada era mais passageiro que uma dança – a dança sempre diz: a alegria é o agora. Desisti de tudo e fiquei presa ao agora. De cada opinião e julgamento que sempre tive e fiz, do meu passado inteiro incluindo filhe e marido e meus pais, meu futuro, minha carreira, minha morte iminente – deixei tudo de lado. E pela primeira vez não fiz nada. Só assisti à dança. Ainda em movimento, ele emboscou meu olhar e assentiu lentamente, como se eu tivesse acabado de chegar naquele quarto.

Ele estava ofegante e resplandecente ao fim do número e seus olhos não tinham foco, como se não enxergasse nada. Abri a boca, me preparando para elogiá-lo, mas ele levantou um dedo e saiu mancando para o banheiro. Ouvi o barulho do chuveiro. Me sentei na cama como se estivesse numa sala de espera fora do país.

— Cadê você? – gritou ele.

Espiei timidamente sob a névoa daquele banheirinho. Ele estava camuflado atrás das ondas do vidro, só uma forma se ensaboando. Estava pronto para ouvir meus comentários.

— Nem sei o que dizer. – Eu odiava quando as pessoas diziam isso para mim. Sempre pensava: *Ah, você tem uma resposta melhor* — Foi a coisa mais inacreditável que já vi. Eu nem sei se posso dizer que foi bom.

Ele parou de se ensaboar.

— Não sabe?

— Não, claro que foi bom, mas é inacreditável. Acho que está além do bem e do mal. Uma novidade que precisa de novas palavras – estava ficando muito difícil de explicar. – Eu amei. Ver você dançar foi o máximo da felicidade que já senti em toda minha vida.

Ele riu, uma alegria de menino.

— Eu fantasiei que você conversava comigo no banho pós-dança. Imaginei essa cena.

— Sinto como se morássemos juntos e eu fizesse isso o tempo todo.

— Isso – disse, apertando o pote de gel de banho. – Esse negócio tem um cheiro muito bom.

Tinha mesmo.

Um cheiro muito específico de cumaru que Claire reconheceria de cara. Me perguntei como poderia fazer esse alerta sem tocar no nome dela. Mas nem precisei fazê-lo.

— Você tem outro sabonete? – disse, com urgência repentina. – Ou algum xampu?

Mudança de ânimos. Ele vasculhava meus frascos de xampu, cheirando um por um.

— Nenhum desses vai encobrir o cheiro, não têm um cheiro muito intenso.

Procurei no banheiro inteiro, em pânico. Pasta de dente, creme para rosácea, Vanicream, enxaguante bucal. Enxaguante bucal.

Ele fez um som de ufa quando lhe entreguei o frasco gigante do enxaguante de hortelã Tom's Wicked Fresh e, em seguida, comecei a derramar sobre o corpo dele. As nuvens mentoladas eram tão opressivas que começamos a tossir. Ele disse: "Vou sair", e eu entendi que era para eu sair do banheiro. Me sentei na cama e um minuto depois ele apareceu, o cabelo penteado para trás, de calça e moletom, mas sem a camiseta suada, que ele havia pendurado nas costas de uma das cadeiras bisavós. Ele se aproximou e ficou de pé entre as minhas pernas e passou os braços em volta da minha cabeça e eu senti como se estivesse dentro dele, num mundo mentolado. Minha mente não vagueou. Esse era o lance com ele – eu nunca queria estar em qualquer outro lugar nem pensando em qualquer outra coisa. Estava totalmente presente, se é que isso importava. Ele sussurrou no meu cabelo que precisava ir. Eu respondi ok, porque não queria ser o tipo de pessoa que agarra e arranha.

Contei para Jordi tudo que tinha acontecido e ela disse ter suspeitado que ele era um bom dançarino.

— Sério? Até quando eu disse que ele não era?

Ela disse que eu era difícil de agradar e que um rapaz branco teria que ser muito bom até para conseguir mostrar a cara no mundo da dança. Às vezes, quando ela falava sobre ele eu ficava com ciúme dos dois – Jordi e Davey –, embora nem se conhecessem. Quando ela se compadeceu do dilema dele, eu me senti um animal selvagem entre humanos, ansiando atributos civilizados.

Quando achei que íamos nos despedir, afinal eu já havia a exaurido com meu único e incansável assunto, ela perguntou se eu estava apaixonada por ele. Dei uma gargalhada.

— Não, não – respondi –, não é pra tanto. Ele é um pateta. Ih... ele esqueceu a camiseta aqui. – Enfiei um rosto da camiseta e inspirei profundamente.

— Mas pelo que você disse...

Não a deixei terminar a frase.

— Se você o conhecesse, ia rir. Você podia escolher qualquer pessoa da rua e seria tão provável de me fazer apaixonar quanto ele. E, na verdade, é isso que ele é, uma pessoa que conheci na rua, num *posto de gasolina* – fiz uma pausa e deixei as palavras *posto de gasolina* serem absorvidas.

— Certo. Beleza.

Ficou um clima estranho. Ela estava zangada? Disse que só estava cansada. Estava fazendo uma escultura nova, uma peça em mármore verde.


No dia seguinte, Davey só podia ficar uma horinha; tinha que ajudar Claire com alguma coisa. Fiquei alarmada mas sorri e balancei a cabeça bem passivo-agressiva.

— Não faz assim. Pra mim também é ruim.

Era mesmo? Adoraria ver um gráfico comparativo de contrariedade.

Ficamos aninhados durante essa hora como dois apaixonados, e aí ele foi embora. Não era agradável ter mais tempo sozinha. Esperar até as quatro da tarde era suficiente para comer e me masturbar e aí assistir a uma ou duas comédias românticas, eu não precisava ter uma noite inteira para isso. Encomendei para Sam uma colher gigante, de uma empresa chamada greatbigstuff.com. Às cinco, calcei o tênis e fui dar uma volta no arboreto, e meu pensamento se alternava entre Davey e imaginar a cena em que daria a colher gigante para Sam, o deleite que elu sentiria. Elu teria acabado de chegar da escola agora, com sua babá Leila. Se eu ligasse para ela, era improvável que me perguntasse alguma coisa antes de passar o telefone para Sam. Leila era uma babá "sem prejuízo" – ela não criava nem inspirava Sam, mas elu se sentia segura com ela. Nossa primeira babá, Jess, meditava com o bebê, cozinhava refeições macrobióticas e aplicava shiatsu em mim e no Harris. Ela era boa demais para nós e sabíamos disso. Depois de um ano, ela foi afanada de nós furtivamente por uma família que lhe ofereceu plano de aposentadoria, plano de saúde e salário integral por meio-período de trabalho. Quem tinha tanto dinheiro assim? Jess não podia contar, ela assinou um acordo de confidencialidade, e achamos que era alguém da alta patente da política local, afinal sua mãe trabalhava no gabinete do prefeito. Fosse quem fosse, durou pouco tempo, Jess abriu seu próprio restaurante em Sonoma alguns anos depois. Às vezes, ainda gritávamos *Jess!* de brincadeira quando tudo estava pelos ares ou estávamos famintos demais para cozinhar. Sam também gritava *Jess!* e era muito engraçado porque elu nem se lembrava dela. Já Leila havia esquecido que eu estava fora da cidade, e não no meu escritório na garagem.

— Você achou que eu estava na garagem esse tempo todo?

— Quase não vejo você, vou embora quando Harris chega em casa.

Tive que tomar medidas drásticas para não ter que entrar em casa depois que Sam chegava da escola. Eu tinha até um penico na garagem.

— Ok. Olha, não estou em casa.

Eu não disse onde estava; essa nova geração tinha atributos psíquicos pouco expressivos.

— Pode colocar Sam na linha?

Ela passou o telefone para elu, que logo perguntou sobre a coisa gigante. Fiquei feliz por enfim poder contar.

— É uma colher.

— Qual o tamanho?

— Do tamanho da minha perna.

— Não é tão grande.

— Você achou que seria de que tamanho?

— Sei lá... podia bater no teto.

— Mas como ia caber no carro?

— Você podia amarrar no bagageiro, que nem as coisas de acampamento.

Conversamos sobre a belezura da colher, que parecia saída de um livro do Richard Scarry, e em seguida elu perguntou se eu achava que adotaríamos um cachorro quando eu voltasse para casa.

Eu tinha me esquecido disso, de ter que me tornar uma pessoa tranquila que gosta de brincar com cachorro. Ao invés de virar uma Motorista (ou cruzar o país de carro), teria que duplicar a aposta em virar Manobrista. Literalmente.

— A gente vê quando eu voltar pra casa – respondi. – Não consigo decidir nada daqui.

— Posso ver Nova York? – perguntou elu, já mudando para o FaceTime. Eu aceitei, mas mantive o rosto bem enquadrado enquanto escrutinava a área. Nada muito nova-iorquino por aqui. Fui na direção de um estacionamento elevado do outro lado da rua.

— Estou no bairro periférico agora.

— Que isso?

— É um lugar mais silencioso, não tem táxis nem nada.

Bufei e arfei enquanto subia as escadas até o topo do estacionamento. Tinha uma vista incrível do centro de Los Angeles. Virei a câmera.

— Manhattan.

— Uau – elu respirou fundo, contemplando o horizonte. – Tô vendo o Empire State!

— Isso mesmo.

Não só a cidade errada, mas a hora errada do dia. Seria interessante saber, em termos cármicos, como isso voltaria para mim. Quais mentiras Sam contaria para mim no futuro para proteger suas paixões secretas e moralmente questionáveis. Se o carma funcionava assim, então fechei os olhos e fiz uma notinha mental para minha inverdade: *Tudo vai ficar bem, amorzinho.* Foi para Sam, no futuro, quando elu mentisse para mim.

Elu perguntou quantos dias faltavam para eu chegar em casa e, como eu tinha acabado de negociar mais uns diazinhos, a conta estava fresca: cinco. Pareceu um longo tempo para nós, mas assim que desliguei o telefone pareceu muito mais curto. Quando estava chegando ao hotel, Davey mandou uma mensagem: **Desculpa, achei que ela só queria minha ajuda para colocar no carro.** Olhei para a frente e avistei Claire me esperando na porta. E com um colchão. E Davey.

Ela ficava tão pequena perto dele, um desses casais altão e baixinha. Quando me sentei no colo de Davey, tive que levantar a cabeça para chegar perto do rosto dele. Ela deve erguer o rosto para ele como uma criança. Acenei e ela acenou de volta e ele fez um gesto cuidadoso com a cabeça. *Não estraga tudo*, disse para mim mesma. *Não estraga tudo*. Eu abri a porta e agradeci por terem me esperado. Claire me apresentou a Davey e se interrompeu em seguida.

— Acho que vocês já se conhecem – disse ela, rindo.

Achei que ela ia ajudar Davey, mas só apontou e ele arrastou o colchão para dentro. Ela parecia ser a chefe da casa, mas certamente era mais complexo do que isso. É provável que ele a tenha salvado de alguma coisa e ela o tenha salvado também. Tirei as cobertas e dei uma forcinha enquanto Davey tirava o antigo colchão. Aí nós dois colocamos o novo, o nosso colchão. Claire me ajudou a arrumar a cama – uma de cada lado, alisando e esticando. Qualquer coisa pode virar um ritual, basta que lhe demos o nome antes que chegue ao fim. Esse foi o Ritual da Permissão. Permito-vos que fodas meu marido. Arrematamos com todas as almofadas floridas, uma por uma.

## CAPÍTULO 9

No dia seguinte, ele estava ocupado quando cheguei na loja, então tive que me sentar ao lado de uma cliente na fileira de cadeiras enquanto ele alugava um carro para uma mulher da minha idade. Pelas costas, tentei descobrir se ela estava flertando com ele. Fiquei louca, mais uma atrás dele; ele ficava todo saidinho com as clientes. Em outra dimensão, eu também me envolvia com outras pessoas. Olha minha estatura! Às vezes, as pessoas queriam meu autógrafo! Não consegui sustentar essa ideia na cabeça nem por um segundo antes que fosse engolida por um pensamento novo e muito mais profundo: E daí. Nada disso causou qualquer impacto naquela Hertz da fronteira Arcádia/Monróvia. Olhei para o teto, respirei, coloquei os ombros para trás. A mulher grisalha que estava sentada ao meu lado riu e disse entre dentes algo esquisito que me soou como "Você está admirando ele", mas claro que não foi isso.

— O que disse?

— Você está admirando... o corpão dele – disse ela, ajeitando o colar turquesa.

Minha orelha direita fez um zumbido e dei um apertinho enquanto sorria e piscava.

— Dele quem?

— Davey, ora.

Eu não sabia se minha negação pareceria convincente e, além do mais, por que deveria? Que comentário absurdo o dela. Ninguém precisava falar com lunáticos. Continuei sorrindo e balançando a cabeça por educação, como se não entendesse uma só palavra do que ela dizia, papo furado.

— Não vou contar pra ninguém – disse ela, piscando o olho.

Dei uma risada e por uns instantes quis matá-la, apertar seu pescoço em silêncio até que ela tombasse no chão, e empurrá-la para baixo das cadeiras com o calcanhar do meu salto alto. Davey olhou para mim e eu sorri um olá. Ele parecia alarmado pela mulher grisalha e se voltou bruscamente para a cliente, pegou uma caneta para explicar o mapa.

Me afastei da mulher. Quem era ela? Uma bruxa? Ela tinha providenciado alguma coisa para ele e agora Davey lhe devia a alma de seu primogênito? Ela tinha um poder escuso sobre ele. Sua mão parecia uma garra, que ela estendeu na minha direção.

— Me chamo Irene. Sou mãe dele.

Ah, era a mãe.

— Já vi olhares como o seu antes – disse ela. – Eu sempre me surpreendo porque ele chegou tarde à puberdade, uma carinha de menino até fazer dezessete anos. E aí de repente: mulheres no supermercado, garotas no meio da rua, até *avós*.

O rosto. Eu não estava sendo cuidadosa com minha expressão. Jesus Cristo. Quem mais sabia? Todas as pessoas que olhavam para mim? Ele estava em apuros – suava e se atrapalhava na frente da cliente. Ele sabia exatamente que tipo de frases embaraçosas de mãe ela estava dizendo para mim. Me levantei, virei as costas para ela e saí da loja. Foi um ato de solidariedade. Que dizia: não estou nem aí para ela. Ela não significa nada. Imediatamente, ele mandou o emoji de mãos rezando e disse que já falava comigo.

Quando me dei conta, lá estava ela ao meu lado novamente.

— Eu ouvi falar dos encontros das quatro da tarde – disse, com os olhos cintilando.

Quem contou? Ah, claro. O tio que é dono da franquia da Hertz certamente é irmão dela.

— Vamos comer uma coisinha e conversar? – disse ela, me pegando pelo braço.

Virei e olhei para ele pela vitrine, sem poder fazer nada. Como eu poderia negar um pedido de sua mãe? De olhos arregalados, ele nos observou indo embora.

Fomos ao Sesame Grill e nós duas pedimos uma sopa minestrone.
— É a única coisa que eu consigo comer aqui – disse ela. – Você sabe que ele e Claire vão ter um filho em breve.
— Sei que o plano é esse.
— É mais que um plano, ele se comprometeu. Sem ela, ele não seria nada.
Fiquei ofendida por esse resumo que ela fez dele.
— Ele não sabe se cuidar sozinho. Não saberia nem que marca de pasta de dente comprar. Quantos anos você tem? Quarenta e cinco?
— Isso.
Decepcionante que ela tenha acertado em cheio.
— E você tem marido e uma criança e é bem-sucedida na sua área. Áreas.
Ela, ou Glenn-Allen, ou o tio haviam lido coisas sobre mim.
— Você leu sobre mim.
— Não, Davey me contou.
Coloquei a colher na mesa.
— Ah, *Davey* contou.
— Eu sei de tudo. Sou a única pessoa que sabe.
No começo, não acreditei nela. Afinal, esse era o melhor jeito de fazer uma pessoa desembuchar sobre um assunto de sua suspeição.
— Vou dizer uma coisa: ele está louco por você – ela fez uma pausa para dar um gole longo na sopa. – Em termos eróticos, essa é a experiência mais importante que ele teve até hoje. Eu percebo quando ele fala de você.
Ela estava em polvorosa. Doida para despejar seu barril de sabedoria e molas enferrujadas. Continuei olhando para a mesa, numa postura de submissão involuntária.
— Felizmente, ele pratica kundalini, não precisa desperdiçar energia à toa... Sabe transformá-la e usá-la a seu favor. Na dança. Você conhece kundalini?
Não achei que era uma pergunta real, não respondi.
— Não se preocupe... não fui *eu* que ensinei para ele – complementou, rindo dessa ideia absurda. – Mas poderia ter ensinado! Estudo isso há trinta e cinco anos! Mas consegui um professor ótimo para ele, um aluno do meu professor, Suraj. Você tem uma menina?
Não atribua gênero à minha criança.
— Quando a gente tem um menino, é uma grande responsabilidade torná-lo um homem bom. Um homem que saiba usar sua energia sexual. No dia em que vi manchas no lençol, liguei para minha melhor

amiga, Audra; vocês se dariam bem, ela é superartística. Disse a ela: *Audra, Davey está tendo sonhos eróticos. Chegou a hora.* Conversávamos sobre isso há anos, tínhamos esse pacto, e ela cumpriu. No dia seguinte, ela fez um convite a Davey, eles conversaram e ela virou sua amante. Ela o fez conhecer seu corpo, explicou todas as partes da vagina e da vulva. Vaginas são *complicadas*, né?

Meu estômago estava embrulhando e comecei a me curvar, a testa quase na mesa.

— Eles assistiam à pornografia juntos e ele entendeu que aquilo não era real. E eles faziam tanto sexo que ficou banal para ele. Ele era diferente dos outros adolescentes, perambulando por aí e causando confusão por estar com o quarto chacra interditado. Foi nessa época que ele começou a ficar bonito. Levou a dança a sério e começou a namorar a Claire. Garotinha sortuda, até hoje não sabe como conseguiu tirar a sorte grande. Você sabia que ela deita de bruços e deixa ele fazer todo o resto? Acho que até hoje ainda não fez sexo oral nele. Não que ela seja fria, adoro aquela garota, tão talentosa, mas sempre disse a ele que a história não acabava nela. Que havia outros horizontes sexuais a serem desbravados. Você tem sido ótima, porque ele está conseguindo pôr a kundalini em prática. É claro que não pode haver sexo, porque você é uma pessoa pública e casada, mas estou certa de que você sabe disso e está só passando por uma crise da idade. Eu já passei por isso.

Foi a gota d'água. Olhei profundamente nos olhos dela e balancei a cabeça: Chega. Não aguento mais. Enquanto eu me levantava, ela começou a fazer um rebuliço com a minha sopa, tentando chamar a atenção do garçom.

— Ela quer pra viagem! Pode levar?

Ela despejava a sopa numa vasilha plástica quando saí do restaurante. Fiquei um tempo em pé na calçada e olhei para ela pelo vidro. Mostrou a vasilha com a sopa para mim. Pensei em gritar com a intensidade necessária para quebrar o vidro, que cairia no chão como chuva. Voltei para o Excelsior e me deitei na cama. Ele tinha mandado muitas mensagens.

— O que ela disse pra você?

Foi assim que ele atendeu o telefone. Meu coração foi no chão; é assim mesmo que se atende o telefone quando sua mãe tem um papel tão inapropriado na sua vida sexual.

— Ela é a sua confidente? A única pessoa pra quem contou?

Ele ficou em silêncio.

— Sabe quem é minha confidente? Minha amiga Jordi. Ela é uma *amiga*. Minha mãe é que não é. Nem meu pai. Ou a melhor amiga da minha mãe, Audra.
— Ela contou da Audra?
— Ah não. Então é *verdade*?
— Não faça eu me sentir um esquisitão – sussurrou ele.
Eu não via as coisas nesses termos. Ele era só uma criança quando isso aconteceu. Se ele fosse uma menina que tivesse um pai mais que participativo, eu o consideraria vítima de um abuso. Não tinha diferença.
— Desculpa.
— Todo mundo tem problemas, né?
— Mas por que você contou pra ela? Não tinha que haver um limite aí?
— Vou conta pra quem? Prum amigo? Ela leva essas coisas muito a sério, é respeitosa, sabe? Eu explico a profundidade do nosso lance e ela entende.
Minutos depois, ele acrescentou que estava se empenhando em fazer mudanças na relação deles.
— Preciso sair dessa cidade. Meu problema é esse.
Gostei quando ele disse *eu* e não *nós*, porque esse assunto envolvia a Claire. Ele estava começando a fazer isso com mais frequência. Perguntei se eu tinha algum papel nisso. Sua mãe nunca seria minha sogra, esse problema era da Claire. Mas quão habilidoso *ele* era? Um amante habilidoso demais é meio nojento – o desejo precisa nos deixar desajeitados. Sempre imaginei nós dois tropeçando de fome um no outro.
— Então você está praticando kundalini...
Ele riu.
— É, não, até porque me masturbo toda vez que vejo você.
Me senti um pouco melhor, afinal ela não sabia de tudo. Dei uma risada e ele disse de supetão:
— Vamos esquecer isso? Minha mãe é esquisitona e sabe demais da minha vida, mas eu não passo de um idiota que vive pensando em você.
— Tá.
— Obrigado.
— Só mais coisa – eu disse.
— Ah, não.
— Será que você tem um lance com mulheres mais velhas por causa de Audra?

— Mas você não... ela era muito, muito mais velha. Penso em nós dois como se tivéssemos quase a mesma idade. Aproximadamente.

— Mas ela provavelmente tinha a minha idade quando você tinha... Peraí, mas vocês ainda...?

— Não, não. Não. Ela é tipo...

Ele começou a calcular a idade que ela tinha hoje em dia, mas o número parecia alto demais para ser revelado.

— *Não*. Desde Claire, não. Claire detesta Audra. E ela concorda com você que sou próximo demais da minha mãe.

Eu não queria ser parecida com Claire, então disse: Quem sou eu pra julgar? E que esperava que quando minhe filhe crescesse se sentisse confortável para me contar as coisas (se sentisse meio confortável já estava de bom tamanho).

— É esquisito a gente aqui conversando pelo telefone – disse ele. – Nunca fizemos isso. Posso ir praí?

— Onde você está?

— Em frente à loja de smoothie.

Considerei dizer hoje não, como se tivesse outras coisas para fazer ou autocontrole.

— Estou abrindo a janela.

Em poucos minutos, ele estava subindo e aí nos abraçamos, inundados de comoção e alívio. Não fazíamos joguinhos porque não era necessário. Fiz nossos petiscos, ele colocou uma playlist nova, nos deitamos no chão. Tocou uma música da Arkanda. Uma em que ela canta sobre como é fazer sexo com ela.

— Você escolheu essa música ou é aleatório?

— Eu escolhi – respondeu.

Deixei que isso reverberasse pelo corpo antes de me exibir.

— Vou me encontrar com ela quando voltar para casa, vamos conversar sobre um projeto em potencial.

Ele se sentou.

— Tá me zoando.

— Não. Ela que fez o contato. Ou a equipe dela fez o contato. Quinze de junho, às três da tarde, no Geoffrey's em Malibu.

Não era necessário citar os tantos adiamentos do encontro.

— É daqui, tipo, uma semana!

Arkanda maldita. Não fosse ela, poderia curtir mais alguns dias de viagem; Harris havia dito que essa era melhor parte de viajar de carro, a flexibilidade. Seria um absurdo Liza tentar postergar o encontro? Será que alguém já fez isso com Arkanda? Não. Não seria apropriado. Ah, vida, tão brincalhona! Sempre dando uma lição! Eu nem quis saber qual era a lição.

— Quem sabe vou com você – disse Davey.

— Venha! É um restaurante lindo na beira de um penhasco, nós três tomaríamos um drinque olhando o mar.

— Tava brincando, mas cara, que imagem. Não vou esquecer essa imagem tão cedo. Me manda uma mensagem depois.

Foi bom ouvir isso porque não havíamos falado muito, nada, sobre como seria nosso relacionamento na semana seguinte. Que formato teria. Quando ou como faríamos para nos ver.

— Vou te mandar uma foto minha com Arkanda.

— Surreal.

É claro que eu poderia fazer mais do que mandar uma foto. Arkanda sempre trabalhava com dançarinos; a depender do motivo do nosso encontro, talvez até fosse meu trabalho achar dançarinos para ela. Eu não queria deixá-lo com muitas expectativas, mas foi bom saber que esse era um jeito de dar uma forcinha para o futuro. Ele escorregou as pernas por entre as minhas. Uma novidade. Lentamente, apertei minhas pernas nas dele, uma reação automática, como um bebê que aperta todos os dedos que encostam em sua mão.

Era minha última noite em Nova York. Quando Davey foi embora, fiz um vídeo para Sam e Harris com o belo papel de parede ao fundo: *Triste que vou deixar esse lindo quarto mas MUITO feliz que estou voltando pra vocês!* Eu sabia que estava abusando da sorte, fingindo estar num outro quarto de hotel. Um terapeuta diria que eu *queria* um flagrante, mas não acho que é por aí. Eu só queria que vissem o papel de parede – que me conhecessem um pouco mais.

Na tarde seguinte, Davey pulou pela janela e começou a andar pelo quarto, fechou as cortinas e apagou as luzes até ficarmos no breu. Eu ri na escuridão. E aí ouvi o barulho de um isqueiro, a mordida e o estalo inconfundíveis. Seu rosto se iluminou, ele fazendo uma conchinha para um baseado.

— Você fuma?

Ele soltou a fumaça e passou para mim. Foi inesperado. A maconha nem sempre me caía bem, mas aqui havia um pacto discreto de sensualidade. O jeito tão casual com que ele agiu. Dei um tapa. O beque era a única luz dentro do quarto, e encarar o lume só tornou o breu mais breu. Ele pôs um hip-hop cujo tema era estrelas e que eu já havia dito gostar. Consegui ouvir que ele se movia no escuro, dançando.

— Já dançou essa música? – disse ele, tentando me tirar do chão.
— Sempre – disse, sem me mover.
— Não consigo ver você.

Me levantei. Fechei os olhos e imaginei que estava em casa, vendo meu reflexo nas janelas. Que coisas fiz com o meu corpo enquanto fingia estar exatamente nessa situação? Quando fingia ser a melhor dançarina, uma profissional, uma filha da puta tremendamente sexy. Dobrei os joelhos, agachei e balancei a pélvis deixando os braços estendido em direção ao chão, minhas mãos tremendo como se eu fosse lançar dados. E esse movimento, quando a coisa engrenou, se transformou num outro em que eu me inclinava para trás, de um lado para o outro, um ombro parado de cada vez, depois um ombro ondulado de cada vez. *Estou pescando*, pensei, e me senti como uma vara de pescar bem safada, que se curva e dá um puxão.

— Gostei – disse ele.

Ele estava me vendo.

— Desculpa. Meu foco voltou.

Meus olhos também tinham voltado e vi que ele fazia o mesmo movimento que eu, não uma imitação boba, mas como quem não quer nada ele calibrava a parte inferior do corpo, havia tirado o peso dos ombros, e não sei se pela ajuda do manto da escuridão, mas a pescaria de repente tornou-se mais especial. Ficamos reproduzindo essa nova sequência, até que mudou naturalmente para outra coisa e depois outra; às vezes nos aproximávamos muito, eu sentia o calor de seu hálito, e em seguida o quarto inteiro nos separava, um cinza alucinante que nos consumia, e através do qual ele parecia uma pintura, e aí nos aproximamos novamente.

Coloquei a mão na boca.

Às vezes, quando tinha um pau na minha boca ou na minha buceta, eu tocava meus lábios para senti-los esticados, o aperto do ajuste. Foi assim também dessa vez, mas com alegria. Eu sabia que estava sorrindo, mas qual o tamanho do sorriso? E aí, com os dedos nos lábios, meus olhos rolaram pela escuridão e encontraram seu bigodinho bobo e macio. Em seguida para a camisa abotoada em seu pescoço grosso. Dei um passo para trás e observei aquela dança. Ele fazia algo muito pateta, balançando os braços como um macaco. Talvez eu tenha ficado de queixo caído – sem parar de dançar, ele gritou O quê? por cima da música e gritei de volta Depois te digo! e ele gritou Coisa boa? e, ainda sorrindo, gritei Acho que não!

Assim que ele foi embora, liguei para Jordi. Ela não atendeu, mandei uma mensagem dizendo que precisava falar com ela urgentemente e aí liguei mais uma vez, não fui atendida, então deitei imóvel na cama, esperando. Quando ela enfim me retornou, atendi no primeiro toque e ela disse Você tá bem? e comecei a chorar, soluçando involuntariamente e com força.

— É claro que amo Davey – me engasguei. – Estou completamente apaixonada por ele.

— Eu sei – respondeu ela, plácida.

Descrevi seu bigode, a camisa abotoada até o pescoço.

— Todas essas coisas que eu achei que seriam impedimento para a paixão de repente se tornaram as coisas que mais amo nele. Como assim? O que está acontecendo? – disparei, como se ela fosse a responsável por isso.

— É aquele tipo de amor que nos faz perder o sono?

— Seria se eu não chapasse com três Benadryl toda noite.

— Peraí, você está tomando *toda noite*?

— Se não for assim, acordo às duas da manhã e no outro dia fico estragada. Depois falamos sobre isso.

— Mas é saudável? Dá pra fazer isso ao longo dos anos? Vou me informar.

— Acho que tudo bem. Nem precisa de receita.

— ... aumentam os riscos de desenvolver alguma demência – leu Jordi.

Uma notícia ruim, dada a deficiência cognitiva de minha mãe, mas a demência era o menor dos meus problemas agora.

— Vou parar de tomar quando voltar pra casa. – Casa. Merda.

— Arkanda vai ter a solução.

Ri entre lágrimas, mas é isso aí: ela provavelmente teria a solução. Para o remédio, para o amor.

— Você quer trocar o Harris por ele?

— Não – fácil e tranquilo de responder, ainda. – Não é pra tanto. O que sinto é amor de amante. Quero dançar com ele e só, não quero ter filhos com ele.
— Ah, então tudo bem.
— E transar com ele. Beijá-lo. Ficar deitada nos braços dele o dia inteiro.
— Se você fosse um homem francês não teria problema nenhum – frases de Jordi.
Ela era uma amiga e tanto.


Ia ficar tudo bem. Meus últimos dias seriam dias incríveis e aí eu voltaria para casa e me encontraria com Arkanda. Mandaria uma foto nossa para Davey. Talvez ela o contratasse como dançarino e talvez eu nem tocasse nesse assunto. Minha vida continuaria em transformação e expansão. O lance com Arkanda provavelmente demandaria viagens. Me imaginei ligando para Davey dos quartos de hotel, do verdadeiro Le Bristol, inclusive. Arkanda ia sacar que aquilo em que estávamos trabalhando (um disco? um filme? um livro?) era tão dela quanto meu e lá estaria ela com as mãos no quadril enquanto seu advogado dividiria os créditos e os royalties ("Eu gosto que as coisas sejam justas", explicaria ela, "todos os pingos nos is") e aí sairíamos juntas em turnê. E não é que Davey perderia seu posto, é só que a vida passaria a ser uma longa jornada de novas experiências, então eu já estaria satisfeita quando enfim voltasse para casa; ia ser bom voltar. As particularidades das semanas que passei em Monróvia seriam soterradas por tantos outros detalhes extraordinários. Arkanda contrataria "massagens" para nós e eu ficaria surpresa ao descobrir que esse era um termo discreto para "sexo". Não seria educado recusá-las. E as lindas mulheres e homens que nos fariam gozar seriam profissionais, com suores e paus limpos, e depois, enquanto tomássemos banho, Arkanda diria que eram os melhores do mercado, todas as estrelas pop contratavam seus serviços.

Tá, a parte em que ela fica só com metade dos royalties nunca ia rolar. Mas eu de fato tinha um encontro com ela e não me surpreenderia se as estrelas pop fizessem esse tipo de massagem. A verdade é que eu estava com a faca e o queijo na mão. Ou só a faca ou só o queijo, inclusive um encontro marcado com alguém que tinha a faca e o queijo na mão.

## CAPÍTULO 10

Quinta-feira seria ir da Pensilvânia para Indiana. Eu me forçava a dar uma olhada diária no itinerário para ter alguma noção da viagem; deveria ao menos saber que *estive* em Indiana. Mais importante é que era o dia de folga de Davey, então ele chegou mais cedo e subimos as colinas de carro. Não voltávamos lá desde antes do Buccaneer. Enquanto dirigia, manteve a mão na minha coxa o tempo todo e eu deixei a minha mão sobre a dele. Não havia nenhuma trilha no local obscuro onde ele parou o carro, então tivemos que abrir caminho pelas pedras, que logo se abriu em uma linda campina ensolarada e cheia de florzinhas. O chão era mais irregular do que aparentava ser, então ele voltou ao carro para pegar algo para nos deitarmos em cima. Ele voltou com os braços abarrotados e parou, ainda longe, e ficou olhando para mim. Eu estava alongando o corpo em direção ao céu, minha blusa cropped flutuava – fiz uma pausa e deixei minhas mãos caírem. Nunca tínhamos tido a oportunidade de nos olhar de longe. Abelhas zumbiam ao redor, o ar estava quente e cheirava a verde.

Dispus no chão os inúmeros casacos velhos e toalhas que ele trouxe, fiz uma espécie de colcha de retalhos. Deitamos lado a lado e ele pôs a mão na minha barriga. Ficamos um longo tempo em silêncio e aí ele disse uma coisa surpreendente.

— Toda vez que ela chegava em casa e contava sobre o quarto...

Então chegou a hora de falarmos sobre o quarto. Agora que não estávamos no quarto.

— Das coisas que você gostava, do que não gostava.

Puxei a mão dele um pouco mais para cima.

— Ela acha que eu tenho bom gosto?

— Ela acha que você é muito... figura. Mas aquelas fotos que tirou... ela vai arrumar muitos clientes com aquelas fotos.

Que fotos? Mas até que fazia sentido, era provável que ela tivesse documentado cada canto do quarto enquanto eu saía para passear.

— E o que você pensava?

— Eu?

— Quando ela te contava as coisas.

— Pensava no que você estava fazendo nessas horas. Do que estava a fim de fazer. Parecia que você estava tentando... - ele fez uma pausa curta.

— Tentando o quê? - até eu queria saber.

— Tentando me dizer alguma coisa.

Tentei me lembrar da semana anterior, me esforçando como se décadas tivessem se passado. Parecia uma mania desmiolada.

— Parecia que... - disse ele, rindo de constrangimento — ... você estava se preparando pra mim. Arrumando nossa casa.

Fiquei vermelha.

— Você deve ter me achado ridícula - sussurrei. - Uma doida.

— Não. Não, foi um pensamento romântico. Eu nem consegui acreditar. Mas com isso pensei que você se importava com a gente. Comigo e com Claire - disse ele, agora sentado. - Afinal, foram vinte mil dólares... e tudo que você fez pela carreira dela? Você fez a coisa certa. Me senti agradecido por você ter me dado essa tranquilidade.

— Tranquilidade?

— Que a gente ia poder sair e eu não ia precisar me preocupar com você querer acabar com a minha vida. Você é uma pessoa boa. Eu precisava saber se era.

Meus olhos estavam fechados pelo sol, então os mantive fechados e permaneci deitada. Uma pessoa boa? Que teoria absurda. Mas me senti feliz por acreditar nele; tentei me apegar à ideia de que eu era boa. Sentei e peguei um pedaço de grama, que puxei suavemente do solo.

— Economizando pra quê?

— Como?

Ele desviou o olhar.

— Vocês estão juntando dinheiro pra quê?

Ele não queria responder. Eu ri. Foi engraçado vê-lo encurralado. Ele também riu.

— Pra comprar uma casa. E depois ter filho.

— Ah – respondi no ato. Em seguida, disse *parabéns*, como se o bebê tivesse acabado de nascer. Ele disse *obrigado*, olhando para mim com aflição.

A vida dele era tão pungente e real. Parecia não ter dificuldade de se lembrar dos planos que fizera semanas atrás, enquanto a minha havia se tornado vaga até mesmo para mim. Eu parecia aquelas crianças desapegadas que se sentavam no colo de qualquer mãe nas festinhas, enquanto Davey era cuidadosamente, talvez tão completamente amado, que nunca deixaria de se concentrar em Claire. Seu comedimento não era um flerte que eventualmente acabaria em sexo; era um comedimento real, sacrificava algo que desejava em favor de Claire. E agora, graças a mim, a carreira dela estava lançada e eles iam comprar uma casa e ter um filho.

Me levantei abruptamente e comecei a dobrar as toalhas e os casacos.

— Acho que você chegou a uma conclusão que não é verdadeira – disse ele.

— Vocês não vão ter um filho?

Falei essa loucura. Que diferença fazia? Eu já tinha e cá estava eu. Mas ele ainda tinha tudo pela frente, a partilha de toda aquela esperança e união. Desisti de dobrar e saí andando. Claire provavelmente empurraria o bebê vagina afora; o bebê não sangraria dentro dela. Pensei em alertá-lo de que ela deveria contar os chutes a partir do terceiro trimestre, para se certificar de que o bebê ainda estava se mexendo.

— Eu sinto coisas muito fortes por você, se é que ainda não está claro – gritou ele.

Já no meu lado da campina, parei e olhei para ele, que me olhou de volta com uma expressão de tristeza profunda.

— Eu não posso dizer o que mais quero dizer para você, tenho que guardar algumas coisas para Claire. Mas...

— Eu te amo – gritei de volta. E repeti mais algumas vezes. Eu não precisava guardar isso para outra pessoa. Ele suspirou e segurou a cabeça com as mãos em cima do joelho.

Entendi o que ele queria dizer. As palavras, apesar de antiquadas, têm um poder estranho. Segundos atrás, estávamos numa peça, que agora havia se tornado a vida real. Caso quisesse ter certeza de que a peça chegaria ao fim... a cortina cairia... então não deveria dizer essas palavras.

Ele esperou que eu voltasse mourejando pela grama para fazer uma pergunta. Mais uma afirmação do que uma pergunta.

— Você me ama, mas nunca abandonaria seu marido por minha causa.

Fiquei olhando para ele, inquieta. Estava louco? Era só uma troca de cavalos? Sam seria o quê... enteade dele? Harris era adulto, *meu parceiro*. Eu não respondi nada. Era como se um fantasma pedisse que você abandonasse seu marido por ele... e não haveria como dizer Mas você é *transparente* de maneira gentil. Ele entendeu a mensagem e fim.

Na tarde seguinte (de Indiana para o Kansas), ele chegou com um saquinho de papel e disse que era para mais tarde. Eu queria muito que fosse um brinquedinho sexual.

— Você não pode enfiar o pau em mim, mas pode me foder com o que está dentro daquele saquinho?

Ele riu e disse que não, que eu ia ver o que era.

— Primeiro – disse ele, segurando minha mão –, vamos deitar na cama.

Fiquei incrédula.

— Tá falando sério?

— Diferente de você, não sou um espírito livre, mas estou tentando.

Ó. Ele estava achando que ia me perder se não dobrasse a aposta. E talvez me perdesse! Um dia, com certeza. Se assim permanecesse durante anos.

Deitei com a cabeça no peito dele. Ele disse que não conseguia acreditar, deitado ali com a garota dos seus sonhos nos braços. Eu nos vi deitados assim pelo resto de nossas vidas, profundamente casados com outras pessoas mas sempre cientes de que poderíamos voltar a esse nosso mundo. Agora eu tinha o que sempre quis ter; ele era tão real que podia ser amado e me amar de volta, mas não tão real para ser desejado. Pouco importava toda desolação que passei até aqui, eu sempre teria essa nova perspectiva. Sorri, pensando na teoria dos Motoristas e Manobristas. Agora eu poderia ter uma vida plena de Manobrista ao invés de me tornar Motorista, como Harris. E provavelmente seria uma esposa e uma mãe melhor agora que eu tinha um amante. Um quase amante.

Fisicamente, estávamos sempre a um passo de uma descoberta. Naquela noite do saquinho de papel, levantei sua camisa e beijei seu peito. Os pelinhos dos mamilos. Então lentamente fui em direção à sua cueca, que eu jurava ser uma boxer, mas era branca e justa e me deixou um pouco desconcertada. Desabotoei sua calça jeans e ele disse *Porra* baixinho. Aquela forma grande e dura mal conseguia se conter. Beijei o cós da cueca e cheirei profundamente o tecido. Mal podia acreditar que eu estava ali em baixo e queria ficar lá para sempre. Construir uma cabaninha ao lado de seu pau e viver lá pelo resto dos meus dias. Alguém então se pergunta por que não comecei a chupá-lo? Será que ele me faria parar? É, sim. Ele poderia e seria humilhante. Pressionei os lábios em seu pênis coberto e foi aí que ele me puxou para cima, severo. A essa altura, eu já sabia que esse era seu olhar quando se esforçava ao máximo para não ceder. Parecia estar prestes a dar um soco em seu próprio rosto ou bater a cabeça na cabeceira da cama. Foi muito penoso para ele, ao passo que para mim foi um jogo vitoriano elaborado. Descobriríamos novos toques a cada dia, prolongando a descoberta ao máximo possível, e um belo dia concordaríamos em ceder. E aí seria a vida real. Cheiros reais e línguas molhadas e esperma e pelos pubianos e tudo seria surpreendente. O desvio para essa terra da intimidade física seria como romper a barreira do som, a decolagem de um avião, bebês aprendendo a andar. Um novo mundo se abriria e, sim, viria repleto de problemas novos, mas ah, a alegria oriunda de uma pausa, feita no meio de uma frase, para nos beijar.

— Preciso levantar – disse ele, se afastando de mim.

No saquinho havia uma lâmpada estroboscópica. Ri muito alto. Como assim?

Confia em mim, disse ele, ela deixa as coisas mais intensas. Como se eu não soubesse que lâmpada era essa, como se nunca tivesse ido a um baile na oitava série. Ele desligou as luzes e pôs a música no volume máximo que Skip permitia, então acendeu a lâmpada. Começamos a dançar. Eu não me incomodava mais por não ter habilidade semelhante à dele; compreendi que só importava o comprometimento total. O quarto parecia despedaçado, nos víamos e não nos víamos mais. No instante em que a estroboscópica nos flagrou, éramos apenas espíritos, olhando nos olhos um do outro, muito sérios. Com a linguagem, isso não seria possível. As palavras sempre rebaixavam as coisas com seu pretenso *conhecimento*, suas *tentativas* elaboradas. As palavras podiam se acomodar em dois cérebros diferentes. A dança era um jeito de diminuir essa lacuna. Que lacuna? Como poderia haver uma lacuna entre dois seres vivos, tendo em vista que cada coisa viva corresponde a uma só coisa. Útil que fôssemos humanos, mas não essencial, não, essencial não. A batida era comunicação em estado puro, não poderia haver mal-entendidos e só aproximava as coisas. O humor: síncope. Opor-se ao ritmo era uma forma de parecer chique, de se exibir, a criança que ousa se afastar da mãe mesmo sabendo que sua mãe estará em tudo e toda parte. Às vezes, eu dançava como uma velha, quase parada, me balançando de leve. Noutras, minha bunda se intumescia como a bunda de um macaco velho e acasalava com o ar, bombeando. Nada foi embaraçoso, isso precisa ser destacado: ninguém sentiu vergonha. Foi tipo tomar MD, mas não tomamos.

E tem mais: ele era glorioso no que sabia fazer. Conseguia ficar pendurado no ar, na horizontal, por um tempo bizarramente longo, às vezes batucando os dedos, fazendo uma piada. Podia assumir uma forma totalmente feminina, não só a essência, mas chegava a parecer peituda, bucetudo. Fiz um gesto com os dedos que era como se os deslizasse por entre seus lábios molhados e naquela hora eu tive a certeza de que nós sabíamos o que significava. Na maior parte tempo, ele era só um ótimo dançarino de hip-hop. Um corpo forte e incansável que não parava nunca. Quando finalmente ficávamos exaustos, nos jogávamos na cadeiras bisavós ou no chão e ele abria o frigobar e pegava a caixa de suco de laranja que havia trazido. Passávamos a caixa de boca em boca e quando ela batia na minha língua, eu achava que tínhamos chegado na melhor parte. Estar fisicamente exaustos bebendo suco de laranja juntos.

Se a vida fosse plenamente incrível, se cada momento fosse um dez redondinho, todas as pessoas estariam presentes o tempo todo. Sei disso porque o passado e o presente não me interessavam em Monróvia. Pensar neles parecia um desperdício do agora. Quando eu não estava com ele, eu tinha meus momentos de deleite no meu lindo quarto, dormindo tarde e me besuntando de creme e tendo orgasmos e ouvindo música e comendo só as comidas que me davam vontade: cachorro-quente e pudim e picolé de laranja e coisas com manteiga de amendoim em cima. Às vezes, assistia à televisão ou lia uma revista. Não trabalhei nem tentei ter uma ideia para meu projeto. Não senti culpa. Não andei na ponta dos dedos nem pisei em ovos. Meu antigo sistema de *moer, moer, moer* e só depois *liberar* não se aplicava aqui – era só liberação. Fui feliz.

Só que às vezes, quando acordava, eu pensava numa voz totalmente diferente. Era uma voz fria e indiferente. Dizia *Olha o que você está fazendo. Está traindo seu marido. Está com saudade de sue filha.*

Eu estava. Quando a voz disse essas coisas, senti uma falta repentina de minhe filhe, a mesma dor uivante e incoerente da época em que vivia a vinte minutos de distância delu, época da UTIN. Acordava todas as manhãs horrorizada, tocando minha barriga vazia. Onde estava o bebê? O bebê estava sozinho numa incubadora no quarto andar de um hospital próximo à rodovia.

*Isso é nada*, disse a voz. *Tudo isso é nada. Por que você está saindo com um estranho?*

Assustador que uma parte de mim era indiferente a Davey, mas parecia indicar que havia um eu central ali; alguém estava deixando a luz acesa para mim para que eu pudesse fazer o caminho de volta. Até lá eu poderia avançar ainda mais, floresta adentro, sem medo de me perder.

E aí, em algum momento, sem que eu percebesse, a voz cessou. No momento em que eu acordava, pensava em Davey, antes de qualquer coisa, toda manhã. E além do mais, havia enfermeiras cuidadosas e calorosas na UTIN, lembrei a mim mesma. O bebê não estava desamparado.

## CAPÍTULO 11

Ele havia tido um sonho erótico com o garoto que estudava junto com ele no colégio.
— Aaron Bannister. Um garoto doce. Meio gordo. Imagina o rosto dele, o rosto mais gentil e inocente.
— Ele também tava a fim?
— Totalmente a fim.
— E foi um daqueles sonhos eróticos que você fica com tanto tesão que quase goza no sonho?
— Sim, claro. Eu gozei.
Absorvi essa informação.
— E o que vocês... faziam? Sexualmente?
— Ah, eu chupava, assim, o pau dele.
Ele só estava envergonhado por ter que afirmar o óbvio, verbalizar. Fiquei muito apaixonada nessa hora. Nenhum homem com quem tive algo havia admitido um sonho erótico gay. Quando pressionados, e eu os pressionava, diziam que não tinham esse tipo de sonho, o que era ainda mais decepcionante. Eu não pedia que fossem bissexuais, só que habitassem a extensão de sua masculinidade. Mas eu me sentia atraída por homens mais velhos. Você volta uma geração ou duas e o custo de ser gay é muito alto, não comporta flertes inoportunos; a pessoa só não se lembra desses sonhos. Os riscos eram ridiculamente altos, frente a frente com a masculinidade – muitas vezes corriam perigo e a ameaça era real; todos os meus namorados, incluindo Harris, haviam apanhado na escola

por serem "artísticos". Então achavam muito irritante me ver ronronar sobre erotismo gay, como se eu não os conhecesse.

Davey também era esse tipo de homem, antiquado e moralista, mas era um homem de seu tempo. A homossexualidade não era grande coisa para ele e fim, então se lembrou do sonho e o motivo por que estava me contando nem era esse – o motivo era *Aaron Bannister*. Ele sabia que eu adorava saber de seus amigos da escola, o elenco original, os arquétipos.

— Vamos procurar o Aaron. Quero que você veja o rosto dele.

Eu nunca tinha aberto meu computador na frente dele e parecia uma maquininha engraçada. Meus dedos corriam por toda parte como um espaguete nômade e a sensação me fez rir. Eu nem sequer consegui senti-los direito.

— Você não sabe como se escreve *Aaron*? – disse, rindo. – A, a. Qual seu problema? – balançou a cabeça e começou a digitar.

— Olha esse rosto – ele apontou para o sorriso dolorido de Aaron Bannister. – Eu devia ter transado com ele no colégio. Provavelmente ele era gay.

Levantei as sobrancelhas. Talvez todos os rapazes fossem bissexuais hoje em dia. Claire sabia disso? Claro, respondeu ele, mas eram diferentes nesse quesito. Ele me pediu para mostrar as pessoas que eu tinha namorado e procurei minha primeira namorada.

— Que lindinha – disse ele. – Vocês deviam ser um casal fofo.

Foi a única vez que chorei com ele. Abaixei a cabeça e solucei sem conseguir imaginar o porquê.

Quanto mais nos aproximávamos de fazer sexo, mais claro ficava que não ia acontecer.

— Vamos fazer outras coisas – disse ele, doce.

— E se a gente se beijasse – respondi.

— Se rolasse um beijo, eu ia ter que fuder você.

Não soou como um problema para mim. Não que não fosse assustador trair de verdade, era assustador, mas essa situação era daquele tipo raro em que temos que ir adiante, aproveitar e guardar a experiência no coração para o resto da vida, uma espécie de vacina contra outros casos menos extraordinários. Contra a amargura.

Observei enquanto ele caminhava para o banheiro. *Estou pensando numa coisa*, pensei. *No que estou pensando?*

Avancei e antes que ele percebesse que eu estava atrás dele, enfiei a palma da mão no fluxo de seu mijo quente, e catei um bocado que transbordava. Ele deu uma risada que parecia um latido surpresa e ficou imediatamente em silêncio – parecia que precisava de toda concentração para continuar mijando na minha mão. Era mijo demais, continuava saindo num jorro quente e constante e tinha cheiro de cereal. O cheiro e a quentura da urina eram desnorteantes; as pessoas são severamente instruídas a ficar longe do mijo, mas nem existe uma lei ou punição, ser mijado é a punição. Mas ninguém morre quando encosta no mijo e sobreviver a isso faz com que as pessoas se sintam poderosas. Ele acabou, sacudia as últimas gotas. Tomei cuidado para não olhar para seu pênis. Guardou na calça e fui lavar a mão na pia. Ele me observou enxaguá-las e então se aproximou e espirrou sabão em suas mãos, ensaboou-as, lavou minha mão e o punho e o antebraço e os dedos. Fez com todo esmero, como se minha mão fosse algo muito precioso, um tesouro.

— Você gosta disso? – perguntou, muito sério, sem se referir à lavagem da mão.

— Não, nunca tinha feito isso antes. Até agora, nunca tinha nem pensado.

— Ficou com tesão?

— Não cheguei a ficar. Mas gostei.

Agora ele secava minha mão com a toalha grande.

— *Você ficou com tesão?*

— Você não sacou que eu estava tentando ficar numa boa?

— Eu não havia me atrevido a olhar.

— *Você* tem que ir embora? – sussurrou ele.

Fiquei comovida que ele quisesse inverter os papéis. O brilho nos olhos, a concentração dizia que nada disso havia passado pela cabeça dele antes, mas agora que sim, ele havia embarcado cem por cento. Inocente mas totalmente comprometido, sua essência era essa.

— Acho que não preciso ir.

— Talvez mais tarde.

— Eu preciso trocar meu absorvente – eu disse como um aviso de que precisava ficar um minuto sozinha, mas ele levou a coisa para outro lado.

— Tá bom – respondeu, olhando ao redor. – Onde está?

Fiquei petrificada.

— Ah, mas você não precisa...

Parecia magoado e de repente constrangido. Sorriu, piscou, desviou o olhar. Eu tinha acabado de quebrar um feitiço lindo. Ele já estava quase na porta.

Peguei a caixinha que estava numa prateleira alta de vidro.

— Tá aqui.

Eu não queria que ele visse minha vagina. Todas as vaginas são lindas quando você está prestes a enfiar o pau nelas, mas aqui, pingando sangue pelo buraco da privada – de que nos servia isso?

— Eu não olhei quando você estava fazendo xixi, estava olhando na mesma direção que você.

— Eu sei, mas como é que eu vou...

Ele estava segurando o absorvente interno envolto em plástico, inclinando a cabeça, tentando entender a logística.

— Talvez seja melhor eu sentar... e aí você senta no meu colo.

Ele fingiu colocar o absorvente entre as pernas e o gesto foi um pouco perturbador para mim; fiquei com vontade de rir, mas não o fiz.

— Tá.

Ele se sentou de calça em cima da privada aberta.

— Pode ser um banho de sangue.

— Eu só quero enfiar lá dentro. Não vou cutucar você.

Puxei a calcinha e amarrei a saia em volta da cintura enquanto me sentava no colo dele, alinhando minhas coxas sobre suas coxas. Ele pôs a mão na minha barriga e soltou um suspiro longo, controlado. Estava se acalmando; talvez alguma técnica do kundalini.

— Tem que abrir? - sussurrou ele, segurando o OB.

— Primeiro, tem que sair o que está aqui – respondi, me abaixando mecanicamente. Ele empurrou minha mão. Senti seus dedos grandes procurando a cordinha da mesma forma que eu costumava fazer. Pressionavam os lábios que provavelmente também estavam sujos de sangue. Senti que estava a ponto de chorar, um misto de vergonha, excitação e um tipo inesperado de tristeza, como se isso enfim acontecesse depois de uma vida inteira de negligência. Estive tão sozinha no meu período menstrual por todos esses anos. Ele achou a corda, enrolou o dedo em volta dela, puxou e pareceu surpreso que o absorvente não tivesse pulado. Respirando pesado no meu ouvido, ele deu um puxão longo e tão constante que o absorvente veio à luz. Sob minha coxa direita, senti a dureza de seu pau. Ele segurou o OB no ar pela corda, a criatura quase negra da Terra Média. Arranquei um pedação de papel higiênico, já pronta para assumir o controle, mas foi ele que o embrulhou com muita concentração, cometendo vários erros de novato e escolhas surpreendentes, como, por exemplo, dobrar o papel higiênico primeiro.

— Agora é só jogar aqui? – perguntou, e jogou o absorvente na lixeirinha branca de porcelana. E agora se empenhava para abrir o OB, procurando o plástico semelhante a um maço de cigarro. Desenrolou o barbante azul.

— Não tem um... achei que tinha, sei lá, um negócio pra botar...

— Eu não uso esse tipo de absorvente.

Quase consegui tocar seus pensamentos girando como bolas de metal. Nenhum aplicador. Ele estava com o rosto encostado no meu pescoço e se abaixou entre as minhas pernas mais uma vez e enfiou a ponta de seu dedo dentro de mim. Fechei os olhos. Estava encontrando o buraco. Aí, com a outra mãozona, ele empurrou o absorvente.

— Pode ir mais? – sussurrou.

— Bem mais.

Ele empurrou – e seu dedo – bem dentro de mim, sua mão inteira cobrindo minha buceta. Ele tomou muito cuidado para não mover o dedo ou a palma da mão, mas também não conseguia sair. Ficamos sentados, respirando fundo juntos, por muito tempo. Então ele se levantou, eu me limpei com papel higiênico e levantei, subitamente sem jeito, como se já tivesse esquecido como fazer qualquer coisa sozinha. Havia só uma manchinha de sangue em sua calça jeans, ninguém ia reparar. Lavou as mãos. Nos olhamos no espelho, muito sérios e depois começamos a sorrir. Sexo é muito bom, mas isso é melhor. Era o tipo de coisa que nunca mais faríamos com outras pessoas. Uma coisa nossa.

Nosso lance estava chegando ao fim. Minha rota invertida era difícil de acompanhar, mas planejava adiar meu retorno por mais um dia, afinal o que era um dia na rotina de Sam. Paramos de dançar e ficamos deitados, de conchinha ou de mãos dadas, olhando para o rosto um do outro. Não falamos sobre o domingo, algo que só aceleraria o processo, até que naquela noite ele disse finalmente, Esse foi o momento mais lindo da minha vida.

— Estou só a trinta minutos de distância daqui – respondi, nos braços dele.

Ele ficou quieto. Não só quieto, imóvel. Parecia que segurava a respiração.

— O que você tá imaginando? – perguntou enfim.

— Ah, que se a gente quiser podemos nos ver...

Quieto de novo. Virei para ficar de frente para ele.

— Quer dizer, não é que *nunca* mais vou ver você – ri.

— É, quem sabe... alguma hora.

De repente percebi que embora tivéssemos vivido uma intimidade profunda, não havíamos conseguido nos comunicar tão bem. Essa parte de nós não havia comparecido. E agora parecia rude tocar num assunto tão específico. Deixei pra lá. Dava para voltar a esse assunto amanhã, quando não tivéssemos mais tempo de sobra.

No sábado, liguei para Harris e disse que já estava perto mas queria passar a noite em Monróvia.

— Mas não dá nem trinta minutos... vem direto pra casa.

— Estou um caco, dirigindo há dias. Só preciso de uma noite pra me recompor. Dirigir dá a sensação de que preciso de férias depois das férias!

Uma lógica estranha havia entrado no jogo. Pensei que se conseguisse colocar um pouco de verdade sobre todo o acontecido, talvez todos aqueles dias poderiam se esconder atrás dela, como num arbusto.

— Onde você vai ficar?

Ele estava vindo atrás de mim? Para fazer uma surpresa?

— Esqueci o nome... é um hotel qualquer. Mas o quarto nem é tão ruim.

Ele disse que Sam não aguentava mais esperar, mas não disse nada se ele aguentaria. Imaginei que estivesse um pouco chateado por eu não voltar direto para casa; que eu não estivesse louca para voltar.

— Você pode levar elu para escola segunda? – perguntou. – Tenho uma reunião às nove da manhã.

Quase dei uma risada. Essa pergunta soou tão estranha para mim, quase a paródia de uma vida. Mas eu só teria que viver essa vida por mais um dia; meu encontro com Arkanda era na terça.

— Claro. Mas na terça você leva porque vou me encontrar com Arkanda.

— Não era no fim do dia?

Era sim, mas eu queria acordar com calma, tomar banho, besuntar meu corpo inteiro de creme... Ops, era só aqui que eu vivia desse jeito.

— Tá certo, eu levo na terça.

Dormi num hotel em Monróvia como disse que dormiria. De manhã, liguei para a recepção e disse que queria fazer o check-out mais tarde.

— Que horas? – perguntou Skip.

— Às duas.

Davey fazia um almoço longo ao meio-dia. Eu não conseguiria justificar o fato de levar um dia inteiro para dirigir de Monróvia até em casa.

— Tudo bem – disse Skip. – Mas deixa as chaves na recepção. As pessoas costumam levar a chave pra casa.

Fiz as malas. Surreal tirar malas tão familiares de debaixo da cama e tirar minhas roupas dos cabides dourados. Os cabides também eram meus? Sim, em teoria eu podia levar tudo embora desse quarto. A lixeirinha de porcelana, as toalhas, a colcha; paguei por tudo isso. Mas se eu colocasse todas as coisas no meu carro, elas não esperariam minha volta. Deixar o quarto intacto era garantia de que Davey e eu nos encontraríamos aqui novamente, no mínimo algumas vezes. Dobrei minhas roupas com esmero, fazendo de conta que ia desfazer as malas na casa de hóspedes de Arkanda, talvez com ela do lado. É claro que nada disso aconteceria tão rápido – eu teria que desfazer e refazer as malas em casa –, mas essa performance tornaria possível a constância do movimento. Dobrei a camisa xadrez macia de Davey e a coloquei cuidadosamente sobre uma das cadeiras bisavós. Deixei um maço de notas de vinte na mesa com tampo de mármore para Helen, uma nota para cada dia da minha estada. Tomei um banho e coloquei o mesmo vestido creme que havia usado no nosso primeiríssimo dia neste quarto. Eu estava reluzente frente ao espelho, pontinhos pulsantes circundavam minha cabeça, ou era misticismo ou eu não estava conseguindo respirar. Meu telefone tocou; era Liza.

— Estou ocupada – respondi.

— Vou mandar mensagem, então.

— Tá, vamos desligar e você manda.

— Vou só adiantar o assunto, para o caso de surgirem dúvidas instantâneas, aí desligamos e mando uma mensagem com os detalhes.

Não chegava perto de como uma agente deveria agir.

— Tá, seja rápida, como numa mensagem.

— Deixa eu pensar numa forma de ser bem sucinta – ela fez uma pausa. – Certo, vamos lá: Arkanda cancelou. Para mais detalhes, me liga.

— Quê?

— É melhor eu desligar?

Por um segundo, andei pelo quarto em silêncio.

— Não compreendo. Já tínhamos a hora e o lugar – três da tarde no Geoffrey's.

— Pois é. Foi o que eu disse a eles.

— E o que eles disseram?

— Disseram assim, Lamentamos muito.

— E o que você disse?

— Respondi, Mas então já vamos marcar uma nova data.

— Ótimo. Melhor abordagem.

— Eu sempre digo isso. Em geral funciona, mas dessa vez a assistente disse que tinham que ver, toda a agenda de Arkanda estava sendo reformulada porque ela tinha que passar três meses em Pequim.

— E o que isso quer dizer?

— Eu respondi assim, Sextas-feiras são dias bons? Ela disse que eles não se guiam por dias da semana, só pelos números. Domingo não é diferente de terça. Todo dia é terça. Achei muito interessante.

Nessa hora, desliguei o telefone.

Olhei para minha mala e minha mochila que já estavam ao lado da porta. Talvez algum outro imprevisto acontecesse; talvez tivesse que ir a Nova York para trabalhar. Não, claro que não, afinal *eu tinha acabado de voltar de lá*. Não iria a parte alguma por um bom tempo. Tive um mau pressentimento, gosto amargo na língua. Um alarme soava à distância? Não. Alarme nenhum, era só o som que os ouvidos fazem em silêncio, chacoalhando.

Pouco antes de ele chegar, senti uma expectativa repentina e estranha de que ele enfiaria a mão no bolso e tiraria um presente e seriam joias. Eu receberia um colar ou bracelete e não importa o que acontecesse depois eu sempre poderia tocá-los nos dias subsequentes para me sentir bem. Ele enfiou a mão no bolso, mas não a tirou de lá. Olhou para minhas malas e, em seguida, para sua camisa dobrada na cadeira.

— Eu queria que você levasse isso.

Era bem diferente de ganhar um medalhão, mas abri a mala. Ele se ajoelhou ao meu lado, pôs a camisa em cima da minha valise de produtos pessoais e deu um tapinha nela. Então, abaixou a cabeça e se inclinou para olhar debaixo da cama.

— O que é isso? – perguntou, apontando.

Eu puxei o quadro que havia deixado ali há tanto tempo.

— É um daqueles quadros que não dizem nada, então não ofendem ninguém. Acho que são feitos especialmente para quartos de hotel e consultórios médicos.

Ele olhou para o quadro.

— É uma mulher, você reparou? – perguntou, contornando a forma cinza com o dedo. – Ela está andando pela floresta ou está numa espécie de caverna...

Por que estávamos desperdiçando nosso tempo precioso com isso? Coloquei o quadro embaixo da cama. Levantamos e ele me abraçou e eu pensei, Ótimo, vamos nessa. Porque só restavam algumas horas para lidar com tudo que havia acontecido entre nós e debater como nos incluiríamos um na vida do outro dali em diante. Eu antevia encontros uma vez por mês ou uma vez a cada dois meses. E tinha algumas ideias sobre como ajudá-lo a ter perspectivas no mundo da dança em Nova York. Ou em Londres. Ou em lugares distantes onde poderíamos, eventualmente e sem pressa, consumar esse fato.

Ele beijou minha testa.

— Eu queria poder levar suas coisas para o carro.

Recuei, perplexa.

— Restam quase duas horas. Podemos fazer o que quisermos em duas horas.

— Não podemos nos despedir por tanto tempo. Vai ser muito mais doloroso.

— Mas temos muito... o que conversar – respondi. – O que vamos fazer? Você vai me ligar?

— Quando?

— Quando? Sei lá, para saber se cheguei bem em casa? Ou pra saber como vou estar amanhã?

— Essa não é uma boa ideia. Vai começar todo um lance de ligações e mensagens. O melhor é a abstinência.

Abstinência.

— Que tal mandar mensagem depois do encontro com Arkanda? Com a foto que eu tirar com ela pra mandar pra você?

Eu poderia mandar uma mensagem para ele dizendo que ela havia cancelado de supetão.

— Melhor não, mas vou pensar em você na terça às três da tarde. Torcendo para que dê tudo certo.

Fiquei muda. Ele segurou minha cabeça.

— Foi lindo – sussurrou ele. – Nunca mais vou viver um lance tão legal.

Encostei no peito dele, meus olhos esbugalhados.

Eu tinha feito um cálculo errado, cometido um erro básico e bobo. Nada dito agora poderia ajudar; de repente e de modo indiscutível, ficou claro que já era tarde demais. Algo de muito ruim ia acontecer e o único jeito de evitá-lo teria sido não parar para almoçar em Monróvia há duas semanas e meia.

Fiquei paralisada e serena. Disse que lhe desejava o melhor. Ele olhou ao redor e disse que ia sentir falta do quarto; respondi que eu também. Uma conversa horrível, mas não fazia diferença. Balas disparadas contra um corpo morto. Ele repetiu que adoraria poder levar minhas malas para o carro e eu disse que tudo bem. Ele subiu na janela, uma perna primeiro, outra perna depois. Era a chance de fazer algo de romântico com a janela aberta entre nós, mas abri um sorriso tenso e fechei as cortinas. Fui de encontro às minhas malas e comecei a empurrá-las para fora da porta, em direção à recepção. Não virei para ver se Davey tinha dado a volta no quarteirão e ia correr atrás de mim, mas logo ficou evidente que não ia fazer isso. Enquanto Skip pegava minha chave, um casal de meia-idade chegou, suado e desgrenhado da estrada.

— Viemos conferir, a placa diz… "não não há vagas".

— Dois nãos fazem um sim – respondeu Skip, passando meu cartão de crédito. - Inclusive, temos um apartamento.

— Apartamento! - exclamou a mulher, se virando para o marido. - Que maravilha.

Ele assentiu.

— Acho que podemos fazer essa gracinha por uma noite.

— O apartamento está sendo limpo nesse exato momento, esperem só alguns minutos.

Skip já havia me entregado o recibo e olhou como quem diz *Em que mais posso ajudar*. O casal também estava olhando para mim. Abri a boca para fazer um comentário sobre o apartamento, para contar que ele pertencia a mim – mas não pertencia. Quem quer ter uma propriedade tem que agir de outro modo. Contrato de depósito, coisas do tipo. Levei as malas para o carro, lágrimas escorriam livremente pelo meu rosto. Helen carregava toalhas limpas e dobradas para o quarto 321, mas parou para me observar acomodando as coisas.

— Não me arrependo do que fiz – disparou ela. Fiquei surpresa; parei de chorar. - Se pudesse voltar atrás, não agiria diferente. Faria tudo exatamente igual.

Parecia que ela havia cometido um crime hediondo e de certo modo achou que eu deveria ser a pessoa a saber que ela não estava arrependida. Balancei a cabeça como se tivesse entendido e, um tanto constrangida, entrei no carro e comecei a dar ré.

O caso extraconjugal. Ela não se arrependia de ter traído o tio de Claire. Olhei para ela pelo retrovisor. Agarrada às toalhas, ela me observou ir embora.

# PARTE

# DOIS

PARTE

DOS

## CAPÍTULO 12

Passei de Monróvia e da entrada para a casa da minha amiga que cria galinhas. Não tirava o olho do telefone, Davey não mandava mensagem. As pessoas estavam certas quando diziam que a volta para casa sempre parece mais curta; quinze minutos depois, tudo em volta era assustadoramente familiar. Em vinte minutos já estava quase chegando em casa. Eu estava contraditoriamente ofegante, um peixe em terra firme. Parei no acostamento. É claro que eu não levaria uma semana para voltar para casa, que ridículo. Não era tempo suficiente para planejar o que ia dizer nem como ia parecer. Atônita, olhei para a quilometragem. Assisti a um vídeo no YouTube que ensinava a hackear o hodômetro, mas em carros modernos era mais complicado. Ele nunca dirigia meu carro mesmo, eu estava paranoica. Ou paranoica com as coisas erradas. Por exemplo: o carro estava sujo o suficiente? Parecia que eu tinha cruzado o país com ele? Olhei bruscamente para o banco de trás e senti uma pontada no pescoço; endureceu e senti dor. Ótimo. Perfeito. "Dei um mau jeito no pescoço", diria, ao entrar em casa. Estava de bom tamanho. As pessoas sempre tinham comportamentos errados por causa de um mau jeito no pescoço. Um saco quando alguém se comporta assim, mas não é crime. Olhei meu rosto no retrovisor. Como que alguém pode olhar para esse rosto e não ter certeza: *essa pessoa está apaixonada*? Mas a vida não é bem assim. Ninguém poderia imaginar que em vez de passar duas semanas e meia em Nova York eu havia me escondido a trinta minutos de casa com um rapaz que trabalhava na Hertz. Uma conclusão absurda demais para qualquer pessoa. Voltei para o tráfego. Rapidinho já estava na rua de casa. Deus, olha isso. Exatamente igual, um diorama de si mesmo. Veja nosso vizinho, Ken, esperando o cachorro fazer cocô. Ele acenou e veio andando na direção do meu carro. Baixei o vidro.

— Oi, Ken.
— Fazia tempo que eu não te via!
— Pois é, estava na estrada.
— Sozinha?
— Sim, cruzei o país.
— Uau, deve estar exausta! Vai pra casa!

Hesitei. Por que ter pressa no meu último momento de liberdade. Imaginei que contava a Ken minha situação, que estava muito nervosa de voltar para casa, dado o caos em meu coração. Quem sabe ele sugeriria que eu passasse duas noites com ele e sua mulher, Ann, sei lá o nome dela. *Pense em nossa casa como um centro de recuperação*, diriam, arrumando a cama de hóspedes. *Uma oportunidade para você se recompor.*

*É tudo que eu mais preciso!*, eu responderia.

*Coma bem e descanse e deixe seu inconsciente trabalhar. Enquanto você dorme, faremos algumas orações e rituais para que a energia se movimente, tudo isso vai te ajudar na transição.*

— Obrigada – respondi. Ken se afastou do carro e entrei na minha garagem.

Não tinha ninguém em casa. O patinete também não estava; tinham ido ao parque. Peguei as malas, lavei as mãos e logo comecei a guardar minhas roupas. Queria estar fazendo alguma coisa quando chegassem em casa. Mas estavam demorando. Andei pela casa e notei pequenas mudanças – desenhos novos na geladeira, o livro de Lore Estes, uma estranha caixa de papelão roxo na mesinha de centro. As coisas estavam muito sujas e de uma forma que eu nunca permitiria que estivessem, mas mais uma vez eu não estava em condições de reclamar de nada. Levei as malas vazias para o porão. Coloquei-as em seus lugares e então fiquei petrificada: chegaram. Abriam a porta da frente.

— Mamãe? – disse Sam, correndo pela casa; o patinete andando em cima da minha cabeça no chão da cozinha. Meu coração se despedaçou com o som de sua vozinha. O que quer que eu tenha feito nas últimas semanas para minimizar essa dor agora não surtia mais efeito – estava desesperada para ver minha criança. Mas não conseguia me mexer. Estava imóvel, apavorada. A transição não seria simples nem viável para mim. Alguém pegou um copo de água na torneira. Ouvi o barulho da descarga, o barulho da água nos canos. Harris chamou meu nome. Sam gritou Cadê minha colherzona? Sabiam que eu estava em casa, mas eu estava? Quanto tempo eu poderia ficar aqui embaixo sem que esse tempo se tornasse difícil de explicar? Não poderia ficar muito tempo. Eu estava agachada entre as minhas malas e do lado havia um minitrampolim. Eu não estava morta, mas não era nada além de uma alma. Durante minha vida inteira, havia dado muita importância para as coisas quando o assunto era música e poesia, e meu espírito, consequentemente animado, passou a ver a si mesmo como uma pessoa plena. Não compreendia sua disformidade. Agora, procuravam por mim no quintal. Outras pessoas sabiam misturar as coisas; eu estava o tempo todo correndo de um lado a outro entre opostos, nunca num mesmo lugar.

Eu não podia ser encontrada.

Ninguém podia me encontrar.

Subi a escada correndo no que parecia ser a última oportunidade; último trem para casa.

— Eu estava no porão! – exclamei. E muito embora essa frase não fosse tão esclarecedora, pareceu suficiente. Sam pulou nos meus braços e carreguei elu até o sofá e embalei seu corpo e beijei elu como se fosse um bebê gigante. Estava chorando quando olhei para cima e vi que Harris estava tirando uma foto nossa; sem pensar, levantei a mão, escondi meu rosto hesitante.

— Você vai me agradecer depois – disse Harris, rindo. – Bem-vinda de volta.

Levantei e o abracei; Sam nos abraçou. Minha família querida. Obrigada, Deus, por essa família. Tudo certo. Eu tinha tudo que as pessoas queriam ter.

Na manhã seguinte, acordei me contorcendo de dor, com um nó no estômago. Antes mesmo de abrir os olhos, já estava óbvio que havia vivido dias muito alegres no Excelsior. A vida normal – minha vida real – estava completamente cinza, uma extensão incolor, infinita. *Encara essa, é só o primeiro dia.* Mas era tempo de mais. Uma hora era tempo de mais. Meu sistema de *moer* seguido de *liberação* tinha parado de funcionar – era muito difícil passar pelo moedor e não havia liberação a ser ansiada. Só havia o agora. Disse a mim mesma que tudo que podia fazer era levantar da cama e preparar a merenda de Sam. Depois disso, eu podia morrer ou enlouquecer. Me levantei. Joguei uma água no rosto. Entrei na grande cozinha que tinha uma geladeira tamanho família e comecei a picar a couve kale para fazer a salada que ficaria num dos compartimentos de bentô de Sam. Meu rosto se contorceu em lágrimas enquanto eu fazia isso. Não um chorinho, eu soluçava. Depois de um tempo, enxuguei o rosto e coloquei azeite e sal e fermento nutricional na salada, misturei, tampei. Concluída a primeira parte de um almoço de cinco partes. O problema não era o almoço, era o que vinha depois, minha vida como um todo.

Sam chegou cambaleando de sono na cozinha e rapidamente enxuguei os olhos e beijei seus cabelos suados e cheirosos, seu rosto quente.

— Suas bochechas são tão lindinhas, acho que quero comê-las!

— *Suas* bochechas são lindinhas, mamãe! – elu fingiu morder minhas bochechas de um jeito tresloucado, fazendo sons de animais. Elu estava bem; não estava traumatizade pela minha ausência; amor e segurança suficientes para dar conta daquelas duas semanas e meia.

Harris acordou. Não mordemos nossas bochechas porque essa não era nossa dinâmica; ele acenou com a cabeça e perguntou se eu tinha dormido bem, como um colega de trabalho na cozinha dos funcionários, mas com menos neutralidade. Havia algo que eu devia ter feito, mas não fiz. O que era? Incitar o sexo já na minha primeira noite de volta? Sim, eu devia ter feito isso antes de começar a me readaptar. Porém, meus movimentos pela cozinha eram muito tensos e erráticos, bruscos. Coloquei um copo na lava-louças antes que ele se fartasse de tudo. Por que eu estava agindo assim? Ah, se ele me visse em Monróvia! Tão relaxada. Paralisei ao avistar Davey subindo pela janela. Me puxando para perto. Nós dois ali parados.

— Eu sei o que você está pensando – disse Sam.

— No que eu estou pensando?

— Que eu vou perguntar se a gente pode ter um cachorro.

Deus meu.

— Vamos sim – respondi. – Nós *vamos*. Mas ainda não é o momento.

— E quando vai ser o momento?

— Vamos descobrir. Vai ser óbvio pra nós.

★

Levei elu para escola, uma viagem de vinte e três e minutos que até hoje eu tentava aproveitar com conversas que não careciam de contato visual. (Como assim, você talvez tenha *pego emprestado* o cronômetro do professor e esqueceu que pegou emprestado? Foi assim que o cronômetro foi parar na sua mochila?) Mas Sam estava com sorte, hoje me contentei em ouvir a mesma música repetidamente ao longo de todo o trajeto. Eu olhava o celular a cada segundo. Nenhuma mensagem. Será que tudo aquilo aconteceu mesmo? Avistei nós dois dançando sob a lâmpada estroboscópica, deitados de conchinha no chão, o dedo dele empurrando o absorvente interno. Sim, tinha acontecido. Tudo aquilo havia de fato acontecido. Talvez isso bastasse e eu devesse ser grata à experiência. Imaginei um viciado em heroína dizendo "Sempre vou guardar com carinho a lembrança de estar chapado. Sou grato à experiência."

No retrovisor, Sam falava baixinho e gesticulava. Elu ainda não tinha aprendido a guardar o sonho dentro de si. Meus olhos trombaram brevemente nos seus, mas elu desviou o olhar, distraíde, como se olhasse pelos ombros de alguém.

**Como você sabe que está no campo da morte?** Mandei uma mensagem para meu pai, deitada no chão de concreto da garagem. Fiquei pensando se soaria como um pedido de ajuda e já me preparei para repetir várias vezes que estava *bem*. Os cabelos em volta da minha orelha estavam encharcados de tanto chorar deitada no chão.

**Se você está fazendo essa pergunta, não está no campo da morte**, respondeu e, na sequência, mandou sete fotos de pedras. Ele é um geólogo amador.

À noite, não estava mais tão sensível. As emoções, em comparação, pareciam divertidas, floridas, poéticas. Estava mais para uma máquina que precisava de uma peça sem a qual não funcionaria. Senti uma friagem dentro da mente, ela só conseguia se deter num único pensamento repetido. Eu precisava falar com ele. Era tudo o que precisava. Nada mais me interessava. Não podia ligar nem mandar mensagem, mas ele nunca disse para eu não voltar.

Fiz chamego em Sam, li *Nárnia*, beijei elu em todos os lugares estranhos que pediu. Fiquei sentada no escuro até que a respiração delu se tornasse doce, profunda e uniforme, então fui embora e comecei meus preparativos com a precisão de um homem-bomba. Tudo tinha que estar pronto para o dia seguinte: terça-feira. Harris ainda achava que eu tinha um encontro com Arkanda; meu plano era contar depois que ela havia cancelado no último segundo. Por enquanto, o encontro bastava para explicar meu nervosismo extremo, por que estava experimentando tantas roupas, por que estava usando maquiagem para levar Sam à escola. A viagem previa chegar lá no intervalo de almoço de Davey. *Você também está agoniado?*, eu perguntaria a ele. *Ou para você foi um acampamento de verão? Divertido, mas voltar pra casa é melhor.*

Depois de deixar Sam na escola, pensei nas palavras *Agora é a hora* e fiquei sombria, suando frio. Pensei em ligar para Jordi no caminho para Monróvia, mas aí teria que ligar de novo na volta para contar como foi – então era melhor ligar uma vez só para contar a história inteira. Mais uma vez, foi chocante perceber o quão próximo era, e ainda mais rápido porque eu sabia aonde estava indo – vinte e sete minutos sem trânsito.

Estacionei na rua da Hertz, mas do outro lado, de um ângulo que ele não pudesse ver meu carro pelas vidraças frontais. Meu coração batia tão forte que conseguia ouvi-lo, tinha o barulho de um estalo. Ele não estava na recepção e, a menos que seu horário tivesse mudado, ainda faltavam dez minutos para o horário de almoço. Ele deve estar fazendo transferências de carros ou no banheiro. Vi Glenn-Allen borrifar o balcão e depois mexer no celular. Fiquei vinte minutos sentada no carro e só então caiu a ficha. Era seu dia de folga. Como fui me esquecer. Ele não trabalhava às terças. Me afundei no banco do motorista e olhei ao redor, tonta. Ele poderia estar em qualquer lugar. Mas é quase certo que estivesse em casa. Eu não podia ir até lá porque não sabia onde ele morava. Fiquei mais alguns minutos sentada, me adaptando. Me refazendo. Não podia dar meia-volta para casa; ele tinha que saber que estive aqui. Eu ia deixar um bilhete. O que escreveria nesse bilhete? O bilhete seria assim: *Me liga*. Olhei mais uma vez para Glenn-Allen imaginando que diria para eu deixar meu nome assinado e eu respondendo, Davey vai saber de quem é, mas num tom que parecia negativo, como se ele tivesse embuchado alguém e agora tivesse que arcar com o prejuízo. O bilhete tinha que ser escrito num idioma que Davey entendesse.

Dirigi dois quarteirões até o Excelsior. Era surpreendente e doloroso ver minha antiga porta. Fazia menos de quarenta e oito horas, mas pareciam anos. Estacionei perto do beco. Coloquei a cadeira dobrável de lona rosa na mala e voltei à Hertz. Glenn-Allen estava ao telefone. Eu não deixaria a cadeira na porta do prédio, onde podia ser removida, mas do outro lado da rua, perto da lixeira e do ponto de ônibus. Nesse contexto, ninguém se apressaria em retirá-la, seria mais como um assento para pessoas idosas e com deficiência. Talvez até seja sutil demais. Será que Davey notaria? É provável. Reconheceria como quase idêntica, se não a mesma cadeira de lona rosa que ele usava para entrar pela minha janela, mas será que captaria a mensagem?

Eu não estava bem em uma loja de ferragens, parecia uma loja de jardinagem, mas eles não tinham spray. Tive que pedir para o vendedor destrancar o armário. Foi difícil não ter a sensação de que Davey estava observando todos os meus movimentos, mas fui adiante. Era do conhecimento de todos que eu era uma moradora que precisava pintar alguma coisa de preto.

— Seca rápido?

O vendedor, um homem mais velho, pôs os óculos e leu o rótulo.

— Trinta segundos para a maioria das superfícies.

— Uau. Nem dá pra voltar atrás – comentei.

— Não – concordou, me olhando por cima dos óculos. – Você já usou um desses?

— Recentemente, não. Não que eu me lembre.

— É melhor treinar, então, num pedaço de jornal, por exemplo. Aí você vai pegar o jeito.

Ele não era tão mais velho que eu. Um homem gentil. Provavelmente achou que eu ia retocar a porta da minha garagem. Por um tempo, desejei ser uma mulher com esse tipo de preocupação, um sentimento normal e cotidiano no peito. Nada tão emocionante em curso, tampouco algo de errado. Eu costumava ter dias assim. Costumava? Talvez não. O vendedor tinha razão, demorei para aprender a formar as letras, era preciso manter a mão em movimento, se eu parasse, via poças se formando. Pratiquei num suplemento semanal gratuito. Escrevi ME, ME, ME, uma página nova por vez para a palavra mais curta, seguindo para o mais complicado LIGA, LIGA, LIGA. Aí, sem enrolação, deitei a cadeira no chão e espirrei ME no encosto. Contei até trinta. Armei a cadeira no chão e escrevi LIGA no assento. Ficou perfeito, parecia arte. Em seguida deixei a cadeira no ponto de ônibus. Davey a veria de manhã quando chegasse para trabalhar. Então me ligaria.

*

Jordi atendeu no primeiro toque.
— Estou saindo de Monróvia – respondi, entrando na rodovia.
— Meu Deus – disse ela. – Você voltou praí.
— Escuta só – e contei a história inteira para ela, que terminava com a cadeira em frente à Hertz.

Ela não comentou. À medida que disparava pela rodovia, o céu parecia aumentar de tamanho e ficar mais intenso. Sentia como se estivesse acordando de um sonho.
— Você acha que eu tenho que voltar e tirar a cadeira de lá, né.
— Talvez.

Ela fez essa observação com muita, muita gentileza e prosseguiu num tom de voz estranhamente calmo e cuidadoso – *O que rolou entre vocês foi tão especial e... mútuo, mas esse tipo de coisa... acho meio stalker... Espero que você não se arrependa* –, mas eu já tinha saído da rodovia e feito a volta para o sentido oposto. Eu disse que compreendia e agradeci.
— Desculpa – disse ela.
— Não, não precisa se desculpar. Me deu outra perspectiva.

Havia entre nós uma civilidade esquisita. Também foi grave perceber que havia limites de coragem entre nós. Ela nunca me encorajaria a pular de um penhasco. Antes de desligarmos, ela perguntou se eu ainda estava tomando três Benadryl por noite. Eu já tinha até esquecido. Toquei a lateral da cabeça como se fosse uma forma de detectar uma suposta demência.
— Vou parar. Vou parar hoje à noite.
— Pode ser um bom momento para você se cuidar mais.
— É.
— E cuidar da sua família.

Um tapa na cara. Mas ela estava certa. Certíssima. Eu esperava que não fosse tarde demais. E tinha a cadeira. Eu não sabia o que fazer com ela. A mensagem apelativa dificultava retorná-la ao beco; qualquer lugar de Monróvia era arriscado. Voltei a Los Angeles com a cadeira no porta-malas, como um cadáver. A poucos quarteirões de nossa casa, parei e deixei-a no parque. Tinha um gramado onde as pessoas gostavam de sentar ou fazer piquenique e às vezes até traziam cadeiras de acampamento. Deixei a cadeira na sombra. Alguém provavelmente a roubaria durante a noite. Eu já tinha deixado muitas coisas nesse parque – meus óculos de sol, o chapéu de Sam – e nada estava no lugar quando voltamos para procurar.

Quando atravessei o gramado para pegar o carro, eram três em ponto. Fiquei olhando para o telefone durante sessenta segundos, quase certa de que ele estava pensando em mim. Em mim e em Arkanda. Nós ali tomando drinque na falésia com vista para o mar. O relógio marcou três e um e, sem ele, o que restava da minha vida era um trapo sombrio e infinito.

Então, chegou uma mensagem.

Um vídeo gravado à noite – tive que cercar a tela com a mão e me curvar para controlar o brilho. Ele estava iluminado pelos faróis do carro. Demorei a perceber uma coisa: as colunas. Ele estava dançando na frente do Excelsior. Havia levantado no meio da noite, saído da cama, dirigido até o hotel, parado o carro e gravado essa dança. Em nenhum momento ele pôs a mão no coração ou encenou uma dor de cabeça – tudo no vídeo dizia isso. Seu corpo inteiro se desesperava e se retorcia e de vez em quando ele escalava um fio invisível e parecia que subia, mas depois caía num poço. Ele performou em câmera lenta para que eu pudesse ver cada frame, o terror da queda. Alguns dos movimentos repetiu muitas vezes, como um pensamento obsessivo ou um ser humano enrascado nos limites dessa vida de merda. No final, ele vinha caminhando em direção à câmera, os tênis mastigando o cascalho, os ombros largos sem fôlego, e então seu rosto inteiro cobria a tela. Ele parecia exausto.

Os homens presenteiam com joias porque não podem cantar ou dançar seu amor, porque nem sabem cantar ou dançar. Ele sabia. Olhei para o nome Davey no meu celular, o sangue latejando em minha cabeça. Pensei: é melhor eu fazer uns exercícios de respiração primeiro, mas não consegui respirar longa e lentamente antes de ligar para ele.

— Já te ligo de volta – sussurrou ele, sem dizer olá. – É rapidinho, peraí – e desligou.

Virei uma poça narcotizada de alívio. O efeito que sua voz causava em meu sistema nervoso era tão forte e imediato que achei que desmaiaria na espera. Consegui me acalmar colocando a mão no tronco macio de uma árvore. Um plátano, talvez. Talvez esse momento me despertasse um interesse eterno pela natureza. Provavelmente não. Ele ligou de volta.

— E aí – disse. Meu coração caiu. Como assim *e aí*?

— Recebi o vídeo. Eu adorei. Sinto muito, muito sua falta.

Ele ficou mudo. Talvez eu tenha entendido tudo errado. Nunca mais ligaria para ele depois disso. Ele podia insistir e insistir e eu nunca ia atender.

— Também sinto sua falta – disse ele. – Tá sendo pior do que eu imaginava.

Encostei a testa na árvore.

— Pois é.

Ficamos mudos por um bom tempo. Pisquei e lágrimas robustas rolaram pelo queixo.

Dava para ouvir sua respiração. Uma respiração estranha. Ah, ele estava chorando. *Ele* estava chorando.

— Eu não devia ter te mandado esse vídeo – disse, esganiçando. – Não vai levar a gente a nada.

— Eu também fiz uma coisa pra você, mas eu – olhei para a cadeira Me Liga na grama – só não mandei.

— Você é mais homem que eu. Poderosa.

Ele tinha um jeito sexy de dizer as coisas. Outras pessoas nos desapontam, mas ele, surpreendentemente, não desapontava ninguém.

— Mas acaba aqui – complementou ele, respirando fundo. – Esse é o fim verdadeiro.

— Eu sei.

— Preciso começar minha vida. Quero todas as coisas que você tem... filho, casa...

— Onde você mora agora? – Eu estava muito curiosa. – Não é uma casa ampla?

— A gente mora numa pousada; alugamos um quarto. Não daria para alugar uma casa de verdade aqui perto. Então esse vídeo é um adeus, tá?

— Tá.

— Não vai ter mais ligações ou mensagens. Tivemos nosso lance e nunca vou sentir isso de novo, mas não consigo pensar direito quando você está por perto, saca?

— Sim.

Ele não conseguia pensar direito.

— Então se você quer a minha felicidade, não a felicidade que tive com você, mas a normal que posso ter, tipo, construir uma vida e tal, você não vai me ligar mais.

— Tá bom.

— Nem mandar mensagem.

— Nem mandar mensagem. Já entendi. Eu amo você e quero sua felicidade.

— Também quero que você seja feliz. Você sabe que não vou dizer que te amo.

E com isso, de certa forma, já tinha dito.

— Desculpa – eu disse.

— Não precisa se desculpar. Obrigado pela compreensão.

— Desejo tudo de melhor pra você.

Eu estava me sentindo tão contente e generosa que quase acrescentei *Você vai ser um ótimo pai*, mas não disse mais nada. Desligamos de um jeito caloroso, meio rindo, meio dizendo Até um dia quem sabe.

Mandei uma mensagem para Jordi dizendo que a coisa mais mágica havia acontecido – encaminhei o vídeo – e que estava pronta para seguir adiante e que eu a amava e que estava parando de tomar Benadryl e exclamei também **Agora me conta da sua vida! Quero saber tudo! Parece que não conversamos há anos.**

Naquela noite, fiz minha famosa torta de mirtilo sem grãos, cortei fatias grossas com uma faca de bife e entreti todo mundo com a história do cancelamento de última hora de Arkanda.

— De novo? Você acredita?

— Você não parece muito desapontada – observou Harris.

— Acho que sinto algo como: o que ela vai me dar que eu já não tenho, sabe?

Olhei ao redor com ternura, mas me referia sobretudo ao vídeo de Davey dançando no meu telefone. Eu precisava ainda baixar e fazer backup.

Depois do jantar, jogamos um jogo inventado usando vários baralhos incompletos, mas combinando cartas. Ainda tive energia e concentração para inventar regras divertidas, por exemplo, quem tirar um ás finge que é um objeto.

— Mamãe está injustamente em vantagem – gracejou Harris. – É sua área de especialidade.

— Injustamente em vantagem! – gritou Sam.

Eu ri sem saber qual era minha especialidade (ser algo que não sou?), mas ainda assim fiquei orgulhosa. E o tempo todo me perguntava, Isso é real? Apesar de todas as mentiras que me trouxeram até aqui, este momento em que finjo ser um moedor de pimenta – girando meus quadris – é real? Talvez tudo esteja começando agora, minha vida de esposa confortável em seu próprio lar, em sua vida real. Tentei lembrar como Pinóquio tinha virado um garoto de verdade. Tinha alguma coisa a ver com estar dentro de uma baleia, talvez salvando a vida do pai; eu nunca tinha feito nada parecido. Mas é claro que uma mulher tem mais complexidades do que um boneco e que ela vai se tornando ela mesma não de uma vez por todas, mas ciclicamente: crescendo, minguando, às vezes desaparecendo.

    Antes de dormir, olhei para o salto alto sexy, mas não tinha pressa agora; ainda faltavam quatro dias para o fim de semana. Coloquei uma máscara de algas, mas não tomei os três tentadores Benadryl cor-de-rosa. Tive o pressentimento de que teria uma noite de sono profundo. Boa noite, pessoal! Boa noite, Sam! Boa noite, Harris! Durmam bem!

Às duas da manhã, estava desperta como se fosse o meio da tarde. Meu alívio extasiado foi pras cucuias; havia escapado de mim nas poucas horas de sono. É claro que poderia me sentir bem ao ouvir a voz de Davey e aí progressivamente mal uma hora depois de ouvi-la. Deitada, no escuro, toda a severidade da minha fixação ganhava contornos. O tempo não marcava meus pensamentos sobre ele, as respirações marcavam – duas ou três, nada além disso. Como isso foi acontecer? Não fazia sentido. E agora estava me masturbando sem nem conseguir chegar a uma conclusão. Seu pau entrava dentro de mim enquanto ele me beijava e nós nos olhávamos incrédulos de que isso enfim estava acontecendo; ele ficava repetindo meu nome enquanto metia com mais força e mais velocidade e o pau dele era o meu clitóris; eu estava metendo no meu próprio buraco com seu/meu clitóris duro e gigante, o pau roxo brilhante, e era tão delicioso – talvez fudesse o pólipo, que espero que seja benigno.

    — Mamãe, acordei!
    Eram seis da manhã.
    Levantei da minha tumba. Fiz um smoothie, tostei um waffle; expliquei coisas e ri no final das piadas. Descobri que podia conversar com Sam e pensar em Davey ao mesmo tempo. Cortei o dedo enquanto fatiava uma cenoura e por um momento breve e acachapante – ao estancar o sangue e pegar um Band-Aid – me senti presente e plena, integração total entre corpo e mente. *Sua vida pode ser assim daqui por diante*, disse a mim mesma. *Deixa esse cara pra lá.*

*

A semana terminou e não tentei transar com Harris, o que fazia parecer que eu tinha um boleto vencido. Eu sabia que seria bom ter um orgasmo, chorar; certamente o sexo nos reconectaria... o problema era esse. Sam terminou a segunda série e aí veio o acampamento de verão, uma programação tosca e aleatória. *Retorno às 2h25? Por que não 2h30?* Eu precisava daqueles cinco minutos para fazer minhas pesquisas superconcentradas à la FBI na internet. Ao longo dos anos, a mãe e o tio de Davey haviam publicado fotos dele e da irmã, Angela, que em geral eram saborosamente sem conceito, imagens desfavoráveis. Eu adorava vê-lo nessas situações. Pele irritada de gilete, acne, cabelo comprido. Dali caí no perfil de Angela; de vez em quando o irmão a visitava em Sacramento e eu gostava de vê-los passeando juntos, sem Claire. Será que Angela gostava de Claire? Certamente teria preferido a mim como cunhada se tivessem lhe dado essa opção. Também visitei o perfil do namorado de Angela e me aprofundei muito no desejo dele de começar um negócio na carpintaria. Davey tinha dado coração numa postagem sobre a substituição de uma bancada. Sempre que via seu nome completo naquela selva, meu coração parava: Davey Boutros. Mas para cada moeda de ouro sempre tinha um escorpião à espreita. No feed do namorado de Angela havia um carrossel de fotos de família tiradas numa trilha. Na terceira foto, Davey está atrás de Claire, abraçando-a pela cintura. A imagem mais violenta e obscena que já vi – uma faca na barriga teria sido mais educado. Tentei me acalmar no feed de Dev, o amigo dançarino de Davey, nosso álibi. Ele só postava vídeos de dança e, ao longo do tempo, Davey aparecia em muitos deles – mas em nenhum desde que voltei para casa. Talvez Davey estivesse triste demais para dançar, assim como eu, tristíssima para conversar com Deus ou para trabalhar ou fazer qualquer outra coisa que não rolar a tela do celular.

Toda noite eu voltava da garagem o mais tarde possível, as noites com Harris e Sam eram as mais traiçoeiras; eu imitava meus trejeitos em interações que deveriam ser naturais para mim, mas agia como uma hóspede perpétua, ansiosa para demonstrar o quanto se sentia à vontade. Então novamente caía a madrugada e me dava conta do quão perdida eu estava, havia perdido o vínculo com minha família e formado uma aliança com um cara que podia muito bem ser fictício.

Fiquei girando na cama até o amanhecer, me perguntando se a alma visitante do meu pai tinha voltado e se era possível que estivesse me visitando. Não literalmente, mas meu pai e eu temos essa mesma habilidade de sair do ar em qualquer tipo de ambiente, assustados com o que é familiar. É uma pena que eu tenha estabelecido limites tão rígidos na relação com meu pai. Ele nunca saberia o quanto me preparou bem! Nem das tantas vezes em que eu ainda via o mundo por seus olhos. Coisa que na minha juventude havia assegurado uma certa intimidade (com ele), mas agora parecia atrapalhar essa mesma intimidade na maior parte do tempo.

— Mamãe, acordei!

Nos fins de semana, o esperado era que eu estivesse presente e comprometida por muitas horas seguidas e é claro que não preciso dizer que não conseguia. Mal conseguia ficar de pé; sempre meio curvada, numa postura de perda. Harris tomou a segunda xícara de café e fez um comentário sobre canecas com um sotaque engraçado; como eu não ri, ele ficou em silêncio, me assistindo fazer sete waffles.

— Achei que a gente ia ouvir mais histórias da sua viagem – disse ele, entre um gole e outro.

Imediatamente endireitei minha postura.

— Como assim?

— Você nunca chega em casa sem uma história, nem que seja do supermercado.

Será? Sim, claro, eu sempre queria contar mais coisas do que ele queria ouvir. Era ainda mais irritante quando narrava uma interação com um fã, tentando minimizar tudo como se eu não vivesse para isso. Enquanto pensava, derramei a massa.

— Teve o garçom de Indiana que conhecia meu trabalho. Ele me alugou contando que era um dançarino incrível de hip-hop e quando fui pegar o carro ele correu atrás de mim no estacionamento e tentou me *mostrar*. Foi bizarro.

Sam entrou correndo, não queria perder um detalhe.

— Quê? O que foi bizarro?

— Mamãe conheceu um dançarino em Indiana.

— Ele me alugou! Sei tudo sobre a vida dele e posso te contar! A esposa! A irmã! A mãe autoritária.

— Essas pessoas acham que conhecem você – disse Harris, tirando uma fatia do waffle para comer. – Não conseguem separar a pessoa do trabalho.

Fui subitamente dominada pela vontade de dar um tapa bem forte na cara dele. *Meu verdadeiro eu é parte do meu trabalho. Qualquer fã me conhece mais do que você.* Mas de quem era a culpa? Me curvei sobre os braços cruzados.

— Ainda está enjoada?

Foi o que eu disse na primeira noite, que desculpa esfarrapada.

— Acho que é uma crise intestinal.

— Vai deitar um pouco – disse ele.

Como se uma pessoa que acabou de tirar férias de quase três semanas quisesse se deitar – essa foi boa, mané. Refiz o sétimo waffle.

Jordi era minha única saída, minha confidente. Eu me arrumava para encontrá-la como se ela fosse Davey e às vezes chegava num estado tão desesperado ao seu estúdio que mal conseguia falar; chegava ofegante, como se estivesse segurando a respiração desde a nossa última conversa. Se antes da viagem eu já ansiava por nossos encontros para comer sobremesa, agora vivia por eles. Uma vez, ela cancelou no último segundo (para encontrar um curador importante) e perdi as estribeiras como uma criança frustrada. Longe de me tornar uma Motorista, me tornei uma versão extrema de mim mesma e não conseguia tolerar qualquer outra coisa que não fosse do meu campo de interesse, que era bem restrito e puramente constituído de memórias.

— Uma vez eu estava contando uma história pra ele e ele pediu pra eu repetir porque estava distraído com a minha mandíbula. E aí passou os dedos no meu queixo – mostrei para ela o que ele tinha feito, passando meu próprio dedo da orelha até o queixo. - Assim. Também não te contei do dia que fomos a um restaurante de comida do Oriente Médio em plena luz do dia, como um casal normal.

— Contou sim. Logo depois que aconteceu.

— Ah, é mesmo.

Jordi pôs as duas mãos sobre a mesa e respirou fundo. Aaaah.

— Olha, tudo bem se você quiser se separar do Harris. Não é um crime. As pessoas fazem isso todo dia...

Interrompi.

— O problema não é esse.

— É *parte* do problema.

— Eu não quero me casar com Davey nem ser namorada dele! Não é esse tipo de amor.

— Tá, mas tampouco parece que você quer ficar com o Harr...

— Quero *sim* – lembrei a ela que Harris representava meu equilíbrio, o yang do meu yin. – Eu perdi o prumo em Monróvia. Foi como se eu tivesse tomado ketamina por duas semanas e agora estou viciada e tenho que me livrar disso ou vai acabar com a minha vida. É *assim* que você tem que pensar.

— Tá bom. Quantas vezes por dia você pensa nele?

Fiz contas rápidas de cabeça, pensando no número estimado de vezes por hora e aí multipliquei pelas vinte horas que passo acordada todos os dias.

— Entre três e quatro mil?

Jordi assentiu com tranquilidade como se não fosse uma quantia completamente disparatada. Vasculhou a gaveta até encontrar um elástico e demonstrou um truque que a tinha ajudado a parar de fumar. Coloquei o elástico no pulso e puxei algumas vezes.

— Quando pensar nele, você puxa o elástico; é um reforço negativo.

— Eu *estava* pensando nele.

Puxei mais uma vez.

— Você ainda o procura online?

— Como assim *ainda*?

— Achei que você estivesse tentando superar.

— Estou. Mas é difícil.

— Mas tem algo que você faça que torne as coisas mais difíceis? Ou fáceis?

Procurá-lo na internet sempre era inquietante, isso é óbvio. Eu fiz uma última varredura geral e aí ela me mostrou como bloquear meu celular e o computador para impossibilitar isso, era algo que tinha aprendido quando foi semiviciada em pornografia.

— Agora, me diz, o que faz você pensar menos nele?

Na verdade, só existiam parâmetros do pensar mais, mas tentei imaginar o que caracterizaria o oposto de procurá-lo.

— Talvez pensar no seu trabalho? – sugeriu Jordi.

— Que trabalho?

Nos entreolhamos; ela parecia silenciosamente apavorada. É claro que uma pessoa como eu, como nós duas, só podia encontrar salvação no trabalho.

— Faxina. Acho que quando faço faxina penso um pouquinho menos nele.

— Ótimo – disse Jordi –, imagina a belezura que vai ficar sua casa!

Esfreguei e lustrei feito uma mulher cujo único orgulho é o chão de sua casa. Investi na geladeira e no freezer, limpei armários, esvaziei gavetas de cacarecos – todos os lugares com os quais uma pessoa feliz nunca se preocuparia.

Uau, disse Harris. Acho que nunca levantamos aquele tapete.

Dei esses comandos a mim mesma e me obedeci, sem, de um jeito ou de outro, envolver qualquer sentimento nas tarefas. Cômodo por cômodo: cada gaveta, piso, armário, prateleira, janela. Sem velocidade ou animação, só método – a serva zelosa de um eu futuro e aconchegado. Em alguns fins de semana, eu ficava tão acabada que só conseguia dar conta de uma parede por cômodo, e muito devagar. Por ser um trabalho indesejável, nada divertido, Sam e Harris ficavam de braços cruzados.

— Você vai limpar a gaveta da minha cama? – perguntou Sam, totalmente sem roupa, só um relógio digital no pulso.

— Hoje não. Agora só consigo limpar essa parede. A faxina vai levar em conta só o que tem relação com essa parede. Vai vestir uma roupa.

— E a cesta de brinquedos?

A cesta de brinquedos ficava no canto que era a intersecção da parede de hoje com a parede da semana seguinte.

— A cesta vou limpar hoje.

— E o meio do quarto? – disse Sam, em pé no meio do quarto.

— Assim que eu terminar as quatro faces da parede, vou passar aspirador no quarto inteiro, inclusive no meio.

Sam se sentou no meio do tapete como se fosse me esperar por semanas, em seguida ficou impaciente e encostou na parede que eu estava limpando. Fechou os olhos e enlaçou os joelhos com os braços, esperando.

— Mas que coisinha é essa que está aqui? – me perguntei, falando sozinha. – Nunca notei essa coisinha aqui antes, encostada na parede que estou limpando.

A coisinha começou a rir. Tirei a coisinha da parede e a coloquei em cima do tapete. A coisinha ainda estava de olhos fechados. Peguei um pano limpo e limpei seu rosto, atrás das orelhas, entre os dedos. Limpei cada joelho e a coisinha ria. Virei a coisinha e limpei as polpinhas da bunda e a parte de cima dos pés. Quando acabei, a coisinha abriu os olhos e, embaralhando suas metáforas, aparentava alguém que dormia há cem anos.

— Quem sou eu? – perguntou elu. – Quem é você?
— Sou sua mãe.
— Mãe? O que é mãe?
— É uma pessoa que cuida de você porque você é filhe dela.
— Filhe? O que é filhe?

Elu andou pelo quarto encostando em todos os objetos familiares com muita admiração.

— Ume filhe é uma pessoa mais nova.
— Filhe é isso aqui?
— Não, isso é uma cama.

Elu saiu do quarto para fazer descobertas no resto da casa.

Todos os dias eu tinha oportunidades como essa. Todos os dias Sam e Harris estendiam suas mãos e diziam: Sai dessa mágoa. Mas eu não conseguia.

## CAPÍTULO 13

Era fácil enganar Sam porque elu agia em função das coisas que queria, momento a momento – é claro que sofria a influência das minhas oscilações emocionais, mas elu não podia me questionar de modo tão específico. Harris, por outro lado, começava a perceber que alguma coisa estava acontecendo. Eu já lhe devia várias semanas de sexo; ele nunca colocaria as coisas nesses termos, é um homem bom – mas meu humor tinha impacto sobre a casa, seu funcionamento. Estávamos assistindo a um programa de TV sobre uma agência de viagens quando ele apertou o pause.

— Você está chorando?

Eu não tinha percebido.

— A pindaíba dele me comove muito – respondi, rapidamente me recompondo. – Um negócio... muito difícil de manter por causa da tecnologia... essa coisa de reserva online.

Harris, que não é idiota, não disse nada. Suspirei e fechei os olhos.

— Estou exausta de tanto dirigir. Exaurida.

— Às vezes, é difícil voltar – disse ele, tranquilo. – Muito difícil.

Então ele sabia? De algum jeito, sabia. Talvez soubesse. Talvez estivesse prestes a fazer uma confissão, então eu também faria uma confissão e seria enfim o começo de avançarmos no impasse. Um momento inconveniente, já que eu não estava a fim de nenhum avanço. Mas essa predisposição pode mudar com o tempo, tipo aquelas pessoas que de uma hora para outra aceitam Jesus no coração e dizem, Jesus?, segundos antes de nascer de novo. Ajeitei a postura, me confortando. Ele estava procurando as palavras corretas.

— Quando volto do Olympic – Olympic era um estúdio de gravação em Londres –, sempre levo alguns dias para me readaptar.

— Eu sei – disse, esperando a confissão.

— Pra pegar de novo o ritmo das coisas.

— Claro.

— Mas aí eu consigo.

Ah. Nenhuma confissão. Ele queria dizer que havia um limite de tempo para uma pessoa ficar amuada e aparentemente ele sabia medir esse limite com precisão.

— Acho que tem mais coisa aí – disse, assertiva. – O que está rolando comigo é diferente do que acontece com você quando está gravando um disco.

Ele desligou a TV, respirou bem fundo e ficou à espera. Da minha grande revelação.

Deus meu, o que acabei de fazer. O plano não era esse. Eu devia só limpar a casa e puxar o elástico no pulso até esquecer Davey.

— Você não vai entender – resmunguei, tentando desviar do assunto.

— Vamos tentar – respondeu, com um sorrisinho petrificado. Ele já estava furioso com o que eu ia dizer, independentemente do que fosse.

Abaixei a cabeça e apoiei o queixo nos joelhos e tentei desesperadamente pensar numa situação ou condição que pudesse acabar com essa conversa, alguma coisa assustadora mas não tão extremada; um ponto-final.

— É a... *menopausa*.

— Ah!

Sua expressão mudou, suavizando-se para um desconforto leve.

— Pois é.

No mundo das mentiras, essa pareceu convincente. Historicamente, foram tantas as mulheres que falharam em omitir sua biologia que não havia problema em pecar falando demais. Eu podia pegar algumas informações com Mary, minha amiga mais velha que sempre falava sobre as ondas de calor.

— Menopausa. Preciso ler mais sobre isso.

— Seria ótimo – respondi, esperando que ele não lesse tanto a ponto de descobrir que eu não estava na menopausa. Então voltei a chorar, com uma facilidade surpreendente. Ele me abraçou e disse que íamos passar por isso. Havia generosidade entre nós. Ele foi genuinamente compreensivo e eu consegui canalizar sua compaixão em prol da minha dor real, do caos em meu coração. Ele estava a um passo de dar início a um beijo, o que para mim já seria demais, então reconsiderou. Deu um tapinha nas minhas costas. Talvez eu pudesse viver o resto da vida assim, contrabalanceando cada mentira com a mentira seguinte, mantendo tudo em seu devido lugar.

Saímos para caminhar depois do jantar. Sam gostava de visitar os cachorros do parque canino, lavar as tigelas na torneira, enchê-las com água limpa e incentivar os cachorros dos vizinhos a beber água.

— Vamos, cara – disse Sam –, tá na hora de beber água.

— Acho que ele não está com sede, benzinho – disse uma mulher, respondendo por seu cachorro. – Qual deles é o seu?

— Ainda não tenho um. Estamos esperando a hora certa.

A mulher olhou para mim, uma mãe que nitidamente se preocupava mais com pelos de animais no sofá do que com a alegria do rebento. *Não é só pelo de cachorro!* Sorri como quem implora. *É que estou vivendo à flor da pele! Socorro!* Mas pelo restante do tempo que ficamos no parque dos cachorros tentei parecer sã. Toda vez que pensava em Davey puxava o elástico e me forçava a dizer Oi, lindinho ou Oi, querido para um cão. Cumprimentei quase vinte cachorros e todos gostaram muito de mim. Você fez um amigo, disse Harris quando um cachorro lambeu minha mão.

Voltando para casa, Sam correu na frente pela grama e fez uma parada abrupta na área de piqueniques.

— Me liga – disse Sam. – O que isso significa?

Olhei para frente, horrorizada.

— Significa *Me liga* – respondeu Harris. – Alguém quer receber uma ligação.

— Mas por que está escrito numa cadeira?

Dei de ombros, como quem diz Só Deus sabe.

— Será que pode pegar?

— Não sei, talvez tenha dono e a pessoa deixou aqui...

— É muito legal – disse Harris, estatelando-se na cadeira. – E se a gente pegar. E colocar no quintal.

Balancei a cabeça: *Sério?*

— Como assim? – perguntou ele. – Você adora essas coisas.

Sam sentou no colo de Harris.

Fiquei em silêncio. Não foi fácil para mim avaliar a cristalinidade da situação. Quão óbvio ficou que essa era a cadeira que meu amante usava para subir na minha janela? E que eu – eu, a mamãe – havia escrito ME LIGA nela?

— Podemos colocar debaixo da tília – respondi.


Todo dia de manhã eu mudava o elástico de pulso para garantir que as lacerações fossem semelhantes. Eu alternava entre masturbação e faxina. Comprei cera especial para madeira e espanei *atrás* dos livros nas estantes. Enchi onze sacos de lixo preto com tudo que não usava há um ano e algumas coisas que usava todos os dias, mas que eram objetos deprimentes: alguns clogs, meu roupão rosa barato. Dez sacos mal couberam no carro. Tive que fazer uma segunda viagem para levar o décimo primeiro.

Foi num desses dias de faxina que um anúncio de imobiliária enorme e lustroso chegou pelo correio. Chegavam muitos desses anúncios de casas à venda no nosso bairro e eu sempre ficava confusa: por que compraríamos uma casa no outro quarteirão? Mas Harris já tinha explicado que isso era para nos deixar cientes de quanto as outras casas estavam custando, para que nos instigasse a vender a nossa por meio dessas imobiliárias. Provavelmente Harris estava certo. Que sabia eu do mercado imobiliário? Nunca tinha comprado uma casa na vida. Joguei o papel no lixo reciclável e voltei a esfregar o chão.

Fiz uma pausa. Voltei à lata de lixo. Peguei o anúncio.

Anunciava *nossa* casa, a casa onde eu estava nesse exato momento. Meu carro estava estacionado lá fora. Havia um asterisco gigante ao lado do "1,8 milhão de dólares" que indicava o *valor de mercado aproximado, com base nas propriedades da vizinhança*. "Pensa em vender?" vinha escrito logo acima. "Vamos conversar!". Olhei para a foto da casa. A impressão não estava boa, mas dava para ver a mulher em pé em frente à janela e essa mulher era eu. Eu estava usando meu roupão rosa, que acabava de doar para a caridade. Quando essa foto foi tirada?

Ah. O telefotógrafo.

Olhei para o rostinho dela. Mesmo em baixa resolução, dava para ver que ela nunca tinha colocado as mãos no xixi de ninguém. Teve lá suas paixonites, mas nunca havia sido um corpo sedento por um outro corpo; uma vida só de fantasias e trabalho. Mas havia feito coisas legais! As pessoas gostavam! Davey gostava. Preguei o anúncio em cima da minha mesa na garagem, do lado do mapa com minha rota para Nova York, do lado do bilhete do meu vizinho. Me perguntei se o telefotógrafo havia me visto na janela e se eu me masturbaria com esse pensamento de novo ou se daqui por diante continuaria pensando só em Davey. Mistério resolvido, em todo caso. Não precisaria verificar as placas do carro.

Limpei todas as maçanetas com uma massaroca cozida, inspirada na receita de um dos primeiros colonizadores. Esfreguei a massaroca em tudo como se fosse uma borracha grande e macia, empurrei a poeira para dentro da massaroca e esfreguei um pouco mais. Quando a massaroca ficou toda preta, fiz uma nova; descansavam numa bandeja dentro da geladeira, pães sem vida e não comestíveis.

— Antes você fazia cupcakes – disse Sam, cutucando uma das bolotas.
— Vou voltar a fazer.
— Quando?
— Olha, se tudo der certo, daqui a um mês.
— Pra uma criança, isso é um ano.
— Desculpa.
Olhamos nos olhos um do outro, os meus transbordavam.
— Isso é hora de chorar? – perguntou Sam.
— É sim.


Nós três fomos visitar um abrigo em Torrance. Tinha o cheiro do inferno. O cachorrinho escolhido estava inconsolável, destroçado como eu, mas recém-saído do trauma original em vez de ter o recriado. Era um vira-latinha felpudo, com pelo de poodle, que nos aconselharam a escovar todos os dias.

— É muito importante que façam isso – disse a mulher, entregando uma coleira barata e temporária. – Algumas pessoas adotam esse tipo de cachorro e esquecem que ele precisa de cuidados diários.
— Tive cachorro a vida inteira – disse Harris, ofendido.

— Eu não sei nada sobre cachorro e tenho até um pouco de medo – acrescentei.

Sam deu-lhe o nome de Urso Smokey. Quase imediatamente Smokey quebrou a perna. Então tínhamos um cachorrinho de gesso e cone na cabeça que cagava e mijava dentro de casa. Por mim, sem problemas. Se me pedissem para carregar uma roda-gigante de madeira nas costas, sem problemas também; problemas externos me mantinham ocupada. Smokey proporcionava grande alegria para as pessoas que moravam comigo. Muitas canções foram cantadas para o Smokey, não por mim. Todos os dias ele era cuidadosamente escovado (até a escova de aço cair atrás da cômoda) e aparavam sua franja para que pudesse enxergar. Quando o homem e a criança saíam, Smokey chorava alto e eu tentava confortá-lo, mas a ferida era muito mais profunda. Além do mais, o adestrador disse que não era para acalmá-lo, só deixar claro que as coisas estavam em ordem. Apesar dos choramingos de Smokey, andei pela sala gritando no telefone para que Jordi conseguisse me ouvir.

— VOCÊ ACHA QUE ELE AINDA PENSA EM MIM?

— Claro.

— SERÁ?

O cachorro elevou o tom do choramingo.

— Como não pensaria? Aliás, você já tomou CBD pra dormir?

— VOCÊ ACHA QUE ELE AINDA SE MASTURBA PENSANDO EM MIM? – a obrigação de gritar me fazia parecer ainda mais desequilibrada.

— Claro, mas não só isso, tenho certeza de que você transformou a vida dele. Pense que você deu um lindo presente pra ele. Ainda está puxando o elástico?

— ENQUANTO ESTAMOS CONVERSANDO, NÃO PAREI DE PUXAR. E DAÍ QUE TRANSFORMEI A VIDA DELE; QUERO QUE ELE GOZE PENSANDO NA MINHA BUNDA.

Smokey, de sua cama de cachorro, me observava inquieto enquanto eu andava de um lado para o outro gritando e puxando o elástico. Nossos olhares se encontraram e dei um salto de dez anos, para uma época em que a inteligência artificial permite que pensamentos de cachorros sejam transformados em palavras. (*Foi moleza*, diriam os cientistas. *Eles já eram quase verbais; quase não precisamos utilizar* IA *– só um pouco, no começo*). E imediatamente os cães começam a falar sobre todas as coisas horrendas que testemunharam – crimes, violências. Mas aí percebemos que eles são uma espécie tagarela, não calam a boca e têm lembranças incríveis. Diferente dos humanos, que nunca conseguiam se lembrar das coisas que aconteceram quando eram bebês, os cães têm facilidade para recordar de situações da infância. Smokey fala desse dia em particular – e me imita com precisão cruel e misteriosa. "QUERO QUE ELE GOZE PENSANDO NA MINHA BUNDA", rosna. Estou horrorizada, apavorada. Mas, ao invés de expor ao mundo minha devassidão, ele estreita seus olhos com bordas pretas para mim e pergunta Por quê? Por que uma pessoa desejaria tanto isso? E porque até lá tenho uma década para pensar, já sei a resposta.

Uma hora depois e o cachorro ainda estava choramingando, então contrariei os conselhos do adestrador e tentei consolá-lo com abraços e carinhos e coçadas. Mas ele estava inconsolável, queria sua mamãe, Harris. Então comecei a choramingar junto com ele. Cantei a cantiga fúnebre da esposa do marinheiro. *Volta pra mim, pauzão meu, tire essa dor do meu coração. Agora é náufrago, pauzão meu.* Chorei com a boca arreganhada, o lugar triste e vazio onde o pauzão deveria estar, e depois de um tempo só segurei o cachorro chorão no colo, deixei a boca aberta como se ela fosse um estômago dilatado, frouxo e mudo.

## CAPÍTULO 14

Louvo a Deus pelos dentistas, o exame oftalmológico, a troca anual de óleo, todas as consultas que marquei antes de Davey, quando eu fazia mais coisas do que só fricções entre as pernas. Havia duas outras mulheres na sala de espera quando dei entrada na minha consulta ginecológica anual, uma era mais jovem e estava grávida e a outra parecia ter uns setenta e cinco anos. Observei a grávida lendo uma revista com muita dedicação, confortável como um inseto no tapete, o centro do universo. Ao nos ver ali, mulheres mais velhas, sentia pena de nós. É claro que estava em meio a algo muito emocionante, muito correto, e depois dessa fase nasceria o *bebê*, e não estava claro o que aconteceria com ela depois disso, mas é provável que viria mais coisa boa! Só melhora e melhora! Já a mulher de setenta anos, bem, ninguém além do médico sabia – ou mal conseguia conceber – o que se passava entre as pernas dela, embora eu tenha me esforçado e imaginado lábios acinzentados, grandes e frouxos, sacos escrotais sem escrotos. Qual era a sensação de arrastar a buceta para esse mesmo consultório, décadas depois da fanfarra reprodutiva? Ela mexia no telefone, aparentemente despreocupada ou alheia por não ter pelo que ansiar, em termos de buceta.

Não parecia certo que nós três compartilhássemos a mesma sala de espera. No pediatra, sempre havia uma sala para as crianças doentes e outra para as crianças saudáveis e um grande aquário que dividia os ambientes para que você pudesse ver as outras crianças pelo vidro. Elas ficavam um pouco distorcidas pela água verde-clara borbulhante e de vez em quando um peixe disparava; esse véu também seria adequado para vermos as outras gerações de mulheres. Quem sabe três salas/dois aquários pelos quais pudéssemos nos olhar sem dizer nada, certas de que a idade é um sonho em constante evaporação que ou já tínhamos ou viríamos a ter e que não havia como penetrar as esferas umas das outras.

Observei a recepcionista digitando. Esses foram os pensamentos não-Davey mais longos que tive desde que ele levantou a camiseta na trilha. Rapidamente voltei às lembranças, ao momento em que chupava seus dedos – infelizmente chamaram meu nome antes de eu chegar na parte em que ele dizia *Melhores segundos da minha vida*.


Dra. Mendoza lavou as mãos antes de me cumprimentar. Eu já estava com a camisola de papel, então abri as pernas e coloquei os pés nos estribos; eu já tinha a manha. Ela é que ainda não estava preparada, olhava meu prontuário e fazia perguntas gerais sobre meu bem-estar. Ela é naturopata, doula *e* ginecologista, especialidade a que se tem acesso em Los Angeles se você pode pagar. Continuei esparramada ali enquanto conversávamos – eu não queria parecer constrangida com minha genitália exposta.

— Como vai Sam? – perguntou, numa entonação específica para me dizer que se lembrava do parto. Deve estar escrito HFM no meu prontuário.

— Bem, muito bem! – gritei por entre os joelhos.

— Você ainda tem flashbacks?

Eu já tinha esquecido que lhe contara sobre isso.

— Faz tempo que não, sabe.

— Ótimo – disse ela, o que me surpreendeu. Achei pouco holístico. Nem essa bruxa conseguia entender o que era dar à luz um bebê natimorto que voltou à vida.


Durante dezessete dias, havia dois bebês: um que flutuava na escuridão, muito livre e despreocupado, e outro que estava em trabalho de parto na incubadora da UTIN, seu corpo minúsculo preso a tubos e fios ligados a um monitor que emitia sons. Amei os dois bebês com ternura e paixão, e durante aqueles dezessete dias não escolhi um favorito porque, independente do resultado, eu sabia que sempre teria dois bebês. Eu cantava e conversava com o que estava na UTIN, para que soubesse que eu estava ali. Também conversava com a alma na escuridão porque não queria que ficasse assustada ou se sentisse sozinha ou que seria abandonada. Duas semanas e meia depois, recebemos alta com o bebê vivo. Agora, mais do que nunca, eu sentia que era importante não escolher um favorito, mas cuidar bem da morte era cada vez mais piegas e ingrato. Então, apesar de inquietante, era sempre um alívio quando tinha um flashback. Eu não tinha esquecido; ainda era boa mãe. O bebê – desde então – estava bem. Dra. Mendoza perguntava sobre meu ciclo menstrual, Como têm sido as cólicas? Tranquilo, tranquilo. Na verdade, um flashback era muito parecido com o período menstrual. Involuntário, difícil, mas ainda assim um alívio, o puxão inesperado para algo tão primitivo e quase aconchegante em sua dor niveladora.

— Notou alguma mudança? Fluxo incomum?
— Acho que eu tenho um pólipo. Talvez no colo do útero.
— Por quê?
— Devido a um sangramento intermenstrual?
— Pode ser coisa da idade; a menstruação fica irregular. Vamos dar uma olhada.

Ela fez com que a parte da frente da minha cadeira descesse, o embaraço de me sentir um caminhão basculante de vagina, e enfiou o bico metálico.

Não falei do sintoma, o tesão extremo, mas estava pronta para perguntar se poderia, talvez, *manter* o pólipo, caso fosse benigno. Haveria algum problema deixar como está?

Mas não havia pólipo algum.
— Tem certeza?
— Área limpa.

Fiquei incrédula. Eu era o Dumbo achando que a pena o fazia voar, mas no fundo voava sozinho o tempo todo. Ou Davey. *Shpleft*. Dra. Mendoza olhou curiosa para o elástico no meu pulso, no meu pulso vermelho.

— Além do sangramento intermenstrual, você menstrua regularmente?
— Sim? Nem sei se estou com sangramento.
— Ondas de calor?
— Quê? Não, não, nada.

— Insônia?
— Não... mas às vezes desperto às duas da manhã e não consigo dormir de novo.
— Com que frequência?
— Quase toda noite?
— E há quanto tempo?
— Um ano, dois?

Devia ser muito irritante para ela que eu respondesse cada pergunta com tanta incerteza, mas se eu fosse um pouco mais confiante estaria sendo imprecisa. Ela pedia que me descrevesse como se eu fosse um cavalo de estimação, quando na verdade eu estava mais para um programa de rádio, uma narração contínua de que mal conseguia me lembrar.

— Ressecamento vaginal?
— Não?
— Você é sexualmente ativa?

Tentei me lembrar da última vez que tinha feito sexo de fato, antes de Monróvia.

— Sim?
— Faz musculação?

Ela seguia insistindo nisso desde que fiz quarenta anos, e sentia que ela não sacava qual era a minha. Atletas se exercitam, poetas e profetas podem viver à deriva. Respondi que tinha dançado há alguns meses.

— O importante é como você se sente. Como você se sente?

Olhei para as minhas pernas, me senti subitamente derrotada.

— Minhas emoções continuam sendo trens descarrilados – suspirei.

Ela era muitas coisas, mas não era terapeuta, não seria apropriado que eu chorasse. Segurei a onda das emoções enfiando discretamente as unhas nas coxas e contei de cabeça até cem enquanto ela dizia algo sobre estrogênio e um exame de sangue. Ela me deu um lenço de papel. Agora desenhava no ar uma serpente para descrever hormônios flutuantes. Fiquei enjoada, meus ouvidos zumbiram. Ela disse que a reposição hormonal na minha idade poderia ajudar a diminuir o risco de doenças cardíacas, osteoporose... lembrei o jingle daquela balinha Tums – *tum--ta-tum-tum-TUMS!!* – e ele me lembrou de tia Ruth. Eu apertava o lenço de papel para que virasse uma bolinha e ela segurava um frasco de tampa azul e me mostrava como a tampa fazia um clique conforme girada.

— Vamos ver como estão os níveis dos hormônios, mas acho que você vai tomar um clique de Estradiol, uma vez por dia. Ou dois cliques – ela clicou a tampa duas vezes, uma vez por dia – esse clique-clique estava me deixando em transe. – Você vai esfregar o creme na parte interna da coxa ou do braço. E aí vamos aplicar progesterona e você me diz como se sente. Faremos conforme sua necessidade.

Senti um estalo nos ouvidos.

— Na coxa?

— Ou na parte interna do braço.

— Peraí, quer dizer que estou na "menopausa"? – Ela olhou para minhas aspas imaginárias; eu não fazia ideia de que tinha feito esse gesto nem dessa minha cara ridícula de terror.

— *Perimenopausa*; em seguida vem a menopausa – respondeu a essa pergunta como se não fosse nada, enquanto tirava as luvas. Disse que eu receberia uma ligação com o resultado do meu exame de papanicolau e aqui estava o pedido para o exame de sangue, não sei o quê, não sei o que lá, bioidênticos, portal do paciente.

— Alguma dúvida?

— Não?


Sentei no carro e estava quente, boquiaberta. Não podia acreditar. O caso clássico do menino que pede socorro aos lobos. Causei isso a mim mesma ao usar a menopausa como álibi. Ou no mínimo incitei a propensão, fiquei súbita e oficialmente velha. Olhei estupefata para o pedido de exame de sangue. Entrei no WebMD e pesquisei "perimenopausa". Fui imediatamente redirecionada para menopausa; cliquei em Sintomas.

- insônia
- ressecamento vaginal
- depressão
- ansiedade
- dificuldade de concentração
- coração acelerado
- ganho de peso
- problemas de memória
- pele, boca e olhos ressecados

- aumento de micção
- redução de libido ou desejo sexual
- infecções do trato urinário (ITUs)
- perda de massa muscular
- dor ou rigidez nas articulações
- seios doloridos ou sensíveis
- dor de cabeça
- perda de massa óssea
- frouxidão mamária
- queda de cabelo
- crescimento de pelos em outras áreas do corpo, como rosto, pescoço, tórax e parte superior das costas

De cara, a lista parecia descrever uma doença terrível, possivelmente fatal, mas ao relê-la percebi que a maioria dos sintomas já me era familiar, que iam e vinham com alguma regularidade. Então, tudo bem, a dissimulação e a contenção que haviam começado na puberdade precisariam se intensificar caso eu quisesse continuar me apresentando como feminina no mainstream; grande coisa. Ressecamento vaginal? Uso lubrificante há trinta anos, desde que minha segunda namorada (uma sapatão ativa com bolas de aço) disse que *deixava as coisas mais quentes*. Só na terceira leitura percebi a cereja do bolo.

- redução de libido ou desejo sexual

Redução… eterna? Não podia ser; eu teria ouvido falar. Eu sabia da existência do Viagra. Saberia disso se fosse comum. Alguém me contaria – minha mãe. Embora minha mãe nunca tenha me dito nada sobre sexo, para começo de conversa; por que começaria agora? Liguei o ar-condicionado e comecei a discar. Tinha que espalhar as más notícias imediatamente.
Jordi foi cética.
— Redução de acordo com quem? Homens velhos com quem as mulheres heterossexuais não querem mais transar? A ciência sabe muito pouco sobre a libido da mulher.

Tentei explicar sobre a queda no nível dos hormônios, o estrogênio, mas tudo que dra. Mendoza havia me dito entrara por um ouvido e saíra por outro. Fiz uma busca por um gráfico ou resumo explicativo da situação.

— Tô te mandando um gráfico – disse –, me diz se recebeu.

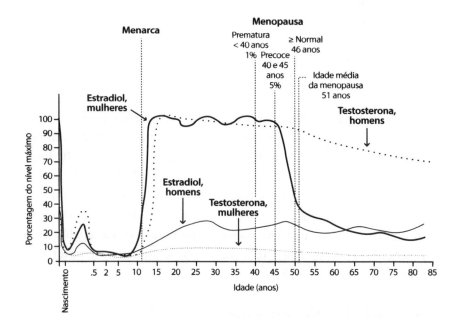

Ficamos olhando para as linhas e números sem entender nada, esperando que fizessem sentido.

— Peraí – gritei –, é pior do que eu imaginava. Veja a queda drástica de estrogênio. Isso é a libido.

— É? Mas libido não é uma combinação de...

— Estamos a um passo de cair do penhasco. Seremos pessoas totalmente diferentes daqui a alguns anos.

— Eu já me sinto uma pessoa diferente várias vezes por mês, a depender da fase do ciclo menstrual em que estou.

— Claro, claro, mas essa é uma *mudança dramática* que acontece no meio da vida. Olha só, é quase tão repentino quanto a puberdade. A linha sobe aos doze anos, aí fica estável por muito tempo, e essa foi nossa vida adulta até agora, e aí cai. É isso. É o fim.

Eu não conseguia acreditar no que acabava de dizer. Minha mente se debatia, tentava encontrar uma saída, uma brecha... e aí uma coragem inadequada e familiar tomou conta de mim.

*Corajosa* foi a palavra que Harris usara para descrever meu estoicismo durante o nascimento de Sam. Suportando o insuportável. Mas não era só coragem, era também submissão. *Isso está acontecendo e minha única opção é aceitar.* Não posso lutar contra. Só me resta passar por isso. Foi assim com a menstruação e agora com a menopausa – viagens que começavam com um solavanco e da qual não podíamos nos retirar. Quais eram minhas opções? Arregalar os olhos e socar as portas? Fazer cena? Só chamaria mais a atenção para meu infortúnio. Melhor ser corajosa e ficar em silêncio.

Uma inquietação amarga inundou meu peito.

Fiquei olhando para o penhasco na tela do celular.

Vovó Esther e tia Ruth já estavam caindo desse penhasco quando se jogaram pela janela; uma alternativa à coragem submissa. Jordi ainda analisava o gráfico, fazendo comentários. *Que estranho*, disse ela, *o nível de testosterona dos homens não muda nunca.*

Com dois dedos, aumentei o gráfico. O ligeiro declínio da linha pontilhada da testosterona indicava uma mudança quase imperceptível. Enquanto eu caía da encosta íngreme da montanha, Harris ia a passos vagarosos por uma estrada de terra levemente inclinada, com um pedaço de palha no canto da boca, assobiando.

Quando cheguei em casa, havia um buquê imenso de flores tropicais em cima da mesa de jantar; elas esvoaçavam como pássaros e esticavam seus tentáculos pela mesa. Me aproximei do buquê com cautela, já tinha minhas suposições sobre essas flores.

— Presente de aniversário para a Caro – disse Harris. – A assistente dela vem buscar mais tarde.

— Lindas. Ela vai adorar.

O buquê era tão grande que tive que conversar por cima dele na hora do jantar, enquanto contava as novidades – creme na coxa, insônia. Não falei da libido nem do penhasco.

— Mas você já sabia que isso estava acontecendo – disse Harris.

— *Claro* – respondi, mudando para um tom de voz menos alarmado. – Essa foi a confirmação oficial.

Eu não disse que tinha acabado de retomar minha sexualidade dois meses atrás e que a ideia de perdê-la novamente... Solucei. Harris perguntou como podia me ajudar; olhei nos olhos dele e por um instante foi como olhar para meu verdadeiro amor depois de já ter engolido o veneno.

— Nada – sussurrei. – Você não pode fazer nada.

— Posso ver o negócio azul com a tampa que faz clique? – gritou Sam de trás das flores.

— Ainda não comecei a usar.

— Quando acabar pode ficar pra mim?

— Não é coisa para criança brincar – embora essa criança em particular talvez precise de estrogênio daqui a alguns anos; a idade chega para todas as pessoas. Muito do que eu considerava feminilidade era só juventude.

— Talvez não seja tão ruim quanto você imagina – disse Harris. – Como foi pra sua mãe?

Olhei para o teto; minha mãe mal se lembrava do que tinha acontecido na semana passada, imagina trinta anos atrás.

Mas agora eu só precisava saber de uma coisa.

— Libido? – disse ela, escrevendo a palavra *libido*. Ela consegue acompanhar bem a conversa, desde que faça anotações.

— É, você acha que ainda... tem alguma? – liguei o aparelho de ruído branco e fiquei olhando para os fundos da garagem. – É provável que tenha reduzido depois da menopausa.

— Não me lembro de isso ter acontecido.

— Uau? – fiquei animada; talvez não houvesse casos extremos com as mulheres deste lado da família. – Mas então você ainda tem orgasmos?

— Orgasmos, hm. Sabe, não tenho muita certeza se já tive um.

Não fiquei muito surpresa. Uma vez, quando tinha oito ou nove anos, meus pais transaram do meu lado, num quarto de hotel. Eu fiquei ali, imóvel, e ela até tentou me poupar – *Vamos esperar um pouquinho* –, então cedeu e deixou que ele fosse até o fim. Pelo que me lembro, ela não se mexeu nem emitiu nenhum som. Sempre achei que era por minha causa, mas talvez sempre tenha sido assim.

— Mas olha, a menopausa não chegou a ser um problema pra mim – disse, tranquila.

— Sério?

— É... você se lembra daquela cirurgiazinha que eu fiz?

Ela tinha um cisto no ovário e marcou um procedimento de rotina para removê-lo. Quando a cirurgia acabou, o médico relatou que os ovários dela também haviam sido retirados.

— Ele não gostou da aparência de algo que viu. Melhor prevenir do que remediar.

Eu já conhecia essa história, mas na época era uma adolescente desinteressada. Agora eu queria saber tudo.

— Quantos anos você tinha?

— A sua idade, talvez?

— E... como você se sentiu depois?

— Fiquei feliz por não ter que fazer duas cirurgias!

— Sim, claro – respondi, me perguntando se era legal retirar os ovários de uma pessoa sem o consentimento dela. – E aí você acordou e estava na menopausa.

— Estava? Nunca vi por esse lado. Quer que eu olhe nos meus diários?

Ela tinha centenas de diários. Quando eu era adolescente, lia esses diários em segredo, folheando a camada interminável de pensamentos ocultos que pairava sobre os acontecimentos rotineiros. Mas o que havia por baixo dessa camada? Quem era ela? De vez em quando ela anotava, *Vou embora dessa casa*, mas parava por aí.

— Talvez seja melhor você perguntar ao Robert – disse ela, impaciente.

— Pro meu pai? Sobre menopausa?

— É, a memória dele é muito melhor que a minha.

Eu não sabia se ela estava sendo passivo-agressiva ou se falava sério. De todo modo, era grosseiro continuar insistindo no tema da libido. Eu precisava conversar com alguém que tivesse passado por isso recentemente.

★

— Como vai sua crise ou casinho de meia-idade? – Mary perguntou; não nos falávamos desde que eu havia desmarcado com ela.

Ri com desdém e depois baixei o tom de voz.

— Tenho algumas perguntas sobre menopausa e libido.

— Cadê meu livro do Lego? – gritou Sam da porta da garagem.

— Embaixo do sofá! Desculpa, Mary.

— Perimenopausa – disse ela. – Você está na perimenopausa.

— Sim. Mas basicamente é que...

— Não estou ouvindo nada.

— Desculpa! Eu quero muito saber se... é o fim – fiz um sussurro falso, teatral. – É isso que você está dizendo? Que não vou mais me sentir assim, sentir desejo, daqui a poucos anos? – *diga que não. Não, não, não, você entendeu tudo errado.*

Ela suspirou.

— Agradeça que você ainda sente. Eu me sinto agora um pouco... *entorpecida. Morta lá embaixo* – me perguntei se ela estava tentando deixar as coisas piores do que eram. Às vezes eu fazia isso para compensar a falta de imaginação das pessoas. Mas eu tinha muita imaginação, então talvez devesse não imaginar demais. – Acabam os impulsos hormonais, tudo fica mental – prosseguiu. – Tenho que criar uma narrativa para dar o ensejo, caso contrário começa a parecer que é um estupro.

Era uma novidade para ela? Eu sempre tive que dar a largada no sexo, cavar uma calha em declive para que pudesse fluir livremente ladeira abaixo. Isso de ser surrada, macetada pelo desejo era muito recente. Recentíssimo. Contei para Mary sobre o tesão enraizado no corpo versus o tesão enraizado na mente.

— Porque parecia que você estava enraizada no corpo.

— Definitivamente estava – disse ela, rindo –, nem eu reconheço aquela pessoa mais, meu antigo eu cheio de desejo. Não consigo mais me imaginar fazendo as coisas que fazia.

Eu a vi curvada sobre um carro. Sendo lambida por um cachorro. Sua bunda apertando os botões de um elevador. Ela fez tudo isso para agora se permitir ao riso.

— Então agora você está enraizada na mente – concluí.

— Acredito que sim. E você?

— Eu vivia enraizada na mente até... uns meses atrás.

— Então talvez não seja uma mudança tão drástica pra você – disse ela. – Só vai voltar ao normal. Pelo menos você deu o grito final? Né?
Não respondi.
— Todas nós devíamos fazer... como é o nome mesmo daquele rito que os adolescentes Amish fazem?
— Rumspringa? – respondi.
— Isso, rumspringa. Devíamos ter direito a um ano de libertação durante a perimenopausa, sabendo que o fim está próximo – ela gargalhou. – É uma época muito perigosa, logo antes do fechamento das cortinas.
— Perigoso para o casamento?
— Também. Mas eu estava pensando na gente. Temos que descobrir quem somos e o que está chegando ao fim para saber o que fazer quando a estrada se bifurcar. É uma espécie de gravidez.

Bifurcação? Que bifurcação? Havia uma escolha a ser feita? Havia dois tipos de mulher na pós-menopausa? O filho de Mary começou a gritar ao fundo, alguma coisa envolvendo uma torradeira, ela se desculpou, tinha que desligar.

Imediatamente tirei o elástico do meu pulso. Não podia acreditar que estava tentando matar meu desejo – a última e preciosa onda de desejo! – como se fosse um mau hábito, um vício. Eu precisava fazer o contrário.

## CAPÍTULO 15

Eu voltaria ao Excelsior, ajustaria os faróis do jeito que ele fez e daria play numa música do momento. Não estaria nua, mas mostraria mais do que ele já viu; minha bunda, por exemplo, ele não a conhecia em toda sua extensão. Estaria arqueada sob a luz da lua. Eu dançaria entre as pilastras. Uma dança incrível que falaria por si – nenhum trabalho para ele, nada a ser considerado, visando apenas o pau. Eu não mandaria mensagem. Não quebraria as regras; não precisaria fazer isso. Postaria. Ele nunca passava mais que quinze minutos sem olhar as redes sociais. Uma espera curta até que ele viesse acabar comigo. E se ele insistisse na postura moralista, explicaria minha situação. Que eu queria fazer sexo com ele antes de morrer, porque depois de morrer eu teria de viver por mais quarenta e cinco anos.

Tranquei a porta da garagem e posicionei meu telefone em cima da mesa de perna bamba. Eu tinha lembranças muito boas da minha bunda, mas não a via há algum tempo, então tirei a roupa, fiquei de costas para a câmera e fiz uns movimentos improvisados para me inspirar. Reassisti ao vídeo para ter certeza de que meus olhos não estavam me enganando. Gravei de um ângulo diferente, mas não adiantou de nada. Algo havia acontecido ali atrás; mas não dava para saber exatamente quando. Uma sensação semelhante a quando não conseguimos achar nossa própria bolsa e aí nos damos conta de que ela foi roubada. Minha bunda estava reta onde costumava ser redonda; parecia dois braços gordos. E havia uma pancinha na parte da frente, logo abaixo do umbigo. Não ia rolar. Não, essa era minha situação real. A dança era minha única chance; eu tinha que dar tudo de mim.

Em se tratando de exercício físico, nunca fiz mais do que comprar um pacote de dez aulas de yoga e fazer duas. Era tão fraca que às vezes meu braço se cansava quando escovava os dentes. Balançava a cabeça ao invés de acenar – as mãos pesam! Ninguém admite! A cabeça também pesa. Manter a geringonça inteira de pé já era o suficiente. Quase sempre eu estava apoiada em alguma coisa, dividindo o peso com um balcão ou uma porta. Não havia nada de errado comigo, era só que o exercício soava como excesso de investimento num corpo temporário. Não era mais inteligente perder tempo fazendo coisas que sobreviveriam ao corpo? Até então, meu pensamento era esse. Segundo a internet, eu precisaria de três a seis meses para condicionar meu abdômen e glúteos. Eu tinha esse tempo? E essa força de vontade? Dei zoom no gráfico hormonal. Os números ficaram um pouco confusos, mas, fazendo uma medida científica com a unha, entendi que estava a quatro meses da beira do precipício. Pensei em Mary e na bifurcação. Os dois caminhos pareciam óbvios e incontornáveis:

  transar com Davey  ×  uma vida de arrependimento e amargura

 A dança tinha que dar certo; se eu não conseguisse atraí-lo, as consequências seriam drásticas e duradouras. É claro que eu treinaria por três meses; eu tinha sorte de ainda ter tempo.

Haviam reformado um porão no bairro e o transformado numa academiazinha com três máquinas de musculação. Era administrada por um marido e sua esposa, Scarlett e Brett, que passavam o dia olhando para seus celulares e às vezes mandavam as pessoas empurrarem os calcanhares ou afastarem os glúteos. Brett perguntou o que eu queria, no quesito corpo. Hesitei... é só dizer? Descrevi a bunda que eu tinha na cabeça e ele assentiu com seriedade, como se eu estivesse descrevendo uma coisa novíssima que ninguém até hoje havia descrito.
 — Então bunda empinada?
 — Aham.
 — E mais redonda.
 — *Exatamente*.

Expliquei que não estava dormindo bem, "é por isso que me sinto tão fraca".

— O exercício vai te dar disposição – disse ele, confiante.

De calça de moletom velha e camiseta, eu levantava bolas e halteres pretos de metal, subindo e descendo quantas vezes me mandavam, meu rosto brilhante e roseado de calor e vergonha. Não era isso o inferno? Pessoas forçadas a levantar e abaixar coisas pesadas sem motivo? Homens nas outras duas máquinas grunhiam e urravam com sofreguidão enquanto erguiam halteres pesados sobre suas cabeças. O mantra era "até não poder mais", que significava levantar até não conseguir mais levantar e aí levantar mais algumas vezes – pavoroso. *Pavoroso* era o termo correto para os levantamentos finais, tronchos e incompletos porque os músculos começavam a fraquejar. O sucesso era chegar ao fracasso repetidamente. Sempre que começava a ficar mais fácil, Brett ou Scarlett mexiam na máquina, ora acrescentando peso ora acrescentando repetições, e desse modo nunca era possível ter êxito ou finalizar o exercício, só a repetição em busca de um desafio cada vez maior.

O tempo todo, a cada levantada de peso, eu pensava em Davey. No começo de uma das séries, me concentrei no corpo que queria apresentar para ele, qual seria a aparência e o toque desse corpo em suas mãos, seus braços, sob o corpo dele – como se fôssemos uma pessoa só e meu corpo estivesse a nosso bel-prazer. Quando essa cena começou a ficar turva, comecei a pensar que salvava sua vida: agachava e levantava as pedras que estavam sobre ele. Às vezes era Claire que estava presa nessas pedras; então a salvava e essa ação valorosa me dava direito a passar alguns dias sozinha com Davey – moralmente, ninguém poderia se opor. Noutras, com o halter na altura do joelho, flexionava os glúteos só de raiva, furiosa por tudo que ele tinha causado à minha vida. Eu ia ficar forte e aí o destruiria, acabaria com a vida ele. Nos últimos minutos da série, enfim, meu corpo começou a ficar esgotado e minha mente parou. O tempo passou sem qualquer pensamento, só ouvia o som da minha respiração, o ranger e o tilintar dos pesos; meus músculos lustrosos, pegando fogo. Flutuei até em casa, chapada de endorfina.

— Vamos supor que você vai transar com ele – disse Jordi, dando uma colherada no sorvete de baunilha –, e aí?

— E aí o quê?
— O que vai acontecer depois?
Ri. Me senti alegre imaginando esse *depois*. Estávamos comendo sorvete com granulado arco-íris colorido artificialmente.
— É sério – disse Jordi –, por exemplo, Coyote e Papa-léguas. Se ele pega o pássaro, *quem é ele*? Sobre o que é o desenho? Davey talvez seja uma quimera.
— Uma quimera?
— Sim, produto da imaginação, uma ilusão.
Fiz uma careta.
— O desenho é sobre um coiote que finalmente consegue o que quer e aí pode seguir adiante. Pode fazer pedidos a outras companhias além da Acme, encomendar coisas que não são para matar o Papa-léguas. Tudo graças a uma fodinha inofensiva.
Eu me ouvia enquanto falava. Eu parecia ser outra pessoa, alguém que acreditava que o sexo poderia me salvar, o completamente oposto de saber que só o meu trabalho poderia fazer isso por mim. Que trabalho? Eu não tinha nenhum projeto além de ensaiar meu número de dança; minha agenda estava vazia, com exceção dos dias na academia.
— E Arkanda? – perguntou Jordi. – Já voltou de Pequim?
Fiquei surpresa com a pergunta. Jordi era a única pessoa imune a Arkanda. Eu parecia estar tão alheia assim?
— Eu nem teria tempo para começar um novo projeto agora – respondi, cortando. – Quer dizer, tempo eu tenho, só não tenho espaço mental.

Voltando para casa, liguei para Liza.
— Arkanda vai ficar quanto tempo em Pequim?
— Três meses.
— Então já está voltando. Talvez eles estejam planejando alguma coisa para quando ela voltar.
— Voltar praonde?
— Pra casa? Ela não mora em Los Angeles? Eu já tinha visto fotos que os paparazzi tiraram de seus dois filhos, Smith e Willa, tomando smoothies em Malibu.

— Ela tem várias casas – respondeu Liza. – Acho até que tem uma casa em Pequim.

Tentei imaginar o que é ter um lar em qualquer lugar que esteja. O dinheiro faz isso, mas não só. Ela tinha tanta permissão para ser ela mesma, Arkanda, que não tinha que ir a lugar algum nem fazer coisa alguma para ser *mais* ela mesma. Invenção minha. Projeção. Deusas; é para isso que servem.

— Eles deviam saber que não podemos ficar remarcando esse encontro pra sempre – observei, saindo da rodovia. – Não vai dizer isso pra eles, mas pode insinuar que talvez a gente esteja com a corda no pescoço, em termos de agenda.

— Acho que já deixei isso claro – respondeu Liza.

— Mas você não chegou a falar, né?

— Não.

— Porque também devem estar cientes que entendemos o estilo de vida dela, já sacamos como funciona.

— Acho que acertei o tom até aqui sim; a Kiley sabe que sacamos como funciona.

— Kiley?

— A assistente dela. A assistente nova. Kiley não é tão boa quanto Tara, mas ninguém seria, e Tara tinha que começar a cuidar da própria vida. Ela vai ter um bebê já já.

— Certo, esse é um exemplo de algo que eu não precisava saber.

Liza ficou em silêncio. Estava fazendo aquela coisa de me contar algo sem dizer nada.

— Que foi? Pode falar.

— Nada.

— Tá bom, então.

— É que já faz um tempo.

— Tempo de quê?

— Desde que Arkanda fez o primeiro contato.

— Ah, sim, mas essas coisas demoram mesmo. Ela é ocupada.

— Antes da Tara, ela tinha uma assistente chamada Zoe. Foi Zoe que fez o primeiro contato com a gente.

— Ela também era muito impaciente, pelo que me lembro.

— Você tinha acabado de ganhar o prêmio Blinken.

— Não, foi depois.

O Blinken premiava uma estreia, primeiro trabalho de um artista em ascensão. Trabalhei em tantos meios que pude fazer muitas estreias; ao longo de quinze anos, me mantive em ascensão, como se fosse um botão de flor que não parava de se abrir. Mas agora isso já faz muito tempo.

— Provavelmente ela ouviu falar de você por causa do Blinken – disse Liza, mais calma.

Olhei para a mulher no carro à esquerda do meu. Ela tentava afofar o cabelo no retrovisor.

— Se isso for verdade, já faz muito tempo – uma agente de verdade já teria desistido anos antes. Só Liza foi capaz de manter uma reunião pré-marcada por um período de tempo tão ridículo. – Vamos deixar pra lá.

A perda pareceu enorme, catastrófica, difícil de suportar. Sem contar a vergonha de ter esperado tantos anos desde que a assistente anterior, Zoe, fizera o primeiro contato.

— Quem sabe você ganha outro prêmio tipo o Blinken de novo, no futuro – disse Liza.

Fiz um som de escárnio. Um prêmio para pessoas vinte anos depois de sua estreia?

— Quer dizer, daqui a muito tempo, quando você estiver com oitenta ou noventa anos. Se ainda estiver na ativa.

— É claro que ainda estarei na ativa.

— É, às vezes acontece, no fim...

Entendi o que ela quis dizer. É o que acontece com as mulheres. Aquelas que continuam na ativa. Pode ser que haja um pequeno reboliço antes da morte. Mas até lá... é a selva.

## CAPÍTULO 16

É claro que Harris tinha que passar uma semana e meia trabalhando com Caro e a Orquestra Sinfônica de Londres.
— Tudo bem por você? – perguntou ele. – Estará com tempo livre?
Olhei para ele horrorizada. Sozinha com Sam, eu teria que ser uma pessoa presente e responsável o tempo todo; não poderia viver num mundo onírico agonizante, me masturbando até chegar o momento do número de dança. Tudo certo, sussurrei. Divirta-se.
Ele ignorou meu drama, afinal, honestamente, que papelão. Depois de ele ter sido tão solícito durante a viagem de carro pelo país? E ele tinha razão. Num tribunal eu estaria do lado dele, contra mim mesma. Ultimamente, nada do que eu sentia era admirável ou defensável. Minha vida interior – minha alma – era repulsiva, vaidosa e profundamente egoísta. Só mesmo levantando tijolos de ferro eu conseguiria me redimir por um tempo. Harris foi para o aeroporto num SUV preto comprido com vidro fumê; as coisas eram assim com Caro. Na quarta-feira, o acampamento de verão acabou mais cedo, então Sam se sentou no canto do porão da ginástica com o iPad na mão e, de vez em quando, olhava para cima como quem dizia Você consegue, mamãe, vai nessa. Quase fui às lágrimas.
Cuidar sozinha de uma criança, de certa forma, era mais fácil. Eu podia ser severa no comando do barco. Ordenei que Sam fizesse a própria cama e dobrasse os guardanapos, nós dois cumprindo no laço o cronograma. Mas os dias eram brancos, vazios, mesmo com jogos e comidas

inventadas, passeios de bicicleta e banhos longos; eu não conseguia gestar sozinha uma sensação familiar acolhedora e saudável. Parecia encenação.

— Talvez seja – observou Jordi. – Sam conhece bem você? – Só uma pessoa que não tem filhos faria uma pergunta dessas. Ela estava sentada na cadeira rosa Me Liga, sob a tília. Assistíamos à criança despedaçar uma árvore do outro lado do quintal. – Se você está mentindo para Harris, então está mentindo para Sam?

Quando tomávamos banho juntos, não, mas, claro, suponho que na maioria do tempo eu tentava me mostrar uma pessoa mais equilibrada do que realmente era.

— Mais uma coisa para a conta dos hormônios – disse Jordi, fazendo referência ao gráfico. – Imagina o que é ser homem. Não menstrua. Não vive mortes dentro da própria vida. Não se transforma em outra pessoa.

Toda vez que Jordi e eu nos encontrávamos, pairava a premissa de que havíamos mudado radicalmente desde o encontro anterior, e assim permaneceríamos para sempre. Essa inquietação era, honestamente, dolorosa. Também excitante, porque nunca sabíamos o que estava por vir. Nossa transformação constante era, claro, um grande segredo – para o mundo e até para Sam, mas encenávamos a mesmice.

— Acho que estamos agindo errado – disse Jordi. – Nos achatando assim. Ser errática não significa ser maluca ou irresponsável. Será que não devíamos normalizar a mudança?

Agora Sam falava para um público imaginário e absorto de milhares de pessoas. Ficamos assistindo enquanto fazia muitos floreios com as mãos.

— Mas voltando – respondi. – Não se esqueça. – Esquecer o que mesmo? De repente, unimos todos os esforços para nos lembrar de que caralhos estávamos falando segundos atrás.

— Não podemos encenar a mesmice – disparou Jordi.

— Tá. Ah, tenho um ótimo chavão pra isso – respondi. – Uma pílula de sabedoria.

Contei a ela que Arkanda não levava em conta os dias da semana, só os números.

— E aí domingo não é diferente de terça. "Todo dia é terça-feira".

Caso tivesse estabilidade hormonal, como os homens têm, talvez não precisasse seguir as indicações que o corpo dá para definir os momentos de descanso. Teria que incorporar: domingo é o dia em que não trabalhamos, dia do Senhor. Mas se quem define os dias é *você*, o relógio biológico e o calendário, então todo dia pode ser terça-feira. Talvez quisesse gravar duas semanas inteiras, gravando o álbum número um das paradas de sucesso, e aí descansaria a semana seguinte inteira enquanto sangra.

— Todo dia é terça-feira – repetiu Jordi. – Saquei. Virou um adesivo na minha cabeça. Notícias do projeto em potencial? Foi mal. Deixa pra lá.

Demonstrei a ela como fazer agachamentos (costas retas, peso sobre os calcanhares) e conversamos sobre o momento atual de sua vida profissional. Ela queria sair da agência de publicidade; Mel dava força e dizia "*carpe diem*, porra". Fiquei emocionada com isso, pensando em Mel dizendo essa frase idiota.

— Talvez você sinta saudade do Harris – arriscou Jordi, apreensiva.

Fiquei olhando para ela. Eu sofria de saudade, mas não dele.

Quando ele enfim voltou para casa – usando um boné de beisebol e cheirando a avião –, ficou claro o quanto Sam e eu nos beneficiávamos desse contraponto, de ter um tipo diferente de pessoa em casa. Um Motorista. Ele bagunçou todas as nossas engenharias e interrompeu nossos devaneios, mas imediatamente chegou junto de Sam e do cachorro, se entregou de corpo e alma a eles. Ao menos parecia que sim. Talvez estivesse encenando, afinal havia dito que sempre demorava uns dias para voltar a entrar no ritmo das coisas.

— Não é estranho – perguntei, assistindo-o desfazer as malas – voltar a fazer parte de uma família depois de passar um tempo sozinho?

Ele não respondeu e continuei tagarelando sem parar até que consegui me enxergar ali: uma pipoqueira elétrica sem nenhuma tigela embaixo.

— Enfim – concluí, rindo, enviesando os olhos e girando os dedos para mostrar que eu era um relógio-cuco –, bem-vindo ao lar! – E fui direto para o meu quarto antes de me tornar uma pessoa ainda mais irritante.

Lembrei: sexo. Mas fiquei imóvel.

Quando acordei às duas da manhã, a luz de seu quarto também estava acesa. Jet lag. Nas três noites seguintes, nós dois acordamos no meio da noite e ficamos lendo cada um em seu quarto. Mas aí seu relógio interno foi ajustado e só restava eu mais uma vez.

★

— Eu não quero tomar estrogênio por vaidade, mas é verdade que mantém a pele encorpada e hidratada? – perguntei à dra. Mendoza. – Se sim, quanto tempo dura?

Tínhamos acabado de repassar meu gráfico hormonal. Começaria com 0,25 miligramas de pomada bioidêntica duas vezes ao dia e um comprimido de progesterona à noite. Eu esperava ficar orvalhada, quase renascida, a tempo da dança que faria para Davey.

Dra. Mendoza sorriu.

— A vaidade é uma grande incentivadora, porque você consegue ver seu corpo de fora. Mas lembre que mudanças idênticas estão ocorrendo na parte interna também. Suas cartilagens estão ressecando, assim como seu rosto. Exercícios, uma dieta mediterrânea, reposição hormonal: é assim que se reduz inflamações e se protege as articulações. E o cérebro! Os bioidênticos reduzem em um terço o risco de demência. Queremos que você tenha uma vida independente aos oitenta e até noventa anos.

Eu não tinha certeza se conseguia me enxergar indo tão longe. Por outro lado, me vejo como "elemento maternal" desde os doze, quando peguei minha sobrinha recém-nascida no colo e minha tia rosnou *Sinto cheiro de elemento maternal de longe*. Assim, fazer uma projeção biológica de mim mesma no futuro não era novidade.

Preenchi a receita na Rite Aid, também outras de remédio para alergia e antibióticos. Todas as manhãs e noites tirava a tampa azul do tubo de Estradiol e um jato único e preciso de creme branco era disparado. Eu corria o dedo para catar o creme e passava na parte interna da coxa, alternadamente.

— E vou parar de tomar o comprimido de progesterona pouco antes da lua cheia – expliquei a Jordi –, para conseguir menstruar.

Ela abriu o frasco, cheirou os comprimidos. Tinha dúvidas sobre a TRH, e eu não tinha argumentos. Eu só não queria que ela se aborrecesse comigo mais tarde, quando estivéssemos na casa dos oitenta e ela estivesse um terço mais demente que eu. *Amiga da onça você!* diria ela. *E mais uma coisinha: quem é você?*

Os hormônios demoraram um mês para fazer efeito, até que um dia inventei uma musiquinha boba para Sam sobre um bebê chamado Bibby.

Os hormônios não me faziam cantar, mas me ajudavam a regular o estresse e voltar ao estado de antes, para que eu não vivesse num caldeirão eterno. Ainda chorava com facilidade, mas não queria saber se alguma hora ia parar de chorar. Os trens descarrilados da emoção voltaram a ser trens comuns, andando nos trilhos, fazendo as paradas habituais. E com a progesterona passei a dormir a noite inteira, aquele sono quentinho, profundo e onírico de uma grávida, mas sem o barrigão que atrapalha o sono.

*O bebê Bibby*, eu cantava enquanto lavava a louça, *era um bebezão/ mais bebezão que Bobby...*

Mas não eram só os hormônios. Esse tempo de preparar meu corpo para a dança foi agradavelmente finito; acabaria no sexo com Davey e isso era ainda melhor do que uma estreia. Com algo pelo que ansiar no horizonte, eu me sentia muito bem, quase animada. Harris entrou no coro da minha música do Bibby.

— ... *um bebezinho* – disse ele.

— Como assim?

— Estou complementando a música: *mais bebezão que Bobby/ um bebezinho.*

Eu já tinha esquecido que ele tinha esse hábito de melhorar minhas musiquinhas bobas, levando tudo a sério.

Coloquei mais sabão na esponja.

Se a perimenopausa era causadora da minha inquietação, minha desordem, e se tomar hormônios fosse a solução... então não havia desordem alguma, estava tudo bem. Agora cantávamos a canção juntos desde o começo, o *Bebê Bibby*, mas mantive meus dedos secretamente presos na esponja, um sinal para o público, para Deus, para quem estivesse assistindo. Mantenha a garra.

Parei de chutar e gritar mentalmente antes de cada ida à academia; como um cavalo manco, seguia o cronograma. Via as mesmas pessoas em todos os treinos e trocávamos acenos como quem está de passagem, resfolegando e pingando de suor. Nem perceberam que era uma situação temporária para mim. Depois da dança, eu nunca mais levantaria peso, pelo menos não em cima da cabeça e por quinze vezes seguidas. Comecei a trabalhar nos meus movimentos. Não era exatamente uma coreografia – eu não era esse tipo de dançarina –, mas eu tinha uma vitrola à bateria e uma coleção de 45 rotações que herdei do meu pai quando ele virou uma pessoa digital. Toquei os discos um a um, em busca de algo a mais, não só uma batida boa, mas algo que fosse capaz de tirar Davey de casa para cair na noite. A música vencedora foi a de uma banda dos anos 60 chamada Hedgehoppers Anonymous, porque tinha uma letra de amor. Você tem medo?, provoca a canção. Medo do amor?

— Você se lembra dessa música? – perguntei para o meu pai. – Ela marcou sua vida?

— Nunca ouvi essa música.

Perguntei se eu ainda estava falando com o visitante.

— Quê?

— Estou falando com o visitante ou sua alma original está de volta?

Ele mudou de assunto. Ou essa teoria não tinha vingado ou ele não queria se responsabilizar por uma conversa que tive com outra pessoa. Fiquei uns trinta minutos ouvindo-o falar e aí, pouco antes de desligar, perguntei a ele sobre a mãe e a irmã.

— Você sempre disse que elas se mataram por vaidade. O que você quer dizer exatamente?

Nenhum desespero é simples. Como é que do espelho você vai parar no saco preto assim? Que voz era aquela dentro das cabeças delas que disse *Pula*?

— Elas viviam uma fantasia! – disse ele. – Ambas achavam que alguém ia aparecer, alguém por quem iam se apaixonar completamente e aí quando caíram na real que não passava de um sonho...

— Peraí... como assim não passava de um sonho?

Ele pareceu surpreso de ainda ter que responder.

— Elas estavam muito velhas.


Eu fiz um movimento de corpo inteiro balançando as pernas e do nada disparei na direção da vitrola e peguei a agulha logo antes de a palavra *amor* ser cantada. E aí voltei o disco com o dedo – vvvvp, vvvvp, vvvp – para o começo da música e continuei a dança. A ideia era fazer isso repetidas vezes até que finalmente estaria tão concentrada na dança e não conseguiria fazer esse procedimento a tempo e a palavra *amor* fosse cantada e aí seria minha desistência. Então cairia no chão e rastejaria até a câmera, até ele.

Esse rastejo parecia ser o fim, mas na verdade era o ponto central da performance, e por enquanto eu só dançava e levantava peso e me masturbava, a insinuação mais ampla do gráfico hormonal estava vindo à luz: só coisas ruins por vir. O marco seguinte, depois que o Coyote captura o Papa-léguas, era sua morte. Essa dança tinha que dar certo porque daqui em diante as coisas *não* iam dar certo, a decepção reinaria. Minha avó sabia disso, a filha dela também. Os mais velhos sabiam. Era um segredo devastador que escondíamos das pessoas mais jovens. Não queríamos estragar a diversão deles e seria constrangedor; não eram capazes de imaginar uma realidade tão ruim, então os deixávamos achar que nossas vidas eram como as deles, tirando a diferença de idade. A única dança honesta já existente foi aquela que se rendeu a esse peso sem orgulho: eu morreria por você e... de qualquer forma, vou morrer. Com a dança, é possível fazer isso, dizer coisas inconcebíveis, inexprimíveis, demonstrando o esforço de mãos e joelhos, deitada de bruços.

Passei semanas escrevendo e reescrevendo a legenda para que estivesse pronta para a hora da postagem; palavras que o informassem que eu tinha acabado de gravar o vídeo e ainda estava lá, à espera dele, naquele quarto 321. Então consegui: asap. Todo mundo com menos de trinta e cinco anos sabia o que isso significava.

## CAPÍTULO 17

— O que está achando do seu progresso? – perguntou Brett outro dia, enquanto eu levantava um peso.
— Bom? – bufei. Eu não sabia a que ele se referia. Será que precisavam ocupar minha máquina, meu horário de aula, com um levantador mais sério?
— É, você parece bem – disse ele.
Scarlett concordou com a cabeça e fez um sinal de joinha para mim com seu polegarzinho pintado de esmalte. Me olhei no espelho. O suor escorria pelas laterais do meu rosto. Eu estava usando um short preto de elastano e um sutiã de corrida; as roupas largas esquentavam muito e eu precisava enxergar bem o que estava fazendo. Aqueles barulhos animalescos que no começo me assustavam? Agora saíam da minha boca, involuntariamente, nos levantamentos mais excruciantes. Nos pesos livres, já tinha ido de oito para doze, de doze para quinze e de quinze para vinte e já estava levantando o kettlebell mais pesado, o de quarenta quilos. E como eu já havia sido alertada, comecei a notar diferença nas pequenas coisas. Carregar as compras, por exemplo – passei a segurar uma sacola em cada braço, até as que continham potes e garrafas, e sentia um certo prazer com as sacolas balançando. E o peso do meu próprio corpo parecia menos árduo. Eu flutuava como se a gravidade se equilibrasse por uma força de sustentação igual e, ao mesmo tempo, oposta.

Naquela noite, tirei a roupa toda e fiquei em frente ao espelho. Sam olhava com curiosidade para mim e para o espelho e para mim.
— Estou mudando – comentei.

Sam tirou toda sua roupa e ficou cutucando os reflexos. Viramos para um lado e para o outro, nos contemplando.
— Eu também estou mudando – disse elu.
— *Você* definitivamente está.
— Você também – disse elu, de forma educada.
— Como? – perguntei.
Olhou para mim, estreitando os olhos.
— Você está... – elu pôs a mãozinha na minha barriga com cuidado. – Mais alta.


Liguei para o Excelsior e perguntei a Skip se o quarto estava vago na quarta-feira.
— Todo seu – respondeu.


Dessa vez, disse ao Harris aonde estava indo. Ele estava usando um fone de ouvido gigante, acenei para chamar sua atenção.
— Tô te ouvindo – disse ele, sem tirar o fone de ouvido.
— Lembra que fiquei em Monróvia na última noite da minha viagem? – perguntei em alto e bom som.
— Você não precisa falar assim. A tecnologia é perfeita, ouve só.
Ele tirou o fone de ouvido e pôs na minha cabeça.
— Tá me ouvindo perfeitamente, né?
Estava, inacreditável.
— Pensei em passar a noite lá, pra trabalhar. Posso acordar cedo e mergulhar de cabeça. – De cabeça em quê? Que trabalho? Eu contava as braçadas de distância que mantínhamos um da carreira do outro. Ele tirou o fone de ouvido e olhou para ele, piscando.
— Por uma noite só ou vai virar algo cotidiano?
Nem tinha me ocorrido querer uma noite a mais, mas que falta de visão. Se acontecesse uma vez, voltaria a acontecer. Era só para viver um affair, o último grito cujo efeito duraria semanas ou meses e então chegaria ao fim. Davey e Claire iam ter um filho; eu ia ter uma queda de libido e não faria diferença, porque saberia cuidar de mim mesma. Harris e eu poderíamos dar um passo adiante. De certo modo, eu estava fazendo isso por nós dois, pelo nosso futuro.

— Vai virar cotidiano. Estarei em casa quando Sam chegar da escola. Pode deixar que converso com Sam.

Eu disse isso num tom de voz muito firme, pronta para qualquer tática que ele usava para me fazer mudar de ideia. Mas ele não fez nada. Harris não estava no controle. Na pior das hipóteses, ele era um rei que queria que seus súditos o achassem justo. Na melhor, ele queria me ver feliz.

— Divirta-se – disse ele.

Quando entreguei meu cartão de crédito ao Skip, ele me disse para guardá-lo.

— Uma anedota sobre aquele quarto: quando explico que é um apartamento especial e que uma pessoa importante me ajudou a criá-lo...

Arregalei os olhos.

— ... sem falar seu nome, claro – apressou-se para completar –, mas nem posso cobrar o preço que vale. – Ele começou cobrando o dobro dos outros quartos, cem dólares a noite. – Então comecei a pedir cento e cinquenta. Ninguém hesitou. Duzentos. Ninguém piscou. Agora é trezentos a noite.

Ele me entregou a chave.

— Todo seu. Sempre que quiser, me liga, vejo se está disponível e aí você vem. De graça.

Essa gentileza me surpreendeu. Eu não soube como responder. Frisei que minhas estadias grátis, por trezentos dólares a noite, só acabariam no dia em que somasse o valor total que gastei pelo quarto.

— Posso ficar com a chave?

Skip olhou para mim como se eu tivesse dito uma coisa grosseira e de repente fiquei muito paranoica, me senti muito careta em relação à posse e à propriedade. Parecia que não conseguia lidar com a fluidez de que aquele quarto era meu e seria para sempre. Como se não confiasse em mim mesma, na minha capacidade de ser ética, a menos que fosse obrigada por lei. Pendurei a chave na minha aliança e disse que talvez precisasse voltar com regularidade, se o projeto que estava desenvolvendo aqui caminhasse bem hoje.

— É diferente do projeto em que você estava trabalhando da última vez?

— O mesmo projeto, na verdade. Uma continuação do que já comecei.

— Se puder, tente vir às quartas-feiras. No meio da semana sempre está vago.
— Então se eu vier toda semana não vai pesar pra você?

Mas que conversa adorável, o affair estava ficando cada vez mais real. Skip me puxou para seu lado do balcão. Eu ri. Era engraçado ficar no lugar dele. Ele abriu a tela de reservas e digitou meu nome na quarta-feira seguinte e depois abriu uma caixinha que dizia "reserva recorrente" e meu nome preencheu todas as quartas-feiras do calendário. Ele baixou a tela para me mostrar que as quartas-feiras não tinham fim, e isso significava muito sexo com Davey.

— Obrigada – respondi. – É muito gentil de sua parte.
— Espero que esteja conforme você deixou.

O quarto estava imaculado, uma cápsula do tempo. A colcha rosa-salmão, a cortina com dálias e peônias, o papel de parede sofisticado. Coloquei minhas bolsas no chão e aspirei o ar quente do cumaru e o carpete de lã, quase chorando de alívio. Esse quarto existia. Eu não estava louca e Davey parecia estar presente. Não só na lembrança de todos os lugares onde estivemos juntos, sentados e deitados, e dançando juntos, mas também geograficamente. Publicar o vídeo parecia quase desnecessário, como se o simples fato de estar nesse quarto o trouxesse para mim. Mas o sol estava se pondo, era chegada a hora. O fim da espera e da preparação. Uma calma inabalável inundou meu corpo. Vesti sua camisa xadrez. Dobrei as mangas e coloquei a camisa para dentro da grande calcinha bege que ele gostava mas só tinha visto o cós, então estiquei a mão e puxei a bainha da camisa pelos buracos das pernas da calcinha, e deixei um babado xadrez na parte superior de cada coxa. Até onde eu sabia, ninguém tinha usado esse modelito antes. Meus quadris batiam de um lado a outro – bum, bum –, impacientes. Olhei para a colcha. Essa noite eu ia fuder embaixo dela.

Saí.

Reestacionei o carro para que meus faróis brilhassem sobre mim como brilharam sobre ele.

Coloquei a vitrola em cima do cascalho e meu telefone no para-choque.

Apertei o botão vermelho no celular, liguei a vitrola e o disco começou a girar, deixei no volume máximo

A bateria entrou e dancei como se minha vida inteira dependesse disso, balançando a bunda que havia levantado tanto ferro. *A lua está brilhando no céu*, cantava o intérprete, *você tem medo* – logo antes de *amor*, disparei e voltei o disco para o começo. E a bateria voltou, as guitarras dedilhadas zuniram, rebolei e me sacudi, e interrompi a música – avancei no disco e girei de volta, vvvvp, vvvvp, vvvvp. Fiz e repeti e repeti, deixando a coisa tomar corpo e ficar cada vez mais selvagem, jogando a cabeça para trás, os braços em direção ao céu da noite. Era tão bom fazer uma coisa além de levantar peso e viver a vida. Quase ri ao lembrar que *o plano era esse* – o objetivo dos últimos três meses – e embora nunca tenha duvidado do plano, tampouco acreditava que aconteceria do jeito que sonhei, e cá estava eu! Voando. Perdi a deixa – *amor* – ao mergulhar e tirar a agulha do disco um segundo tarde demais, conforme o planejado. O disco estalou, pulou enquanto eu rastejava em direção a ele – olhando bem para a câmera e sabendo que ele me olhava de volta. Eu não tinha esquecido de nós e não ia desistir; eu segurava firme, aguentava firme, estava firme. Cega pelos faróis, eu mal sabia aonde ia, essa parte não tinha sido ensaiada, mas quando assisti de novo percebi que estava perfeito. Simplesmente desapareci no branco, desvaneci. Eu estava pronta para fazer quantas tomadas fossem necessárias, até meus joelhos sangrarem, mas nem precisou. Ficou perfeito. Publiquei: asap.

Sabendo quantas vezes ele pegava o celular para atualizar a timeline, reestacionei o carro e corri para o quarto, lavei os joelhos, ajeitei o cabelo. Eu estava atordoada, sem ar, à espera da batida na porta.

De segundo em segundo, eu atualizava a timeline. Não que ele fosse curtir a publicação antes de chegar, mas quem sabe. Eu o imaginei piscando os olhos, assistindo pela segunda vez, se afastando das pessoas com quem estava. Talvez estivesse no Buccaneer e viesse andando até aqui, meio bêbado. Eu esperava que ele não mandasse uma mensagem antes, eu queria pular qualquer conversinha para decidir se ele devia vir ou não. É claro que sim. Outras pessoas estavam curtindo a dança, centenas de pessoas. Achavam que era parte do meu trabalho, uma direção nova, mas não surpreendente de todo. Jordi curtiu, mas ela sabia. Eu disse que ligaria para ela assim que ele fosse embora do quarto. Ou na manhã seguinte, se fosse tarde demais.

★

Lentamente, durante a hora e meia que passou, me dei conta de que o plano não era tão infalível quanto parecia. Eu achava que a dança tinha poderes reais de invocação, como um tabuleiro ouija ou uma oferenda em um altar. Mas essa era uma das maneiras de encarar a vida. A outra estava começando a se mostrar para mim agora, nitidamente.

Vesti a calça jeans e saí do quarto. Eu não estava procurando por ele, mas se o encontrasse, bem, era o destino. Ele nunca chegou a dizer em que parte da cidade morava, então qualquer casa poderia ser a dele. Passei por muitas delas, pelo Buccaneer e pela Hertz, e aí comecei a negociar comigo mesma. Não preciso passar a noite com ele, só preciso vê-lo. Não preciso vê-lo se ele me mandar uma mensagem. Se ele desse um coração na postagem, já seria suficiente. Qualquer coisa, implorei, mas me dê um sinal. Minhas pernas estavam exaustas, mas eu não ia voltar para o quarto sozinha, não ia parar de andar até conseguir alguma coisa. Passei pela loja de smoothies e, depois, por uma rua em que rolava um queijos e vinhos na calçada, como se fosse a porta de uma galeria, mas era só a loja de antiguidades e a loja de animais com gatos para adoção. As pessoas comiam queijo e alisavam os gatinhos; uma garota de avental servia as pessoas com atenção. A mais velha e gordinha com quem tentei negociar a colcha estava servindo vinho em copos de plástico. Eu me virei e peguei um gatinho. Ela estava abraçando as pessoas que conhecia, oferecendo vinho e dizendo *tudo com quinze por cento de desconto*. Uma mulher se aproximou dela e disse *Audra! Que noite linda!*

Gelei. Fiquei olhando para os olhos do gatinho. Pisquei, pisquei de novo. Audra, nome muito incomum. Poucas pessoas em Monróvia teriam esse mesmo nome. Só uma, talvez, a amiga da mãe do Davey que o iniciou no sexo.

Esse era o sinal que eu esperava.

Cuidadosamente, devolvi o gatinho à garota de avental e peguei um copo de vinho na bandeja de Audra. Tomei feito água. Ela se lembrava de mim, com certeza, que ótimo. Lembrava porque me devia.

— Com licença – disse. – Sou amiga do Davey Boutros. Eu ia encontrar com ele hoje, mas...

Surpreendente que eu não tivesse parado para pensar antes de iniciar essa conversa.

— ... mas não consigo achá-lo. Sabe me dizer onde ele mora? – Essa última parte pegou muito mal. – Não sou da cidade – complementei.

— Manda uma mensagem para ele – disse ela.
— Ele comentou que você é *amiga da mãe dele*.
Essa informação a fez parar. É claro que eu o conhecia. Mas o que mais eu sabia, se perguntou ela. Ela serviu uma taça de vinho e a entregou para uma mulher com blusa de estampa batique.
— Ele não mora mais aqui. Claire e ele se mudaram para Sacramento há dois meses. Compraram uma casa lá.
Fiquei olhando para ela, sem reação.
Atordoada e muda.
Parecia que ela tinha puxado o braço muito para trás, dado corda e me dado um soco no estômago. Com as pernas moles, dei as costas para a rua e entrei na loja de antiguidades. Me escorei num sofá velho e manchado.
Haviam se mudado, juntos, e comprado uma casa: juntos. Empacotaram as caixas, tiveram muito trabalho e fizeram isso: juntos. Aquele excesso de logística, comum aos proprietários de primeira viagem, e eles descobriram essas coisas: juntos. Em Sacramento, andavam pela casa inteira, cômodo por cômodo, maravilhados com a aquisição. A varanda, os armários da cozinha, os guarda-roupas. Mal podiam acreditar. Se sentiram tão adultos. Na primeira noite, ficaram rindo na cama e se perguntando, Isso está acontecendo mesmo? E mais: Nunca mais iam esquecer esse momento. E não esqueceram; eles nunca esqueceriam.
E tudo isso aconteceu enquanto eu puxava o elástico no meu braço, limpava a casa e fazia ginástica. Tinha algo estranho comigo. Porque de certa forma havia me afastado do âmbito da vida, rastejando no cascalho, parando a música como se fossem coisas reais, como se fosse assim que as pessoas se comunicavam.
Tudo bem chorar e deixar a maquiagem borrar porque ele estava longe de mim. Estava em Sacramento. Onde sua irmã morava. É provável que tenham começado a visitar casas assim que meu cheque bateu, antes da minha partida. A meleca escorria pelo meu queixo até a coxa. Esfreguei. Audra se sentou na outra ponta do sofá. Ela esfregou a mancha que havia entre nós.
— Achei que era uma mancha d'água, mas parece que tem proteína aqui. Leite, talvez.
Olhei para a mancha, tentava secar minhas lágrimas com as mãos.
— Eu tenho um chá de pera fantástico em casa.

Assenti, me perguntando como um chá poderia remover uma mancha de leite.
— Quer tomar um chá? Eu peço para alguém fechar a loja.

Caminhamos em silêncio. Eu nem queria tomar chá, mas não conseguiria dirigir de volta para casa nem voltar para o hotel sozinha. E ela o conhecia, o conhecia muito bem. Esse conhecimento lhe atribuía carisma. Ela sentia o mesmo em relação a mim, talvez; um ex em comum sempre imanta as mulheres.

Havia uma cama gigante em sua sala de estar, cheia de travesseiros e cobertas de veludo.

— Uma cama – comentei, sem jeito. Será que Davey havia se deitado ali?

— Pois é, bem melhor que um sofá! Às vezes, faço uns jantarzinhos e a gente come na cama mesmo, é muito bom.

Nem preciso dizer que ela morava sozinha. Cama na sala ou casamento – ninguém pode ter essas duas coisas. Ela me apontou o banheiro para me lavar. Enquanto assoava o nariz e limpava o rosto, olhei tudo. Ao lado da banheira, havia uma poltrona alta e aconchegante. Vi uma prateleira de vidro com óleos essenciais e perguntei qual seria bom para o meu caso.

Ela fez o chá de pera e aqueceu biscoitos. Me sentei na mesa da cozinha para observá-la preparar; agora estava lavando cerejas. Ela perguntou como eu conheci Davey e respondi que ele era fã do meu trabalho e tínhamos ficado amigos na primavera anterior. Falei do meu trabalho para que ela perguntasse sobre o meu trabalho.

— O que você faz? – perguntou ela e pôs na mesa um pratinho para os caroços de cereja.

Descrevi meu trabalho, tentando recuperar minha dignidade para deixar claro que aquela noite era só um momento ruim. Algumas pessoas – ela não – teriam feito qualquer coisa para que eu estivesse sentada em suas casas chorando. Ela disse que ia me procurar na internet e tremi ao lembrar que algumas pessoas se achavam muito e que nem precisavam mostrar o crachá. A maioria das mulheres era assim. A fama faz você agir como um homem.

Fingir pra quê. Eu estava ali por um só motivo.

— Então foi você... que ensinou Davey...?

Ela se sentou nos ísquios.
— O que você quer dizer com "ensinou"? Foi o verbo que ele usou?
— Não, ele não gostava de falar sobre isso. Quem disse isso foi a mãe dele, que pediu para você... – olhei para o chão, envergonhada – ... introduzi-lo à arte do sexo.
Ela deu uma gargalhada rouca que durou muito tempo. Largou o corpo na cadeira e mordeu um biscoito.
— Ela me *pediu*? Foi isso que a Irene disse? Não, ela nem fazia ideia do que estava acontecendo há uns bons seis meses. Eu não sabia contar pra ela. Quer dizer, eu morria de medo. Uma loucura. Quem dorme com o filho da melhor amiga?
Tentei me imaginar dormindo com o filho da minha amiga Priya e foi inconcebível; eu o tinha visto nascer. Uma expressão amarga deve ter cruzado meu rosto. Ela se endireitou na cadeira e deu um gole no chá.
— Ele estava me ajudando a cuidar do meu gato. Eu tinha um gato macho bem velho e grande que precisava tomar remédios três vezes ao dia e ele vinha pra cá depois da escola, enquanto eu estava na loja. Ele só precisava dar o remédio pro Alfie e ver se ele estava bem. Mas eu chegava em casa e dava falta de algumas comidas – minha granola cara quase no fim, ou então esse pão de gengibre aqui que eu faço com peras fatiadas em cima? Peras cristalizadas?
Assenti sem paciência.
— Ele acabava com tudo. Era óbvio que ele ficava aqui zanzando até quase a hora de eu chegar em casa. Assistia à TV, folheava meus livros e nem se preocupava em guardá-los. Eu devia ter contratado a Tamika, filha do meu amigo Adrian. As garotas bisbilhotam também, mas elas temem ser pegas em flagrante, né? Deixam as coisas em seus lugares. Nesse ponto, são mais coniventes, creio eu.
Soltei a xícara na mesa.
— Bom, aí um dia cheguei do trabalho e ele ainda estava aqui, assistindo a um VHS antigo meu. Muito atrevimento. Porque na fita estou quase toda nua, à exceção de uma gola e um cinto de smoking, o cinto de couro, a fita era um presente para um namorado, mas aí nós terminamos e não deu tempo de entregar.
Parecia que ela ia me contar tudo sobre esse tal namorado. Arregalei os olhos.

— Enfim, fiquei muito envergonhada! Por nós dois. Desliguei a TV com um tapa e ele... ele era um adolescente idiota, de dezoito anos, e um pouco cruel. Ele começou a rir. Devia ter se sentindo culpado, pego no pulo, né? Mas ele tinha uma crueldadezinha, coisa que aprendeu com os amigos da escola. Ser cruel quando alguém se mostra vulnerável. E continuou rindo enquanto catava suas coisas, a mochila, e eu fiquei possessa, constrangida, estava exausta do trabalho, e no meio da risada ele viu meu rosto e parou. Foi como se naquele momento, de repente, ele tivesse percebido que eu era uma pessoa real. Começou a se desculpar e é claro que só piorou as coisas. Eu falei assim "Tá tudo certo" e bati a porta. E ficou tudo bem. Depois que comi e tomei banho, me arrependi de ter feito alarde. Nem valia a pena contar isso tudo pra Irene. Mandei uma mensagem pra ele falando alguma coisa do Alfie, sabe, *pra ele não se esquecer de dar água pro gato*, pra deixar claro que estava tudo bem mesmo e que ele não ia perder o emprego. Quer mais chá?

Eu poderia ter matado ela por parar justamente aí.

— Não mesmo? Tá. Onde parei? Ah, sim. No dia seguinte, quando cheguei em casa, lá estava ele. Esperando por mim. Pedindo desculpas. Como se fosse outra pessoa, como se tivesse caído na real. Eu digo mais uma vez que está tudo certo, que não era pra tanto, mas ele está nervoso, andando de um lado pro outro, observando tudo. "Você tem tanto bibelô", ele comentou. Ele começa a pegar as coisas e a colocar tudo no chão. Eu vou atrás dele com o gato no colo e fico contando as histórias das minhas bugigangas, mas ele já está com outra coisa na mão e nem consegui terminar a explicação anterior. Parece que ele está procurando alguma coisa. Ele fica em pé na porta do meu armário, espiando, e diz "Quanto vestido". Eu explico que nem tudo é vestido, tem também as blusas e um cabide de saias, mas ele me interrompe, pega um cinto de couro preto. "É esse o cinto?", pergunta.

"Eu demoro a entender de que cinto ele está falando. E fico ali em pé, com o gato no colo. Chocada. Ele não está arrependido, eu tinha entendido tudo errado. Ele está com tesão. Não conseguia parar de pensar no vídeo e voltou para me *ter*. Não sei. Ele não sabe o que está fazendo, mas não vai embora. Ficamos em pé ali durante um bom tempo, eu ponho o gato no chão. Era a deixa que ele precisava. O jeito como ele tirou a roupa... parecia uma criança atrasada pra aula de Educação Física, desesperado. Bom, e aí que o...

— Eu sei.
— Ah, você sabe.
Ela inclinou a cabeça, olhou de novo para mim.
— Quer dizer, não sei. Não o conheço tão intimamente quanto você – assegurei. – Prossiga.
— Eu estava na parte que...
— Ele tirou a roupa.
— Pois. Lá estava ele, pelado... *pronto para o bote* e aí... ele me passa o cinto. Como se eu fosse colocar! Tirar a roupa toda e botar o cinto. – ela deu um gole no chá. – E foi o que eu fiz. Mesmo com um monte de sinal de alerta zumbindo na minha cabeça. Mas que fique bem claro que eu não seria a pessoa capaz de botá-lo pra correr daqui. Sou extremamente sexual, sempre fui, e o lance entre nós já estava acontecendo. Ninguém ia me aplaudir pela minha prudência, se eu prosseguisse com mais ou menos roupas. E tem mais: na época, eu tinha quarenta e sete anos. Quantos anos você tem?
— Quarenta e seis. Acabei de fazer.
— Talvez eu também tivesse quarenta e seis. Sei que isso não é certo, mas ser objetificada me deixa com tesão; era o que mais me excitava. Eu não sabia o que ia acontecer depois disso... talvez nada.
Ela fez uma pausa para catar um caroço de cereja. Colocou o caroço no pratinho e continuou.
— Ele era tão jovem que ter quarenta e seis ou cinquenta não fazia a menor diferença pra ele, mas eu estava convencida de que dentro de alguns anos não passaria pela cabeça dele transar comigo. Ele devia ter se divertido sozinho enquanto assistia à fita e já estaria de bom tamanho. Mas eu ainda parecia jovem. Assim como você.
Ela sorriu e percebi que ela estava sendo educada. Eu aparentava ser ligeiramente jovem para minha idade, magra, mas é claro que ela tinha sido uma beldade, o rosto em formato de coração, peitos empinados e a coisa toda. Aquele tipo de boca que naturalmente se arma com o arco do cupido. Todas essas características ainda existiam, mas estavam... meio chumbadas. Papada, peito, tudo que era mais mole estava caído. Ela saiu da cozinha e voltou com uma fotografia.
De cara, foi doloroso vê-lo novamente. Ele estava sem camisa e com um braço em volta dela. Parecia seu filho, mas tinha uma postura muito possessiva, um garoto magricela fingindo ser homem. Ela estava de sutiã

e eles pareciam estar meio bêbados. Talvez só muito, muito felizes. Fui tomada pela inveja e ela sacou. Eu sabia como eram as conversas entre mulheres, sabia que só de ela me contar essa história e mostrar a foto – aquele era seu bem mais precioso! a antiguidade mais rara! – foi uma grande emoção para ela. Nada o traria de volta, mas aquela inundação lhe dera muito prazer. E acabou por aí? Ou ela iria até o fim? Porque eu queria saber mais. Ia doer, mas pelo menos ia descobrir como ele era. O que fazia. Quais foram as sensações. Não em primeira mão, como eu tinha planejado, mas pela fonte.

— E o que aconteceu?

Ela mordeu outro biscoito.

— Como assim?

— Você colocou o cinto e?

— Viramos amantes. E fomos amantes por dois anos. Aí ele começou a namorar sério com a Claire e aí naturalmente... chegou ao fim.

A maneira comedida com que ela explicou me fez pensar o contrário. Dramalhão. Lágrimas, súplicas, brigas. Um coração que nunca se recuperou. Ainda assim, estiveram juntos. Por dois anos! E agora ela tinha o desplante de ser *discreta.*

— Ah, vai, me conta todos os detalhes – disse, forçando intimidade.

— Meu pai, você não se satisfaz, hein?

Meu sorriso evaporou.

Cá estava eu, sem nada nem ninguém. Era o mínimo que ela podia fazer por mim.

— Você lembra que me vendeu uma colcha? – perguntei. – Uma colcha rosa de estrelas?

— Claro que lembro. Uma peça belíssima. Em perfeito estado.

— Não é bem assim. Ela tinha uns furinhos.

— Ah, mas é que tem mais de cem anos, é de se esperar. Você está usando ou só botou pra enfeitar?

— Estou... usando. Eu tenho um quarto aqui.

— Nossa! Onde?

A conversa estava indo na direção errada; responder a essa pergunta ia me obrigar a mexer num vespeiro. Mas talvez fosse uma situação de permuta. Eu tinha na manga minha história com Davey.

— No Excelsior.

— O hotel?

É claro que ela queria saber mais; sabia tudo de decoração. A bem da verdade, Claire havia comprado várias peças com ela ao longo dos anos – Audra tentara vender as cadeiras bisavós por quase uma década até que conseguiu desová-las nas mãos de Claire.

— Elas são lindas, mas ninguém gosta de sentar nelas.

— Davey e eu sentamos.

— Eu daria tudo pra ver como ficou o quarto. Posso dar uma olhadinha?

Será que coube na boca dela, era isso que eu queria saber. Como ele fodia. Qual era a sensação de sentir o corpo dele no dela. Eu só precisava ser estratégica, não deixar a ansiedade transparecer mais uma vez.

— Ohhhh – disse ela, andando pelo quarto. – Ohhhhh.

Foi gratificante.

Ela se abaixou e tocou o carpete, deu voltas observando o papel de parede botânico e as luminárias. Aspirou a fragrância de cumaru e a loção feita por freiras italianas. Passou a mão na colcha.

— Essa colcha era de uma amiga minha. Ela queria usar, mas primeiro queria achar a cama certa. Pobre Dottie. Estava guardada num saco e quando comecei a abrir o saco se desfez em farelinhos de plástico. Mas serviu para conservar a colcha, ela estava em perfeito estado. Então quer dizer que você veio aqui para fazer essa... *instalação* junto com Claire e foi aí que conheceu Davey?

Essa versão fazia muito mais sentido, mas falei do dia no posto de gasolina, da parada em Duarte e a volta para Monróvia. Ela arregalou os olhos.

— Você fez esse quarto pra vocês dois; um ninho. Como um joão-de-barro.

Fiz uma pausa caso ela quisesse falar sobre o acasalamento do joão-de-barro.

— Perdão – disse ela –, prossiga.

Contei tudo. Da viagem de carro pelo país, das caminhadas, do encontro no Buccaneer, do número de dança e do absorvente interno, cada detalhe. Eu já tinha contado a maior parte dessas coisas para Jordi, mas aos poucos, conforme iam acontecendo. Eu nunca tinha contado como uma história só, e ela – conhecendo-o como conhecia – foi o melhor público que eu poderia ter. O Rolls-Royce das plateias. Só ela poderia complementar os detalhes que eu esquecia, mas sua história com ele tinha acontecido há mais de uma década. Ela estava louca para saber que tipo de homem ele era agora, o que tinha se tornado. Era diferente dos outros homens? Sim, era o que eu parecia afirmar. Isso se devia a ela? Claro que sim. Ela parecia ser uma mãe conversando com a namorada do filho, mas como ela não era sua mãe nem eu sua namorada, não precisávamos evitar qualquer tipo de tabu. Um vale-tudo, cada uma de nós se fartando do jeito que queria. Pensei se ainda restava alguma coisa para mim, se eu estava dessacralizando a história, mas ela me assegurou que meu problema era o oposto.

— Você não se permitiu *o bastante*. Você fraquejou – ela me olhou de cima a baixo com simpatia. – Tadinha, armou esse circo todo e não conseguiu o que queria. Viveu só a fantasia, não deixou passar de provocação. E agora vai pensar sobre isso pelo resto da sua vida. – Ela balançou a cabeça, tsc, tsc.

Protestei. Coisas reais *tinham* acontecido aqui.

— Quanto tempo mesmo? Que você ficou aqui?

— Ah, umas três semanas, mas passei metade da primeira redecorando o quarto. Além do mais – complementei –, o que vivi com ele inspirou meu novo projeto e *isso é* real.

Como eu estava mentindo – não havia projeto novo algum –, comecei a elaborar, expliquei como meu trabalho era uma espécie de conversa infinita com Deus. Ela me cortou.

— O quarto é ótimo. Ele existe e ainda é seu. Falando sobre o seu trabalho... – ela deu de ombros. – Parece que você tinha uma coisa boa nas mãos, mas é óbvio que não foi suficiente, ou você não teria voltado pra cá.

Ri. Isso lá é coisa que se diga.

Comecei a hiperventilar em silêncio.

Audra testemunhou meu lento desmoronamento, então do nada pegou a bolsa e se levantou.

— Olha só – disse ela. – Nem tudo está perdido. Eu quero te ajudar. Me espera aqui.

Pouco antes de fechar a porta, abriu um sorriso encorajador e fez um joinha.

Provavelmente ela ia voltar para me dar um alento, um chá de pera. Ou um cupom para limpeza de pele. Fiquei andando de um lado para o outro, angustiada. Sacramento. Davey não estava mais aqui. Era um plano antigo. Eu fui um alvo para eles: uma mulher rica, completamente indefesa aos carinhos dele. Talvez nem quisesse sair comigo, mas Claire dissera, Vai sair sim ou ela vai desconfiar. Pior: nem chegaram a fazer uma conspiração; não precisavam disso. Eram dois jovens começando a construir a vida – naturalmente faziam escolhas que garantiam sua sobrevivência. Até o fato de que ele me amava fazia parte de uma história muito maior e que dizia respeito a eles, um teste de devoção. E eu havia dado a ele uma grande oportunidade de provar para si mesmo o quanto amava sua esposa. As coisas podiam ser mais instáveis ou duvidosas antes da minha chegada. E agora eles eram sólidos como uma pedra.

Olhei meu celular. Milhares de pessoas tinham curtido o vídeo de dança, menos ele. Sacramento. Nenhuma cidade era tão romântica. Onde Audra se meteu? E se ela não voltasse? Lembrei o que Mary disse sobre o rumspringa. Tive minha chance e deixei passar. Fiquei olhando para o nada. Investi meu rico dinheirinho nesse monte de merda, como uma bêbada idiota. Provavelmente nunca mais voltaria aqui; podia até entregar minha chave. Olhei no espelho, um lamaçal de olho vermelho com rímel borrado. Nem me abalei. Pensei no Davey mais jovem, assistindo à bunda dela rebolar no vídeo, não a minha. Ficando tão excitado que voltou no dia seguinte. E o que eles fizeram? Quais putarias fizeram juntos?


Ela voltou com uma bolsa de pano do mercado dos produtores locais nos ombros. Eu não estava com fome e perdi a paciência.

— Você não terminou de contar sua história – eu disse, categórica.

— Ah, eu sei – respondeu ela, vasculhando a bolsa com timidez. Era estranho ver aquele olhar brincalhão num rosto velho; deixei um bilhete mental para mim mesma, não aparentar timidez nos próximos cinco anos. Como um mágico com a cobra, ela vagarosamente tirou da bolsa um cinto preto de couro. O cinto.

— Quem de nós duas vai usar? Você escolhe.

Gargalhei, não consegui me conter. A expressão em seu rosto mudou.

— Você queria detalhes. Detalhes pra quê? Pra você voltar pra casa e encontrar seu marido e filho e fantasiar sobre mim e Davey enquanto se acaricia pelos próximos vinte anos?

Fiquei muda. O que ela queria que eu fizesse, implorasse? Eu imploraria. Mas ela emendou um discurso retórico.

— É ótimo fantasiar e até uma certa idade pega bem. Mas aí você precisa ter *as experiências vividas* ou vai pirar. É o que mais acontece: demência, perda de memória, Alzheimer; sobretudo com as mulheres. As fantasias consomem as mulheres até que não conseguem mais juntar lé com cré.

— Será que essas coisas são... genéticas? – perguntei, já meio debilitada.

— São. De geração para geração.

Ela tirou da bolsa um frasco de vidro com dois cálices.

— Você acha que esses sonhos de uma noite de verão não fazem mal a ninguém – e me entregou um dos cálices –, mas *fazem*. Mal pra você e pra todo mundo à sua volta. Saúde.

Ela brindou comigo e nós entornamos ao mesmo tempo, tequila, mas não tinha como eu ter um lance sexual com ela, se essa era a insinuação. Não havia qualquer atração entre nós. Inclusive entrei em pânico ao imaginá-la com o cinto a essa altura do campeonato, aos sessenta ou sei lá quantos anos tinha. Ela nem tinha cintura para esse cinto. Talvez concordasse em responder só uma das minhas perguntas. Qual delas? Ele fazia barulho quando gozava? Não. O que ele mais gostava no sexo? Não, muito ampla.

Ela me observava, braços cruzados.

— Você quer a verdade nua e crua? Posso te contar tudo. *Tudinho*. Mas talvez eu não queira. Talvez não esteja interessada em aumentar ainda mais seu frenesi sexual.

— Não sei se eu chamaria isso de...

— Tá – interrompeu ela –, você está totalmente presa nisso. Então, o que deseja fazer é voltar para a realidade de algum modo. De qualquer jeito. Ele me perguntou se eu conseguia me movimentar como fiz no vídeo, e foi isso que aconteceu em seguida. Você quer usar o cinto ou uso eu?

Ela esbravejava como uma pessoa que ordena que você aceite Deus. Me lembrei do meu penhasco de estrogênio e da minha avó e da minha tia; a teoria de Audra era assustadoramente semelhante à do meu pai – ou ambos eram loucos ou a louca era eu por não me agarrar à mão que ela estendia para mim. Podia ser a última chance. Ela balançou o cinto, impaciente.

— E se eu – como foi mesmo que ela disse? – *me* – gritei a palavra sem querer – *acariciasse*... enquanto você me conta tudo. – Não tinha como eu me rebaixar mais. Ela ficou animada como se enfim eu tivesse dito alguma coisa interessante.

— Você já fez isso antes? Costuma fazer com suas amigas?

Deus, não, respondi.

Ela desligou a luz e olhou para mim deitada na colcha rosa. Serviu-se de mais uma dose. Me perguntei se ela já tinha saído com mulheres; sua intenção parecia ser mais de autoajuda do que sexual. Ela se escorou na parede e deu um gole no cálice.

— Aí eu dancei como eu tinha dançado no vídeo pro meu ex-namorado, toda nua, mas com o cinto.

Aguardei para ver se ela ia dançar, mas não dançou, graças a Deus, então fechei os olhos e lambi minha mão, ação desnecessária.

— Ele disse assim "Faz aquela coisa que você fez no final. Com a parede". No final eu caía e me apoiava na parede com as duas mãos. E assim fiquei, nua e de costas pra ele, as mãos acima da cabeça apoiada na parede. Ele ficou em silêncio, acho que só observando, e aí bem devagar senti que ele estava vindo na minha direção. Ele estava muito, muito nervoso. Queria agir do jeito que achava que deveria, provavelmente com agressividade, bem machão, mas senti que ele estava tremendo. Então me virei e coloquei meus braços sobre ele e ficamos assim, nus e separados pela ereção dele, e aí começamos a nos beijar.

Foi muito estranho ouvir essa história por ela porque era eu quem deveria estar contando para mim mesma. Ela pôs cada imagem na minha cabeça para que eu nem precisasse pensar. No começo me masturbei de modo cordial – do jeito que eu achava que as mulheres costumavam fazer –, mas logo cedi, enrijeci meu corpo à la *rigor mortis* e deixei a mão frenética. A primeira vez que gozei, depois que ela descreveu Davey lambendo faminto sua buceta, fez uma pausa que me deixou desconcertada – *ela está esperando eu me recuperar? eca* –, mas prosseguimos. Virei de bruços como sempre faço quando estou imaginando que enfio meu pau em alguém. Já fui Davey tantas vezes, transando não só com Aaron Bannister, mas com tantas mulheres e homens diferentes; agora posso ouvir o relato de como foi essa sensação. Ela se sentou na beirada da cama e começou a falar baixinho. Contou como o pau dele preenchia sua boca e de como às vezes ele ficava confuso, querendo colocar o pau em sua boca e nos peitos ao mesmo tempo e que isso era uma delícia; e diferente do pau de Davey, o meu podia estar em dois lugares ao mesmo tempo, aumentei a velocidade do movimento e já ia ter mais uma ereção quando percebi que a cama estava se mexendo de leve, ritmada.

Tá, ela ficou excitada, reação humana. Ainda assim, brochei. Não fazia parte do nosso acordo e achei nojenta aquela masturbação em dupla. Mas ela continuou contando a história, cada vez mais sem ar e, depois de um ataque de constrangimento, voltei a me masturbar. Não tinha como parar e a cama absorveu o pior da situação. Um colchão Tempur-Pedic.

Ela se descreveu cavalgando em Davey e contou que ele saía da escola na hora do almoço para isso, que era insaciável, que eles ficaram se roçando no quarto de hóspedes durante uma festinha onde Irene – sua melhor amiga, mãe de Davey – estava no cômodo ao lado e essa lembrança em particular a deixou comovida, em silêncio, só respirando com avidez ali deitada ao meu lado, enquanto sua mão trabalhava dobrado; me virei para ela, não tive como evitar, ela estava tão excitada e quente e próxima, então ela se agarrou a mim e me agarrei a ela, sentindo seus peitos grandes e macios sobre os meus, os mesmos que Davey sentira. Queria beijá-la? Não tinha como, pelo alinhamento dos nossos rostos. Dei umas linguadas enquanto tirava sua saia e calcinha e ela disse *Por favor, por favor*, como quem implora fazendo beicinho, uma besteira que funcionou; um rebaixamento. Eu nunca tinha tocado num corpo tão grande e roliço; agarrei suas coxas, depois sua bunda grande, depois as coxas novamente; espalmei sua buceta inchada, apertei seus brações – e parecia que minhas mãos sempre queriam mais daquela carne toda. Sua pele estava ficando fina por causa da idade, parecia casca de banana, mas não era desagradável, era uma delícia, uma irrigação quente e aveludada. *Bem, isso me deixou sem chão*, pensei. *Quem diria.*

O que eu achei que era a barriga, na verdade era uma continuação de sua buceta, como nas bonecas Kewpie. Eu não queria que ela percebesse que eu estava meio que em outra dimensão, tentando sentir o roçar da buceta-barriga sobre meu clitóris, e isso me fez descobrir que os peitos dela, pelo modo como pendiam, irmanavam tudo. Não se tratava de buceta/espaço/peitos – era uma buceta ilhada por peitos. Um corpo que era só peitos. Vislumbrei colocar aquele peito todo na boca, só pela emoção de falhar em tentar contê-la, tudo transbordava e se derramava. É claro que seria muita covardia, mas o desejo acende novos caminhos neurais, como se o sexo, o conceito do sexo total, estivesse prestes a ser mapeado pela primeira vez. Porque, apesar de tudo que aconteceu nesse quarto, o corpo dela foi o único corpo com que estive desde que conheci Harris. Foi como voltar a superfície depois de nadar às cegas por quinze anos. De repente, consegui me reorientar em relação à terra, avistar onde estive esse tempo todo, e era um lugar totalmente diferente do que eu pensava estar.

Eu queria deslizar meu dedo por sua caverna molhada – só para senti-la, nada mais que isso –, mas pouco antes de me abaixar naquela direção me lembrei de um item que constava no site WebMD – a caverna não estaria tão molhada, por causa da idade dela. Lamber sua buceta era íntimo demais e lamber minha mão parecia grosseiro, então numa ação tão rápida quando involuntária, mergulhei os dedos na minha própria buceta – profundamente – e levei o que eu tinha para ela. Fiz isso algumas vezes, meus dedos indo e voltando numa síncope de provocação e agora, depois de tanto investimento que fiz, eu queria fazê-la gozar. Ia ser fácil, ela estava quase lá. Esperei até que ela estivesse quase se contorcendo para começar a fazer movimentos circulares no seu clitóris. Não foi fácil; eu tinha esquecido como algumas mulheres demoram para gozar! Fingi ser o Davey jovem, ainda aprendendo. Me perguntei se ela tinha algum costume de usar o vibrador, se essa seria uma tarefa tola de minha parte, mas o dia estava começando a raiar, a respiração dela ficou mais intensa de repente e mais intensa, até que finalmente deu um pinote e socou a cama. Ela ficou imóvel, mas estava tendo arrepios.

Deitadas de costas, estávamos ofegantes. Um dos meus braços na cintura dela. Minha mente girava. Seria muito estranho depois? Sentimentos entrariam na jogada? E se ela se apaixonasse por mim? Um passo de cada vez. Aja com gentileza.

— Você estava certa – sussurrei. – Era melhor viver algo real do que...

— Nada? Transar comigo era melhor que nada? – disse ela, quase esbravejando, mas riu, pegou a blusa e saltou da cama.

Pisquei os olhos e me sentei na cama, observando enquanto ela ajeitava a saia. Começou a calçar o sapato. Não ia se apaixonar por mim; que tolice. Enquanto a névoa pós-coito se dissipava, recordava a mulher que tinha me oferecido o cinto, servido o chá de pera, me vendido a colcha – e desde o começo a via como uma pessoa essencialmente triste, digna de pena. Mas aquela cama linda em sua sala... é provável que fudesse e se acariciasse e beijasse as pessoas sobre aquela cama toda hora. Ela não estava presa no passado – depois do encontro com Davey, seguiram-se muitos outros. A pessoa triste só existia na minha cabeça.

Meu rosto ficou vermelho. Não era só Audra que eu tinha levado para o brejo; mas todas as mulheres com idade suficiente para ser minha mãe. Inclusive – em pouco tempo – eu mesma.

*Apuros*, pensei, avistando minha situação. *Um enigma de difícil solução. Um paradoxo.* Não parecia possível levar alguém para o brejo (uma das mãos a puxar pelo colarinho), mas também não parecia viável se jogar pela janela dentro de um saco de lixo.

Observei enquanto Audra pegava um copo d'água e arrumava o cabelo com uma escova que tirou da bolsa. Que maravilha ter uma escova na bolsa.

— Você está linda – disse, da cama, e Audra respondeu com um sorriso, como se eu fosse uma garotinha confusa. Dever cumprido. Ela estava pronta para ir para casa.


Eu me vesti e a acompanhei até sua casa.

— Obrigada por essa noite incrível – disse, na porta.

— Só lamento que você esteja nessa fossa – disse ela.

Assenti, mas hesitante; saí cambaleando na direção do hotel, mas assim que virei a esquina, dei meia-volta e caí na noite.


Caminhei a passos largos, maravilhada, quase caindo na gargalhada, por enfim ter de fato feito sexo com alguém – não é que a dança deu certo! – e justo com a mulher da loja de antiguidades que nem fazia o meu tipo! Eu requebrava pelo meio da rua. A lua era quase uma bola pairando sobre mim e olhei para as janelas acesas à espera de que alguém fosse a testemunha de que cá estava eu, sozinha e tão livre. Dobrei a esquina e vi uma mulher saindo do carro. Ela agora vasculhava a mala do carro. Ia olhar pra cima? Olhou – um tipinho de escritório, cabelos grisalhos encaracolados –, mas só de relance; estava concentrada no que fazia na mala do carro. Talvez cintos de couro preto, um monte de cintos serpenteantes. Talvez ela, assim como Audra, estivesse voltando de uma experiência sexual incomum. Algo assim, algo que eu não conseguia imaginar. Não era possível que Audra tivesse mudado toda a visão que eu tinha sobre as mulheres mais velhas. Por outro lado, as pessoas sempre se referiam *àquela* pessoa – o professor gay, o ativista dos direitos dos animais – que mudou tudo. Não era essa a grande esperança e a grande insanidade dos humanos? Que éramos pessoas tão influenciáveis? Nem fracas nem frágeis, mas pessoas que se vinculavam pela raiz, como as árvores – levamos tudo para o lado pessoal porque tudo é pessoal. Cheirei meus dedos, o cheiro quente e amanteigado da buceta dela, e deixei os dedos no nariz enquanto caminhava.

Eram duas da manhã. Eu tinha deixado o velho mundo sem morrer, na verdade me sentia impávida.

Era esse o segredo de todas as coisas? A liberdade do corpo? Parecia intuitivo, saudável, como se a promiscuidade fosse meu direito inato de mulher. Talvez fosse. Seria esse o esqueleto no armário da civilização? O motivo pelo qual os homens haviam sido tão duros conosco desde o começo dos tempos? Eu queria muito ligar para a minha mãe e contar a boa-nova – não, tarde demais em todos os sentidos. A lua! Imensa! De repente, me pareceu natural e agradável fuder com todos os meus amigos. Até com meu advogado, de quem nem me lembrava do rosto porque só nos comunicávamos por e-mail, também com todas as pessoas com que trabalhei, sendo elas assistentes de alguém ou chefes de empresas – que jeito melhor de conhecer a realidade das pessoas? É claro que eu devia transar com meus pais (questão de tempo), e obviamente com meus primos, onde quer que estivessem no mundo, eu devia fuder com todos eles. Lamentei pelos parentes que haviam morrido antes que pudéssemos dividir esses momentos de ternura. As crianças estavam fora de cogitação, mas os pais dos amiguinhos de Sam estavam todos considerados, em especial, as mães com quem eu não tinha nada em comum – fisting acabaria com qualquer cortesia entre nós. Quem mais? Como um Deus que cria uma civilização nova, eu tentava incluir todo mundo.

Quarenta e cinco minutos depois, eu ainda estava caminhando. Não queria mais fuder com todo mundo – que loucura! hahaha –, eu queria *comer* o mundo como se ele fosse uma fruta gigante. Eu queria ir para outros países, é, afinal por que eu corria para casa depois que deixava Sam na escola, mesmo sem ter nada urgente para resolver? O que me impedia de encontrar outras saídas? Por que eu não dava festas temáticas nem tinha administrado um salão de arte? Eu devia ter amantes, claro, também outros relacionamentos mais específicos, alguém com quem só chorar, alguém com quem coçar as costas, alguém para fazer peregrinações artísticas; eu podia ser a filha por meio-período ou o animal doméstico de algum adulto solitário; imagina que interessante para todas as partes – e cada uma dessas pessoas poderia ser qualquer pessoa, de qualquer classe social. Eu sempre tinha feito esse tipo de coisa, mas em segredo (Davey) ou no meu trabalho (faz-de-conta inofensivo) ou quase chegava a me menosprezar (que absurdo!), quando no fundo se tratava de uma questão insignificante. Uma pessoa cuja alma é andarilha e ávida por experiências deve viver uma vida em conformidade a isso. O passado não era culpa minha; é claro que me adequei às estruturas pré-fabricadas – mas agora estava mais velha e conseguia ver minha vida até aqui com mais clareza, começando nesta noite e terminando no dia da minha morte. *Entendi tudo*, sussurrei para a escuridão. *E muito obrigada*, complementei, porque fazia tempo que a gente não conversava.

Eu já tinha saído de Monróvia quando comecei a caminhar de volta para o hotel. Enquanto descia à Terra, me perguntei se não havia entendido errado o lance da estrada bifurcada que Mary havia mencionado. Achei que os dois caminhos eram:

transar com Davey  ×  uma vida de arrependimento e amargura

Mas talvez a estrada se dividisse entre:

uma vida inteira só desejando  ×  uma vida continuamente surpreendente

como foi a noite de hoje. Embora eu não estivesse sob o efeito narcótico Davey, um outro tipo de euforia tomava conta de mim e era, entre outras coisas, uma euforia mais *estranha*. Eu não sentia as amarras da minha idade e da feminilidade e, por isso, dava braçadas em áreas novas e amplas da liberdade e do tempo. As pessoas podem mudar repetidas vezes, mudanças decorrentes de intimidades assim, sem precisar ultrapassar a velhice, mas combinando sua estranheza e sua flagrante especificidade com o que é próprio de cada um.

Que alívio não ter que entrar em casa na ponta do pé, só abrir a porta do meu lindo quarto, jogar a chave no chão, fazer xixi bem alto, beber água da torneira. Ela havia deixado o cinto para mim, bem enrolado em cima da pia. Sorri, honrada, me joguei no carpete e estiquei as pernas doloridas na parede. Quantos quilômetros andei na escuridão? Oito? Dez? Que horas eram? Os postes da rua reluziam pelas cortinas, aquele pôr do sol sagrado e eterno? Davey e eu havíamos deitado de conchinha nesse carpete como dois bebês dentro do útero – em suspensão, nos alimentando um do outro, mas sem qualquer objetivo em mente. Não gozamos, não produzimos coisa alguma, sem pôr em prática qualquer necessidade, só as exigências de nossas almas em expansão. Eu ainda teria muitos relacionamentos como esse; alguns com duração de poucas horas, como Audra, outros bem sexuais mas sem sexo, como Davey. De onde eu estava deitada, consegui ver o antigo quadro ainda enfiado embaixo da cama, junto com a antiga colcha. Puxei com o pé.

Ele estava certo, não era um quadro abstrato, tinha uma figura ali. Os borrões verdes e cinzas formavam a imagem de uma velha olhando para uma espécie de escuridão, um matagal, um vale. Uma caverna.

Depois de flutuar no útero com Davey, eu só precisava saber se um dia voltaria para lá. Mas a mulher hesitava na entrada da caverna, que estava interditada – espremendo os olhos, dava para ver. A caverna havia sido interditada anos atrás, quando ela tinha minha idade. Ela talvez não tenha tido coragem o suficiente, ou talvez tenha, talvez tenha ido para casa e mudado todas as coisas e mesmo assim a caverna tenha permanecido fechada.

Um quadro admonitório para as mulheres, assim como a Bíblia espalhada por todos os quartos de hotel. Engoli em seco, empurrei o quadro para baixo da cama mais uma vez.

## CAPÍTULO 18

Tinha uma caixa de pizza abarrotando a geladeira, mas fora isso tudo estava exatamente igual como quando saí no dia anterior.

— Fizemos uma festa do pijama! – disse Sam, erguendo os braços como quem faz tchã-ram. – E assistimos metade de um documentário sobre jazz!

Abracei e beijei elu, cheirei suas bochechas. Como essa criança se encaixaria na minha nova vida? Sem falar nesse marido. Devagar e sempre. Sem deixar sequelas.

— Conseguiu trabalhar bastante? – perguntou Harris.

Esqueci de me sentir culpada quando entrei pela porta da frente; continuei à espera da culpa, mas ela não apareceu. Aquela havia sido uma questão de vida ou morte, não um casinho, uma escada estendida para mim.

Enfiei a cara no cabelo de Sam e sussurrei, Sim, foi muito produtivo.

Harris saiu para correr e achei curioso, porque ele não corre. Quando voltou, fui para a academia-porão. Levantei quarenta quilos, sustentando nos quadris, abdômen trincado, calcanhar no chão. Dança consumada, mas é claro que eu ia continuar fazendo ginástica. Precisava de força, dos *meus ossos*, para conseguir realizar os dez milhares de coisas na metade futura da minha vida. No espelho, meus olhos severos, obstinados.

*Vai, bandida*, disse Brett.

Quando Sam já estava dormindo, Harris me chamou na mesa de jantar para mostrar algo no computador dele. Achei que ia me mostrar alguma música, uma gravação nova e fiquei entusiasmada porque me senti importante.

Mas não era uma gravação, era *eu* que estava na tela, dançando num vídeo que parecia ter centenas de anos mas que havia sido gravado na noite anterior.

— O que é isso – ele se aproximou da tela – que você está vestindo?

— Uma camisa xadrez?

— E na parte de baixo?

Fiquei muda, meus quadris balançando pareciam sórdidos. Música deixa tudo aceitável.

— Calcinha.

Fiquei assustada; foi assustador esse flagrante. Em seguida, ele perguntaria para o que ou para quem era aquela dança. E foi o que aconteceu. Empinei os ombros para trás. Espírito andarilho.

— Imagina se os pais dos amigos de Sam vissem isso? Ou os professores?

Fiquei de queixo caído.

*O que as pessoas vão pensar?* Era o que ele queria saber? Eu era uma bola de luz pulsante e amorfa tentando compreender essa forma humana e maternal. As roupas que eu uso, a qualquer hora ou ocasião, jamais fariam concessão aos pais dos amigos de Sam. Eu ri e disse "Você pode tirar a stripper de um bar, mas..." O final da frase não fazia sentido, mas ele entendeu. Não pedi desculpas.

— Será que você não está tentando controlar minhas roupas?

— Sério? – disse ele. – Você acha que o problema aqui é esse?

— Ué, o corpo é meu.

— Jesus! Claro, "seu corpo, suas regras", eu sei, mas não acha um pouco inapropriado, afinal você é casada? Um pouco desrespeitoso?

— Desrespeitoso com quem?

— *Comigo.* Sobretudo por causa... – ele se deteve e entendi o que ele queria dizer. Se na intimidade eu também estivesse dançando de calcinha para *ele*, transando com *ele*, tudo bem, mas como eu não estava fazendo nada disso, aquele vídeo soou mais doloroso. Ele não disse isso, contudo. Sobretudo por causa... *de tudo* foi como ele terminou a frase. Que alívio. Teria sido difícil ignorar os sentimentos do meu camarada, meu parceiro – mas de um homem controlador? Arregacei as mangas.

— Tá, mas olha só, eu estava pensando que... – puxa, eu estava me expressando como a criatura enlevada que vagueia pelas ruas. Essa criatura era um súcubo, determinada à destruição, ou meu verdadeiro eu? De um jeito ou de outro, tarde demais, a raiva tomava conta de mim. Levantei a voz. – *Eu* estava pensando que vivo num sistema que é desrespeitoso comigo, com pessoas como eu...

— Pessoas como você? Que tipo de pessoa é essa?

Tentei pensar num jeito de me resumir que não fosse incriminatório nem desse início a uma guerra de gênero.

— Uma Manobrista – respondi, usando as palavras dele.

Ele revirou os olhos.

— Tá, até aí nenhuma novidade.

— A novidade é que cansei de tentar ser outro tipo de pessoa. Uma *Motorista* – respondi, cuspindo essa palavra. – Não tenho mais vergonha disso. – Mas na verdade eu tinha sim, muita vergonha; abri o verbo, dei o grito de guerra.

— Tenho que ser outro tipo de pessoa para ser boa? Para merecer prazer? Nunca devo ter desejos? E sempre me sentir envergonhada?

*Não! Não mesmo!* Foi só o começo.

— Você consegue entender que só me restam três anos antes da minha queda de libido? Sua testosterona funciona assim... – desenhei no ar uma linha horizontal. – E meu estrogênio funciona assim... – desenhei o penhasco, raivosa, picotando o ar com a palma da minha mão; furiosamente, na verdade, eu estava FURIOSA PRA CARALHO com essa injustiça. – Você tem todo o tempo do mundo, mas eu estou prestes a *morrer* aqui, nessa casa!

Harris olhava para mim como se eu fosse louca, maníaca. Parei de falar, mas minhas palavras não paravam de soar. As consequências eram muitas, e assustadoras.

— Se você tivesse dito que fiz algo que magoou você – dizia ele, bem devagar, segurando a lateral do rosto como se eu tivesse lhe dado um soco –, eu teria no mínimo evitado fazer novamente.

— Eu tenho evitado isso o tempo todo – respondi. – Ao longo de todo o casamento.

As palavras voavam da minha boca como pássaros.

A resposta dele foi direta.

— Vai se fuder, você desperdiçou o que teriam sido os melhores anos da minha vida – disse ele. – Da *única* vida que eu tenho.

Ele estava certo. Do que eu estava falando? Nossa antiga devoção tomou conta do meu coração de repente, uma queimação dolorosa. Por que eu estava arriscando meu companheiro de longa data, meu lar, por uma energia inominável?

O pânico deu um salto na minha garganta.

Imediatamente entendi seu ponto de vista, oitenta por cento dele, no total. *Perdão, perdão, me perdoa,* respondi, *eu te amo, por favor, me perdoa,* como se tentasse enrolar de volta um rolo inteiro de papel higiênico. Mas não tinha como voltar atrás; a merda estava feita.

Ele fechou o computador, foi para o quarto dele e fechou a porta.

Deitei na cama tremendo de frio e não me cobri porque não tinha forças para puxar as cobertas. Consegui ouvir Harris sussurrando no telefone; estava contando o que aconteceu para alguém. Imaginei que me levantava daqui agora mesmo, saía pela porta da frente e encontrava todas as mulheres da vizinhança que também estavam deixando seus lares. Todas nós corríamos para o mesmo campo, um lugar que não tinha sido previamente combinado entre nós, mas que parecia um ponto de encontro implícito para quando o momento crítico chegasse. Corríamos feito cavalos, mas não éramos cavalos, então depois dos abraços de boas-vindas não havia mais nada a ser feito na grama. Todas começavam a olhar seus celulares à espera de uma ligação de seus parceiros, mas nenhum deles havia se manifestado ainda. Cedo demais. Estávamos fora de casa há pouco tempo. Então, em breve, já seria um milhão de mulheres à espera de uma ligação de seus parceiros, que precisavam delas, mas que logo entrariam em pânico e sentiriam culpa, se sentiriam diladeradas, nosso modus operandi. Começar a revolução aqui, agora, nesse gramado? Ou voltar para casa, voltar para o curral, usar a escova elétrica, se sentir sombria e aprisionada? É claro que ninguém tomou uma decisão porque já estávamos todas em casa, não num campo. Não havia um ponto coletivo de inflexão. A maioria de nós nunca faria nada muito diferente. Nossos anseios e raivas silenciosas seriam sufocados e passados para nossos filhos, eles nos odiariam muito por isso e na vez deles tentariam fazer as coisas de outro modo. As grandes mudanças sempre aconteceram assim, não ao longo de uma vida, mas em intervalos de gerações. Caso você quisesse de fato fazer alguma mudança, bastava crer em si mesma e no seu bebê; tinha que se permitir renascer inteiramente dentro de uma outra vida. É claro que à espreita estava o perigo de arriscar tudo, de acabar com tudo, por nada. Como eu tinha acabado de fazer.

# PARTE TRÊS

PART 3

TREES

## CAPÍTULO 19

De manhã, Harris e eu preparávamos o café da manhã e o almoço de Sam, uma reencenação polida e pavorosa de nossa vida anterior. *Você quer levar Sam para a escola ou eu levo?/ Eu levo, pode deixar./ Obrigada.* O que antes parecia uma formalidade, agora em retrospecto passou a ser um segredo, especialidades da língua de um casamento. Esse nosso e novo vazio: *isso sim* era uma formalidade.

— Queria te avisar que vou passar uma noite por semana no escritório – disse Harris, vestindo o casaco. – Direitos iguais.

— Em qual dia da semana? – perguntei, que tola, como se tudo fosse uma questão de calendário. Os olhos dele pousaram no meu cinto. Houve uma breve disputa paranormal em torno do cinto, pela energia que ele emanava, mas nenhum de nós teve coragem de emburacar nesse debate.

— Pensei em ficar lá às segundas.

Segundas-feiras. Parecíamos pessoas num papo sobre custódia.

— Mas com quem ele estaria tendo um caso – perguntou Jordi – já assim, de cara?

— Com Caro.

Minha mente foi tomada por essa ideia e senti um alívio estranho, uma isca a ser mordida.

— Uma pop star de vinte e cinco anos? – gargalhou ela. – Peraí, esse é *o tal* cinto?

— É. Estou usando para não esquecer por qual bifurcação da estrada devo seguir. Ela tem vinte e oito anos e ele passa muito tempo com ela. Muito tempo. Tudo bem, também; ninguém sabe melhor do que eu como essas coisas acontecem; provavelmente tem um lado dele que só vem à tona com ela.

Isto é, o lado do pau. Por que ele não teria o mesmo direito de abrir espaço para essa transformação por meio do sexo? Todo mundo tem esse direito; uma democracia psicossocial. Sequei os olhos e assoei o nariz.

— Dá um tempo pra ele – disse Jordi. – *A primeira reação não é a reação eterna.* – Essa era uma citação de um livro junguiano de autoajuda que repetíamos uma para outra quando nossos parceiros estavam putos da vida conosco.

— Ou sei lá também – respondi –, as coisas só vão piorar. Esse é o primeiro momento depois da queda do avião, mas antes do plantão com as últimas notícias.

Jordi conhece a história da vez que fiquei ouvindo o rádio com meu pai.

— Sempre tem *a defasagem de tempo* – disse ela.
— Exato.


Sozinha, na segunda-feira à noite, me dediquei ao cuidado maternal. Sam e eu tentamos fazer todas as coisas chatas de um jeito diferente, andamos pela casa usando sapatos de Tupperware e jantamos no quintal, no escuro. Ficamos em pânico com os uivos dos coiotes, uma matilha gritando em uníssono.

— Estamos falando de *centenas* de coiotes, não de dezenas – alertei Sam, citando o agente do FBI que era nosso vizinho. Tim Yoon nunca retornou minha ligação; por um momento, imaginei que pediria ao detetive aposentado que seguisse meu marido, como acontece nos filmes. Ele tiraria fotos com uma lente telefotográfica, faria o teatro completo.

— Também quero fazer diferente na hora de dormir, hoje não vamos para a cama! – sugeriu Sam.

— Não exagera, meu bem – disse, mostrando a calça do pijama –, algumas coisas chatas precisam acontecer ou seria um caos.

— Eu gosto do caos – respondeu elu, sonolente.

Na noite seguinte, fiquei escrutinando Harris à procura de sinais de que ele havia dormido com Caro no sofá-cama do escritório. Ele não estava com olheiras nem senti o cheiro de um perfume estranho, mas talvez um esforço para aparentar *alegria* ao fazer uma tarefa árdua, como dobrar roupa. Ou trocar a lâmpada queimada do corredor. Mas não havia nada de diferente. Ele estava com saudade de Sam e só.

Quando eu não estava de malas prontas para Monróvia já na quarta-feira de manhã (o que tanto eu fazia lá?), estava na cara a decepção de Sam e de Harris. Sam queria outra noite de pizza e Harris uma trégua da nossa guerra silenciosa e implacável. Justo. Enquanto dirigia, me dei conta de que essas noites que passávamos separados provavelmente eram os primeiros passos do divórcio. Divórcio, *sim*. Me engasguei dentro do carro. Eu realmente acreditava que ia ficar tudo bem em algum momento. Eu ainda conseguia imaginar nossas antigas versões, rindo com carinho da mania do outro.

Mais uma vez, o quarto estava impecável, nenhuma reviravolta. Uma semana atrás, Audra estava me dando a ordem de voltar para a realidade de algum modo. *De qualquer maneira.*

Eu tinha voltado para a realidade. Cá estava eu.

Tentei assistir a um programa de TV que todo mundo já tinha me recomendado, mas todas aquelas referências a sexo, casamento e infidelidade me fizeram chorar e o programa era justamente sobre isso. Quase ansiei que um flashback da HFM se instalasse no momento presente, por um segundo que fosse. A UTIN era o inferno, mas passamos por aquilo juntos, fazia parte da nossa longa história. Mesmo que eu começasse um relacionamento novo, um relacionamento mais aberto logo depois do divórcio e ficasse com essa pessoa por quinze anos, ainda assim ficaria menos tempo com ela. O fato de termos virado adultos e pais e nós mesmos juntos – nada disso voltaria a acontecer com outras pessoas. Se havia algo de significativo no processo de envelhecimento era o fato de podermos voltar no tempo juntos, cuidando de nossas memórias como um casal, para que elas ficassem depositadas no cesto seguro, protegidas das arbitrariedades do mundo cão – não só para Sam, para nós mesmos.

Por volta da meia-noite, fiz a busca "Hertz Sacramento". Era gostoso brincar com fogo, regredir. Havia três lojas naquela área; é quase certo que Davey estivesse trabalhando em uma delas – um movimento secundário pateticamente confortável. Li as avaliações no Yelp. O atendimento ao cliente às vezes estava descrito como particularmente bom ou ruim, mas o nome dele não era mencionado. De repente me deparei com um comentário sobre uma funcionária da Hertz do aeroporto: *Denise*. Tiravam satisfação por ela ser "uma jovem muito rude", o que considerei um excesso de informação. Denise. Jovem. Rude. Tendo em vista que eu já tinha fingido aceitar os limites de Davey, o provável é que Denise tivesse começado a chupar seu pau no banheiro dos funcionários e aí o que ele poderia fazer em resposta? Masturbá-la?

Me masturbei contra minha vontade, enjoada. Foi como tomar um drinque só, mas acabar sem calça debaixo de uma ponte.

Na tarde de quinta-feira, arrumei a mala, me vesti e fui pegar Sam na escola. Eu estava desesperada para ver a carinha delu, mas sabia que o desespero não ia ser mútuo, graças a Deus. Elu entrou no carro segurando a colher gigante de metal e quis porque quis colocá-la para sentar no banco do lado.

— Eu trouxe minha colher pro Mostre e Conte.

— E como foi?

— Ótimo. Eu mostrei que você consegue comer com ela de verdade. E comi meu iogurte. E contei que você foi e voltou de Nova York dirigindo sozinha.

Me esforcei para ficar impassível. O pior é que elu teria adorado o quarto do hotel e toda a história que inventei em torno disso; era bem a praia delu esse tipo de coisa. Sam acordava todos os dias e enfrentava com coragem a vida que tinha de acordo com o que elu realmente era, não obedecia a uma predefinição. Elu tinha pais que reafirmavam tudo isso, e é provável que já percebesse que éramos menos ousados do que elu – percebia, mas não conseguia expressar. Não ainda. Em questão de meses, ou talvez de dias, elu se viraria para nós, com o dedo apontado e diria *Vocês são uns fracos. Uns hipócritas*. Do mesmo jeito que fiz com a minha mãe.

Agora Sam já estava descrevendo o cupcake que uma menina levou para comer de almoço.

Tentei imaginar uma mulher exatamente como eu, mas que não tinha segredos. Que não sentia remorso. Uma mulher como essa seria aceita ou degredada como uma bruxa? E por que esse medo de ser degredada quando esse tipo de coisa nem acontecia mais? Porque até bem pouco tempo atrás todas nós éramos bruxas. Fomos degredadas e queimadas vivas há apenas trezentos anos. Isso é nada. Pouquíssimo tempo.

— Em cima tinha glacê e granulado, e recheio de creme – disse Sam. – Como é que bota creme dentro do cupcake?

— Você faz um furo com o cabo de uma colher de pau; dá um cutucada e espirra o creme lá dentro. E aí põe glacê no topo.

— A gente consegue fazer isso?

— Consegue.

Harris entrou na cozinha quando estávamos terminando de fazer isso. Ele parou e ficou nos observando alisar o glacê de fruta-dos-monges na cobertura. Prendi a respiração.

Biscoito de amêndoa recheado de geleia, muffin de banana sem grãos, ambrosia de abóbora – até quando a receita dava errado, Harris comia tudo, e isso era um grande elogio. Elogio sem o qual minha vida não faria sentido. De repente, me juntei a uma longa linhagem de mulheres que resolviam todos os problemas por meio da comida; o medo tira a modernidade de todas nós.

*Se ele comer o cupcake, tudo vai ficar bem entre nós.*

Ele fez outra pausa.

— É recheado de creme – disse Sam, com afobação. Estávamos rezando.

Mas Harris só estava procurando uma coisa que no fim das contas nem estava na cozinha.

## CAPÍTULO 20

Duas semanas se passaram desde que eu disse aquelas coisas horríveis. Foi uma briga diferente das outras; não bastava o orgulho nem que um de nós acabasse pedindo desculpas e aí lágrimas, beijos e fazer as pazes. É plausível que eu *quisesse* dizer todas as coisas horríveis que disse e nós dois sabíamos disso. Quando imaginei que voltaria a seguir a vida normalmente, "superando meus anseios", uma desesperança familiar tomou conta de mim. Mas me estabelecer numa vida nova e mais solta como uma mãe divorciada soava como uma punição, a história de outra pessoa. Quanto a Harris, nem conseguia olhar para mim. Quando tínhamos que fingir, na frente de Sam, percebi que na verdade ele estava olhando para minha testa ou para minha bochecha, para qualquer parte do meu rosto que não conseguiria devolver o olhar. Um beco sem saída. Não era um ambiente saudável para uma criança, mas ainda tínhamos umas duas semanas para reverter o futuro de Sam como um viciado em drogas. Duas semanas para que um de nós tomasse alguma providência.

— É uma vida de ilhéu – disse Jordi –, esse que é o problema. Ninguém consegue espiar o que se passa no relacionamento dos outros, e assim seguimos vagando no mundo das trevas. Pensa só na tecnologia! Só avança tão rápido porque as pessoas reúnem seus conhecimentos. Software de código aberto e essas coisas todas.

Concordei considerando as palavras que eram mais familiares para mim, e sorrateiramente fiz uma busca por "código aberto" no celular.

Um software *público desenvolvido de forma colaborativa*. Senti esperança. Seria possível abrir o código-fonte de uma crise conjugal? Fui descendo a página. E li *criação mais rápida de projetos* (ótimo, quanto mais cedo melhor), *apoio quase total da comunidade* (por favor!), *facilitação no gerenciamento de licenças* (tá, não se aplica), *sem que o usuário fique obrigado a trabalhar com um único fornecedor* (Harris).

Valeu a tentativa.

Naquela noite, mandei mensagem para todos os meus amigos casados, na faixa dos quarenta ou cinquenta anos (também para alguns amigos mais jovens, para garantir certas coisas). **O que você vai fazer quarta-feira?**, perguntei. Marquei com um por um e enviei o endereço do Excelsior. **Quarto 321. Vai ter lanche.**

— Todos os quartos são bons assim?

Cassie, cinquenta e três, só tinha esse intervalinho enquanto a filha estava na aula de cerâmica.

— Não, dei uma redecorada. Tem a ver com um... deixa pra lá. – O quarto não era a questão. Descrevi minha situação, falei de Audra, da bifurcação, da urgência.

— Então tudo isso aconteceu por causa de uma noite divertida?

— Não, a noite com Audra foi só o começo da ruptura – respondi. – Acho que eu vivia conformada esse tempo todo.

— Com certeza – respondeu Cassie –, todo mundo vive um pouco conformado. Comprometimento.

Abri a boca para perguntar se comprometimento era a mesma coisa que conformidade...

— Olha, minha opinião é a seguinte – disse ela. - *Segura as pontas*. Tantas mulheres destroem suas vidas aos quarenta anos e aí um belo dia acordam na menopausa e sem companheiro e só podem culpar a si mesmas.

Tinha lá seu fundo de verdade.

— Então você acha que eu deveria tentar resolver as coisas?

— Sei que não é uma coisa maneira de dizer, mas é o que eu acho.

— É que não sei se eu – engoli em seco – consigo fazer isso, fisicamente falando. Engolir meus desejos e fim.

Cassie deu um suspiro.

— Já dizia Simone de Beauvoir – disse ela –, "você não pode ter tudo que quer, mas pode querer tudo que quer".

— E o que *você* quer? – sussurrei, me inclinando na direção dela.

Ela balançou a cabeça.

— Segura sua onda por mais alguns anos, lá na frente você vai me agradecer.

*Querer sem ter. Segurar a onda*, digitei no meu bloco de notas, tentando me lembrar de todas as outras vezes que as pessoas disseram Você vai me agradecer depois – algum dia cheguei a precisar agradecer?

— Uau, cortina linda. Que flores são essas? – perguntou Nazanin, quarenta e nove, observando o quarto.

— Dálias e peônias – respondi, correndo para servir as bebidas que estavam na mesa com tampo de mármore; outras três mulheres ainda me visitariam hoje.

— Você está gravando?

Nazanin uma vez permitiu que eu gravasse uma conversa cotidiana entre ela e a babá quando eu estava grávida e não conseguia compreender a natureza dessa relação (embora na época do HFM e da Jess, nossa babá maravilhosa, essa inquietação tenha se dissipado).

— Não estou gravando. Aceita um prosecco? – perguntei o que ela queria, em termos de relacionamento, se pudesse escolher ter qualquer coisa. Supondo que a maioria das pessoas levava a vida como Cassie, eu precisava saber se meus desejos eram diferentes ou mais ousados que das outras mulheres. Todo mundo estava moendo, moendo, moendo?

— O que eu ia querer... teoricamente?

Nazanin era uma sapatão filha de uma mulher convencional e tinha um casamento de vinte anos.

— Esqueça a Kate. Imagine que não há como perdê-la ou magoá-la.

— Tá, vamos lá... eu queria ter mais alguém além da Kate, em outra cidade – disse ela, olhando ao redor, como se o quarto pudesse estar grampeado. – Um homem trans ou um tipo bem masculino que nem eu.

Assenti. Não esperava ouvir isso.

— Um oitavo de mim provavelmente é um homem gay. Mas eu não queria que essa parte de mim estivesse à frente da vida, sabe? Posso só ficar me masturbando com fotos de Lore Estes.

Lore Estes; o livro da mesa de centro. Nunca abri esse livro, por algum motivo presumi que a artista já tivesse morrido. Respondi que um oitavo parecia muita coisa, no tocante ao desejo.

— Provavelmente é um dezesseis avos – disse Nazanin. – Não vale a pena o risco.

*1/16 = não vale o risco. > 1/8 = talvez valha*, digitei na sequência, tirei o cinto da bolsa e o segurei com as palmas das mãos como uma jiboia. Minha parte oculta não dizia respeito à orientação sexual, como a de Nazanin – como você a chamaria?

— O sagrado feminino? – sugeriu Isra, cinquenta e um. – E, sim, ele pode tomar a frente da situação. Confia nele. Detecte-o.

Detectei uma mãe hippie irresponsável fugindo para a Índia com seu amante.

— Você parece comigo antes de transicionar – disse Isra. – Aquela sensação de que o tempo está acabando, mas você é frouxa demais para mandar tudo pelos ares.

Ri de nervoso. Frouxa? Eu era conhecida por ser destemida; meu trabalho sempre foi reconhecido como ousado. Isra ainda era amiga da mulher de quem antes havia sido marido; essa ex-esposa e sua nova companheira passavam os feriados com Isra e sua namorada.

— Então você não deseja mais nada? – provoquei. – Você é perfeitamente autoatualizada?

Ela desviou o olhar.

— Eu já te contei sobre a crio? – Balancei a cabeça. – Um dos meus objetivos é me candidatar à criopreservação. Pode parecer ridículo, pode parecer impossível, mas se der certo é possível haver uma segunda chance de ter a juventude desejada. Esse é o meu desejo, uma infância que faça sentido pra mim.

— Tá, uau. É caro?

— Basicamente, você compra uma apólice barata de seguro para financiar e depois paga a taxa de manutenção.

Vindo de Isra, não me pareceu um absurdo; sempre viveu à frente de seu tempo. A ciência havia se equivocado em relação ao seu gênero, talvez também estivesse sobre sua morte.
*Ao contrário de Simone de* B., observei. TENHA O *que você quer – não permita ser impedida pelo que a realidade parece ser.* Verifiquei meu e-mail, a enfermeira da escola de Sam havia mandado um "aviso de queda e ferimento". Sam havia caído do trepa-trepa e tinha um pequeno arranhão no joelho esquerdo, tratado com curativo e bolsa de gelo. Harris respondeu agradecendo e disse que colocaria mais gelo em casa à noite. Tive vontade de completar dizendo que eu também estava preocupada com o joelho e não estava aqui nesse hotel brincando, só estava tentando entender a merda em que nos metemos.

Shareen, quarenta e sete, foi a última entrevista oficial do dia. Ela era casada com um homem muito importante, Ari, advogado trabalhista.
— Mas Ari é meu segundo marido – complementou ela. - Agora vira.
Ela estava fazendo uma massagenzinha em mim, drenagem linfática.
— Mas não é preciso odiar o parceiro para se divorciar?
— Não. Não tinha nada de errado com o Steven, meu primeiro marido. Eu só não me conhecia quando o conheci. Tinha vinte e quatro anos.
Eu tinha trinta anos quando Harris e eu nos conhecemos. Eu me conhecia bem o suficiente para saber que era excessiva demais para uma pessoa séria se comprometer comigo. Então mudei, amadureci e me saí muito bem. No geral.
— Steven. Eu nunca ouvi você falar esse nome.
— Quase nunca penso nele.
Então você pode se livrar completamente de alguém, sem deixar rastros. Como num filme de terror.
— Sabia que você tem uma bola gigante na garganta?
— Literalmente? – perguntei, apertando o pescoço.
— Não. Isso é raiva.
*Raiva*, escrevi no meu bloco de notas. Jordi chegaria em breve.
*Raiva*. Sempre perdi a coerência, a capacidade mental, no tocante à raiva arraigada, isto é, a raiva dos pais. Minhas mãos flutuaram sobre

o teclado do celular, perplexas. Uma bola murcha escarafunchando as linhas dos bolsos vazios: nada tenho.
Talvez o lance fosse esse.
*Nada, o vácuo, impossível de ser dragada ou articulada. Quem sabe algo marcante – um acontecimento, um trauma – a ser lembrado, superado, lamentado.* Tentei ligar os pontos entre mim e Harris, à nossa situação, mas olha quem acabou de chegar.

Jordi chegou reconhecendo todas as coisas que eu descrevera nos últimos seis meses. Tudo era ainda mais lindo do que imaginara.
— Mas essa luz... por entre as cortinas...
— Que brilho, né, um pôr do sol perpétuo.
— Ainda tem esse... sabonete. Como pode cheirar tão bem? – perguntou ela, ensaboando as mãos.
— Cumaru.
— Gente, e essas toalhas. Você se importa se eu tomar um banho?
Em meio ao vapor, contei a ela sobre meu dia em código aberto. Não tinha certeza se havia aprendido alguma coisa, exceto que meus amigos ficavam muito confortáveis nesse quarto de hotel. Descrevi como ficavam à vontade para relaxar, falar abertamente sobre tudo, fazer massagem em mim e comer biscoitos amanteigados.
— Nem imagino qualquer uma dessas coisas acontecendo na minha casa, nem quando estou sozinha. Você, por exemplo, nunca tomou banho lá.
— Talvez você queira morar sozinha – sussurrou Jordi do banheiro, seu rosto de lua levemente avermelhado.
Talvez. Ou talvez eu fosse aquela pessoa que passa as férias no Havaí e tem a ideia estapafúrdia de se mudar para o Havaí para sentir que sua vida é férias sem fim. Uma vez instalada na Big Island, descobriria que a devoção que existe entre mim e Harris é a chave secreta da minha vida. Bronzeada e usando um colar de flores, perderia a cabeça e entraria no campo da morte.
Jordi elogiou o azulejo do piso com estampa de estrelas e contei do dia em que Claire e eu tentamos fazer o encaixe e da sensação de que se houvesse um número exato de ladrilhos um portal para outro mundo teria se aberto.

— E tinha?
— Não, faltaram três. Se você olhar atrás da privada... tem três que são verdes.
Ela escorregou, derramando água e olhou por cima do meu ombro.
— Não parece, combinam com os outros. – Eu me virei devagar, quase assustada. – Tá vendo agora?
Sim, os ladrilhos verdes que minavam a estampa de estrela haviam desaparecido; a forma estava magicamente completa. Alguém fez esse serviço.

— Claire e Davey – disse Skip, quando perguntei na manhã seguinte. – Me disseram que faltava terminar o piso.
— Eles vieram juntos?
— Vieram. Talvez ele tenha feito tudo sozinho. Não faz muito tempo, logo antes de se mudarem para o norte. Muitos jovens vão embora daqui por causa do alto valor das propriedades e...
Outra dimensão não se abriu, mas saber que ele se importou tanto a ponto de resolver esse problemão foi muito reconfortante, hipnótico na verdade. Tirei uma foto do lugar atrás da privada. Um plano extra. Se as coisas dessem muito errado (campo da morte no Havaí), eu poderia mandar a foto para Davey e, passando por esse portal, ir parar em seus braços. Tudo começaria com uma mensagem de putaria; ele já devia estar muito entediado em Sacramento.

Aplanei a colcha e servi mais biscoitos amanteigados. Tudo dependia das informações de hoje – as dos meus amigos jovens.
Destiny, vinte e nove, noiva há pouco tempo.
— Pode ser perda de tempo conversar comigo agora – alertei. – Tenho minhas desconfianças sobre a instituição casamento.
— Eu também. – Deu de ombros. – O casamento é um vestígio da mentalidade escravagista, as pessoas como propriedade. – Justo por isso ela e seu noivo haviam feito votos sob medida. – Falei pra ele assim, "Quero ficar casada com você pelo resto da vida. Essa ideia me agrada muito. Mas quero fazer sexo com outras pessoas; acho tão excitante".

— Você disse isso?

— Por que vou ter vergonha de dizer o que quero? A vergonha diz: "Sou má". Eu não sou má. – Ela estava fazendo estágio para ser terapeuta; parecia algo que tinha ouvido numa das aulas.

— Eu sou má – respondi.

— E quem te ensinou isso? – refletiu ela, dando um gole no espumante.

— O fato de eu estar aqui nesse quarto de hotel – gesticulei – é a prova cabal.

— E onde deveria estar?

— Na casa dos meus pais? – respondi fazendo piada, porque na terapia tudo é culpa dos pais. Ela só balançou a cabeça.

Uau, ela tem talento, pensei quando a ideia me ocorreu. *Na casa dos meus pais.*

— Sabe com quem você podia conversar sobre essas coisas? – disse Destiny antes de ir embora. – Com Arkanda. Adoraria saber a opinião dela.

*Votos sob medida,* anotei. *Sou má – quem ensinou?* E: *sair da casa dos pais = ruim.*


— Eu sempre soube que era não monogâmica – gritou Caitlyn, vinte e dois, do chuveiro. Ela estava suada da corrida matinal; segurei Sophie, sua bebê, no colo.

— Você sabe o que é uma galha? – perguntou ela, batendo o pé no tapete grosso do banheiro.

Eles precisaram de algumas rodadas de conversas com o terapeuta de casais, mas hoje em dia Caitlyn e o marido estavam num momento bom. Escolhiam juntos as mulheres.

— Quanto mais gostosa, melhor – disse ela, dando tapinhas profissionais no cabelo, enrolando os cachos para secarem melhor. – No começo, ele tentava me incluir, me chamava para participar. Mas agora ele sabe que nem quero estar no mesmo ambiente. Espiar pela fresta da porta é a melhor coisa.

— Isso te deixa excitada? – perguntei, passando Sophie do meu colo para o dela. Mas as palavras saíram balbuciadas porque eu estava com muita saliva na boca; tinha esquecido de engolir enquanto ela falava. Os olhos de Caitlyn cintilaram. Ah. Era assim que ela atraía as mulheres.

Mudei de assunto perguntando se, em relação ao sexo, ela se via enraizada no corpo ou na mente.

— Você acha essa distinção muito binária? – complementei, quando ela revirou os olhos.

— Acho que você não tá fumando a quantidade certa de maconha antes de transar – disse ela, balançando Sophie. – Experimenta Dutch Treat ou qualquer híbrida que seja mais pra Indica.

*Drogas*, anotei, ao esperar pela mulher seguinte. *Galha*. Caitlyn era tão pragmática e organizada em relação a seus desejos, nada parecida com uma mãe irresponsável fugindo para a Índia com seu amante. É claro que aquela mãe não era ninguém, foi só uma persona que inventei para me assustar. Assim com aquela placa "Cuidado, cão feroz" feita para assustar as pessoas nas portas das casas que na verdade nem têm cachorro. Nem bruxa. Um sistema de segurança baratíssimo e muito eficaz.

Talia, trinta e sete anos, formada em história da biologia, era minha última esperança. Ela disse que o problema não era o casamento, mas o ecossistema social do entorno.

— A dança, por exemplo, já cumpriu uma função importante na sociedade, danças de corte, danças campestres, danças de salão, e permitiam que as pessoas tocassem outras pessoas que não seus maridos e esposas.

— E isso é... saudável?

— É, biologicamente é importante sentir outros braços e pernas... o cheiro de corpos estranhos. Uma biosfera humana diversificada contribui para um casamento saudável.

Ela disse essa última parte com exaustão, como se já tivesse usado esse argumento centenas de vezes. Não duvido. Mas até onde eu sei, ela e o parceiro não frequentavam bailes campestres.

*Algumas práticas permanecem até hoje – a monogamia –, mas não as microestruturas que a tornaram possível: a comunidade, a dança e sabe Deus o que mais.*

Essa foi minha última anotação, código aberto concluído. Não parecia ter grande significado e é claro que não teria, não nesse caso. Esperei até o último minuto para ir embora, dirigi a toda velocidade para casa. *Mamãe está chegando!*

## CAPÍTULO 21

Enquanto eu apertava nossa criança e deixava à mostra os cachinhos de seu cabelo, Harris me disse (para minha testa) que ia oferecer um brunch no domingo seguinte.
— Para celebrar o lançamento do novo single da Caro.
— Ah, sim.
Mal pude acreditar. Era nisso que investia toda sua energia?
— Você quer que eu esteja presente? – perguntei, tentando imaginar que dividia o mesmo ambiente com Caro. O brunch não se encaixava na teoria do caso secreto, a menos que fosse uma coisa "secreta em público". Mas mesmo assim, ele não ia se divertir mais sem a minha presença? – Posso ajudar na arrumação e depois sair. Vocês pensaram em servir o quê?
Harris olhou para o teto da cozinha e fechou os olhos como se eu tivesse acabado de dizer a coisa mais absurda possível.
— Eu queria estar com uma pessoa que realmente quisesse estar presente – sussurrou ele, não para mim, mas para ele mesmo ou para os deuses.
Mas ele ainda queria que essa pessoa fosse eu? Eu e minha alma andarilha? Ou com uma pessoa futura que gostava de jardinagem e deixava todas as coisas espalhadas pela casa ao invés de ter tudo à mão? Consegui imaginar o rosto sorridente e sonolento dela pela manhã. Quem não gostaria de acordar ao lado de uma pessoa assim? Cachos caindo de um coque bagunçado, uma risada de guizo. Harris pôs os fones de ouvido. Sam estava deitade de bruços na frente do aquecedor, se entupindo de

conforto. Uma trouxa de lençol mijado em cima da máquina de lavar; elu estava começando a regredir, fazia xixi na cama como fazem todas as crianças quando não têm outro recurso. Ou vai ver elu só bebeu água demais na noite anterior.

Na segunda-feira, Harris dormiu fora novamente. Sam não parecia se importar com nossa necessidade de trabalhar "até muito tarde e não conseguir voltar para casa". Depois que Sam adormeceu, me masturbei com fúria pensando em Harris fodendo Caro no sofá-cama do escritório. **Quanto tempo vamos continuar assim? Ou essa já é nossa vida nova?** Mandei para Jordi. Ela me ligou na mesma hora.

— Também dormi no meu estúdio ontem à noite – disse ela. – Vou passar a fazer isso toda terça; você inventou moda.

— Onde você dormiu?

— No sótão. Deixei tudo muito aconchegante.

Mandou uma foto dela no sótão. Estava com o rosto iluminado, assim como eu depois da noite com Audra. Mas *em Jordi* o entusiasmo parecia ousado, interessante, não uma alegria espalhafatosa e egoísta.

— Acho que com vocês duas é diferente; Mel confia em você. Você é confiável.

— Sei não... tudo é perigoso. É uma construção mais promíscua do que dormir no mesmo prédio toda noite. E essa folguinha de passar uma noite fora muda a semana inteira, né? *Oh.*

— Como assim?

— Estamos reformulando o calendário. A sabedoria deu seu recado. *Todo dia é terça-feira.*

Mas eu não conseguia me lembrar do porquê essa frase pareceu tão importante; agora soava como algo dito por uma pessoa maluca. Eu me vi cambaleando pela cidade na escuridão, uma mulher desdentada e falastrona que já teve um lar confortável, marido e filho, mas que abriu mão de tudo por uma... ninguém lembra o quê. Alguma coisa a ver com o desejo.

— Tá na linha?

— Oi – sussurrei com força.

Um silêncio longo e triste, então Jordi perguntou se havia algum lugar que era especial para mim e Harris.

— Onde vocês possam ir para conversar abertamente sobre os problemas? Na natureza, talvez?

— Não – respondi –, não temos nada do tipo.
— Também não precisa ser um lugar, pode ser alguma particularidade de vocês, uma...
— A gente tem uma saudação própria.
— Uma saudação.
— Como fazem os soldados. Fizemos isso na primeira vez que nos vimos, e não parecia a primeira vez. Um lance meio *Ah, olha você aqui*. Jordi fez uns barulhos de "hm", como se a senha fosse essa.
— As saudações surgiram como gestos de confiança, para deixar claro que a pessoa não estava segurando uma arma – disse ela. – É um bom começo.

Eu planejava saudá-lo quando estivesse do outro lado da sala no dia da Festa da Família, mas Harris não conseguiu sair a tempo do estúdio, ele e Caro trabalhando com um violoncelista do Japão. Cadê o Harris?, as pessoas não paravam de perguntar e toda vez que eu falava sobre o violoncelista – para uma professora ou para outra mãe –, a história ficava com mais cara de desculpa esfarrapada. Alguns pais já eram divorciados e a Festa da Família era um desses poucos momentos em que tinham que estar juntos e de maneira civilizada. Imaginei Harris e a mim nessa situação, notando em silêncio nossos novos cortes de cabelo enquanto contemplávamos os trabalhos de Sam. Os trabalhos da nossa criança, nossa criança incrível. Sam odiou seu desenho de um basalto e queria rasgar os trabalhos.

— Sabe quem vai amar esse desenho? – perguntei, ajoelhando para dar um abraço. – Seu avô.

Mandei uma mensagem para o meu pai, o geólogo amador, com o desenho de rocha cinzenta que Sam havia feito.

**Você não queria saber sobre a menopausa da Elaine?**, respondeu na manhã seguinte.

Eu não acatei a sugestão da minha mãe porque me pareceu muito improvável ou talvez só triste demais – a de que ele sabia mais sobre isso do que ela. Mas acho que ela contou para ele.

— Ela disse que não foi nada de mais? Ha! – esbravejou meu pai. – Muito conveniente.

— Acho que ela não estava conseguindo lembrar.
— Lembra sim. Ela saiu de casa! Você sabe dessa história.
Lembrei que existiu um tal de estúdio por algumas semanas...
— Foi um mês. Ela morou lá.
... mas a ocasião não estava fresca na minha memória.
— Foi logo depois da cirurgia; um reflexo de sua menopausa repentina. Disse que estava farta de tudo. O tal "Basta!". E aí encontrou um apartamentinho deprimente e morou lá até que saiu o diagnóstico de arritmia e ela recuperou o juízo.

A arritmia, no fim das contas, não virou um problemão, nada que afetasse o coração; olhando agora, parecia que tinha sido uma mudança de vida. Recordo vagamente do dia que me mostrou o armário cheio de sopa enlatada em sua kitnet. *Muito fácil de fazer e de limpar*, disse, orgulhosa.

Da casa sem ela, disso me lembro bem. Na época em que esteve ausente, eu organizava tudo, arrumava a cama do meu pai e cozinhava para nós como uma esposa de dezesseis anos. Certa noite, não consegui encontrá-lo em casa – procurei por toda parte, chamei seu nome pelos cômodos e arredores da casa. Enfim ouvi um murmúrio no canto do quarto deles; estava encurralado entre a cômoda e a parede. Seu rosto surgiu em meio às sombras e ele pediu um copo d'água.

Por que você está falando assim?

Ele falava de um jeito estranho.

Ah! Seus olhos cintilaram. Agora sei cantar! exclamou. No tom!

Nós dois tínhamos vozes horríveis, até se fosse para evitar nossa morte não conseguiríamos manter o tom. Ele explicou que com sua nova voz, um *sotaque eslavo*, podia cantar. Não me pareceu um som local, só um balbuciado, como se ele tivesse alguma coisa na língua. Daquele cantinho, ele começou a cantar (na verdade, entoar) "Ol' Man River". Parou algumas vezes, tomado de emoção, alongando o último verso – *Continua se deixando levar* – como num grand finale, carregando ainda mais no sotaque.

— Cooooontchinua se deixando levaaaaaaarrrr!

Depois desse dia, parei de cozinhar e de limpar. Estava paralisada pela culpa de o ter abandonado no campo da morte, mas aos dezesseis anos eu já estava velha demais para acompanhá-lo por lá. Sabia o que era cantar no tom e ele não estava cantando no tom.

— Posso falar com o Harris rapidinho? – perguntou meu pai. – O filho do Roger quer fazer carreira na música.

— Ele não está – respondi, com brusquidão, como se fosse culpa do meu pai. – Às segundas, ele dorme no escritório.

Adicionei um dia à minha rotina de exercícios. Se minha bunda ficasse mais empinada, ia acabar me sufocando, mas agora queria ficar muito forte, como se estivesse me preparando para uma luta livre. Imagina que farra se Harris e eu caíssemos na porrada, quem sabe até a morte. Me olhei no espelho fazendo agachamento com dez quilos em cada mão. Eu estava mudada. Mais alta? Ou mais baixa?

— Às vezes, as pessoas adicionam um dia quando estão próximas de receber um prêmio ou de se casarem... – ponderou Scarlett em voz alta. Ela era um pouco intrometida.

Nem casamento nem premiação, respondi.

— Ou quando estão voltando a sair com outras pessoas – interrompeu Brett, levantando as sobrancelhas, como quem diz *ôô lá em casa*. – Muitos de nossos clientes acabam voltando pro jogo.

Scarlett balançou a cabeça: *Não dê ouvidos a ele.*

— Tô dizendo! – insistiu Brett. – Já vimos isso acontecer milhões de vezes: a pessoa começa a malhar, fica gostosa e aí conclui, *Cara, eu posso mais! Vou arranjar coisa melhor!*

— Temos visões diferentes sobre isso – disse Scarlett, serena. – Acho que é a conexão corpo-mente. Levantar peso traz equilíbrio; como yin--yang, sabe? Aquele simbolozinho? – ela desenhou um s invertido no ar. – Ajuda a equilibrar a vida. E *às vezes* acarreta mudanças no relacionamento.

Fiquei bem na minha, fazendo minhas repetições, e Scarlett caminhou em direção a um homem parrudo que grunhia.

Mas ela tinha razão. Yin-yang etc. e tal. Eu não estava mais gorda nem mais magra; estava encarnada. É claro que sempre estive aqui, mas com muita cautela, como as pessoas que não gostam de desfazer as malas mesmo sabendo que passarão um tempo num lugar. Agora meu cérebro estava espalhado por todo o corpo, não estava só na minha cabeça. Havia conseguido isso por meio desse levantar e abaixar rude e persistente e fazia tanto sentido – é impossível só considerar o próprio caminho rumo à estabilidade física, a pessoa tem que caminhar até lá. Esse pensamento me lembrou do dia em que me dei conta de que a maioria das pessoas está passando por algum tipo de recuperação; a sub-rede secreta do mundo em que eu vivia. Quem não sabia nada sobre recuperação e exercício físico não conseguia acolher o cerne da pindaíba humana. Há tantas maneiras de se reerguer – e de cair, claro, é só o que fazemos. O calor do meu corpo inundava a atmosfera da noite enquanto voltava para casa.

Harris decidiu que para o brunch serviria comida mediterrânea.

— Que bom – respondi –, todo mundo pode comer.

Como sempre, ele não disse nada. Havia me dito que eu não precisava ficar para o brunch, mas é *claro* que eu ia ficar para o brunch, nem que fosse a última coisa a se fazer. Os convidados, amigos de Caro e o pessoal da indústria musical circulavam pela casa com pratinhos e mimosas, sem demonstrar os desafios do eu. Sam ia de convidado em convidado oferecer as balas que havia comprado com o dinheiro da mesada.

— Altoid? Gostaria de um Altoid?

Harris e eu demos um show como o casal mais organizado e atencioso, um amor tão transbordante que merecia ser dividido com todo mundo – por meio da comida e da bebida! Come mais! Pode repetir!

Caro estava usando um vestido que deixava as costas nuas, parecia um avental-short. Foi muito fácil evitá-la, bastava que eu conversasse com as pessoas mais chatas da festa. Por que as pessoas gostavam de descrever as viagens que faziam, sendo que não tinham ido ao Inferno nem ao centro da Terra?

— *Você* esteve em algum lugar legal recentemente? – me perguntou um cabeludo depois de descrever Cancún.

— Não – respondi –, mas acabei de perceber a dinâmica que tenho com meu marido: expresso um problema que tenho de forma tão dramática que *eu* viro o problema, e isso me deixa desesperada para reaver a confiança dele. É um ciclo que nos impede de avançar na resolução dos nossos problemas. Acho que minha mãe também fazia isso.

— Parece que você precisa tirar férias! – disse o cabeludo, sorrindo e se afastando de mim.

— Tudo isso *começou* nas férias! – gritei, mas ele já estava no jardim.
— Por acaso, tem um gigante viciado em heroína morando aqui? – perguntou Dan, nosso amigo, apontando para a colher gigante em cima do sofá.
— Não – respondi rindo, recolhendo a colher –, só uma pessoa de tamanho normal com um vício gigante.
Olhei para aquele utensílio comprado há tanto tempo. Garfos bifurcados; colheres agrupadas. E uma colherzona...
— Ele é o cara, né?
Foi Caro quem disse; falava do Harris. Ficamos olhando para meu marido/talvez amante dela enquanto ele fazia um pratinho de comida para uma mulher que estava com o bebê no colo. Homus? Você gosta de homus? Quer babaganush?
— Ele é minha voz da razão – confessou Caro. – Posso pirar um pouco. Sou a tal "gênia louca", sabe.
Ela disse isso como quem faz uma citação. Devo ter perdido alguma matéria específica sobre ela.
— Sei que às vezes sou muito difícil de lidar, mas sou o que sou – disse ela, cutucando uma das narinas com um dedo gracioso. Eu nunca tinha visto uma adulta cutucar o nariz abertamente. – *Meio durona* – disse ela, sussurrando, referindo-se à sua meleca, creio eu, ou a si mesma. Limpou o nariz graciosamente com um lenço que tirou da bolsa, depois passou álcool gel no dedo. Olhou para a colher gigante que eu segurava e depois para o meu rosto.
— Sua pele é ótima – disse, categórica. Foi uma conversa sem ritmo.
— Obrigada.
— Eu também vou ter uma pele ótima, até porque nunca saí de casa sem protetor solar. Muitas pessoas da minha idade não usam. Agora ninguém dá nada, mas vai ficar óbvio quando ficarmos mais velhas. Não vamos ter rugas. *Cadê as marcas de expressão*, as pessoas vão se perguntar...
— Quase me perguntei isso agora.
— Mas não expressamos afeto; seja por causa do autismo ou outras coisas, emojis etc. Eu só vou sorrir quando for, sei lá, o aniversário de um amigo, nos outros casos parece exagero, sabe? Um pouco de falsidade.

Chego a pensar em falar que não estarei viva para testemunhá-la envelhecer sem rugas, mas não quis dizer nada que soasse competitivo ou agressivo porque acabei descobrindo que gostava dela. Ela era muito mais estranha do que eu pensava e notei como ela e Harris formavam uma dupla e tanto. Ela não estava nem aí para nada, mas ele estava. Ela tinha uma energia sombria e um dos talentos de Harris era transformar as sombras alheias em vitórias. Sério. Eles ganharam muitos prêmios juntos.

Eu disse que a pele dela era incandescente e ela me perguntou se eu achava que as alças de seu vestido tinham que ficar para cima ou para baixo. Respondi que para baixo e ela saiu para procurar um amigo.

Notei quando fez uma parada ao passar por Harris. Ele pôs a mão em suas costas nuas e se aproximou para ouvir o que ela estava sussurrando. Coloquei a colher grande no chão. A inveja passou por mim em forma de náusea. Não porque talvez eles estivessem fodendo, mas porque estavam comprometidos um com o outro, unidos por um propósito claro e, ainda assim, ela continuava vivendo sua liberdade. Houvesse o que houvesse entre eles, ela permanecia em conexão com um fluxo constante de homens e mulheres jovens e belos e pessoas não binárias. A maioria das mulheres era da comunidade hip-hop e já haviam sido consideradas heterossexuais. Parecia estar se divertindo muito, no mundo inteiro, e Harris a *admirava* por isso – alheio a qualquer julgamento, sua liberdade sexual era parte do material com que ele tinha que trabalhar. Agora ela conversava com outro convidado que estava no mesmo nível de fama que o dela, um homem que tinha inventado um aplicativo que todos usavam.

À noitinha, todo mundo já tinha ido embora. Achei que depois do brunch haveria um acerto de contas, mas nós simplesmente abrimos mão e voltamos ao silêncio ensurdecedor. Enquanto limpávamos a bagunça, Sam assistia à TV. Ao jogar pães pita mordidos no lixo, meu coração de repente disparou. Coloquei uma das mãos no peito e tentei me acalmar, mas não conseguia respirar. Me esforcei demais, passei do limite. Me encostei na parede; a bandeja escorregou dentro da lixeira. Tá, estou morrendo, pensei, me perguntando se conseguiria alcançar Harris a tempo. Ele estava no quintal recolhendo os copos. Se eu morresse no meio do caminho e caísse no corredor, Sam me encontraria primeiro. Eu suava e tremia e me forcei a continuar limpando porque, como acabei de perceber há quinze segundos, não passava de uma crise de pânico. Com as mãos trêmulas, catei pratinhos e guardanapos; eu ainda queria alcançar Harris e cair a seus pés, mas não havia mais por que fazer isso, nada que justificasse esse ato. Quando ele entrou na cozinha com os copos empilhados, só notou que eu me movia lentamente, como se realizasse uma tarefa muito árdua, como se odiasse ajudá-lo. *Muito pelo contrário!* Eu queria gritar. *Na hora da morte eu queria só você!*

E a liberdade total do corpo, agora que a iminência da morte desaparecia.

Sorri para mim mesma, chorando e dando nó nos sacos de lixo.

Essa paralisia que havia entre nós dois era obra da vida, de repente ficou tão claro.

Um beco sem saída, zero código aberto; a vida não passava de uma batalha. E assim deveria ser.

Levei o lixo comum e o reciclável para fora de casa, um saco grande em cada mão. Antes de voltar, fiquei parada no quintal, olhando para as janelas acesas. Harris passou por mim com um prato na mão, os olhos se detendo brevemente em seu próprio reflexo.

Isso aconteceu na noite anterior à ligação de Tim Yoon, o policial aposentado.

Yoon, lua incomum; fez ronda na noite. Yoon, colher para desjejum, tipo um garfo, mas que não deixa a comida cair.

## CAPÍTULO 22

Ele disse que não costuma demorar tanto para retornar uma ligação, mas sua filha tinha acabado de se casar.
— Foi um rebuliço! Casamento-viagem, sabe? Mas então, você queria verificar umas placas, não era?
— Não precisa mais, não. Já resolvi – respondi, contando a história do telefotógrafo e o panfleto da imobiliária.
— Mas pra que usar lente telefotográfica? Era um close?
— Não. Brian que matou a charada.
— Quem?
— Brian, seu amigo que era meu vizinho. Ele que me deu seu número. O que trabalha no FBI?
— Você não acredita. Ele morreu.
Engoli em seco.
— Eu não soube. Meu Deus. Por acaso foi no... cumprimento do dever?
— Como assim?
— Ele tomou um tiro?
— Ah, não, não, ele tinha um probleminha nos rins. Estava há um mês e pouco no FBI quando recebeu o diagnóstico e aí teve que sair.
Então era por isso que estava vendendo sua picape. Não estava se mudando; estava morrendo.
Tim Yoon perguntou se eu precisava de mais alguma coisa.
— Rastrear? Tem alguém que você quer encontrar?
Respondi que não.

— Pois é, hoje em dia ninguém mais busca esses serviços, depois do Facebook e essas coisas todas.

Naquela noite, contei a Harris sobre o telefotógrafo, o panfleto da imobiliária, a morte de nosso vizinho. Estava contente de ter informações importantes para compartilhar; ele ia ter que me responder... afinal, um homem tinha *morrido*.

— Que tristeza. Ele era tão novo.

Cada palavra soava como um dólar que ele preferiria gastar em qualquer outro lugar.

— Ele nem trabalhava mais no FBI – comentei.

— Faz sentido.

— Mas ainda usava o uniforme.

— Pois é. Triste demais.

Tive a impressão de que a conversa acabaria nessa hora, mas aí, por incrível que pareça, ele perguntou qual era o valor da nossa casa. Eu não lembrava. Corri até a garagem e voltei com o panfleto.

— Um milhão e oitocentos – disse ele em voz alta. - Bom saber. - Então ele inclinou o corpo, estreitou os olhos. - É você?

— Sou.

— Hm. Bizarro. Ele deve ter fotografado de dentro do carro.

— Foi o que pensei – respondi. Quase uma conversa real. E havia uma sensação estranha no ar; mas eu não conseguia identificar qual. Ele ficou sentado, sem falar nada.

— E se você colocar esse robe – disse ele, enfim, bem sucinto.

— Meu robe? Por quê?

Ele fez cara feia, não disse nada.

— Eu doei pra caridade.

Ele se levantou. Eu já tinha matado a charada. Antes de sair da sala, ele disse "Usa outra coisa, então".

A porta da frente bateu enquanto eu olhava para minha cômoda. Ele tinha acabado de sair? Vesti uma camisola curta e transparente e fiquei seminua na sala de estar pelo que pareceu ser um ano, mas se fosse uma prova eu teria ficado ali pelo resto da minha vida. Depois de um tempo, espiei pela janela da frente. Ele estava sentado dentro do carro. Vou até lá? Voltei para o meu canto. Por fim, uma batidinha na porta.

Ele não se esforçou muito para entrar no personagem, então demorei a processar. Convidei-o para entrar, sentamos na cama. Ele pegou o telefone e me mostrou as fotos que tinha acabado de fazer; nossos janelões sem cortinas brilhavam no escuro e minha camisola estava totalmente translúcida. Sem explicação, fiquei molhada, mas ele estava impassível. Coloquei as mãos sobre o colo.

— O que mais você gosta de fotografar? – perguntei ao telefotógrafo.
— Sobretudo cenas da natureza.
— Você já foi ao Zion National Park?
— Nunca.
— Eu vou passar por lá – respondi. – Em breve, vou cruzar o país de carro. – Se eu estava fazendo meu personagem do panfleto da imobiliária, então eu ainda não tinha feito a viagem. Não que a precisão histórica tivesse alguma importância nessa hora.
— Se você fosse minha esposa, eu nunca ia deixar você dirigir para tão longe sozinha.
— Ah, não? Bom, tô a fim de um desafio, de uma aventura.
— Posso oferecer essa aventura.

Mas eu ainda não tinha certeza se queria.
— Ele nunca vai perceber a diferença – complementou.
— Ele quem?
— Seu marido.

Desabotoou a calça e seu pau caiu com peso. Vamos lá. Ajoelhei, fechei os olhos e comecei pensando no telefotógrafo, que na minha cabeça era asiático, como Tim Yoon. Ele disse alguma coisa que não entendi.
— Como?
— Você é safada pra caralho, hein?
— Pra caralho...?

Ele deu um tapa na minha bunda. Uau. Estava mesmo comprometido com o papel. Estava até com uma aparência diferente, a boca meio aberta e uma certa maldade nos olhos. Ele me levantou e me jogou na cama. Ah: ele estava bravo comigo. E com aqueles olhos abertos e tensos, não pude fechar os meus, eis um problema – como eu ia conseguir *pensar* com ele bem ali na minha frente? Na verdade, eis uma crise, pois de repente ficou claro que tudo dependia disso; eu tinha que trepar com o telefotógrafo sem fechar os olhos. Com hesitação, passei as mãos nos pelos grisalhos de seu peito largo; ele mudou de posição e um cheiro acre emanou dos lençóis, como um tapa na cara. Esse homem, esse fotógrafo de pau duro, estava presente, não era uma fantasia. Tentei desesperadamente recordar o que poderia estar fazendo caso essa cena estivesse acontecendo na minha cabeça. *Ele se masturba no carro, mostra fotos, bota o pau pra fora – o que você faz agora? Você, a safada pra caralho.* Eu conseguia ouvi-la, seus pedidos idiotas, seus ruídos de lamento, primeiro na minha cabeça, depois saindo das profundezas da minha garganta feito alma sintonizada. Esses sons dispararam o arqueamento e a contorção do corpo e a pronúncia de palavras como *Me fode. Me fode, por favor, isso, vem, me fode.* Assim como aconteceu com Audra, uma combinação do salgado e do doce entre o corpo e a mente que originou uma coisa totalmente nova, feito alquimia. Ou sexo. O fotógrafo do cartão da imobiliária estava reagindo a tudo isso, ele meteu em mim e essa nova dorzinha profunda, que não era um pólipo ou um cisto, me encheu de esperança. A coisa foi tomando novas proporções e ficando cada vez mais e mais obscena e desenfreada e tudo parecia possível com esse cara, esse fotógrafo asiático que mal me conhecia. Eu só conseguia pensar que Harris ia ficar muito envergonhado depois que gozasse.

Mas não – ele não ficou envergonhado e ele não era Harris. Passou a cueca no meu peito para limpar o esperma, deitou e me envolveu em seus braços. Mil anos se passaram desde que estive nesses braços pela última vez. Contou de todas as coisas que ele fotografava além de casas e natureza. Ele fotografava carros para anúncios. Tirava retratos de atores e modelos. Fazia fotografia still para gravações de filme pornô e às vezes fotografava animais de estimação.

— Nós acabamos de adotar um cachorro – comentei.
— Qual raça?
— Misturado.
— Vira-lata?
— Acredito que sim. É mais do meu marido e de minha filha.

Eu esperava não estar indo longe demais. Depois de uma pausa, ele disse que gostava mais de gatos e adormeceu. Atravessei o corredor e fui para minha cama.

\*

Quando liguei para Jordi, para contar da reviravolta surpreendente da noite anterior, ela suspirou profundamente de alívio e disse: o sexo da reconciliação é o melhor de todos.

É mesmo. É *mesmo*, concordei. Encostei minha testa na parede da garagem. Eu achava que significava algo mais, algo que ainda não tinha nome.

Andei em círculos; uma bolha suspensa no óleo.

Fixei mais uma vez o panfleto da imobiliária em cima da minha mesa e fiquei analisando a mulher de robe que deu início a essa história toda.

O "eu provisório" junguiano era seu verdadeiro eu. Assim como a lagarta ou o girino, ela não foi feita para durar eternamente, mas talvez ajudasse a originar algo novo.

Dirigi até a casa de caridade, onde havia doado onze sacos pretos de lixo – os dez primeiros já eram águas passadas, mas o décimo primeiro estava perto da porta da frente até algumas semanas atrás. Quais eram as chances de o robe estar no décimo primeiro saco? Procurei na seção Pijamas e Lingerie. Olhei a seção infantil, porque era pequeno, e a seção Vestidos só por desencargo.

— Talvez não esteja nessa loja – disse um funcionário. – As doações se perdem. Pode estar em qualquer casa de caridade da Califórnia. Ou o mais provável é que alguém já tenha comprado.

— Você acha então que é impossível de achar? – perguntei, olhando para uma dupla de leões de cerâmica.

— Ah, com certeza.

— É *isso* aqui? – disse outro funcionário, segurando um cabide de plástico com meu robe.


— Esse é meu robe – disse para a funcionária do caixa.

— Uma graça – respondeu ela.

— Quer dizer, era meu, mas aí doei pra vocês e agora estou comprando de volta.

— Certo – disse ela, embrulhando os leões com jornal.

— É estranho ter que comprar de volta, na verdade parece mais justo que eu o pegasse, afinal é meu.

Ela olhou para mim, mas continuou fazendo o embrulho.

— Deixou de ser seu quando você doou. E volta a ser seu quando você pagar por ele. Não tem conversa.

Eu não estava barganhando. Minha questão era simples: o que faz de alguma coisa propriedade de alguém? Acredito que *pagar* foi a resposta dela.

Enquanto Harris colocava Sam para dormir, limpei os leões e os coloquei em frente à lareira. Pareciam bonitos ali. Girando o corpo lentamente, vasculhei o resto da sala de estar à procura de outras coisas que eu tinha comprado, qualquer coisa. Mas não havia nada. Em quinze anos, alterei em nada a decoração. Até cheguei a tentar, uma ou duas vezes – um escorredor de pratos novo, uma cesta –, mas Harris se constrangeu com minhas escolhas e não insisti. (Discutir pra quê? Menos rebuliço sobre cestas significava mais energia dedicada ao meu trabalho). Portanto, esses leões foram minha décima primeira e décima segunda contribuições com o lar, as primeiras dez foram as colheres.

Fiquei um tempo dentro do meu quarto, depois tirei a roupa e vesti o robe. A familiaridade me atordoou. Harris estava passando fio dental quando entrei. Ele me olhou de cima a baixo. Eu tinha sido literal demais? O robe não tinha nada de especial, a menos que se pensasse na foto do cartão.

Dessa vez, ele não foi se sentar no carro; a cena da fotografia já estava implícita. O sexo era o mesmo, porém – era o segundo encontro e estava claro que havia algo entre eles, uma química intensa que nunca tinham sentido antes com outras pessoas. E não era sexo. Os sentimentos estavam começando a aflorar.

— Com você, consigo ser eu mesma – comentei depois, novamente em seus braços.

— Que maravilha – disse ele, espreguiçando. – Você é uma garota e tanto. Um achado.

— Não sou, não na vida normal.

— Você não vai me convencer.

Acariciei o peito dele, refletindo.

— Você acha que algum dia vamos... nos acertar? – perguntei enfim, mirando na prudência. O telefotógrafo ficou surpreso, mas não se alarmou.

— Você teria coragem de deixar seu marido e essa linda casa?
— Fácil não seria. Mas eu queria me sentir assim o tempo todo.
— E vocês têm filhos, né? Um menino?
— Elu. Não binário. Pronomes: elu/delu.
— Certo. *Isso* é novidade pra mim – disse ele.
Eu quase caí na gargalhada, mas ele estava tão comprometido que não tive coragem.
— Você tem razão, eu não poderia fazer isso com minha criança. Elu tem tudo que precisa, não precisa de um divórcio.
— Sim, não quero bagunçar assim a vida de uma criança.
— Mas, em teoria, você ia me querer se eu estivesse disponível? – Essa eu não podia deixar passar.
— Ia. Mas não seria assim se estivéssemos o tempo todo juntos.
— Certo. Eventualmente eu teria um caso.
Ficamos em silêncio, olhando para essa sala de espelhos sem fim.
— E, sendo quem sou, provavelmente eu teria um caso com meu ex-marido, Harris. Eu sempre quero o que não posso ter.
— Ah, pra mim seria de boa – disse o telefotógrafo.
Parecia que tínhamos acabado de decifrar o código. O casamento sempre nos perseguiria, mas com esse truque poderíamos fugir dele para sempre. Não consegui imaginar uma só razão para que essa tática não desse certo.
— Vamos tentar – respondi. Fiquei preocupada que ele ficasse ofendido, mas o telefotógrafo me abraçou com mais força e beijou o topo da minha cabeça.
— Vamos nessa, mas você não acha melhor a gente continuar nesse esquema?
— Eu quero mais.


Na manhã seguinte, um sábado, foi um pouco estranho. Obviamente não podíamos estar em nossos personagens, porque seria confuso para Sam. Tudo na base da educação, uma energia extra. Uma discussãozinha sobre a alface que apodrecia foi prontamente abandonada. Estávamos esperando o anoitecer. O sol fez troça, se pôs e depois insinuou que despontava mais uma vez, mas se punha e nascia até que enfim se pôs.

Cheguei a pensar que poderíamos pular o sexo e já começar a conversar, mas é claro que a jornada através do espelho só havia um caminho. Houve uma novidade: eu o pressionei. Ele queria ficar vestido, mas empurrei suas mãos e arranquei suas calças. De repente "ele não tinha certeza se estava confortável com isso", mas não dei a mínima, eu queria ter o que queria. Como esse dado se encaixaria na narrativa psicológica do telefotógrafo ninguém saberia dizer; mas foi muito bom atropelar seus sentimentos e ultrapassar seus limites, e é claro que no fim das contas seu próprio corpo o traiu e ele se convenceu do contrário.

— Contei pro meu marido – comentei, ainda me recuperando em seus braços. Eu havia passado o dia planejando dizer isso; se eu não apelasse um pouco nessa história, acabaria sendo só um sexo de reconciliação.

— Sério? – perguntou o telefotógrafo. Senti que Harris estava ficando calado.

— É.
— E como foi?
— Ele ficou puto.
— Compreensível.
— Pois é. Estou repensando tudo.
— Porque ele ficou puto?
— E machucado. Não quero magoá-lo.

O telefotógrafo ficou em silêncio por muito tempo. Me perguntei se conseguia sentir meu coração acelerado.

— A longo prazo, vai ser mais doloroso estar com alguém que não queira estar com ele.

Foi quase isso que ele havia dito antes da nossa grande briga. Isso era como morrer no sonho e na vida real ao mesmo tempo? Nosso casamento acabaria nesse lugar fictício?

— Olha – disse ele –, tenta tirar essas caraminholas da sua cabeça.

Respirei profundamente.

— Isso mesmo. Bota pra fora.

Ele fez perguntas sobre a minha juventude, onde eu tinha nascido e acabei contando sobre a época que eu trabalhava em peep shows. De quando me contorcia vestida com lingeries ou nem isso. Apesar dos quinze anos de minimização cautelosa, eu não sentia nenhuma grande vergonha desse trabalho; se parecia muito com as outras coisas, uma mistura de coisas. Diferentemente de Harris, o telefotógrafo gostava de ouvir minhas histórias de stripper; disse que chegou a sair com muitas "dançarinas" e que no fundo preferia essas mulheres porque eram mais livres com relação ao corpo. Fiquei perplexa com o retrato convincente que Harris pintou desse tipo de homem.

— Mas você não voltaria a fazer isso, né? – acrescentou, porque não resistiu.

— Honestamente – e a honestidade de repente virou a grande coisa –, ainda penso nisso como um plano B.

Os dois homens precisavam de um instante para processar essa informação. Eu não quis dizer fazer striptease em si (provavelmente já estava velha demais), mas ainda era aquela mesma pessoa que poderia fazer um show para um estranho. Essa mulher não podia ficar escondida no passado.

— Quer saber? – disse ele, enfim. – Eu acho demais. O corpo é seu, você faz o que quiser com ele.

— Obrigada. – Meus olhos se encheram de lágrimas. O que mais se quer não é *morrer* no sonho, mas voar, levitar; e esperar que essa habilidade ainda exista no dia seguinte. O dia seguinte me preocupava. Harris e eu estávamos ficando para trás; o vão entre nós e os personagens era grande demais.


Nos evitamos durante toda a manhã, e foi até fácil – cada um cuidou um pouco de Sam, um de cada vez, como se fosse uma guarda compartilhada dentro da mesma casa. Não havia tensão sexual, estranhamente essa tensão estava morta. Eu nem achava possível que passássemos uma quarta noite juntos – e uma hora isso ia ter que acabar. Me perguntei se deveria deixar Sam um pouco com as telas para que pudesse ir até Harris e dizer, Vamos conversar. Eu estava considerando tomar essa decisão, já bastante assombrada, quando ele entrou na cozinha com o cachorro no colo e uma cara de susto.

— Acho que precisamos levar Smokey no veterinário.

Nós o abraçávamos e cantávamos para ele, mas não escovávamos seu pelo todos os dias. Nunca escovamos, na verdade. Então começaram a surgir tufos de pelo emaranhado, tufos que não podiam ser vistos, mas que eram sentidos quando o acariciávamos, pareciam cistos. Eu sabia disso – o tosador estava na lista de tarefas –, mas Harris me mostrou como um desses tufos havia crescido em volta do ânus, bloqueando a passagem. Merda presa entre o tufo e o ânus; e misturado nesses pelos crespos brotou um material muito duro, como adobe ou grama.

Eu nunca tinha ouvido falar disso, mas conseguia imaginar o quão horrível devia ser. Toda vez que ele abria o ânus para cagar, a merda mais antiga era empurrada para dentro dele. Sam olhou para nossos rostos apavorados e gritou JESS! Piada de família, a babá-maravilha, mas nenhum de nós riu.

— Vamos dar um jeito – disse e corri para pegar minha tesoura de ponta arredondada. – Vai ficar tudo bem. Meu tom de voz para momentos emergenciais era baixo e firme.

Harris segurou Smokey no chão da cozinha e começamos a conversar com ele, cheios de ternura, do jeito que conversávamos com bebê Sam. Meu querido, dissemos com os narizes tampados, você vai ficar bem. Separei os pelos cagados do cachorro com os dedos, sem luvas. Harris instruiu onde eu deveria cortar. Cuidadosamente, aparei os tufos e massas, sempre verificando se aquele monte sólido também continha carne viva. Depois que a maior parte dos pelos foi removida, ainda restou uma quantidade surpreendente de merda compactada. Espremi e arranquei bolota por bolota e fiz um montinho de merda no chão, mas a cada etapa vencida, parecia que mais espaço se abria para o surgimento de novos territórios. Sentei nos calcanhares, repensando tudo. Parecia que nunca ia acabar. Harris, ainda segurando as patas do cachorro, olhou para mim e sussurrou: *Continua, querida.*

Retomei a concentração e me inclinei para continuar escavando a merda, agora com outro tipo de determinação, espremendo e aparando e continuamente murmurando Estou com você, meu bem, vai ficar tudo bem. Smokey olhou para mim, olhos arregalados, e eu me perguntei como um cachorro desse sobreviveria na selva.

— Eles não existem na selva – disse Harris.

Seguimos firmes, juntos, no chão da cozinha. Eis que! De repente, um ânus rosado apareceu, pulsante, estranhamente limpo, parecia os lábios de um bebezinho que mama. Que vista estupenda. Limpei suavemente a área com um lenço umedecido, então Harris levou o cachorro para o banheiro e lhe deu um banho. Catei aquela montanha absurda de pelo cagado e joguei no lixo do quintal; lavei as mãos, desinfetei o chão, lavei as mãos de novo e depois me juntei a Harris para ver nosso cachorro todo limpinho correr pela sala de estar ainda um pouco atordoado. Levaríamos Smokey no tosador na manhã seguinte, mas é irrelevante dizer que esse acontecimento horrível foi uma das coisas mais importantes que já aconteceram entre nós. Com exceção apenas da época em que calçávamos o sapato e varávamos madrugada adentro para encontrar dra. Mendoza no hospital.

Que merda éramos nós? Caçadores famintos? Havíamos chegado ao topo do passo Donner juntos? Ou tentamos e morremos tentando. E agora, nesta vida, só nos sentíamos bem quando estávamos salvando uma vida juntos, trocando um pneu furado no acostamento da estrada; só viramos o que somos enfrentando inúmeras intempéries intransponíveis. No resto do tempo, e com todo o respeito, nos perdoávamos por falharmos totalmente em ser o que achávamos que era de nosso merecimento, e aí algumas vezes ficávamos muito enfurecidos com isso e parecia impossível seguir adiante, mas o que agora estava em curso era mais uma emergência e esse contexto invocava nossas habilidades para salvar vidas, nossa diligência e nosso comprometimento. E assim fomos nos condenando a uma vida muito rigorosa, quase sem alegria, que era profundamente significativa até que um dia, de repente, deixou de ser. Porque eu havia encontrado a alegria. Uma alegria boba e inútil. Sam agora brincava de lutinha com Smokey. Ficamos assistindo à cena, Smokey e Sam se locomovendo como um pequeno tornado de cômodo em cômodo.

— Eu não gostei daquela dança – disse Harris, calmamente, olhando para a frente, pela janela.

Não dava para acreditar.

Ele estava retomando a conversa no exato ponto em que havíamos parado antes da bomba explodir, e não tinha mudado de opinião. Toda a sensualidade da compreensão do telefotógrafo não passava de encenação.

A desolação cresceu em volta de mim.

O que eu deveria responder? Seria bobagem arruinar um casamento por causa de uma única postagem de bunda chacoalhando no Instagram. Sam e Smokey não paravam de correr, gritando e latindo. Fechei os olhos e me vi no estacionamento do Excelsior, iluminada pela luz dos faróis: grosseira e extravagante, erótica e totalmente consumida por uma cerimônia que eu mesma tinha inventado. Durante meses, havia me preparado para tal como se me preparasse para o Monte Everest ou algum outro desafio fatal. Tive fé que minha vida dependia dessa dança tola e safada e ainda tinha; naquela noite, tudo mudou.

O latido e a gritaria cessaram.

De repente, a verdade era clara e simples.

Eu tinha sido honesta naquele vídeo – tinha sido eu mesma – e Harris honestamente não tinha gostado disso. Era o direito dele; muitas pessoas, talvez a maior parte delas, tampouco teriam gostado.

— É que não é sua praia – comentei, tranquila.

— Pois é – disse ele, quase ofegante. – Não é minha praia.

Ali ficamos, lado a lado, e Sam e Smokey já estavam brincando no quintal. Depois de um tempo, Harris pigarreou.

— É que parecia que a dança era... pra alguém.

Meu estômago embrulhou e cometi o erro de olhar para cima. Nossos olhos se encontraram no reflexo do janelão, a atmosfera gélida da desolação.

— Você encontrou alguém naquela noite? – perguntou ele, e no vidro embaçado parecia que todo seu corpo escorria, se derramava, embora seus olhos estivessem secos.

Tendo em vista tudo que estava em jogo, a resposta óbvia era não.

Sim, respondi. Estive com uma pessoa naquela noite.

— Mulher ou...

Tentei me lembrar de uma coisa que um velho analista disse uma vez sobre honestidade versus gentileza. Ele só precisava ter uma ideia, não precisava de todos os detalhes.

— Sim, uma mulher.

O alívio em seu rosto era evidente. Era como se eu tivesse armado toda aquela jogada de xadrez com antecedência e agora me bastava mover as peças e responder às perguntas. Ou essa era a sensação que se tinha ao dizer a verdade. Tudo *havia* sido planejado com antecedência; de fato.

— Vai acontecer de novo?

*Não, não, não vai acontecer de novo; me desculpa, será que você pode me perdoar.*

— Vai – respondi. – Provavelmente vai acontecer de novo.

Eu cheguei a pensar que o tempo que passei com Davey foi o ponto médio da minha vida – o ápice da ascensão rumo ao desconhecido –, mas o ponto médio foi o que acabei de dizer. Esse *vai* dito numa tarde de domingo.

Ele perguntou se eu podia deixar esse assunto em Monróvia e eu respondi que sim, às quartas-feiras.

— Sabia.

— Como assim?

— Que você tinha outras coisas pra fazer naquele hotel, além de trabalhar.

Não protestei; era verdade.

— Bom... igualdade entre as nações, né? – disse ele, olhando para os sapatos.

— Igualdade entre as nações?

— As mesmas regras se aplicam a mim.

Ah. O sofá-cama de seu escritório; é provável que não tivesse feito nada até então, mas agora queria permissão para tal. Esperei surgir uma onda avassaladora de raiva e ciúme. Na verdade, comecei a tremer. Porém – e levei um tempo para chegar a essa conclusão –, eu tremia de surpresa. Há quem chamaria de esperança. Ele, Harris, o telefotógrafo, tinha acabado de me enxergar, ou de enxergar um pouco mais de mim, o suficiente, e não tinha me posto para correr. Eu poderia continuar com ele e com nosse filhe nessa casa, como sempre estive.

— Com certeza – respondi, da mesma forma que disse *sim* no nosso casamento. Ninguém tem certeza de nada, mas há esperanças.

## CAPÍTULO 23

Jordi ficou perplexa. Pela primeira vez em muitos anos, sentiu vontade de fumar um cigarro e fui com ela até a lojinha da esquina, onde comprou um maço de American Spirits amarelo. Depois de exalar algumas rajadas de fumaça pela janela de seu estúdio, começou a me interrogar.

— Você pode fazer tudo que quiser uma vez por semana?
— Ele também pode.
— Mas vocês não vão se divorciar?
— Não. Quer dizer, não falamos sobre isso.

Ela andava por toda a imensidão da sala, ziguezagueando entre suas esculturas.

— Então você conseguiu. Foi honesta.
— Olha, fui honesta com o telefotógrafo primeiro. Digamos que eu trapaceei.
— Sim, sim; foi sua Terceira Coisa.

Depois de emplumar mais fumaça, explicou o conceito quaker de Terceira Coisa.

— É um assunto que não pertence a nenhuma das partes. A alma, em geral muito tímida, consegue se comunicar mais facilmente por meio dessa Terceira Coisa, de viés.

Malditos quakers. Inventaram as barras de chocolate, o absorvente noturno e agora mais essa. A Terceira Coisa persevera? O telefotógrafo poderia virar o três, fazendo de nós um trisal? Eu estava me agarrando a tudo, precisava que algo me amparasse. O sonho do casamento era uma falácia, mas era antigo e familiar, como Papai Noel. Precisava ser substituído. Muito embora até hoje nada tenha substituído o Papai Noel, só a realidade, que sempre se impõe.

— Como você vai conhecer pessoas novas? – perguntou Jordi. Olhamos uma para a outra sem saber a resposta. – Vai sair andando pela rua? Ah, que surreal! Não é surreal? Por que você está tão calma?

— Acho que ainda estou em choque – respondi, olhando para minhas mãos.

— Com quem você gostaria de transar? Fala um nome.

— Comigo não é assim – disse, franzindo a testa. Mas meus olhos deslizaram para o cartão que Jordi havia pregado na parede. Era de uma exposição que ela tinha participado há mais de um ano; eu estava fora da cidade.

Jordi riu.

— Lore Estes?

Depois de conversar com Nazanin sobre as fantasias dela, enfim abri o livro que ficava na nossa mesa de centro.

— Ela não, mas outra machona sim.

— Boto fé – disse Jordi, despregando o cartão da parede. – Queria saber quem o Harris vai pegar. Ele é tão normalzinho... será que não vai se apaixonar e casar de novo?

Olhei ao longe. Por alguma razão, o modo como ele havia dito *igualdade entre as nações* me fez pensar que ele ia sair com várias mulheres, mulheres de várias nações. Cheguei a me perguntar se tudo isso poderia não ter acontecido se tivéssemos um projeto juntos, algo em vista para o futuro. Sem isso, tudo se acabou. Ou talvez esse salto tenha sido preocupantemente *adiado* pelo meu trabalho; talvez tivesse acontecido muitos anos antes se eu não estivesse tão satisfeita com os riscos artísticos que assumi.

— Olha, se Harris está saindo com alguém, você também tem que sair – disse Jordi.

— Ele não está! – garanti. – É só a sensação, a *ideia* de liberdade. Muito mais sutil.

*

A sutileza perseverou por quase dois meses. Ele passava as noites de segunda no escritório e eu às quartas no Excelsior. Tínhamos cuidado um com o outro como se tivéssemos sobrevivido juntos a um acidente de carro; e, a cada manhã, acontecesse o que acontecesse, eu abria os olhos e pensava: posso fazer tudo que eu quiser. Era muito parecido com tantos sonhos que tive, mas agora eu acordava *nos* sonhos, e não dos sonhos.

Até que uma noite, Harris esperou Sam adormecer, serviu-se de uísque e, nervoso, me contou que tinha saído com alguém na noite da última segunda-feira. Para jantar.

Respirei fundo.

— Foi com Caro?

Ele guinchou cuspindo o uísque.

— Ela tem *vinte e oito* anos! Tá mais próxima de Sam do que de mim, ela...

— Desculpa. Eu pirei.

Nem em um milhão de anos Harris teria considerado Caro; eu sempre soube disso. Ela era intensa demais e sem limites. *Eu* era a pessoa que precisava alucinar nos chacoalhões e perigos de um caldeirão e, por um breve período – enquanto Sam estava na UTIN –, Harris me acompanhou nisso. Ele dava golinhos no gim e na água com gás. Vê-lo ali, tão transparente, foi parecido com tropeçar. Mas agora todos os dias eram assim; eu estava continuamente acordando e em seguida acordando novamente *dessa situação* e aí...

— Ela tem a sua idade – disse ele, sobre seu jantarzinho.

Tentei imaginá-la com base nessa informaçãozinha.

— Foi só um jantar ou...?

— Você quer que eu diga?

— Quero.

— Fomos pra casa dela.

— *Tá* – disse, e me levantei. – Tudo bem. – Então me sentei, coloquei as mãos nas bochechas e depois cravei as mãos nas pernas. – Muito bem. Está tudo certo.

Ele ficou me olhando, a postos para o que estava por vir. Cruzei os braços e desviei o olhar. Era esse então o custo daquela sensação de liberdade todas as manhãs. Brutal. Mas a vida já estava repleta de hipocrisia, eu não deveria escolher esse caminho.

— Acho que vai ser bom – eu disse, com aspereza.
— Acha?
— Acho.
Nos olhamos, em choque, como duas pessoas que pairam no ar sem ter onde se agarrar. Sem andaimes, sem cordas, sem asas – mas sem cair.

Duas segundas-feiras depois, ele disse que a mulher que tinha a minha idade, a tal do jantar, tinha virado sua namorada.
— Vocês usaram essa palavra? *Namorada*? – Fiquei possessa.
— Sim; foi tudo muito rápido, eu sei. Mas sou diferente de você... na minha idade, não tenho interesse em *desbravar* nada.
Chorei ao me lembrar de quando *eu* era sua namorada, antes de virar esposa. Por alguns instantes, tive vontade de dar um soco no queixo dessa tal mulher. Depois me vi sacudindo a poeira e pagando um drinque para ela.

Ela era uma conhecida nossa já havia alguns anos. Paige – uma terapeuta ruiva, rusticamente bela, especializada em adolescentes neurodivergentes. Era conhecida por ter um gosto impecável; sua casa já tinha aparecido na *Architectural Digest* (dinheiro de família). Divorciada, sem filhos. Ela me ligou no dia seguinte, que é o que se faz quando você vira namorada do marido de uma conhecida.
— Mas que loucura – comentei. Eu estava tremendo, mas imaginei que ela estivesse mais nervosa do que eu.
— Pois é – disse ela, respirando fundo. E rimos. Começou a chover e ela disse *está chovendo*. Ela morava a poucos quarteirões de distância.
Tentamos lembrar quando tínhamos nos visto pela última vez.
— No brunch na casa do Erin, talvez?
— Ou depois daquele evento de Natal... na rua?
Como nunca tinha convivido detidamente com ela antes, achei difícil captar a energia dessa conversa por telefone. Não era um flerte, obviamente, mas queríamos desesperadamente nos sair bem, depois de ficarmos sentadas falando de coisas aleatórias por sabe Deus quanto tempo. *Não se preocupe!* disse meu tom de voz. *Eu não vou ser um pro-*

*blema!* Ambas agimos com extrema gentileza, sensatez, sem picuinhas, mas com eventuais lampejos de faca: *Eu poderia acabar com a tua vida, mas não farei isso.*

Ela estava um pouco desconfiada de nosso casamento inusitado. Estava buscando estabilidade, segundo ela. Havia passado por muita coisa nos últimos anos.

— Por causa do divórcio?

— Aconteceu mais coisa, talvez você tenha ouvido falar, mas meus dois terrier morreram no intervalo de um mês. Já faz mais de um ano, mas minha vida foi um perrengue desde então. Até hoje não consigo dormir bem.

— Compreendo. Você acorda às duas da manhã como se o dia já tivesse amanhecido?

— Isso! Mesmo depois de um ano!

— Acho que não é só por causa dos terrier. Você tem a minha idade, né?

— Tenho quarenta e quatro.

— Já verificou suas taxas hormonais?

— Essas coisas de tireoide?

— Perimenopausa.

— Ah, sim, nossa. Mas não sinto ainda as ondas de calor.

— Algumas pessoas não sentem. E no que diz respeito a – que fique claro, eu *fiz* uma pausa aqui – ao ressecamento vaginal?

O silêncio incômodo que se seguiu era a mãe de todos os outros silêncios incômodos.

— Desculpa, mas é que minha ginecologista... só estou tentando... espalhar essas informações...

— Hm. Mas pareceu que você estava querendo me perguntar o quão molhada eu fico. Como um concurso pra ver quem tem o pau maior, só que pra mulheres.

Muitas desculpas foram necessárias para a conversa voltar aos eixos, ainda assim não tive coragem de pedir que não contasse esse episódio para Harris. Tive clareza da minha situação: ela contaria a ele o que bem quisesse. Eu tinha a minha primazia, ela tinha outra. Na verdade, a primazia, toda a ideia de primazia, não poderia ser exercida nesse caso. Todos tinham que agir corretamente com base em outras regras.

\*

Se algum dia cheguei a me questionar sobre o nível de monogamia de Harris, agora não tinha mais dúvidas. Depois de uma vida inteira andando nua pela casa, de repente comecei a usar o robe rosa para circular entre o banheiro e a área de serviço enquanto procurava calcinhas limpas – ele não me pediu para fazer isso, mas estava muito claro que ele não se sentia confortável de namorar uma mulher e olhar para a nudez de outra. Ainda havia uma chama entre nós (podíamos ter ido da telefotografia para a telepatia e em seguida para a pornografia), mas algo precisava ser sacrificado. Ele precisava se sentir um namorado comprometido e confiável e eu precisava me sentir livre.

— Nunca mais vamos transar, é isso? – perguntei uma noite, só para confirmar.

Ele levantou o dedo e fiquei olhando seu rosto pelo espelho enquanto ele terminava de escovar os dentes; uma pequena tempestade cruzou seu rosto, que logo se tornou plácido, resoluto.

— É isso – confirmou, limpando a boca na toalha. – Nunca mais. Você está saindo com alguém?

— Não. Mas vou sair. Talvez seja um homem. É mais provável que não, mas...

— Eu sei. *Te conheço.*

Corei. Conhecia mesmo?

Preguei o cartão da Lore Estes em cima da minha mesa, ao lado do cartão da imobiliária e do mapa da viagem de carro pelo país – era a fotografia de um balcão de cozinha tombado, as portas penduradas; uma bolhona elástica ou um tumor, não sei, preso num dos cantos do armário.

— Que isso? – perguntou Sam, ao detectar a novidade. Nosso casamento vinha se transformando bem debaixo de seu nariz, mas havíamos combinado que ainda não precisávamos contar nada para elu, ainda era cedo demais. Muito embora algumas vezes, quando eu estava cansada ou com fome, ficava muito confusa com essa decisão. Meus pais haviam me contado tudo sobre o relacionamento deles porque eu era muito sábia e especial, quiçá clarividente. Foi uma grande honra ser digna de tanta confiança, mas muito semelhante à criança normal que vira a reencarnação do próximo lama tibetano (outra coisa que aprendi com meus pais). Sam não merecia o mesmo respeito? Às vezes era difícil recordar que essa versão da realidade já tinha sido revelada anos atrás, na terapia.

— É uma escultura – respondi, cuidadosa. – Essa artista é... um ícone.

— Posso imprimir fotos de ícones para colocar no *meu* quarto?

Uma das coisas que elu mais gostava de fazer era imprimir fotos, mas era tão chato o processo, não acabava nunca, e talvez fosse um desperdício de papel.

— Pode imprimir fotos de dois ícones.

— Três.

— Tá.

Elu imprimiu três fotos que achou na internet. Charles Chaplin, RuPaul e, a mais bizarra de todas, o logotipo da Apple.

## CAPÍTULO 24

— Quantas vezes por semana ele encontra a Paige? – perguntou Jordi, ao volante. Íamos para uma vernissage em North Hollywood; Lore Estes fazia parte do grupo de artistas, mas achamos que ela não viria até Los Angeles para uma exposição coletiva.

— Uma vez por semana? Às vezes, ele passa duas noites fora.

— Então você também tem direito a duas noites.

Jordi queria muito que eu alcançasse o Harris.

Antes de a gente atravessar a rua correndo para chegar à galeria, ajeitei o cabelo e enfiei a mão por baixo da saia para puxar a camisa. Mas, conforme o previsto, Lore Estes não estava presente.

— Aquela ali é a ex-namorada dela, Kris. Musa de longa data – disse Jordi, acenando para um fumante gato com quem cruzamos na entrada. - Isso aqui é uma obra dela.

Era uma mesa de cozinha com dezenas de pernas, bizarramente semelhante ao trabalho de Lore Estes. Semelhança problemática? Talvez não. O que eu sabia sobre a vida das musas? Kris era mais jovem e mais alta que Lore Estes, mas usava o mesmo tipo de terno chique e desalinhado. Cabelo seboso, desgrenhado, na altura dos ombros. Vez ou outra, percebia que ela estava olhando para mim, ou era eu quem estava olhando para ela; parecia que tecíamos uma teia de aranha tremente e delicada, pela forma como nos movíamos em relação à outra. Quando, brevemente, acabamos no mesmo grupo de amigos em comum, não trocamos uma só palavra – nos apresentarmos seria grosseiro, dado o tanto que já havia se passado entre nós. Mas vai ver tudo só aconteceu na minha cabeça.

— Esse é um grande frenesi, né? – sussurrou Jordi. – Pode levar a nada.

Ninguém mais precisava trocar telefone por causa das redes sociais.

Quando voltávamos para casa, comecei a seguir Kris e mandei uma mensagem perguntando se ela ainda estaria na cidade quarta-feira à noite. Era minha chance e achei que demorou demais.

— Ela nem precisa responder – disse Jordi. – Você a chamou pra sair, *já deu sua cara a tapa*. Como é a sensação?

Não pude responder porque estava com a cabeça para fora da janela, o vento da rodovia soprando dentro da minha boca em alta velocidade. Mas puxei a cabeça para dentro rapidinho, assim que o telefone vibrou.

Segurei o telefone de modo que eu e Jordi lêssemos a mensagem juntas. Só não batemos o carro porque era curta demais.

**| Sim.**


Li quinze ou vinte resenhas de lubrificante, encomendei dois tipos diferentes e dois frascos extras para decantá-los. Comprei três tipos diferentes de maconha que resenhistas mulheres indicaram como boas para transar: Do-Si-Dos, Trainwreck e Dutch Treat, todas para usar no vaporizador. Testei uma por uma para verificar quais eram psicoativas ou sedativas demais e fiz isso me masturbando para comparar as chapações no meu próprio corpo. Comprei pastilhas para umedecer a boca depois de vaporar. Fiz massagem facial ao longo do dia inteiro, massageando para cima e para fora, e malhei como um fuzileiro naval, uivando uh! uh! Fiz as unhas, bem lustrosas, sem esmalte. Passei uma saia que podia ser facilmente arrancada a partir de seus botões frontais; ensaiei arrancá-la lentamente, botão por botão. Eu me preparei para Kris com a mesma minúcia com que me preparei para minha viagem de carro cruzando o país, como havia me preparado para Davey, como havia me preparado para o número de dança.

Não precisei preparar o quarto – graças a Helen, ele estava sempre impecável. Primeiro sentei para esperar numa das cadeiras bisavós, depois na outra, corri para olhar no espelho e me sentei novamente.

**Cadê a garrafa térmica do Sam?** Mensagem do Harris.

| Eu tenho um encontro agora

| Foi mal! Boa sorte!

| Acho que está no carro da Leila

Uns dez minutos antes de Kris chegar, uma calma misteriosa tomou conta de mim. Estava apática, não sentia nada por ela nem por ninguém. Nada tinha importância. Provavelmente me sentiria assim antes de morrer; tanta preocupação e tanta expectativa e na hora H: nada. Graças a Deus que ela não se atrasou.

— Que lugar lindo – disse, com severidade, olhando ao redor com uma mochila azul no ombro.
— Obrigada.
— O contraste entre o exterior e o interior.
— Pois é.
Esperei que dissesse mais alguma coisa, mas ela ficou em silêncio, então assumi o controle. Enquanto tagarelava, fiz um pingue-pongue mental para descobrir se havia clima entre nós – eu não estava dominada pelo tesão, ela tampouco parecia estar. Ela agia com sobriedade, então decidi não usar o vaporizador. Se eu não ficasse excitada quando as coisas tomassem a dimensão física, eu poderia me projetar astralmente para uma situação mais tabu, grampear uma tela invisível no meu rosto. É evidente que algumas pessoas não transam no primeiro encontro, ela poderia ser desse tipo. Ou talvez eu estivesse enganada e nem se tratasse de um encontro, afinal três horas já haviam se passado e nenhuma de nós havia encostado na outra. Lá pela uma da manhã, e já muito decepcionada, comecei a dar dicas de que aquele encontro precisava acabar. Bocejei e ela disse *Nossa, eu não costumo ficar nervosa assim; vem aqui.*

O cruzamento do limiar. No momento anterior lá estava ela, respeitosa, e no momento seguinte lá estava eu, inverossímil, me sentando em seu colo, as pernas abertas, as mãos sobre seus ombros largos.

Ela disse que eu era uma rainha e que ela queria me servir pelo resto da noite. Perfeitamente, minha rainha, disse ela quando sugeri que tirássemos a roupa e fôssemos para a cama. No começo achei muito irritante, mas logo o sentido se revelou: eu não podia fazer nada de errado. Então, fiz a coisa mais ousada e arriscada que se pode imaginar: nada. Não instiguei fantasias, não levei a cabo o tesão; fiquei deitada ao lado dela, sentindo o calor de seu corpo desconhecido enquanto ela inspirava e expirava. Depois de um longo tempo, ou talvez depois de um minuto, uma das minhas mãos se deslocou para o quadril dela, por vontade própria. Seus membros eram compridos e musculosos, e senti um prazer profundo ao passar minhas mãos por seus ombros e braços, quadril e coxas, de novo e de novo, sem qualquer objetivo, como se estivesse dando início a um projeto sexual. Achei que isso seria suficiente, que bastasse, então inventamos o beijo. Do zero. Primeiro, selinhos e bicadas, depois beijos serpenteantes que não tinham começo nem fim (era assim que Harris e Paige se beijavam? Será que ele pensou em mim num momento impróprio como eu estava fazendo agora? – tudo muito estranho!). Então, diminuímos a marcha para um novo tipo de beijo, girando nossas cabeças lentamente de um lado para o outro, para que nossos lábios molhados deslizassem um sobre o outro. Só aí minha buceta começou a despertar, querendo trepar automaticamente com qualquer coisa que estivesse a seu alcance, e minha imaginação se inflou involuntariamente, com agressividade e ganância – para minha imaginação, não importava que esse fosse um primeiro encontro, ela desejava ter tudo. Encostei meus lábios em sua orelha.

— E se você fosse o meu... – sussurrei a palavra – ... papai?

Ela fechou a cara e fiquei vermelha. Estraguei tudo.

Ela deu um pulo – essa não! – e pegou a mochila.

Abriu a mochila.

Jogou uma coleção de paus em cima da cama.

— Qual você quer? – perguntou, me olhando severamente enquanto preparava o coldre. – Aposto que o menorzinho.

Sorri de alegria, alegria plena. *Quanta confiança.* Aquele olhar sombrio – era o Papai. Escolhi o médio e sussurrei, Me come.

Mas Papai ficou chateado com a minha ordem. Ficou muito excitado.

— Assim não dá – disse ele, se masturbando e puxando o lençol para ver meu rosto.

Deus, fuderoso Deus. Minha buceta deu um tranco tão pesado que parecia que um jato de veneno tinha entrado no meu sistema nervoso.

Minha língua ficou dura, meu cérebro desacelerou. A partir do momento que ele começou a me ensinar a fazer sexo, facilitando tudo, entrei tanto na cena que não conseguia parar de gritar: Estou fazendo certo? Aprendi certo? Mas quando ele me virou de bruços e chegou por trás com força, emiti um som que não soou como uma garota, mas como um animal faminto de duzentos anos enfim alimentado. Nada se compara a um pau de borracha bem usado; o pólipo invisível, a pena do Dumbo, escornada.

Ela foi embora no amanhecer. Eu tinha comprado biscoito de melaço para depois do sexo. Comi dentro da banheira, ferida e feliz. *É disso que vou lembrar quando ficar velha,* pensei, *comendo biscoito na banheira.*


Na noite seguinte, tentei contar a Harris da maneira que ele tinha pedido, sem muitos detalhes. Eu disse que tinha tido um encontro.

— Certo. É alguém que eu conheço?

— Não. O nome dela é Kris. É artista. Dormi muito pouco.

Avaliei o terreno; lampejo de indignação e horror à moda antiga – afinal, não passávamos de animais. Então ele passou as mãos no cabelo várias vezes e disse Saquei, obrigado por me contar. Me tratou com frieza durante um dia inteiro. Fiquei repetindo um mantra – *não é problema meu não é problema meu não é problema meu* – e na noite seguinte parecia que ele havia sido vencido pela curiosidade.

— Então quer dizer que nós dois temos namoradas?

— Não... Não é por aí. Não estou apaixonada. – Uma novidade. Desde quarta-feira, só pensei na Kris algumas vezes, com alegria, zero obsessão. – Eu quero fazer as coisas com calma, pelo bem de Sam.

— Nós dois só estamos aqui por Sam – assegurou Harris. – E você pode viver o que quiser viver.

— Obrigada. – Me encostei no balcão da cozinha. Parecia conversa de amigos! – Ela é ótima, *tão* bonita, mas eu queria ter mais experiências românticas e *me conhecer* melhor, sabe?

— Olha, mudei de ideia. Eu não quero ouvir mais nada.

*

Eu via Kris uma vez por mês, quase sempre no quarto do hotel, mas às vezes quando Harris voltava da casa de Paige eu pegava um voo rápido para Oakland, só para passar a noite em seu chalé de telhas. Fazíamos basicamente o que vínhamos fazendo desde o início: ficar de bobeira peladas, na pegação, falando (eu) e nos beijando, por horas. Uma noite sussurrei Amo você, soou natural – também absurdo. Quem era o você dessa frase? Eu disse como os cowboys dizem *Irra!* Isto é, *Eu montei esse cavalo no pelo, quem gostou faz barulho!*

Eu comia os mirtilos que enfiava em todos os buracos do corpo dela, fodia a buceta dela com um pau maior que o meu braço, me masturbava com o rosto enfiado em seu rabo lindo e bronzeado. Eu já tinha esquecido o aspecto não linear e aberto do sexo lésbico, mas lembrei rapidinho.

Achava seus orgasmos semelhantes aos de uma baleia saindo da água, inesperadamente gigantesca.

Gostávamos de pedir comida e assistir a programas de TV em seu laptop.

Não encontrávamos outras pessoas nem íamos a qualquer evento pessoal. Quando saíamos da cama para fazer uma caminhada ou tomar um banho ou comer, era só para dar mais vontade de voltar para a cama.

Depois de quatro visitas, ela pegou minha mão e pôs um anel de ouro no meu dedo mindinho. No lugar da pedra, uma fivelinha.

— Não vou tirar nunca – sussurrei, no mesmo espírito do Amo você.

— Um dia pode querer tirar.

Fiquei tentada a dizer Não, nunca!, mas preferi me forçar a fazer um breve discurso sobre *minha liberdade novinha em folha e a desistência de recriar meu casamento*. Foi difícil pronunciar cada palavra dessa, mas se eu não deixasse nada registrado agora, mais tarde ela poderia levar para o lado pessoal. *Não estou interessada em trepadas aleatórias ou em poliamor*, disse, *mas tenho uma alma andarilha. Preciso ser fundamentalmente autônoma.* Seu rosto atento era uma folha em branco, um pedaço de papel inescrutável. Que tentação, pensei, desenhar alguma coisa nesse papel. O que eu desenharia? Um rosto? Rosto de quem? O rosto dela. Ah, por isso que ela era musa de tanta gente e eu não. Meu rosto era um pandemônio suado. Eu conseguia senti-lo se comovendo, se renovando.

— Voce tá falando de não monogamia? – disse ela, imparcial.

— Na-na-ni-na-não – respondi, tão nervosa que quase chorei. – De uma coisa só nossa, nada a ver com isso! Teríamos que conversar sério sobre isso mais pra frente. Criar regras. Quando a gente começar a se conhecer melhor.

Vi nós duas ali, sentadas no chão da sala de estar em frente à lareira, redigindo nosso estatuto. Feridas antigas reveladas com ternura, fetiches confessados; íamos rir e chorar e fazer pausas visando o autocontrole. E aí, com todas essas informações em mãos (levando Harris e Sam em consideração), descobriríamos que tipo específico e personalizado de relacionamento seria bom para nós duas. E tudo podia se adaptar! Conforme *nós* mudávamos! Eu não disse nada, mas pensei nessas coisas enquanto ela me beijava. Honestamente, fiquei orgulhosa por não ter dito coisa alguma e tudo ter corrido tão bem – é o que parece, com base nesse beijo.

— Parece que está ficando sério – disse Harris, depois que eu já estava saindo com Kris há alguns meses. – Queria saber se precisamos fazer mudanças no nosso combinado.

— Que mudanças?

— Porque talvez alguma hora você queira morar com ela?

Devo ter olhado para ele como se olha para alguém que está enlouquecendo. Ele riu.

— A coisa toda perderia o sentido – respondi. – Eu não teria mais pelo que ansiar! Nada para que me preparar.

O futuro, em si, era meu outro amante, aquele que chegaria a tempo de segurar minha onda. Não sendo uma presa do presente, estava segura; vinha sendo gentilmente espremida e estimulada pelos meus preparativos sem fim.

## CAPÍTULO 25

Com exceção de Jordi, ninguém mais sabia da Kris ou da namorada do meu marido, parecia cedo demais. Mas a notícia se espalhou, como de praxe. Começaram a correr boatos sobre mim e Harris – a maioria das pessoas achava que estávamos nos separando. Fiquei irada.

— O divórcio só reforça a supremacia do casamento! – reclamei com Jordi enquanto íamos para a galeria onde estariam expostas suas mulheres sem cabeça; ela estava preocupada com a planta baixa. – Ou a pessoa é casada ou não, é binarismo. Mas se o casamento é importante para ambas as partes, e não só um pressuposto central, então ele pode ir mudando com o tempo, é o que acontece nas relações entre pais e filhos. E esse é o melhor modelo: começa essencial, depois se torna menos central, isso é saudável, e aí vira de ponta a cabeça e se torna essencial mais uma vez, no fim.

— Mas você há de convir que faz parte de uma minoria – disse Jordi. Mel e ela sempre haviam tido um casamento essencial.

Ah, a minoria tão solitária.

Estacionamos o carro e entramos na galeria. Percebi o problema de cara: era muito pequena. Jordi havia feito peças tão grandiosas e substanciais que podiam estar expostas em algum templo ou catedral.

— Bastava uma galeria maior – chiou Jordi. Ela tirou medidas usando os pés como régua, do calcanhar ao dedão. E aí, já do outro lado do salão-salinha, ela disse que estava largando a publicidade.

— Sério? – exclamei.
Esperou que eu me aproximasse dela e explicou que tinha um plano para os cinco próximos anos; era arriscado, ela não podia negar.
— Mas pensa no gráfico – concluiu –, é importante pensar como vamos descer o penhasco. É determinante para a outra metade de nossas vidas.
— No gráfico?
— O gráfico hormonal.
Sem me dar conta, eu havia parado de me preocupar com a queda das taxas hormonais e a queda da libido, tanto que cheguei a me perguntar se a perimenopausa ainda estava em curso. Coloquei a mão na barriga, no lugar onde imaginava estar meu útero. Seria possível que, ao remodelar minha vida doméstica, eu havia arrevesado a biologia?
É claro que ainda estava em curso. Banhos de sangue repentinos, ciclos menstruais fantasmas com cólica mas sem sangramento, enguias espessas de sangue – a perimenopausa era tão errática que chamava a atenção. Eu só não estava mais alarmada, vivia agora uma vida de interesses moderados e ocasionais. Talvez tenha sido obra dos bioidênticos, ou talvez a queda das minhas taxas hormonais tenha me transformado numa pessoa que não se preocupava com seus hormônios.
Jordi procurava pelo gráfico que eu havia mandado por mensagem, mas não conseguiu encontrá-lo; nem eu. Pesquisamos "queda das taxas hormonais linha do tempo" e passamos por dezenas de diagramas, alguns levemente inclinados como escorregas de parquinho, outros tão pontiagudos como degraus, mas nenhum tinha a queda íngreme que estava na memória de nós duas. Parecia que a internet fornecia evidências científicas para endossar qualquer ansiedade, por mais misteriosa que fosse, e aí havia se adaptado para endossar quem eu era agora. De todo modo, o penhasco desempenhou bem seu papel. O penhasco, a bifurcação – cada mulher encontraria a versão da perimenopausa que precisava, se é que precisava.
— Vamos lá – disse Jordi. – Hora da sobremesa.
Atravessamos a rua e fomos até um mercadinho; ela queria bolo caseiro com sorvete de baunilha.
— Acho que umas batatinhas também... e ovos.
Fiquei rindo. Ela estava concentrada em suas compras. Não nos lembrávamos de algum dia termos ido ao supermercado juntas, agora parecia que morávamos juntas. Ela tinha um jeito curioso de organizar

os itens na esteira do caixa, pareciam um trem. Enquanto explicava sua lógica, fiquei assistindo a cada item rolar na esteira e percebi que os bipes e toques da caixa registradora provocavam um zumbido esquisito nos meus ouvidos. Tudo na paisagem sonora da loja parecia estar subindo uma oitava. Muito familiar. Jordi fez uma careta, talvez para espelhar a minha. Onde é que eu já tinha ouvidos esses sons?

Aquele instante mudo do desnorteamento logo antes da revelação.

A caixa empurrou meu carrinho vazio e logo atrás Sam tinha acabado de nascer, estava ali cheio de tubos e fios, se afastando de mim na incubadora. Os bipes e toques dos monitores de pressão arterial e oxímetros de pulso que controlam todos os bebês na UTIN. Que sinal é esse? Hipoxemia de oxigênio no bebê? Baixo oxigênio no sangue? Por que a enfermeira não faz alguma coisa? *Enfermeira!* Fica calma, não apela, mas cada segundo conta – *enfermeira!* Tremendo, me aproximei da incubadora. A caixa rolava a esteira com muita preguiça na direção do empacotador, gesto que ela fazia centenas de vezes por dia, e olhou para mim incrédula e assustada. Piscou para entender.

Pedi desculpas.

Jordi pôs a mão nas minhas costas, pagou a conta e saímos do mercadinho. Fomos para o estacionamento. Fechei os olhos e recebi o sol.

— Flashback?

Era sempre acachapante, como cair dentro de um bueiro. Comemos o sorvete com bolo em silêncio.

Na volta para casa, abri o site babytalk.com/hfm no meu telefone.

— É um ritual. Gosto de saber como estão as outras mães.

— Lê algumas postagens pra mim.

Não respondi. Esse era único recanto do mundo inteiro para mães HFM – não era grande coisa, mas era nosso. Também não daria para ler, a página não carregava.

— Acho que é porque estamos na estrada – disse Jordi.

Não me dei ao trabalho de falar do flashback para Harris, mas tentei entrar no fórum HFM depois do jantar. Apertei os olhos para ler a mensagem de erro. **O Safari não pode abrir a página porque o servidor não está respondendo.**

Tentei mais uma vez pela manhã e de novo antes de dormir: nada. A página estava fora do ar. Provavelmente já estava fora do ar há meses. Eu vi a mim mesma e todas as mães com hemorragia perdendo o contato para sempre. Era um consolo tão modesto, nunca desconfiei que seria privada dele; subestimei. As pessoas sempre têm que se perguntar, E se eu perder tal coisa? Que importância ela tem na minha vida? Proteger essa coisa, fazer ao menos uma captura de tela.

No encontro seguinte, Kris chegou um pouco atrasada no quarto, fomos logo para a cama para compensar o tempo perdido. Nos beijamos e nos abraçamos, enfiei a cara em sua genitália, respirei fundo e sussurrei oi. Vimos um vídeo de Sam sendo fofe e ela me contou de uma colecionadora famosa que tinha conhecido, uma mulher de sessenta e poucos anos chamada Elsa Penbrook-Gibbard. Já ouviu falar dela? Kris me perguntou. Nunca tinha ouvido falar, me aninhei e coloquei a cabeça em seu peito; era tão bom quando ela tinha algo para me contar. Essa mulher era absurdamente rica e tinha uma casa espetacular no Marina District repleta de arte. Estava comprando várias obras de Kris – obras que ainda nem estavam de fato à venda.

— Ela está sendo um pouco incisiva.

Ótimo, comentei. Eu gostava de saber dos aspectos práticos de seu sucesso. Kris pensou que estava indo a um jantar na casa do Marina District, mas quando chegou lá não havia outros convidados.

— Eu demorei pra entender, mas aí saquei que se tratava de um *encontro*.

Fiquei imóvel sobre seu peito.

— Um encontro?

— É! Tudo muito esquisito. Porque foi um convite que partiu da galeria. Foi o que supus... então agora me pergunto se ela realmente vai querer comprar as peças ou se só queria me levar pra cama!

Sentei na cama. Ainda não tínhamos terminado, sequer começado, a conversa sobre os termos do nosso relacionamento.

— Você está a fim dela?

— Não, ela é... mais velha.

— Eu também sou.

— Ela é mais velha que você.

Peguei o telefone e fiz uma busca no nome dela. Não tinha nada de mais mas era razoavelmente gostosa, aquele tipo de rosto alheado do norte da Europa, sempre olhando para o vento. Ela já tinha incursionado pela arte, fui descendo a página; sua obra consistia basicamente em retratos de jovens belos.

— Ela quer pintar um retrato seu?

Ela ficou com as bochechas coradas e eu ri, balançando a cabeça; uma vez que a chamassem de musa, Kris permitiria que pessoas psicóticas entrassem em sua vida. Agora ela estava descrevendo a casa da retratista. Parecia mesmo fenomenal.

— Não é espalhafatosa, sabe? Alguns cômodos são vazios, não têm nada dentro além de uma imensa, redonda e incrivelmente macia... acho que era uma cama... – de repente Kris ficou tagarela! – ... e aí uma grande obra de arte, um Guston, por exemplo, e aí aquela vista... a janela estava aberta e a neblina...

Depois que ela me garantiu que não tinha interesse nessa colecionadora, eu lhe assegurei que essa colecionadora tinha interesse não só nela, mas em seu trabalho, e nós transamos. Eu estava tão excitada com essa história, com essa ameaça, que mal conseguia enxergar. Imaginei Elsa Penbroke-Seilá se masturbando de frustração depois que Kris foi embora e aí quando Kris voltou – talvez tivesse esquecido o casaco – a encontrou naquele estado e sentiu pena, deu umas dedadas nela e aí acabou rolando.

— Você não conseguiu se conter – comentei, ofegante –, você se sente culpada, mas está tão molhada e ela está tão louca pra te devorar que começa a choramingar feito uma cadelinha.

Eu choraminguei feito uma cadelinha. Suamos e nos contorcemos pela cama, tentando de fato comer nossos pescoços e rostos e peitos com a boca. Esse era o tipo de clímax que exigia outro clímax para catar as sobras e mais um para lamber o prato.

Depois me senti péssima.

— Achou muito nojento?

— Não – respondi com delicadeza –, mas só porque confio em você.

Foi uma pergunta e ela respondeu com muitos beijos gentis como se eu fosse um bebezinho lindo. Apertei-a com toda força que eu tinha, como se não houvesse amanhã, e um cotilhão se armou diante dos meus olhos, uma dança cortês de casais.

Kris e Elsa.
Davey e Claire.
Davey e Audra.
Harris e Caro.
Harris e Paige.
Robert e Elaine, meus pais, transando do meu lado, crentes que eu estava dormindo.

— Eles fizeram isso?

— Algumas vezes, em viagens, quando dividíamos o mesmo quarto de hotel. A relação verdadeira, o grande drama, acontecia entre eles dois, meu papel era só assistir e ouvir.

— Depravados – disse Kriss, acariciando meu cabelo.

Achei o comentário profundo. Sim, uma depravação. Embalei Kris nos meus braços e analisei todas as triangulações depravadas que eu já havia considerado, sempre para fugir tanto da armadilha quanto do abandono. Todas me levavam a crer o que ela era: minha namorada. Estava beijando meu pescoço. Meus olhos não paravam de girar; eu não estava sozinha nesse caldeirão. Tinha uma companheira disposta e sábia. Nos divertiríamos testando o limite de cada medo, ensaiaríamos traições seguras e limitadas. Negociar relacionamentos específicos com as outras pessoas. Relacionamentos alucinógenos. A Cidade do México como cenário. Fontes termais francesas. Olá, alma andarilha. Pensei em enviar um bilhetinho de agradecimento para Audra. Diria: *estou na realidade! Consegui transpor o sonho!*

— Como você sabe que a cama era macia? – sussurrei.

— Quê?

— A cama do quarto vazio com o Guston, você disse que era macia.

— Ah, eu entrei escondida lá quando ela estava no banheiro – respondeu. - Dei uma deitadinha rápida, só pra ver como era.

## CAPÍTULO 26

— Na aula de ginástica, tem uma garota que se chama Paige – disse Sam, durante um café da manhã. - É o mesmo nome da melhor amiga do papai!

Melhor amiga? Era chegada a hora. Tínhamos que contar para elu que as famílias podiam ser muito diferentes.

Fácil imaginar nossa sinceridade falando demais ou dizendo a pior frase possível – algo que sairia por acaso, mas causaria um grande estrago –, então escrevemos juntos um roteiro, que editamos num documento compartilhado do Google. Na sexta-feira, depois do jantar, assim que eu desse um picolé para Sam, ia começar a falar. *Papai e eu, depois de um longo, longo tempo de relacionamento romântico, e ainda nos amamos muito, sempre vamos nos amar, mas agora nosso amor é mais parecido com uma amizade superprofunda.*

— Será que é assustador dizer isso? – perguntei. - De um relacionamento romântico?

— Dá pra falar *de outro jeito*. Algo mais neutro.

— Um relacionamento romântico. Um relacionamento romântico.

Depois que Harris comentasse sobre nossos novos amigos Paige e Kris, eu ia voltar para parte do *Somos uma família fora dos conformes, mas sempre seremos uma família, para sempre.*

— E se a gente se divorciar? – perguntou Harris. Estávamos de joelhos na cama dele, com nossos laptops. - Em retrospecto vai parecer uma mentira?

— Só se a gente se divorciar daqui a, digamos, dois anos. Não acho que isso vai acontecer... você acha que vai?

— Não, não.

Divórcio, a palavra por si, parecia serrilhada como uma faca, algo para balançar por aí impondo perigo. Por enquanto, eu associava divórcio a impostos, papelada, burocracia. Talvez viesse a fazer sentido, mas que dor de cabeça. Casamento, a mesma coisa.

— É melhor a gente decorar nossas falas – comentei –, para que não soem artificiais.

— É, tem que ser tudo muito casual. Eu posso improvisar.

— Tá, mas não improvisa demais; pode ficar cansativo.

— Não, não... só para parecer natural. E a deixa é...

— Posso comer um picolé.

Repassei minha parte da conversa sem parar ao longo de todo dia seguinte. Ensaiei com Jordi e ela ficou muito emocionada. Sussurrei para mim mesma na sala de espera da dra. Mendoza enquanto esperava minha consulta anual. Quando chamaram meu nome, dei um pulo e a enfermeira disse: Você deixou cair alguma coisa, apontando para o chão logo atrás de mim. Meu roteiro. Imaginei outra mulher encontrando esse papel e lendo o texto, espantada e admirada com a radicalidade dos novos conceitos de família. Ou sentindo nojo, pena de nosso filho. Enfiei o papel na bolsa.

Quando a dra. Mendoza perguntou se eu estava fazendo exercícios para controlar o peso, enfim pude responder Sim, de fato estou.

— Ótimo. Previne a osteoporose.

— Eu sei. – Eu estava muito mais informada que no ano anterior.

Se tinha uma vida sexualmente ativa? E como!

Ela enfiou o bico de metal gelado e fiquei analisando seu rosto enquanto ela analisava minha cavidade vaginal. Já tínhamos passado por muita coisa juntas, mas nunca tínhamos sido próximas – talvez por culpa minha, no entanto. Talvez ela tivesse mais proximidade com outras pacientes, afinal eu me sentia uma criança passiva diante de médicos. Enquanto ela verificava se havia caroços nos meus peitos, contei dos suicídios de minha avó e minha tia quando estavam na meia-idade.

— E aí surtei desde a nossa última consulta, por causa da perimenopausa.

Ela assentiu, agora apalpava o outro peito.

— Todo mundo, todas as minhas pacientes acham que deveriam agir com tranquilidade em relação a essas mudanças – agora ela examinava minhas pintas –, mas "surtar" de fato tem um papel importante nessas transições. Imagine como o canal vaginal esguicha fora a água ao comprimir os pulmões de um bebê, é o choque dessa compressão e o súbito ar frio que fazem o bebê chorar e respirar pela primeira vez! – Ela inspirou, então inspirei também. – Esse trauma prepara para a fase seguinte, a vida na Terra.

A fase seguinte. Certo. Eu não estava chorando por causa do penhasco (o escorrega, a escada, tanto faz), eu só estava me perguntando o que aconteceria em seguida.

— Qual é a melhor coisa de estar na pós-menopausa?

— Melhor?

— Sim? – Talvez não haja nada de melhor.

— Hmm, vejamos... bem, a saúde mental da mulher que está na pós-menopausa em geral é melhor do que em qualquer outro momento da vida, tirando talvez a infância.

Como assim.

— Isso é verdade? E é porque paramos de menstruar?

— Tem mais a ver com o fato de que não estamos mais alternando estrogênio e progesterona e FSH. E, claro, no patriarcado, seu corpo ainda não pertence a você até que ultrapasse a idade reprodutiva.

Ela disse essa frase casualmente, não tanto como pensamento feminista, mais como fato científico ou antropológico. Nada disso se enquadrava nas descrições extremadas de minha amiga Mary, à prostração a que se referia, mas eu não havia perguntado do que ela *gostava* na menopausa. Havia só estendido a mão para ela, temerosa, e ela cumpriu seu dever de me assustar.

Depois da consulta, sentei no carro e fiz uma rodada rápida de código aberto, enviando uma mesma mensagem para todas as mulheres mais velhas que eu conhecia. Perguntei: **Qual é melhor coisa da vida depois da menstruação? Responda quando puder!** Mas a primeira resposta, de uma ex-professora de Sam do jardim de infância, chegou em menos de um minuto:

> Depois da menopausa, minhas enxaquecas crônicas desapareceram.

Logo em seguida, a mensagem de uma ex-produtora:

> Sinto que sou eu mesma. Como se tivesse nove anos e pudesse fazer tudo que eu quisesse

E mais nada chegou, então saí do estacionamento. Mas em cada semáforo já havia novas mensagens para ler.

> Eu, católica a vida inteira, depois da menopausa não consegui mais acreditar em Deus. Do nada, Deus parou de fazer sentido para mim. Parecia que eu tinha desligado um interruptor. E aí comecei a descobrir outras coisas da vida que antes a fé não me permitia.

> Eu nunca tive ou quis ter filhos, então fiquei animada com o fim dessa possibilidade

> Desde que parei de menstruar, o que as outras pessoas fazem, pensam ou dizem se tornou irrelevante para mim. As preocupações mundanas hoje me parecem um sonho agitado e febril da juventude

> Acabou a dor da endometriose

Na entrada da garagem, desliguei o carro, mas não tirei o cinto de segurança. Todas essas mulheres eram ocupadas, eu mal podia acreditar na velocidade com que estavam respondendo – como se estivesse à espera de alguém que lhes fizesse essa pergunta. Quando tive uma pausa, aproveitei para repassar o roteiro pós-picolé de hoje à noite, parando a cada vez que meu telefone vibrava.

> Você não me conhece, mas Kat me encaminhou sua pergunta. Minha depressão, a ansiedade, e todos os transtornos dissociativos melhoraram muito depois da menopausa e os padrões de comportamento esquivo que sempre dificultaram minha vida social se tornaram mais conscientes e nítidos

> Acho que meus quadris diminuíram de tamanho

> Joslyn me contou da sua pesquisa! Para alguém que passou a vida adulta inteira sendo tratada de um jeito diferente porque era bonita e

voluptuosa, foi uma alegria passar a não ser tão notada. Mas foi uma jornada, abrir mão disso, e, cara, como eu queria dizer para as outras mulheres que sofrem muito quando vão perdendo o brilho da flor da idade que a vida fica maravilhosa quando você abre mão dessa flor.

Você vai entrar? Estou fazendo o jantar – essa foi de Harris.

> Estou terminando uma coisinha, manda uma mensagem quando estiver pronto?

> Hoje em dia só fico triste quando alguma coisa é de fato triste!

> Minha contribuição para o mundo foi de quatro pessoas. Fiz minha parte. Agora meu corpo me pertence porque não pode ser de mais ninguém.

> Perdi peso depois da menopausa, uma vida inteira lutando contra o peso

> Minha menopausa coincidiu com a morte de uma pessoa da família e a lição que aprendi foi de que para viver bem, uma vida mais completa, a gente tem que abrir mão das coisas. De tudo e de todos.

> Todos os hormônios que me faziam querer ser uma pessoa desejável para poder procriar desapareceram e foram substituídos pelos hormônios que protegem minha autonomia e liberdade ferozmente

> O jantar está na mesa.

> Indo!

Enquanto eu tirava a mesa, Harris perguntou a Sam se elu queria picolé de laranja ou de abacaxi.

— Não quero picolé – disse Sam pela primeira vez em toda sua vida. – Hoje não.

— Jura? – perguntei.

— Come um picolezinho – implorou Harris.

— Muito bem – anunciei, respirando fundo. – Papai e eu temos uma coisa para conversar com você.

Sam levantou a cabeça, com desconfiança. Enquanto eu falava, elu olhava lentamente de um lado para outro, alternando entre mim e Harris, que picotava o guardanapo em pedaços cada vez menores. Quando terminei a última fala – *Nós nos amamos mas também escolhemos amar outras pessoas* –, Harris empurrou os farelos do guardanapo e já pulou para a parte da Paige e da Kris e aí arrematei com a conclusão e aí fim da conversa e ficamos esperando, conforme havíamos combinado, Sam falar.

— Vocês vão se casar com a Paige e a Kris?
— Não, vamos continuar morando junto com você.
— Ia ser engraçado se a namorada do papai fosse a garota da aula de ginástica.
— Ia mesmo, mas não é ela.
Silêncio longo. Harris perguntou se Sam tinha outras perguntas.
— Qualquer coisa. Pode perguntar qualquer coisa.
— Tá. A partir de agora vou ter mais tempo de tela?
— Por que teria? – perguntei.
— Pela vibe dessa conversa... parece que a resposta é sim.

A vibe. Elu estava crescendo. À medida que nos tornávamos nós mesmos, elu também se tornava, e a principal coisa a ser feita agora era não roubar sua cena.

— Mais tempo de tela nenhum – respondi. – Só lamento.

*Poderia estar acontecendo com você* era o meu tom quando comecei a contar para todas as pessoas que eu conhecia sobre a existência de Kris e Paige e o novo formato do meu casamento. Eu estava preparada para o ciúme e me preparei para ajudar outras mulheres a encontrar um caminho semelhante.

— E se Harris abandonar você pra sempre? – perguntou Cassie, franzindo a testa.
— Você não entendeu? – respondi. – Simone de Beauvoir estava errada. Você não só precisa querer o que quer, também pode ter o que quiser.
— Mas o que eu mais *quero* é querer – disse Cassie. – Esse é o grande lance do desejo.

\*

Nazanin disse que estava feliz por mim.
— Você também pode arranjar uma sapatão! - exclamei. - Aposto que Kate consideraria se você introduzisse o assunto da maneira certa.
Ela olhou para mim como se tivesse sido enganada.
— Você me disse que não passava de um exercício de pensamento.

— Eu nem gosto de dançar! - exclamou Talia quando se viu encorajada por mim a diversificar biosferas humanas, assim como eu. - Evan também não gosta!
Evan era seu marido.
— Foi meio por isso que nos casamos.
Saquei. Pareceu um bom pacto.
Era como se todos nós tivéssemos concordado em entrar sorrateiramente na casa mal-assombrada juntos, mas quando já estávamos lá dentro, rindo e tremendo de nervoso, olhei para trás e percebi que eu estava sozinha; todas as outras pessoas já haviam se acovardado. Ou vai ver eram mais sensatas do que eu, ou mais apegadas. Talvez até tivessem curiosidade de conhecer a casa mal-assombrada, mas não a ponto de quererem arriscar que sua própria casa se tornasse mal-assombrada.
Só minha mãe teve uma reação apropriada quando lhe contei ao telefone.
— Acho que é isso que a maioria escolheria se pudesse - disse ela.
E isso, por um instante, fez com que eu me sentisse muito bem, muito realizada. Então me lembrei de todos os meus amigos e pensei, *é isso* mesmo que a maioria das pessoas quer? Ou é o que *você* queria, mãe?
Queria mesmo? Mais que tudo? De repente, me veio a lembrança de minha mãe visitando minha primeira kitnet. Eu tinha certeza de que ela sentiu inveja e admiração - eu tinha dado no pé! Veja só meu sabonete líquido chique de pia! Mas não, ela sempre dava um jeito de ligar para o meu pai, sempre que podia, como uma adolescente sorrateira. Achou minha vida inquietante e quis logo voltar para casa.

Só uma pessoa entendeu a situação.
— Eu queria exatamente o que vocês têm, até propus pro meu ex antes do divórcio - disse Paige. - Mas ele preferiu acabar com tudo, nunca mais quis me ver na frente dele.

Estávamos caminhando pelo bairro. Ela apontou para um montinho de cocô de cachorro a tempo e eu consegui pular. Demos algumas voltas no quarteirão, conversando sobre amigos em comum e alongando nossa volta para casa. Ela e Harris iam levar Sam para comer pizza pela primeira vez e lhe assegurei que por mim estava tudo bem. No fundo, esperava que ela e Harris conseguissem replicar, como modelo para Sam, a intimidade que eu e ele costumávamos ter; a corporalidade calorosa e descontraída, os olhares de admiração. As crianças prestam atenção nessas coisas, sabem que é assim que tem que ser.

— Eu sou a estraga-prazeres da pizza. – Foi assim que me nomeei, querendo parecer a louca da vida saudável. – Sam vai adorar a farra.

Chegamos à porta da frente, momento de mudar a chave de duas mulheres conversando para a chave esse é o lar onde eu vivia com o namorado dela. Era a primeira vez que ela vinha aqui; fiquei com vergonha da bagunça no saguão.

— Que ótimo isso – disse ela, apontando.

Meus leões de cerâmica.

Estavam encurralados entre uma bicicleta e uma scooter; Harris tinha mudado os leões de lugar "temporariamente".

— O que os leões estão fazendo ali? – prosseguiu ela, abraçando Harris. – Deviam estar bem à mostra... põe em cima do piano!

Não tinha como ela saber a importância do que acabava de dizer, mas uma coisa era evidente: ela estava me protegendo, assim como eu a protegia. Agora era o momento da expansão, nessa idade, *e apesar de todos os medos, ainda há muito espaço*, dizia ela, psiquicamente. Ou pelo menos foi assim que eu entendi.

Harris sugeriu que parássemos de nos referir ao outro como meu marido/minha esposa e eu achei ótimo porque enquanto isso nós três estávamos fazendo um brasão da família. O brasão era algo que sempre quisemos ter, mas acabou não acontecendo, talvez porque nunca chegamos a ter um credo específico de relacionamento além daquele emitido pelo Estado. Então estávamos desenhando com canetinha preta no verso de um pôster antigo do David Bowie para criar uma espécie de símbolo que reciclasse o queer, mas que representasse nosso compromisso de sermos honestos uns com os outros sobre quem realmente éramos, mesmo que achássemos

que as outras pessoas não fossem gostar. Havia uma colher gigante num espaço amplo. Três corações pretos representando nós três e as letras M e P, significando que continuaríamos sendo mamãe e papai de Sam independentemente de qualquer coisa; nada mudaria isso. Harris estava desenhando, nos cantos direito e esquerdo, o que pareciam ser patas.
— O que é isso?
Ele tocou a testa com a lateral da mão. Nossa antiga saudação. Ainda camaradas, juntos nas trincheiras da vida. Sam fez um rosto carrancudo com um X em cima que reivindicava mais momentos divertidos e menos momentos chatos; fazer esse brasão foi o exemplo que elu deu de um momento muito chato.

Não foi naquela mesma hora, mas um tempo depois estava tentando argumentar sobre o que eu tinha gostado num filme que ele achava bobo, ao que Harris disse: eu nunca entendi seu gosto; ao que respondi: nunca mesmo; e enquanto debatíamos esse filme, me dei conta de que havíamos conseguido: demos um passo. Harris e eu. Finalmente.

A formalidade exaustiva que surgiu desde o segundo dia havia de repente ascendido, como uma depressão, uma nuvem de vapor, e o que restava eram duas crianças velhas que se conheciam muito bem. Ficávamos acordados até tarde, conversando na cozinha, ou nos encontrávamos para almoçar no meio do dia porque do nada havia muito assunto em comum – não só Sam, mas Paige, Kris, o disco da Caro, meu novo projeto indefinido (a qualquer momento, hein!). Não tentávamos resolver nossas pendengas antigas, mas à medida que essas pendengas antigas reencarnavam nas pessoas novas, observávamos tudo com muito cuidado. *Abre teu olho*. Mas não nos vangloriávamos, que sentido haveria nisso?

Nos dias bons, parecia óbvio que cuidaríamos um do outro em nossos leitos de morte (ambos os leitos, claro). Noutros dias, eu tinha certeza de que só estávamos reunindo forças para conseguir ter duas casas – e eu já via a minha: um lugar alegre onde os amigos pudessem tomar um banho. De todo modo, Harris e eu chegamos à conclusão de que esse tipo de casamento estava sujeito a muitas outras mudanças, mas isso não nos assustava mais porque, conforme havia dito para Jordi, nós demos o passo.

— Você devia ficar orgulhosa – disse ela. – Poucos casais conseguiram isso.

— É, vai saber – disse e dei de ombros para que os deuses não achassem que sou boba. – Tenho certeza de que ainda há muito por vir.

— Então aproveita!

Tá bom, respondi, e fiz uma dancinha, uma dancinha idiota, como a do Humpty Dumpty, ou de um ovo menos famoso.

## CAPÍTULO 27

A visita seguinte que fiz à Kris foi em Oakland; peguei o avião numa sexta-feira. Olhando pela janela do avião, me lembrei de uma brincadeira que Sam e eu fazíamos quando elu estava começando a andar. De olhos arregalados, bem travessos, elu se afastava de mim enquanto eu fingia soluçar e arrancar meus cabelos de tanto desespero – e aí de repente elu corria para os meus braços gritando, *Voltei!* Minha tarefa era abraçar e beijar elu com um alívio histriônico. *Nunca mais vou deixar você partir!*

Será que poderia brincar disso com Kris? Poderia transar com ela como se fosse Elsa Penbrook-Gibbard, como da última vez, e depois voltar de novo a ser eu mesma para que Kris pudesse "confessar seu casinho com ela"? Poucas palavras seriam necessárias, ela poderia só dizer *Transei com a Elsa* e eu encenaria a agonia, o horror do abandono, e aí, quando eu não estivesse mais aguentando a cena, gritaria uma senha e nós nos abraçaríamos e nos beijaríamos e ficaríamos olhando fixo para os olhos uma da outra, cientes de que havíamos tocado o vazio, o núcleo fóbico, e ainda assim cá estávamos nós, sãs e salvas. Eu me perguntei se ela toparia isso. Talvez. Ela era tão brincalhona. Tão linda. Abri um sorriso lésbico para a comissária de bordo e me senti próspera.

Quando cheguei, Kris estava com os ânimos esquisitos. Esquisitos não (quem sou eu para julgar?), só pouco familiares. Ela demorou muito tempo para pendurar meu casaco.

— Você tá bem?

Mas ela não lidava bem com perguntas diretas como essa.

Seguindo nosso ritual, fomos imediatamente fazer compras – provisões – para que pudéssemos ir para nossa caverna. No mercado, eu sugeria guloseimas especiais – chocolate? sorvete de manga? – e ela ficava indiferente, que eu pegasse o que quisesse, nem se abalava. Na volta para casa, caminhamos em silêncio carregando muitas sacolas, ela nem olhava no meu olho. Eu olhava fixamente para as pessoas que passavam, mulheres de negócios, bandos de garotas adolescentes rindo e gritando *Vanessa! Vanessa!*

Comecei a fazer vários exercícios de respiração ao mesmo tempo, até anular um por um.

Nem chegamos a guardar as compras, nos sentamos – não lado a lado, eu não me sentei no colo dela, nos sentamos uma de frente para a outra. Ela abaixou a cabeça e depois de um longo tempo disse: Acho que nosso caso não tem jeito. Somos incompatíveis.

Por muito pouco eu não ri.

Peraí: como assim? Em que realidade isso era verdade?

Na realidade dela. Como exemplo, falou de uma vez que eu não queria que ela me beijasse porque tinha acabado de passar batom.

Minha mãe era assim, disse ela.

Fiquei animada – se o problema era esse, então não havia problema: eu queria beijá-la! Eu adorava beijar sua boca. E foi o que eu disse, mas não surtiu grande efeito.

Você está terminando comigo? Perguntei, de brincadeira.

Ela não disse nada. Só olhava para o chão.

Comecei a tremer sem parar. *Segura a onda*, disse a mim mesma. *Abraça ela. Só abraça ela.* Coloquei meus braços em volta de seu corpo e ela imediatamente começou a chorar. Porra, graças a Deus. Em seguida, ela disse o que de fato estava acontecendo; seria uma noite longa, mas já estávamos na estrada. Chegaríamos em casa no amanhecer.

— Acho que a gente pode dar um tempo hoje e conversar amanhã de manhã – sussurrou ela, em cima do meu ombro.

Soltei os braços e recuei.

— Você quer que eu vá embora? Acabei de chegar. Vou pra onde?

— Pra casa da Sharon.

A amiga da Bay Area que mencionei uma vez. Kris tinha pensado em tudo.

Saltei como um raio, catei minha bolsa, puxei a alça da minha mala de rodinhas – cleque-cleque. Meus ouvidos estalavam; meu cérebro e músculos inundados por um fluido ralo. Ela ficou olhando enquanto eu tirava o anel de fivela de ouro. Era a coisa mais radical que consegui pensar em fazer. Com certeza ela ia cair na real e entender o que estava acontecendo – ela estava me perdendo! Mas ela só ficou olhando enquanto eu me digladiava com o anel, deixei entortar, e aí caiu no chão e saí porta afora. Andei um quarteirão inteiro à espera de ouvir o som de seus passos – passos de corrida ou passos de caminhada rápida? Ela me agarraria pelas costas e diria *Peraí* ou ia caminhar do meu lado por um tempão até que eu parasse.

Me sentei na calçada; ia ser mais fácil para ela me encontrar aqui se eu não tivesse ido tão longe.

Depois de um tempo, voltei para o chalé.

Bati na porta, depois soquei.

Ela abriu a porta e me olhou como se eu fosse uma estranha *Pois não?*

Ela já tinha tomado banho e mudado de roupa. No tempo que fiquei esperando, ela já tinha feito tudo isso. Estavas prestes a sair.

Cambaleei, pedi desculpas pela intrusão.

Tive um comportamento incoerente na casa da Sharon. Não consegui pregar o olho. Me obriguei a esperar até as dez da manhã para mandar uma mensagem, acho que para provar o quão calma e estável eu estava.

> **Eu me arrependi de ter tirado o anel e de ter sido tão tirana ontem à noite. Tudo bem se eu voltar aí?**

**Claro**, respondeu ela, **mas estou muito cansada. Talvez mal consiga falar.**

Aleluia.

**Não será necessário falar**, respondi.

A fala é comandada pelo lado esquerdo do cérebro, lado masculino, intelecto excessivo. Podíamos só nos abraçar; nos acalmar e retomar o laço. Fui tão dramática no lance do anel. Por que não respirei fundo e pensei duas vezes? Que idiota, saí correndo daquele jeito quando tudo que ela queria era só um pouco de espaço.

Tem certeza? perguntou Sharon. Você não precisa voltar pra lá. Pode ficar aqui.

Sorri. Eu só estava aqui ainda por causa do tempo e das leis da física. Eu tinha apenas que calçar os sapatos e andar aos trancos e barrancos, porque um dos meus pés estava me criando problemas, parecia maior que o sapato. Dei risada e apertei o pé com as duas mãos para que diminuísse de tamanho e entrasse no sapato. Meu telefone vibrou dentro do bolso.

| Antes de você chegar, preciso confessar: transei com a Elsa.

A atmosfera estava barulhenta e arisca; sentia uma pulsação trêmula no ar enquanto eu me mexia. Sharon estava perguntando *Quê? Que que ela escreveu?* Mas eu não quis me incomodar em responder a essas perguntas, afinal já eram antigas; ela tinha perguntado essas coisas anos atrás – minha mente estava se movimentando nessa velocidade. Ou devagar. Eu não conseguia digitar o nome Kris no meu telefone porque meu dedo estava tremendo muito. Tirou todo meu foco. *Ei*, ela atendeu o telefone.

— Li sua mensagem – disse, e o tom da minha voz era metálico, como se eu fosse um boneco de metal. Perguntei se ia se repetir, o sexo, com Elsa Penbrook-Gibbard.

— É provável – respondeu ela, casualmente. – Acho que sim.

Longo silêncio.

— Foi melhor que a *nossa* primeira vez? – rangi. Talvez fosse melhor lembrá-la da época que fui sua rainha, da profundidade de nossa confiança imediata...

— Você quer mesmo que eu responda?

— Por favor.

— Elsa é mais... a fim, sabe?

A fim. Sharon observava meu rosto com muita ansiedade.

— Você tem mais alguma coisa pra dizer? – sussurrei.

— Hmm. Não. Nadinha.

Mudei a passagem e fui para casa. Contei para Harris, para Jordi e cheguei a pensar, naquele primeiro dia, que ia ficar tudo bem comigo. Meu choque foi tão grande que virou uma espécie de euforia, a energia que as mães arranjam para levantar carros.

— Eu queria pegar ela na porrada por fazer isso com você – disse Harris, realmente puto.
Eu ria e meu ranho escorria; nunca o tinha visto falar desse jeito.
Aí a lua nasceu e me vi querendo contar para Kris sobre a coisa terrível que havia acontecido mais cedo comigo naquele mesmo dia. Eu sabia que ela entenderia porque foi com ela que meu medo do abandono veio à tona, minha perversão. Peraí. Será que tudo que havia acontecido hoje não passava de encenação? Um tipo muito sofisticado de terapia? Me sentei no escuro.
**Quanta intensidade**, mandei essa mensagem. **Vamos demorar muito tempo para processar tudo isso**. Achei que ela não responderia porque eram duas da manhã, mas ela respondeu, quase no mesmo minuto.

| Você está me manipulando?

Enfim consegui entender por que meu pai chamava de campo da morte, não de pânico primordial ou núcleo fóbico. Tratava-se de uma esfera à parte da vida. O ar estava rarefeito; eu não conseguia respirar fundo. Havia um tom quebradiço, sarcástico em cada som – se eu deixasse um prato cair, se espatifaria no chão de modo corrosivo, a algazarra do ridículo.
**Ela é sua namorada agora?** Respondi no dia seguinte. **Eu não sou mais?**
Ela não respondeu, mas horas depois mandou uma mensagem perguntando o nome da padaria que ela conheceu comigo. Fiquei olhando para a pergunta dela com o nariz enfiado numa calcinha minha usada. Não foi difícil me convencer de que esse era o cheiro quente da buceta *dela* e que lá estava eu entre suas pernas mais uma vez.
**Nabolom**, respondi, respirando fundo; quem sabe o nome de uma padaria fosse o começo para uma conversa mais longa sobre nossa situação. Não deu em nada e pelo modo como um cheiro interage com o cérebro, tive uma experiência muito prejudicial, uma guerra psicológica imposta por um déspota maníaco. Dormir não era uma opção. Progesterona, melatonina, Benadryl, THC, CBD, uns farelinhos de Xanax – se eu tomasse tudo isso de uma vez só, sairia do ar por uma ou duas horas, não valia a pena; acordar para a realidade seria muito pior do que já estar nela.
— Por que você não vai lá pra fora? – disse Jordi no FaceTime. – Consegue pisar no chão? Primeiro, tira o sapato.

— Anota isso pra mim – respondi. – É o que eu quero fazer no futuro se um dia conseguir sair dessa fossa.

Scarlett me mandou uma mensagem na terça e outra na quinta, sobre o calendário da academia, mas em todas as vezes respondi que **ainda estava doente** :(. Eu estava comendo de colher, mas sem a ajuda da minha boca mole; meu estômago estava tão apertado que depois de dar três mordidas em qualquer coisa uma quarta era impensável. A maneira que Kris olhou para mim quando abriu a porta – *Pois não?* – era o que mais me deixava apreensiva. Nem se minha mãe me olhasse desse jeito seria tão assustador.

**Vamos conversar sobre o que aconteceu?** Enviei essa mensagem depois de cinco dias.

**Desculpa, não entendi sua pergunta,** respondeu ela, como um robô de SAC.

Não havia rastro da época em que passamos dias deitadas na cama ou planejamos uma viagem a Paris ou das horas e horas discutindo como e quando ela conheceria Sam.


Jordi me ligava no FaceTime todos os dias para saber como eu estava.

— Eu não quero minimizar as coisas – arriscou ela, cuidadosa –, mas você disse várias vezes que não estava apaixonada por ela.

Fiz uma careta. Harris também havia tentado esse argumento.

— Mas isso não diminui o susto. Foi tão *abrupto*, foi como...

— Como ser acordado de um sonho.

— Exatamente, mas de um sonho partilhado, e logo se dar conta de que você está só. Eu não paro de tremer. Olha minha mão – disse, mostrando a mão na tela.

— Eu acho que... o descompasso – disse Jordi.

A defasagem de tempo entre a queda do avião e o anúncio da notícia no rádio.

Pois é. Esse também era um sonho partilhado; meu pai havia partilhado esse pesadelo comigo.

No dia que ele cantou "Ol' Man River" com o sotaque eslavo, eu já estava velha demais para acompanhá-lo, porque até então habitava o centro de seu terror. Era quentinho lá dentro. Aconchegante *e* perturbador, não poderia haver lugar mais íntimo.

É claro que Jordi estava falando do descompasso de tempo na ligação. Estava sendo educada e disse isso porque não conseguia ver o tremorzinho na minha mão. E eu ainda estava com a mão na frente da tela. Quando Harris e eu dormíamos juntos, eu sempre sussurrava no ouvido dele: *Vamos sonhar o mesmo sonho*, antes de apagarmos os abajures. Ele interpretava essa frase como uma despedida terna, mas eu queria tanto sonhar junto com ele que meus dentes doíam. Ele não compreendia que era possível criar um mundo – uma fantasia, um pesadelo – e colocar pessoas dentro dele, não só artisticamente, mas na vida. Eu era ótima nisso de colocar as pessoas para me conhecerem mentalmente, mas no fim das contas ninguém queria ficar lá dentro.

Com o rosto molhado e a boca aberta, passei as horas seguintes olhando para os cacarecos que havia pendurado na parede da garagem – o bilhete do telefotógrafo, o mapa da viagem, o panfleto da imobiliária etc. Eu tinha entendido a missão erroneamente, a escala do que a vida requisitava de nós. Tinha vivido desde então segundo após segundo – enfrentando as coisas – durante esse tempo todo. Só esperando pelo próximo sonho partilhado, as emergências, as estreias. E nos intervalos eu mergulhava de cabeça numa espuma de saudade – e trabalhava, criava histórias. Que merda. Minhas "conversas com Deus" – até Deus estava atolado nisso. Houve de fato algum encantamento real ou tudo não passou de sobrevivência, formas de me arranjar?

Tudo só piorou. Quando acordei na manhã seguinte, me dei conta de que, para meu desespero, havia perdido a capacidade de fantasiar, ou de dissociar. Tendo me enxergado, não podia mais ser eu mesma. Foi como estar de olhos abertos e não conseguir espirrar quando vem a vontade de espirrar; um reflexo interrompido. Fiz uma demonstração para Harris, coaxando com os olhos esbugalhados.

— Saquei – disse ele, perturbado com a encenação.

— Porém, tenho que suportar a determinação do momento. Momento após momento, é horrível. *Você* vive assim também? O que se passa na sua cabeça, segundo a segundo?

Ele abriu um sorriso desanimado. Diferente dos meus amigos, ele nunca se deixava levar por esse tipo de pergunta. Mas tinha que haver uma alternativa para a minha abordagem. Certamente, um dia, alguém diria: *Peraí, você passou esse tempo todo subindo escadas? Não sabia que tinha um elevador?* Ao que eu responderia: *Nossa. Idiota.* No entanto, cá estava eu, suspensa no presente, sem ilusões, sem ambições, sem me preparar obsessivamente para nada, e tudo ia mal. Eu pesava quarenta e oito quilos. Pensei em tia Ruthie, um faquir, me contando o enredo de um filme chamado *A herdeira*. Quanto será que ela e vovó Esther estavam pesando quando desistiram de tudo? Uma vez que você vira um fiapo, todo o resto vira resíduo, lixo.

— Mas, no fundo, isso é bom – disse Harris. – Tem gente que gasta muito dinheiro para ter esse tipo de percepção. Você devia agradecer à Kris!

— Você acha que eu tenho que agradecer a ela? Por e-mail ou mensagem?

— Tava brincando.

*Querida Kris. Minha Kris. Kris.* Como começar? Qual seria uma boa combinação de palavras para fazê-la querer se encontrar comigo. O ideal seria ao vivo, mas até um FaceTime eu topava. Era o único jeito de sair dessa. Uma resolução. Um encerramento. Uma espécie de cerimônia de conclusão. Sam entrou no quarto.

— Mamãe, quer brincar de Lego?

Fiquei olhando para a criança. Elu já devia estar de pijama.

— Vai botar o pijama.

Mandei o rascunho do meu e-mail para Kris por mensagem para Jordi.

— Hm. Quanta generosidade – disse ela na tela.

— Obrigada. Eu penso assim, se ainda conseguirmos ser gentis uma com a outra, mesmo que platonicamente... eu já entendi que acabou... mas se a gente conseguisse conversar sobre o que aconteceu, sobre o choque, e aí se despedir...

— Não manda nada.

— Mas é o único jeito de sair dessa.

— Mas e o sexo da reconciliação? Lembra Audra?

Pisquei. Sexo?

— Nazanin e Kate vão dar uma festa na semana que vem – disse ela. – Vamos juntas, que tal?

Mandei o e-mail para Kris, dizendo que sentia arrependimento e remorso e assim abrindo espaço para que ela respondesse na mesma moeda. Disse que acreditei no que escolhi acreditar, que havia criado um relacionamento que era noventa e oito porcento imaginário. Disse que não a culpava por ter preferido Elsa, a retratista cujo dom era de fato ver a pessoa que estava à sua frente.

O e-mail não suscitou um pedido de desculpa semelhante nem qualquer outra resposta.

Mas uma semana depois, em um passeio raro fora de casa (parque dos cachorros), uma sapatão de cabelos compridos se apresentou como uma amiga de Kris. Comecei a tremer.

— Eu preciso muito falar com a Kris – disse para a mulher. – Você podia dar um toque nela.

Ela pôs a mão no meu ombro e disse:

— Não é necessário. *Kris já perdoou você.*

Ri.

Humor perverso!

Mas seu rosto estava sério. Na versão que Kris tinha da história, *eu* era a criminosa, e a violência em meu rosto só confirmava o fato.

Não desconta em mim, disse a mulher, só estou colocando aspas.

Dei um sorrisinho.

Não haveria cerimônia de conclusão. O último avião já havia deixado a ilha; eu estava ilhada para sempre.

Depois de duas semanas nesse estado (quarenta e seis quilos), Harris queria passar duas noites na casa de Paige e eu disse, Vai sim, claro, eu seguro a onda aqui. Já não estava fazendo o jantar e o café da manhã e lendo para Sam antes de dormir? Eu podia fazer essas coisas com o sangue jorrando pelos meus ouvidos, com um machado nas costas; ele não precisava se preocupar com nada.

— Tem certeza de que você vai ficar bem com Sam? – perguntou ele, às quatro da tarde. – Você consegue?

Sorri e fechei a porta.

Sam estava brincando de Lego e comendo palitos de cenoura em cima do tapete da sala. *Fala, galera,* murmurou elu para si mesmo, *bem-vindes de volta ao meu canal.*

— Vou ao banheiro rapidinho – avisei. – Já volto pra gente brincar.

Sentei na beira da banheira e tentei pensar num plano para as quatro horas seguintes. Até a hora de dormir.

Mas não é assim que os pensamentos funcionam – você não pode escolhê-los como peras em uma árvore, eles caem na sua cabeça e fim:

O jantar-que-virou-encontro-amoroso na casa espetacular do Marina District: foi assim que tudo começou. Na cama redonda e muito macia. Começou provavelmente só com beijos, era a primeira vez. Então se intensificou. *Eu* acentuei a situação quando fingi ser Elsa Penbrook-Gibbard.

Tampei a boca com a mão.

Mando uma mensagem para ela? Não, está tudo acabado.

Voltei a tremer, meus ossos finos não paravam de tremer. Olhei no espelho; ainda estava com a mão na boca. Soltei a mão rapidamente. Eu estava aqui dentro havia muito ou pouco tempo? Tinha que sair do banheiro, mas como? E se eu não conseguisse parar de tremer? Como meu pai havia criado uma filha diretamente do campo da morte?

Espiei pela porta.

— Tudo bem, Sam?

— Tô fazendo uma coisa incrível, mas ainda não acabei, fica aí!

Viu só, Deus existe.

Meu pai teria me envolvido em seu Deus nos acuda. Não tenho dúvida. Uma criança tem todos os requisitos para a abdução porque acredita em tudo, anzol, linha e chumbada.

Campo da morte? (perguntaria Sam) Isso existe?

Sim. É *a única* coisa que existe. Chegou a hora de você saber disso.

Eu poderia dificultar ainda mais as coisas; poderia fazer uma cena. Tentei pensar se meu pai tinha feito isso. Será que ele acreditava mesmo que o avião da minha mãe tinha caído ou ele aumentou um pouco a história, levando a agonia ao cume para se certificar de que eu realmente compreendia a situação? Agora entendo que pode ter sido um alívio para ele, até porque eu já estava aqui naquela época, sozinha para todo o sempre.

— Pronto! – gritou Sam. – Pode sair agora!

Era chegada a hora.

Dei a descarga.

Fui em direção à sala, pé ante pé.

Sam havia feito uma obra-prima em Lego e a escondia atrás das costas, sorrisão no rosto. Mas o sorriso de Sam vacilou quando viu meu rosto.

— Que foi, mamãe?

Lá vamos nós. Campo da morte.

— É que... – respire fundo. Conte até três. – Tive momentos difíceis lá no banheiro.

— É assim mesmo! Às vezes demora pra ficar pronto. E precisa de mais tempo.

— Concordo com você. Vou esperar mais um pouco. Vamos ver o que temos aqui...

Era uma torre. Todas as paredes eram muito lisas e não tinha um buraco no meio, era uma torre de Lego totalmente sólida.

— Que maravilhoso, meu bem. Tão compacta.

— Ainda não acabou – disse Sam.

Com ar muito solene, Sam me mostrou como a torre se encaixava perfeitamente no canto da sala.

— E tem mais...

Agora elu empurrava a torre contra o vidro de um porta-retratos, encaixando-a no canto da moldura: mais um encaixe perfeito. E mais... Sam me levou até seu quarto – no canto do gaveteiro de meias: clique.

Em cada cantinho, eu sentia a tontura efervescente da familiaridade, como um déjà-vu. A torre se encaixava em todos os ângulos retos da cama e do parapeito da janela, e enquanto eu não parava de balançar a cabeça exclamando – Que descoberta, meu bem! –, dei início a uma conversa paralela com Sam dentro da minha cabeça.

Sei que é uma grande coisa, comentei, mas não entendo nada disso.

Isso é escala, respondeu Sam. Estávamos no campo da morte, mas num campo diferente, um que sempre partilhamos. Era nesse campo que elu gritava acorda acorda acorda para me avisar que estava na hora de ir para o hospital.

Escala, claro, respondi. Tá, deixa eu pensar.

Você está num canto...

Isso.

... mas há cantos em todos os lugares.

Hm.

Olha só, mesmo num cantinho – Sam me mostrava o canto da estante dentro da casa de bonecas –, ainda é um canto e a torre vai encaixar.

Como uma besta, fiquei olhando para os livros em miniatura.

Não sei se entendi, meu bem.

Sam deu um suspiro, nas duas realidades.

Logo você vai entender.

## CAPÍTULO 28

Fui com Jordi à festa de Nazanin e Kate; eu tinha que acatar as sugestões das pessoas, porque vivia sem iniciativa própria. Levamos uma torta de banana que tinha um aspecto nojento, mas Jordi achava a torta ótima. Eu não podia opinar; ainda estava sem apetite. "Não vai embora sem mim", implorei, mas quando Nazanin anunciou que a entrada do vizinho estava atravancada, Jordi saiu para tirar o carro.

Fiquei sozinha segurando um prato de tortilhas chips.

Segundos depois, uma loira que segurava um bebê contorcido me disse que era uma "megafã" minha e que não nos conhecíamos, mas ela era muito amiga da minha agente.

— Liza ainda trabalha com você?

— Trabalha sim.

Eu já estava acostumada com isso: todo mundo adorava a Liza.

— Adoro ela! – disse a mulher, dando um molho de chaves asqueroso para o bebê brincar. – Ela foi uma das pessoas que me incentivou a ser mãe solo e não esperar o cara perfeito.

Assenti e sorri. Pelo menos essa mulher estava me protegendo das outras interações. Mordi uma das tortilhas chips e perguntei onde ela trabalhava. Com base no moletom dela, meu palpite era algum festival de cinema.

— Ah, por causa desse carinha aqui, tive que me demitir, mas eu era assistente pessoal da Arkanda.

Ela disse essa frase como quem não quer nada, equilibrando as palavras como pérolas sobre a língua. Passou a ter toda minha atenção.
— Qual é mesmo seu nome?
— Tara.

Eu não lembrava qual das assistentes era ela, mas de todo modo fiquei corada de vergonha; todas as assistentes sabiam que havíamos perseguido Arkanda até bem depois que ela perdeu o interesse em mim. Sem entusiasmo, pensei em agir com descontração, mas e daí. Não apenas com essa mulher, mas com todo o resto. Tarde demais.

— Fiquei muito animada quando ela fez o primeiro contato – comecei –, mas aí ela não parou mais de *desmarcar* – minha voz esfiapou; respirei fundo. – Perdão, passei por uma separação terrível recentemente.

— Ah, te entendo muito, mana. Passei por uma dessas na primavera e qualquer coisinha eu já tava chorando! Até em propaganda de carro! – ela riu e eu enxuguei os olhos.

— Você não vai me dizer o que Arkanda queria comigo, né? Por causa do acordo de confidencialidade?

— Você não sabe? – perguntou Tara, parecendo verdadeiramente surpresa.

— Saber eu sei que era um projeto em potencial.

— É que você duas tiveram o mesmo problema... no parto. Acho que ela só queria conversar com você sobre isso.

O bebê estava mastigando um copo plástico. Problema no parto?

— Você tá falando da hemorragia feto-materna?

— É, isso mesmo.

— E como ela sabia que eu...

— A babá contou pra ela.

Eu pensei e disse ao mesmo tempo: a Jess.

— Isso, Jess – confirmou. – É uma estrela! Você já foi no restaurante macrobiótico dela? Arkanda a ajudou abrir o restaurante.

Tara e Liza se resolveram entre si, não tiveram problemas em agendar o encontro com Arkanda; a palavra mágica era HFM.

— Ela vai desmarcar de novo? – perguntei. – Porque agora eu não tenho condições de lidar com isso.

— Tara diz que começamos com o pé esquerdo, mas que não vai se repetir desde que fique claro que não há qualquer colaboração artística no horizonte – disse Liza, de repente uma especialista.

— Está claro. Mas *ela* havia dito "projeto em potencial".

— Devo ter aumentado um pouco – confessou Liza –, usando essa frase.

Talvez eu não tivesse mais dúvidas com relação à Liza; talvez fosse a hora de contratar uma nova agente. Ela sugeriu o Geoffrey's, em Malibu.

— Tem um hotel em Monróvia – comentei. – Eu queria que nosso encontro fosse lá.

Ainda teve um vaivém com a equipe de Arkanda; diziam que era difícil restringir o movimento em hotéis, por causa dos paparazzi. Diga a eles que isso não será um problema, ressaltei. Esse hotel é diferente – para começar, é um hotel de beira de estrada. Eu me peguei querendo contar essa história para Kris.

— Mas por quê? – perguntou Jordi, esfregando sua escultura nova com um pedaço de camurça. – Ela era muito fã da Arkanda?

— Não – sussurrei. Eu não tinha motivo algum para contar à Kris.

Embora eu tentasse não tocar mais nesse assunto, intimamente seguia em estado de choque, arrasada. Meu pai confirmou que eu estava mesmo no campo da morte. No fundo, no fundo, você sempre esteve lá, disse ele, mas agora você tem consciência disso. É um avanço. A maioria das pessoas nem desconfia.

— Acho que vou comprar uma cesta de presentes para Arkanda – comentei, com voz rouca –, com uma boa garrafa de vinho.

— Ótima ideia – disse Jordi.

Naturalmente, ela sabia que eu ainda estava engatinhando, mas o que uma pessoa deve dizer a essa altura? Ela recuou para apreciar seu trabalho. Eu olhei para a escultura e, perplexa, acabei tropeçando em mim mesma.

— É recente? – perguntei.

— Como assim?

— Eu já tinha visto essa escultura?

— Mas está aqui há meses! Você acompanhou todas as etapas.

Olhamos para a figura em mármore verde. Tinha veios pretos, muito bem polidos.

Uma mulher sem cabeça, apoiada sobre as mãos e os joelhos.

— Todo mundo acha que a posição do cachorrinho é muito vulnerável – disse Jordi –, mas é uma das mais estáveis. Como uma mesa. É difícil cair quando se está de quatro.

Um SUV preto e gigante estava parado no estacionamento do Excelsior e mais dois carros pretos estavam estacionados na rua em frente ao hotel. Liza mandou uma mensagem dizendo que Arkanda já estava segura lá dentro; sua equipe chegou antes e avaliou o local. Eu estava nervosa, mas não tão nervosa, porque o quarto me tranquilizava. Provavelmente ela já tinha se hospedado no Le Bristol, hotel no qual era inspirado, então ela se sentiria em casa. Quase como se eu tivesse pensado esse quarto para ela, o esconderijo perfeito das celebridades – discreto por fora, sofisticado por dentro. Que sensação esquisita estar na porta do quarto 321 segurando uma cesta de presentes e ter que bater na minha própria porta. Ninguém atendeu, bati de novo e porque não apareceu ninguém, fui à recepção.

— A história é engraçada – começou Skip antes mesmo de eu abrir a boca. – Esse casal reservou o quarto com muita antecedência, ainda na época que eu usava o software antigo, e aí quando você ligou...

— Onde ela está.

— Acomodei sua amiga no quarto 322. Ela concordou. Muitos carros, né?

Fiquei sem palavras. Mas qualquer coisa que eu dissesse me encaminharia para o departamento da criança mimada.

— O casal veio de Portugal via Seattle, espero que você não tenha batido na porta – disse Skip, me entregando a chave do outro quarto.

— Pior que bati.

— Tomara que estejam usando protetores auriculares.

— Tomara tudo! – respondi, com raiva, e saí pisando duro para o quarto 322.

Quando Arkanda abriu a porta, fiquei impressionada – era ela mesmo –, também um pouco desapontada. Ver seu rosto tão conhecido, milagrosamente, não melhorou coisa alguma; de fato, ela não era um deus.

— Nossa, que gentileza, obrigada – disse ela, pegando a cesta de presentes, que colocou em cima da cômoda laminada. Eu não me lembrava daquela cômoda, igual à do 321. As cortinas de náilon, as paredes brancas encardidas, uma pintura malfeita, exatamente igual ao meu quarto quando cheguei, uma espelunca.

— Perdão por esse quarto – disse e comecei a explicar que o quarto *ao lado* era sofisticado; eu havia reproduzido o Le Bristol, sabe? De Paris? Mas as pessoas que vieram de Portugal via Seattle... Arkanda acenou com as mãos, pssssit, e disse que tinha gostado do quarto.

— É fofo. PNC.

— PNC?

— Pé no chão.

Ela estava vestida com roupas de ginástica que não eram nada de mais, mas usava muitas joias: anéis, pulseiras, quatro ou cinco cordões. E as unhas, maquiagem, cabelo – um pônei com tranças compridas – estavam impecáveis, e provavelmente estavam assim sempre. Eu estava vestida com a roupa mais especial e única que eu tinha no armário, um vestido de seda chocolate. Eu estava vestida para uma festa suntuosa, ela parecia uma mãe que vai encontrar outra mãe depois do pilates.

Ela pegou o vinho na cesta de presentes e estava estreitando os olhos para ler o rótulo.

Perguntei com quantos anos Smithie estava agora – Quatro? Cinco? – Eu tinha feito meu trabalho de casa, era seu bebê HFM; a mais nova, Willa, era adotada.

Ela levantou as sobrancelhas.

— Smithie? É *Smith*. Vamos dar uma relaxada primeiro?

Queria estar morta agora.

Tomamos a garrafa de vinho e ela me contou o conceito de seu novo álbum, que era sobre terra, todos os significados da palavra terra. Assenti, Sim, uau, incrível, e perguntei como era a estrutura de seu estúdio, algo que Harris já tinha me contado. Era um estúdio lendário, e depois de me contar tudo que eu já sabia, fez algumas citações sobre seu produtor, seu "pau-pra-toda-obra". Quanto tempo isso aqui vai durar? Será que ela tinha esquecido o motivo desse encontro? Então, passou a descrever seu processo de criação, dos áudios com ideias de letras que mandava para o pau-pra-toda-obra. Pegou o telefone para começar a reproduzir as gravações, mas não foi adiante, talvez por ter percebido que não se tratava de uma entrevista para a *Rolling Stone*. Ela ficou de pé. Seus olhos vaguearam enquanto ela se alongava.

— Você acha que é abstrato? – perguntou, se aproximando da pintura verde-acinzentada em cima da cama. – Ou é figurativo?

Talvez ela não soubesse como entrar no assunto hemorragia feto-materna. Sentei na cama, diligente.

— É uma mulher na entrada de uma caverna fechada. Ela nunca vai poder sair, vai passar o resto de sua vida por ali, enlutada.

— É, enlutada – repetiu, ela passou seu unhão lilás em cima da área mais escura da caverna. – Ela parece muito... determinada. Não vai a lugar algum.

Falaríamos sobre o quadro até o fim da noite? E pensar que esperei *anos* por esse encontro. Tudo bem. Continuava sendo um bom jeito de passar o tempo.

De repente, Arkanda bateu palmas e disse:

— Tá, chega dessa merda. Levanta.

Demorei um tempo para processar essas palavras, então levantei.

— Nós vamos nos revistar, tá? Assim, com as duas mãos. – Suas mãos perambulavam pelo ar. – Cada pedacinho do corpo uma da outra, sem parar. Sem lenga-lenga. Também não são preliminares, entendeu?

Não, mas acatei.

— Eu começo e você presta atenção.

Ela começou a me revistar. Primeiro ombros, clavículas, peitos e foi descendo, tapinha tapinha tapinha, a genitália, as pernas e aí deu a volta e revistou minhas costas, minha bunda, tapinha tapinha tapinha, e voltou para revistar meu rosto, dando tapinhas cuidadosos nas minhas bochechas e na testa com as pontas dos dedos. Apesar de seu aviso inicial, fiquei o tempo todo pensando que a qualquer momento ia virar um flerte; porque, francamente, ela deu tapinhas na minha virilha. Mas não deu em nada. A bem da verdade, cada área que ela apalpava ficava imediatamente neutra, como luzes se apagando por toda a cidade.

— Agora é sua vez.

Dei o meu melhor, tentando reproduzir a eficiência e o profissionalismo. Foi surreal tocar todas essas partes de Arkanda – os seios redondos e provavelmente falsos, a barriga, as coxas – sem o manto de seda da tensão sexual. Parecia que eu estava jogando dinheiro no lixo; facínora.

— Viu só? – disse ela quando terminei. – Melhor assim.
— Por acaso... – tentei formular uma pergunta. – Você sempre faz isso?
— Olha, quando eu quero mesmo conversar com alguém, sim, e se eu não conheço a pessoa, sempre precisaremos passar por essa etapa. Tem a ver com o nível em que cheguei. Não é culpa sua, é da mídia. Então, tipo, como devo agir? Quando tenho que sair um pouco do meu círculo? – Ela deu um gole no vinho. – Sem querer ofender, mas tipo, você tá beeeeem longe do meu círculo.
— É, sim – concordei, um pouco envergonhada.
— Você *acha* que me conhece, culpa da mídia. E aí você fica muito eufórica com isso, mas essa tensão não é problema meu. Às vezes é, hoje é, por causa desse assunto delicado.

Eufórica. Entendi o que ela quis dizer. O jeito que eu estava vestida, todos os preparativos – parecia que eu era uma pretendente. Como se tivesse me ocorrido que íamos acabar na cama.

— O sexo resolve tudo, abre caminho e coloca duas pessoas no mesmo patamar. – Parecia que ela lia minha mente, ou vai ver eu era bem pouco original. – E você pode acreditar, quando eu era mais nova, eu tratava o sexo com esse intuito. E aí a Chessi me ensinou a revistar as pessoas.

Chessi. A única cantora que era mais famosa do que ela. Eu achava que elas eram inimigas; me equivoquei. Fiquei pensando se essa coisa de revistar das pop stars também poderia se aplicar a pessoas não tão famosas.

— Tudo certo entre nós – disse ela. – Né? Duas pessoas? Duas mães?

Tudo certo entre nós. Havíamos cruzado o limiar da intimidade sem transar.

Encostei a nuca na parede e fiquei olhando para ela. Uma mulher mais baixa e mais gorda que eu. Não muito mais jovem. Estávamos aqui porque a mesma tragédia havia acontecido conosco e com mais ninguém que conhecíamos ou provavelmente viríamos a conhecer. Perguntei se ela já tinha entrado no fórum das mães HFM da babytalk.com e seus olhos brilharam.

— Tem um fórum?

Me arrependi de ter dado essa informação.

— Tinha. Acabou. Mas só com mães de natimortos. O caso delas era pior.

— Somos muito sortudas – disse ela.

— É – concordei. Mas não estávamos aqui para conversar sobre a nossa sorte.

Ela sentou na cadeira e percebeu que não havia outra, então sentou no chão. Escorreguei parede abaixo e sentei.

— Smith nasceu cinza. Só tinha três gramas de sangue.

— Sam idem. Dois gramas.

— Era preciso seis...

— Seis gramas para conseguir viver.

— Isso.

Trocamos olhares e piscamos. Uma época cheguei a achar que essa parte da minha vida era fundamentalmente desconhecida, impartilhável, como tantas interioridades – um sonho, de certo modo. Mas não, tinha acontecido de fato com nós duas.

Conversamos sobre diferenças neurológicas. Eu não entrava nesse assunto com outras pessoas; nem todo mundo entendia como essas crianças eram brilhantes e preciosas. Debatemos diagnósticos e terapias como fãs de esporte conversando sobre seus times. De maneira abrupta, a perfeição perdeu todo seu valor quando nos tornamos mães, sendo a morte o mais extremo dos caminhos na transformação de uma pessoa.

— Quatro anos se passaram, Smith está com quatro, mas até hoje eu tenho... – disse ela olhando para o teto. – Não sei qual seria o nome certo pra isso...

— Flashbacks?

— Como se eu revivesse tudo de novo. – De repente, parecia que o rosto dela ia desmoronar; desviei o olhar.

Eu sei do que está falando, comentei com a parede.

— Eu achei que... por sua criança ter mais idade...

— Que nada, tive um há poucos meses, no supermercado. – Dei um gole no vinho. – Você sofreu algum acidente ou... dizem que às vezes a causa da HFM é um impacto repentino.

— Não. E você?

— Também não. Acho que muitas vezes não tem motivo. Lembro a enfermeira me dizendo isso.

Arkanda riu.

— Que merda, né? Não tem motivo?

— Uma merda – concordei, meu sorriso virando amargor. A "falta de motivo" estava virando um tema central na vida. Em geral, quando havia uma grande dor, não havia motivo para ela. Ninguém para responsabilizar. Desculpa nenhuma. A dor era o que era; irradiava sem história e sem fim.

— Quer dizer que esse fórum existia e eu nunca soube – disse ela, balançando a cabeça. – Que loucura, eu *procurei* tanto. Era tudo que eu precisava.

— Você teria participado?

— Não com meu nome verdadeiro, mas teria escrito... coisas como...

Ela fechou os olhos para pensar. Fiquei esperando. Afinal, ela era uma das grandes poetas do nosso tempo.

— *Não posso acreditar... que isso aconteceu.* Eu escreveria... algo assim.

Concordei devolvendo a frase.

— Não posso acreditar que isso acon... – a última parte ficou entalada na minha garganta.

— Não posso acreditar que isso aconteceu – repetiu ela, olhando fixamente para mim.

— Não posso acreditar que isso aconteceu – tripliquei.

— *Não posso acreditar que isso aconteceu* – triplicou ela, o rosto subitamente enfurecido.

— *Não posso acreditar que isso aconteceu* – repeti mais uma vez.

— Não posso acreditar que isso aconteceu – disse ela.

Comecei a ficar nervosa. As palavras eram as mesmas, mas o sentido estava mudando.

— Não posso acreditar que isso aconteceu! – disse ela, subindo o tom.

— Não posso acreditar que isso aconteceu! – gritei. Eu não tinha mais certeza se ainda estava falando do parto. Talvez estivesse pensando em Kris. Ou no meu casamento.

— Não posso acreditar que isso aconteceu – disse ela, suspirando. Ela também estava sentindo a expansão; dava para ver em seu rosto.

— Não posso acreditar que isso aconteceu – repeti em nome do meu pai, pela vovó Esther.

— Não posso acreditar que isso aconteceu – disse ela, pesarosa. De olhos ainda fechados, dávamos voltas no espaço. Nos aproximávamos de uma incredulidade fundamental, foi assustador.

— Não posso acreditar que isso aconteceu – disse ela.
— Não posso acreditar que isso aconteceu – reiterei.
Senti que estávamos em queda livre e a única maneira de acabar com isso era desviar o olhar, mas eu não conseguiria; nem era uma opção. Ela era uma mulher forte e tinha vindo até aqui e agora era o que nos restava.
— Não posso acreditar que isso aconteceu.
— Não posso acreditar que isso aconteceu.
Ela segurou minhas mãos; apertamos as mãos não com delicadeza, mas com toda força que tínhamos, como se estivéssemos prestes a cair no chão. Ela se aproximou de mim e colamos nossas testas.
*Não posso acreditar que isso aconteceu.*
*Não posso acreditar que isso aconteceu.*
Então o momento do parto se repetiu e eu fiquei muito, muito mal. Mal por Sam. A morte havia sido sua primeira experiência e um dia elu teria que repeti-la.
— Não posso acreditar que isso aconteceu – disse, como se fosse a primeira vez.
Ela piscou os olhos, em silêncio, e, sondando seus olhos tristes, amei seu bebê Smith como se ele fosse meu também. Talvez tenha sido arrogante, mas tínhamos acabado de aterrar e ainda estávamos de mãos dadas e o rosto de Arkanda ainda estava suado e manchado de lágrimas e meu coração estava com ela. E o dela comigo.
Nos abraçamos ainda sentadas no chão, então fui ao banheiro e peguei um pouco de papel higiênico para nós. Ela limpou o rosto; eu assoei o nariz. Ela pegou as tangerinas da cesta de presentes e começamos a descascá-las.
Tinham um cheiro muito bom, tão cítrico.

Ela perguntou se eu tinha outros filhos. Apenas Sam, respondi. Achei melhor não perguntar de Willa, nem fazer qualquer outra pergunta íntima; não nos tornaríamos amigas. Casada? ela perguntou. Expliquei a situação e ela disse, gostei, muito moderno. Tentei evitar, mas acabei abrindo o berreiro ao falar de Kris e toda minha fossa recente. Arkanda disse: Uma piranha, essa gata, e eu concordei.

— Você é do time das absortas, eu também sou – disse ela, cuspindo um caroço de tangerina delicadamente. – Pé na estrada! Não se deixe paralisar. *Não encare o poço quando ele está sem água*, Carter sempre diz isso.

Eu não fazia ideia de quem era Carter – o ex-presidente Jimmy Carter? –, mas anotei essa coisa do poço no celular quando Arkanda foi ao banheiro. Ao voltar, pegou sua bolsa gigante, cor de vinho e disse:

— Ei, então, vou meter o pé – disse ela, cruzando os braços. – Mas eu adorei, foi muito especial, obrigada.

Ela estava indo embora? Não pude acreditar. Parece que nunca posso. De repente, pensei em Sam encaixando a torre de Lego em todos os cantinhos. Minha antiga sensação atordoante de abandono (ou talvez, a essa altura, esse era um monumento ao abandono, a torre) me deixa apta a qualquer tipo de perda, independentemente do tamanho. Kris não queria saber desse papo, outras pessoas queriam; Arkanda quis. Se eu quisesse, ainda poderia ter essa conversa muitas e muitas vezes, pelo resto da vida. Agora entendi, Sam. Os cantos estão por toda parte.

— Já está meio tarde, não? – comentei, olhando para o telefone. Quase meia-noite.

— Que nada, pra mim é cedo. Estou indo pro estúdio! – exclamou, batendo palmas. – Eu não uso relógio nem sigo o calendário. Toda hora é agora; todo dia é terça-feira.

Engoli em seco. Justo agora, no último minuto, fiquei completamente pasma.

Ela me deu um abraço fraterno.

— Mas *você* fica! Parece muito cansada.

— Não, muito esquisito – respondi. – Dormir no quarto ao lado.

— Você que sabe – disse ela, e deu de ombros. E já com a mão na maçaneta, olhou por cima do meu ombro para algo que estava logo atrás. – Talvez ela seja a guardiã. Por isso não vai a lugar algum.

Virei para trás e olhei para a figura no quadro. Pela primeira vez, reparei como ela estava ereta, parecia os guardas do Palácio de Buckingham ou de algum outro lugar majestoso, suntuoso, quase sagrado.

Arkanda deu um tchauzinho com as pontas de suas unhas compridas e fechou a porta.

★

*Filha da puta*, sussurrei. Eu me referia à vida. Sempre surpreendendo, sempre fazendo pegadinhas. O quarto 321 *era* a caverna e eu era o guarda. Eu havia construído a porra de um útero para me unificar a cada semana. Comigo mesma, com Deus, com meus amigos e às vezes com amantes. Mas eu não era dona do quarto. Ninguém é. Dono de qualquer coisa, nem que seja de seu próprio útero, de seu próprio corpo. Tudo vai embora. Mas toda quarta-feira cá estava eu, com ou sem desejo, para ser – qual era mesmo a palavra? Livre.

Dormi no quarto 322 como uma pedra no fundo de um poço.

Acordei no passado. De olhos entreabertos, vi o quarto exatamente como era há um ano e meio, voltei à primeira manhã no Excelsior. A luz entrando pelas cortinas de náilon, o cheiro de carpete velho; fui dominada e não resisti. Ontem mesmo Davey limpou meu para-brisa no posto de gasolina. Hoje comprei uma colcha rosa com a mulher da loja de antiguidades. Com muita delicadeza, tirei o laptop da bolsa e voltei para a cama franzina. Escrevi o que eu via, o que estava vivo diante dos meus olhos.

# PARTE QUATRO

PARTE

CUATRO

## CAPÍTULO 29

No fim das contas, demorei quatro anos – não seis dias – para chegar a Nova York, e não fui de carro, fui de avião. O primeiro evento da turnê de lançamento do meu livro era uma leitura no Brooklyn. Olhando pela janela do avião, pensei na viagem de carro pelo país que supostamente transformaria minha vida, aos quarenta e cinco anos, de maneira incontornável. Agora eu estava com quarenta e nove. Nessa odisseia, penhascos e cavernas, um anel de ouro, uma torre, será que também um labirinto e um cristal? Eu tinha mudado mesmo? Um teste agora seria ótimo, um quebra-cabeças ou desafio que eu não consegui resolver há quatros anos, mas que agora já teria dominado.

Olhei para as nuvens, peguei o telefone.
Fiquei um tempão olhando minhas fotos, procurava uma foto específica.
É claro que ainda tinha o número dele.
Comprei Wi-Fi.
Achei melhor não mandar mensagem para ele.
Guardei o celular na bolsa, aliviada, e procurei um filme para assistir. Assisti quatro minutos de *Feitiço da Lua* e pausei; espontaneamente, quase sem perceber o que estava fazendo, mandei uma mensagem para Davey.

**Oi. Com um pouquinho de atraso, risos, enfim percebi o lance dos azulejos. Que delícia!** E aí mandei a foto que tirei da parte de trás da privada.

Quando Cher e Nicolas Cage chegaram na ópera, eu já era o puro suco do arrependimento. Até que, uma hora depois, ele deu coração na foto.

**Hahaha**, escreveu.
**E:**
**Como você tá? Vi que está lançando um livro novo [emoji de champanhe] mas ainda não consegui dar uma olhada**
Talvez você, hm, "reconheça algumas partes" – escrevi mas apaguei.
**Obrigada! Estou no avião para ny nesse momento, para divulgar o livro**
Depois que muito tempo já se passou, não é necessário mencionar o passado, e, para todos os efeitos, mal me lembrava dele. Mastiguei o gelo do copo plástico.
**Abrindo o jogo**, escreveu, **eu vi o flyer da sua leitura e me perguntei se seria estranho eu aparecer?! Tô aqui com Dev, estamos preparando uma coisinha. Apareça!**
E aí o flyer do evento dele, o desenho de dois tigres dançando. Fiquei um tempo olhando para o desenho. Seria na tarde do dia seguinte, bem antes da minha leitura.
**Legal!**, escrevi. **Estarei lá!** E, como quem chega a uma conclusão tardia, acrescentei: **Ah e vou botar seu nome na minha lista de convidados!**
Pousei na hora do rush, então quanto mais me aproximava da cidade, mais o carro andava devagar. Noventa minutos depois, disse ao motorista que talvez houvesse algum campo de força flutuante ao redor de Manhattan que "talvez não conseguíssemos cruzar". Eu quis ser engraçada, mas soou sem pé nem cabeça. Ele me ofereceu um chiclete e depois encontrou umas balas no porta-luvas. Evidente que eu estava faminta, mas tinha mais uma coisa. Eu não conseguia saber o quê.
Se estivesse com menos fome, teria sacado que era porque eu não parava de piscar.
Meu quarto ficava no trigésimo quarto andar, uma subida infinita. Entrei cambaleando, joguei as malas no chão e comi os salgadinhos do frigobar enquanto esperava o serviço de quarto chegar; mesmo depois de uma tigelona de macarrão à bolonhesa, ainda tinha alguma coisa errada comigo. Quando me deitei na cama, senti uma clareza violenta do que estava acontecendo. Fechei os olhos e senti que estava caindo de um lugar tão alto que sentei rapidamente e abri os olhos gritando. Levantei da cama, tomei um copo d'água. Não era possível. Deitei de novo e, nervosa, fechei os olhos. Mais uma vez um mergulho nauseante, semelhante a um elevador descendo sem aviso. Acendi as luzes e sentei na beirada da cama. Se não conseguisse fechar os olhos, não conseguiria dormir. Se

não conseguisse dormir, no dia seguinte não teria condições de ler para uma plateia nem de encontrar Davey; parecia um enigma, um pesadelo mitológico. Fiquei olhando para o travesseiro, o pânico insidiava.

Eu não queria acordar minha namorada; eram cinco da manhã em Londres e nossa relação era recente para eu perder a compostura.

Harris e Paige estavam acampando com Sam.

— Põe no viva-voz – disse Jordi. – E que tal abrir a janela? Pegar um ar?

Deus meu, obrigada por essa mulher.

As janelas não abriam, pressionei a testa no vidro. Empire State Building. One World Trade Center.

— Tenta respirar longa e profundamente. Estou pesquisando seus sintomas.

Inspirei; expirei. Daquela altura, as pessoas eram indistintas, eu só conseguia enxergar o amarelo dos táxis, os toldos, as árvores mais altas. Labirintite, dizia Jordi. Ou vertigem. Deslocamento do otólito dentro do meu ouvido.

— Diz aqui que a causa pode ser o avião, a mudança de pressão do ar. Ou, claro: oscilações do estrogênio.

*Um corpo que cai*, como o filme do Hitchcock; então era isso. Me afastei da janela.

— Tem cura ou vou ter isso pra sempre? – sussurrei. – Alô, alô.

Parecia que ela estava assistindo a um vídeo.

— Foi em qual ouvido?

Ouvido.

— Direito?

— Dá pra fazer uns exercícios – disse ela. – Você consegue reposicionar o cristal se fizer um movimento específico de cabeça; se chama manobra de Epley.

Assisti a uma mulher de blusa branca que deixava a cabeça em 45 graus e de repente desabava, a cabeça ainda naquela posição esquisita. Já deitada, virava a cabeça noventa graus para a esquerda e noventa para a direita, depois com o corpo todo, mais noventa ainda na cama; depois sentava e recomeçava. Parecia o *Trio A*, da Yvonne Rainer, um solo de dança sem música.

— Vamos lá – respondi.

— Ótimo.

Caí na cama.

— O que faço depois de deitar?
— Espera trinta segundos e aí faz noventa graus pra esquerda.
Quando terminei a sequência, fechei os olhos temerosa e, imediatamente enjoada, despenquei.
— Não adiantou nada.
— Nem tinha como – disse Jordi –, uma vez só não basta. Tem que repetir a sequência cinco vezes. Diz aqui pra você observar se os sintomas diminuíram ao fim de cada série, e aí repetir.
Ah, esse tipo de coisa me irrita. Ambígua. Contínua.
Enquanto eu me virava e desabava e sentava e me virava e virava de novo – tive a sensação ruim de que estava me afastando do momento presente. A voz de Jordi – *Essa foi a quinta, vê agora!* – aguda, distante, e a atmosfera do quarto era sombria e imensa, maior do que de fato poderia ser. Mau sinal. Comecei a suar frio. Parei de me movimentar.
Elas não estavam no meu campo de visão, mas eu podia senti-las, cada uma de um lado. Sua intensidade, sua essência.
*Continua*, Esther incentivava a neta.
*Mas vai sem pressa*, complementou tia Ruthie.
A magnitude do que estava acontecendo tomou conta de mim, senti que estremecia e fiz uma pausa para vomitar no chão sem fazer alarde. Então retomei a sequência.
Os movimentos pareciam muitíssimo arbitrários e cíclicos, mas minha avó e minha tia pareciam discordar, então prossegui, me dedicando mais uma e outra vez, compreendendo profundamente a tarefa em andamento. Direita, desabe, esquerda, giro, senta. Por fim, eu não estava mais repetindo os movimentos em nenhuma cama nem com nenhum corpo específico; a manobra de Epley também poderia ser qualquer tipo de dança ou canção ou ladainha religiosa, o grande objetivo era continuar sem a perspectiva do final. Direita, desabe, esquerda, giro, senta, de novo e de novo por horas a fio.
Direita, desabe, esquerda, giro, senta, levanta, levanta, giro, giro... de uma hora para a outra, ficou mais fácil. Uma natureza adicional, como respirar. Tinha que respirar.
Vê agora!, disse Jordi.
Ver o quê? Eu já estava farta dessa repetição e muito, muito cansada. Fechei os olhos e, misericórdia, adormeci.

## CAPÍTULO 30

Havia muitas pessoas na entrada do local e parecia que outros eventos também estavam acontecendo na tenda, mas justamente agora só tinha uma apresentação, a de Davey e Dev, e a multidão que se aglomerava na entrada era de pessoas que não tinham conseguido entrar, mas ainda tinham esperanças. Durante toda a manhã, me movimentei com cautela, temerosa de que a vertigem recomeçasse, mas ela tinha se dissolvido, como um sonho esquecido. Eu só estava me sentindo um pouco bisonha e despreparada com aquele terninho cinza que era bem mais apropriado para minha leitura. Iria direto daqui, talvez com ele. Alguém gritou meu nome e, nervosa, olhei ao redor – Claire? A mãe de Davey? Mas era só uma conhecida – amiga da Mary – acompanhada de um grupo grande de pessoas. Houve um buchicho sobre a liberação de novos ingressos; eu disse que meu nome estava na lista e todo mundo se achou no direito de fazer uma reprimenda à minha pavoneação.

Ao que tudo indica, desde que parei de procurá-lo, muita coisa aconteceu nesses três anos e meio. É provável que Claire e sua mãe e irmã e o namorado da irmã tenham postado sobre as inúmeras pequenas vitórias de Davey; não o haviam bloqueado ou silenciado seu perfil, então o sucesso não soou repentino para eles. Tampouco era incomum acertar o passo aos trinta e poucos anos e *acontecer*, se é que estava predestinado a acontecer. A imprensa provavelmente adorou o fato de que ele trabalhou na Hertz, de aluguel de carros a superstar. Da Hertz à Megahertz. A fila de espera era comprida e foi difícil evitar a sensação de que ele estava me

vendo em pé ali. A mãe ou a irmã distribuíam os ingressos? Não, claro que não, tinha um homem cujo trabalho era esse.
— Estou na lista de convidados – avisei, e falei alto demais.

Ao entrar, ziguezagueando e me digladiando com a multidão, vesti uma máscara descontraída. Era o único jeito de me distinguir da excitação quase maníaca ao meu redor. Era uma plateia só, não havia assentos especiais para as pessoas que o conheciam. Não tinha cadeira, só uns caixotes de madeira que remedavam uma arquibancada com encosto alto em torno de um grande palco ao centro. Havia almofadas arredondadas e muito escorregadias, mal dava para ficar sentado. As luzes piscaram e, em seguida, se apagaram. Sentei e coloquei a almofada no colo como se ela fosse uma torta.

As luzes se acenderam em Dev, não em Davey, e houve uma chuva de aplausos ao meu redor. Então era seu amigo de infância, nosso álibi. Ele se movia por uma espécie de hexágono replicado, saltando bruscamente como se chocasse em extremidades que não conseguíamos ver e, como algumas partes do palco não estavam iluminadas, continuamente nos perdíamos dele para reencontrá-lo num ritmo hipnótico; numa das vezes que reapareceu, surgiu um duplo, uma sombra, Davey. A plateia percebia sua presença em momentos distintos, a depender de onde as pessoas estavam sentadas, e por isso os aplausos espontâneos que saudaram sua chegada foram se ampliando e cresciam exponencialmente à medida que mais e mais pessoas conseguiam vê-lo.

Dali em diante, ficou claro que cada pessoa ali naquele teatro se sentia exatamente como eu me sentia em relação a Davey; todos estavam com a cabeça nas nuvens por ele. Ele usava uma calça comum e uma camiseta, assim como Dev, mas uma hora Dev tirou a camiseta e a plateia prendeu a respiração, à espera de que Davey também mostrasse o peito, e quando ele enfim tirou a camiseta, ao invés de se agitar e bradar (não era um show de striptease), o público ficou mudo, com a boca seca, não tossiu nem fungou pelos próximos dez minutos, só contemplando seu peito nu, suas costas, seus ombros. Tive vontade de dar um tapa na cara de todos os presentes e gritar *Controlem-se, babões!* Ele continuava muito condizente com a lembrança que eu tinha dele esse tempo todo, mas agora parecia maior, mais vasto que a vida. Agora dançavam como dois apaixonados, um *pas de deux* moderno, cheio de erotismo, mas muito inovador.

Supunha-se que ele devia estar trabalhando na Hertz de Sacramento, perdido em lembranças e saudades. Ou andando de lá pra cá em sua casinha de merda, Claire pedindo que ele tirasse o lixo e ele respondia Quê? Ao que ela emendava Tira logo essa merda. Mas ele estava brilhando sobre o palco, fazendo a coisa a que estava predestinado a fazer na Terra, rodeado e adorado; não tinha como ser melhor do que isso. O único sonho partilhado que se tornou mais do que um sonho.

Torci para que alguma coisa desse errado no número de dança. Não um ferimento, Deus meu, mas alguma gafe criativa que desfizesse o feitiço de todas aquelas pessoas e o trouxesse de volta para mim. Talvez Davey e Dev não soubessem como encerrar o show, esgotariam a recepção calorosa – ou quem sabe seriam acusados de plágio. Acontece isso na dança? Para arruinar uma carreira, bastava uma crítica negativa, sobretudo se houvesse menção a plágio.

Eu tinha consciência de que estava sendo profundamente mesquinha – mísera e tacanha – e isso fez com que me sentisse ainda mais abjeta.

De repente, Dev gritou "Todo mundo na função!" e, bizarramente, todo o público respondeu "E a função vai decolar!". Centenas de pessoas cantando em uníssono sempre deixa o público embevecido, mas a música surgiu tão imprevista e a melodia era tão alta e doce – foi de perder o fôlego, um coral de anjos. Exceto eu – eu não entoei "E a função vai decolar", porque não tinha ideia do que isso significava (ou será que em vez de "na função" cantavam "devoção"?) e para todos os efeitos eu sabia que eu tinha uma voz de buzina, desafinada. *Agora o show vai terminar*, disse a mim mesma.

Mas não terminou e, ao invés de ficar mais cansativo, cresceu e agora o coral complexamente se sincopou à dança, como se a dupla estivesse subindo uma escada sonora. E foi acelerando; bastava eles gritarem "Todo mundo" e nós (exceto eu) cantávamos "na função!" (ou "devoção"). Cada vez mais rápido e mais rápido e de repente, com o *acompanhamento das palmas*, virou um inferno.

Eu não tirava os olhos de Davey; talvez a única forma de sair viva disso era receber um sinal secreto dele, quiçá faria um antigo movimento meu, o da pescaria, ou algo que aparecia em seu vídeo de despedida. Mas não aconteceu, todos os movimentos eram novos, coisas que havia inventado desde a última vez que nos vimos. Os dois dançarinos suavam em bicas ao saltar e girar; era inconcebível que ele e *eu* já tivéssemos passado por isso, dançando juntos no quarto 321. E tudo que fiz posteriormente naquele quarto foi ainda mais absurdo. Audra, Arkanda, minhas tantas quartas-feiras sagradas. Tudo ilusão.

— Todo mundo!
— Devoção!
— Todo mundo!
— Devoção!

Então ouvi um estrondo, como um trovão – pulei de susto – e o teatro caiu num silêncio abrupto.

Um zumbido monótono serpenteava entre nós, uma espécie de canto fúnebre. Minha visão ficou turva. Me inclinei para a frente. Os dançarinos começaram a se escalar lentamente, então Davey saltou *do corpo* de Dev sem qualquer esforço e girou para cima, no ar.

Ou não girou, não era minha visão que estava turva, eram as luzes. Enquanto ele ascendia, as luzes do palco começaram a se dissolver gradualmente, adquirindo tom alaranjado e brilhante. E fomos banhados por uma luz dourada, da cor do pôr do sol.

Ou a luz do amanhecer penetrando as cortinas fechadas.

Embrenhando-se nas peônias e dálias.

Apertei a almofada, mal conseguia respirar.

Ele continuava ascendendo e olhei ao redor com muita lentidão, sentia o cheiro do cumaru. É claro que os móveis não estavam ali, nem as cadeiras bisavós, nem a cama rosa, nem a mesa com tampão de mármore, mas o teatro era muito e estranhamente semelhante ao quarto. Um lugar seguro, com uma aura sagrada.

Engoli em seco e encostei o corpo no assento.

De repente, eu quis ficar ali e que tudo continuasse, mas pelo tom da música percebi que a performance estava quase chegando ao fim; terminaria quando ele fizesse seu pouso. A qualquer momento, eu estaria aplaudindo, as luzes se acenderiam. Nesse ínterim, ele ainda ascendia, e a sensação calorosa, sagrada, não parava de avultar; sentia que ela se expandia para além das paredes, que invadia a rua. E ainda estaria lá fora quando eu saísse, dourando o bairro inteiro, a cidade inteira. De fato, o mundo inteiro passaria a ser aquele quarto de hotel. O universo inteiro? Sim, tudo era o quarto; era impossível sair de dentro dele, nem morrendo seria possível.

E ele não parava de ascender, flutuando.

Se o quarto 321 estava em todo lugar, então todo dia era quarta-feira, e eu sempre poderia ser a pessoa que era naquele quarto. Imperfeita, sem gênero, brincalhona, sem vergonha. Tudo que eu precisava estava comigo, alma completa.

Ele ainda estava ascendendo no ar e agora a ideia de *tê-lo* para mim era perversa, imprudente, como gastar todo o combustível na primeira noite em vez de fazê-lo durar por oito noites milagrosas. No andar térreo, Dev ventilava o ar, chicoteava Davey cada vez mais alto, e compreendi que minha nova e vasta alma estava colada a eles; eu não estava me distanciando. A dança operou o milagre.

Senti a gratidão como um soco no estômago e porque não ser uma idiota é um grande alívio, lágrimas correram pelo meu rosto. A pessoa que estava sentada ao meu lado também estava com o rosto molhado e trocamos sorrisos tímidos, afinal o êxtase carrega em si um pouco do ridículo. Mais gente chorava. Olhei para todos os rostos do círculo e percebi que cada pessoa naquela plateia passava por uma versão da minha revelação, um acerto de contas com aquele eu que cada um carregava dentro de si até aquele momento. Eu não era a única emaranhada numa dor pungente; fazia parte da viagem. Resistir, depois ceder. Ele não estava mais ascendendo; alcançou o ápice e desabou rapidamente.


Lá fora já estava começando a anoitecer. Havia tempo de sobra. Resolvi caminhar.

O sol começava a se pôr.

O dourado em toda parte.

# AGRADECIMENTOS

Enquanto escrevia este livro, conduzi uma série de entrevistas com mulheres sobre as mudanças físicas e emocionas da meia-idade, e embora quase não haja rastros dessas conversas no livro, tornaram a escrita ainda mais necessária. Obrigada por conversarem comigo: Calista Termini, Caterina Sorsonne, Megan Ace, Donna Pall, Megan Mullally, Marya Jones e Connie Lovatt. Também Aydin Olsen-Kennedy e tantas outras pessoas que não quiseram ser nominalmente citadas, obrigada.

Entrevistei três médicas e agradeço por seu precioso tempo: dra. Ricki Pollycove (obstetra e ginecologista), dra. Michelle Gerber (naturopata e parteira) e particularmente dra. Maggie Ney (naturopata e codiretora da Women's Clinic de Akasha), que leu o livro, atendeu a demandas e fez anotações.

Agradeço a Jennifer McLaughlin, Emily Ross, Sarah Bibb, Kaylee Mansbridge e Despina Vassiliadou por atenderem espontânea e honestamente a uma íntima consulta pública.

Agradeço a Heather Corinna pela conversa e por ter escrito um livro sobre a perimenopausa, o *What Fresh Hell Is This?*, publicado na hora certa.

Agradeço a Chris Svensson pelo apoio no design e a Sean Tejeratchi por desenhar o gráfico hormonal junto comigo.

Agradeço a Sheila Heti por ler a primeira versão, a George Sauders por ler uma versão posterior e a Eli Horowitz por ler ter lido tantas versões;

seus comentários foram cruciais e me encorajaram muito. Agradeço especialmente à leitora e comentadora Maggie Nelson, cujas perguntas difíceis me desafiaram ao desenvolvimento delas. Também Carla Frankenbach, pela leitura e conversa. Agradeço à minha assistente, Elizabeth Litvitskiy, que revisou todas as versões e durante muito tempo foi minha única leitora, olhos e ouvidos sólidos e alegres.

Agradeço à minha agente, Sarah Chalfant, por compreender este livro e por seguir acreditando em mim como escritora. Agradeço à minha editora, Sarah McGrath, por ter tanta clareza e fé, sobretudo nos dias mais sombrios – agradeço também a Alison Fairbrother por sua caneta afiada subsequente. Agradeço a toda equipe da Riverhead: Helen Yentus, que fez a capa deste livro à mão, Ashley Garland, Nora Alice Demick, Délia Taylor, Lavina Lee, Sheila Moody, Geoff Kloske e à extraordinária Jynne Dilling Martin. Me sinto muito sortuda pelo apoio que recebi de vocês.

Agradeço a Jacqueline Novak, Margaret Qualley, Kate Berlant, Louise Bonnet, Alexa Greene, Marina Kitchen, Angela Trimbur, Dede Gardner, Julia Bryan-Wilson, Carrie Brownstein, Khaela Maricich, Katie Sá-Davis, Bully Fae Collins, Gina Rodriguez, Natasha Lyonne, Stella Lamar, Harrell Fletcher, Jay Cherman, Nikki Providence, Maya Buffet-Davis, Shana Bonstin e Rick Moody, cujos insights, danças, cuidados e música agora fazem parte de mim e deste livro. Agradeço a Ali Liebegott por sua poesia enquanto terminava de escrever.

Agradeço aos meus pais, Richard Grossinger e Lindy Hough, e ao meu querido irmão, Robin Grossinger: meus primeiros e infindáveis exemplos de como fazer uma coisa do nada. Às minhas falecidas avó e tia, Martha e Deborah Towers: não tenho ideia se fiz direitinho, mas acho que vocês gostariam que eu tentasse.

E, finalmente, agradeço a Mike Mills e Hopper Mills, filhote, cuja ousadia me encorajou.

O texto foi composto em Minion Pro, corpo 11/14.
A impressão se deu sobre papel off-white no
Sistema Cameron da Divisão Gráfica da Distribuição Record.